# 古典文獻研究輯刊

十四編

曾永義 主編

第 2 冊

## 魏晉南北朝對《楚辭》的接受與轉化（下）

林雅琪 著

國家圖書館出版品預行編目資料

魏晉南北朝對《楚辭》的接受與轉化（下）／林雅琪 著 — 初
版 — 新北市：花木蘭文化出版社，2016〔民 105〕
目 4+204 面；19×26 公分
（古典文學研究輯刊 十四編；第 2 冊）
ISBN 978-986-404-802-1（精裝）
1. 楚辭 2. 研究考訂 3. 魏晉南北朝
820.8 105014949

ISBN-978-986-404-802-1

古典文學研究輯刊
十四編 第二冊 ISBN：978-986-404-802-1

## 魏晉南北朝對《楚辭》的接受與轉化（下）

作 者 林雅琪
主 編 曾永義
總 編 輯 杜潔祥
副總編輯 楊嘉樂
編 輯 許郁翎、王筑 美術編輯 陳逸婷
出 版 花木蘭文化出版社
社 長 高小娟
聯絡地址 235 新北市中和區中安街七二號十三樓
電話：02-2923-1455／傳真：02-2923-1452
網 址 http://www.huamulan.tw 信箱 hml 810518@gmail.com
印 刷 普羅文化出版廣告事業
初 版 2016 年 9 月
全書字數 399584 字
定 價 十四編 21 冊（精裝）新台幣 36,000 元

# 魏晉南北朝對《楚辭》的接受與轉化（下）

林雅琪　著

# 目

# 次

# 第五章　魏晉南北朝詩歌與《楚辭》

　　魏晉南北朝辭賦，展現了與《楚辭》強烈的關聯性，對《楚辭》的借鑑與摹擬，使得騷體辭賦的創作數量繁多，更在當代蔚為風潮，也對後代文學產生極大的影響。而魏晉南北朝詩歌，同樣也受到《楚辭》多面向的影響。本時期擬騷詩歌，雖然在創作數量上不如辭賦，但在精神內涵與文辭意象……等各方面，也展現了豐富的特色。

　　以下討論魏晉南北朝詩歌與《楚辭》的關係，及在《楚辭》影響下，魏晉南北朝的擬騷詩歌所展現的風貌與特色，及對《楚辭》的借鑑與新變。

## 第一節　建安、正始詩對《楚辭》的接受與新變

　　魏晉南北朝擬騷詩歌與《楚辭》的關聯性，基於政治背景與社會環境各異，對於《楚辭》形式的摹擬或精神內涵的借鑑，各時期都展現了不同的創作傾向及特色。因此以下以時代順序加以劃分，以期能深入探討魏晉南北朝詩歌中的擬騷情形，並期望以此能全面性的掌握魏晉南北朝擬騷詩歌的發展概況，並進一步詳細探析在《楚辭》影響下，魏晉南北朝擬騷詩歌對《楚辭》的接受與借鑑。

### 一、建安、正始擬騷詩之創作

　　《文心雕龍・時序》篇云：

　　　自獻帝播遷，文學蓬轉，建安之末，區宇方輯。魏武以相王之尊，

雅愛詩章；文帝以副君之重，妙善辭賦；陳思以公子之豪，下筆琳
瑯；並體貌英逸，故俊才雲蒸。〔註1〕

文中，劉勰指出建安文學在曹操、曹丕、曹植等當政者的推波助瀾下，文
學蓬勃發展的情形。而這時期，文學發展極具特色的作品，正如劉勰在文
中指出的，大約以詩章與辭賦爲要。因此，研究建安文學對《楚辭》的仿
製與借鑑，除了擬騷的辭賦以外，擬騷詩歌也是相當重要的參考、研究資
料。

### （一）三曹

建安文學以曹操、曹丕、曹植爲主要推動者。曹操的文學風格，鍾嶸《詩
品》以爲「古直，甚有悲涼之句。」〔註2〕但他的擬騷詩作極少，對於騷體句
式中最明確特徵的「兮」字，很少使用。劉勰《文心雕龍·章句》云：

詩人以「兮」字入於句限，《楚辭》用之，字出句外。尋「兮」字成
句，乃語助餘聲。舜詠〈南風〉，用之久矣，而魏武弗好，豈不以無
益文義耶！〔註3〕

劉勰推測曹操詩歌中，不喜歡用「兮」字構句的方式，或許是因爲「兮」字
作爲語助詞使用，不具有實際的作用，無益於文義。因此，能較清楚看到《楚
辭》對曹操詩作影響的，是他的三首〈氣出唱〉。

〈氣出唱〉其一〈駕六龍〉〔註4〕中有「駕六龍，乘風而行。行四海，路
下之八邦。」、「仙人玉女，下來翱遊。驂駕六龍飲玉漿」、「東到蓬萊山，上
至天之門。玉闕下，引見得入，赤松相對」、「乘駕雲車，驂駕白鹿」；其二〈華

---

〔註1〕 劉勰：《文心雕龍》，臺北：宏業書局，1975 年 2 月，頁 673。
〔註2〕 鍾嶸著，程章燦注譯：《詩品》，臺北：三民書局，2003 年 5 月，頁 129。
〔註3〕 河北師範學院中文系教研組編：《三曹資料彙編》，臺北：木鐸出版社，1980
年 10 月，頁 4。
〔註4〕 〈駕六龍〉原文爲「駕六龍乘風而行。行四海外路，下之八邦。歷登高山，
臨谿谷，乘雲而行。行四海外，東到泰山。仙人玉女，下來翱遊。驂駕六龍
飲玉漿。河水盡不東流。解愁腹飲玉漿。奉持行，東到蓬萊山，上之天之門。
玉闕下引見得入，赤相對，四面顧望，視正焜煌。開玉心正興其氣，百道
至，傳告無窮。閉其口但當愛氣，壽萬年。東到海與天連，神仙之道，出窈
入冥，常當專之。心恬澹無所愒欲。閉門坐自守，天與期氣。願得神之人，
乘駕雲車，驂駕白鹿，上到天之門，來賜神之藥。跪受之敬神齊。當如此道
自來。」，逯欽立：《先秦漢魏晉南北朝詩》，北京：中華書局，1998 年 5 月 4
刷，頁 345。

陰山〉〔註5〕中有「乘雲駕龍，鬱何齊荔荔。遨遊八極，乃到崑崙之山」；其三〈遊君山〉〔註6〕中有「乃到王母臺，金階玉爲堂，芝草生殿旁。」……等句。詩中描述的是作者駕龍乘風、遨遊天地八極，及訪崑崙山和王母臺，與仙人共遊、共樂的情節，這些周遊天地的奇幻想像，都帶有《楚辭・遠遊》的影子。如《楚辭・遠遊》中的「聞赤松之清塵兮，願承風乎遺則」、「駕八龍之婉婉兮，載雲旗之逶蛇」、「二女御〈九韶〉歌。使湘靈鼓瑟兮，令海若舞馮夷」，也是形容屈原駕龍飛騰，與仙人共遊的情景。王逸《楚辭章句》說〈遠遊〉之作，爲「（屈原）文采鋪發，遂敘妙思，託配仙人，與俱遊戲，周歷天地，無所不到。」〔註7〕兩者相對比，文章之脈絡與用辭都極其相似，《楚辭・遠遊》對曹操〈氣出唱〉的影響清晰可見。

曹丕的詩作，吳淇在《六朝選詩定論》中曾說：「文帝詩源於李陵，終身無改。」〔註8〕這與鍾嶸《詩品》將他置於《楚辭》一系下，是相同的。但曹丕擬騷之作，除了一首〈寡婦詩〉外，大多爲辭賦。辭賦部份，本論文已於第四章中詳細分析討論，本章不再贅述。〈寡婦詩〉中以「霜露紛兮交下，木葉落兮淒淒」來形塑悲傷的氛圍，又用「魂一夕兮九乖，悵延佇兮仰視」來表現寡婦的淒涼孤寂，這些詞語的使用都是具有楚騷韻味的。

綜觀建安詩歌中，對《楚辭》形式或內容上的摹擬，最富盛名，且作品最多的是曹植。曹植的擬騷詩歌，相較於三曹或同時期其他作家，創作數量極多。曹植的擬騷詩歌，共計有〈擬楚辭〉、〈釋愁文〉、〈雜詩〉、〈五遊詠〉、〈離友詩〉、〈遙逝〉、〈佚題詩〉、〈七啓〉……等。

其〈擬楚辭〉一首，散佚嚴重，徒存殘文。然今日可見於《北堂詩鈔》，共

---

〔註5〕　〈華陰山〉原文爲「華陰山自以爲大，高百丈浮雲爲之蓋。仙人欲來，出隨風列之雨。吹我洞簫，鼓瑟琴，何闇闇。酒與歌戲，今日相樂誠爲樂。玉女起起舞移數時。鼓吹一何嘈嘈。從西北來時，仙道多駕煙乘雲駕龍。鬱何荔荔，遨遊八極，乃到崑崙之山西王母側，神仙金止玉亭。來者爲誰？赤松王喬乃德旋之門，樂共飲食到黃昏。多駕合坐，萬歲長，宜子孫。」，逯欽立：《先秦漢魏晉南北朝詩》，頁345。

〔註6〕　〈遊君山〉原文爲「遊君山甚爲眞，崔嵬砟硌爾自爲神。乃到王母臺，金階玉爲堂，芝草生殿旁。東西廂客滿堂，主人當行觴，坐者長壽遽何央。長樂，甫始宜孫子。常願主人增年與天相守。」，逯欽立：《先秦漢魏晉南北朝詩》，頁345。

〔註7〕　洪興祖：《楚辭補注》，臺北：天工書局，1994年9月，頁163。

〔註8〕　河北師範學院中文系教研組編：《三曹資料彙編》，頁66。

錄有五條：(一)「五旌」一詞下，錄有「建五旌兮華采占，揚雲麾兮隊龍鳳（卷120）」。(二)「抗玉桴駭鼉鼓」一詞下，錄有「騁文犀彈素尹，抗玉桴駭鼉鼓。（卷121）」。(三)「具舡」一詞下，錄有「愬流兮上邁，具舡兮荷蓋。（卷137）」。(四)「蘭檋」一詞下，錄有「運蘭檋以速往，□回波之容與（卷138）」。(五)「桂衡」一詞下，錄有「芙蓉車兮桂衡，結翠蓋兮翠旌（卷141）」。〔註9〕

　　以〈擬楚辭〉之殘文來看，詩中有詩人指揮雲彩與龍鳳的情節、有音樂演奏的盛大場面、有乘坐蘭檋急速前進的描述，也有用香草裝飾的車乘，這些都與《楚辭》的寫作風格極其類似。其他尚有〈遙逝〉的殘文，記載於嚴可均校輯的《全上古三代秦漢三國六朝文》中，為「哀秋氣之可悲兮，涼風蕭其嚴屬。神龍盤於重泉兮，騰蛇蟄於幽穴」〔註10〕四句，讀來也頗具楚騷哀怨的情調。

　　另外，曹植的〈釋愁文〉則特地在結構情節上，有意的模仿《楚辭》。〈釋愁文〉仿〈漁父〉問答的形式，作為其詩文的首尾；中段則仿〈卜居〉結構加以續寫。以下將〈漁父〉和〈釋愁文〉的原文摘出，加以對照：

> 屈原既放，游於江潭，行吟澤畔，顏色憔悴，形容枯槁。漁父見而問之，曰：「子非三閭大夫與？何故至於斯？」（〈漁父〉）

> 予以愁慘，行吟路邊。形容枯悴，憂心如醉。有玄靈先生見而問之曰：「子將何疾以至於斯？」（〈釋愁文〉）

> 往見太卜鄭詹尹，曰：「余有所疑，願因先生決之。」詹尹乃端策拂龜，曰：「君將何以教之？」（〈卜居〉）

> 「醫和絕思而無措，先生豈能為我著龜乎？」（〈釋愁文〉）

> 漁父莞爾而笑，鼓枻而去，乃歌曰：「滄浪之水清兮，可以濯我纓，滄浪之水濁兮，可以濯我足。」遂去，不復與言。（〈漁父〉）〔註11〕

> 於是精駭魂散，改心回趣，願納至言，仰崇玄度。眾愁忽然，不辭而去。（〈釋愁文〉）〔註12〕

---

〔註9〕　唐・虞世南著，孔廣陶校注：《北堂書鈔》，臺北：宏業書局，1974年10月，頁527、531、637、643、667。趙幼文《曹植集校注》則未輯載此詩。

〔註10〕　〈三國文〉，卷14。清・嚴可均校輯：《全上古三代秦漢三國六朝文》，北京：中華書局，1958年第1版，頁1131。

〔註11〕　洪興祖：《楚辭補注》，頁179。

〔註12〕　〈釋愁文〉全文為「予以愁慘，行吟路邊。形容枯悴，憂心如醉。有玄靈先生見而問之曰：「子將何疾以至於斯？」答曰：「吾所病者，愁也。」先生曰：

以上可以明顯看出，曹植〈釋愁文〉特意仿製〈漁父〉中問答的形式，及採用〈卜居〉中卜筮的情節入文。〈釋愁文〉中，曹植如同屈原一般形容枯悴，行吟路邊，並陳述了令人恍恍惚惚，會不召自來，而且去來無方的「愁」，並認爲「愁」擾亂了自己的心神，因此要求玄靈先生爲他占卜。

玄靈先生爲曹植分析了「愁」滋生的原因，他以爲是「大道既隱，子生末季，沉溺流俗，眩惑名位，濯纓彈冠，諮趣榮貴。」玄靈先生的言論，一針見血的點出曹植的困境，亦即大時代的紛亂、不見仁義大道，曹植卻夢想在時代中建功立業。而亂世中，迷惑於揚立名聲、富貴，這就是「愁」的根源。最末，玄靈先生贈送給曹植的良方是「無爲之藥」、「淡薄之湯」、「玄虛之針」、「淳樸之方」，以此爲藥方，最後曹植的憂愁果然就不辭而別了。

檢視玄靈先生給予曹植的四種良方，明顯都浸染著道家無爲、反璞歸眞的思想。這種以道家思想，作爲安慰自己及解決愁怨的方法，不啻宣告著曹植建功立業的豪情，終將落空。雖以道家無爲超脫的思想，作爲解決困境的方式，但曹植懷才不遇的悲哀與失望，卻始終滿溢於章句之中。

〈釋愁文〉雖在結構與情節上仿製《楚辭》，但曹植在內容意涵上卻做了一些改造。首先，〈釋愁文〉與屈原在〈漁父〉和〈卜居〉中表達對生命途徑的選擇，有很大的不同。〈釋愁文〉中曹植只能接受道家思想的四種良方，來改變人生困境，並自我寬慰。可是〈漁父〉篇末「漁父莞爾而笑，鼓枻而去，歌曰：『滄浪之水清兮，可以濯吾纓，滄浪之水濁兮，可以濯吾足。』遂去，不復與言。」〔註13〕代表著道家思想的漁父始終無法說服屈原，「不復與言」

---

「愁是何物，而能病子乎？」答曰：「愁之爲物，惟恍惟惚，不召自來，推之弗往。尋之不知其際，握之不盈一掌。寂寂長夜，或群或黨，去來無方，亂我精爽。其來也難退，其去也易追，臨餐困於哽咽，煩冤毒於酸嘶。加之以粉飾不澤，飲之以兼肴不肥，溫之以金石不消，摩之以神膏不希，授之以巧笑不悅，樂之以絲竹增悲。醫和絕思而無措，先生豈能爲我著龜乎？」先生作色而言曰：「予徒辯子之愁形，未知子愁所由而生，我獨爲子言其發矣。方今大道既隱，子生末季，沉溺流俗，眩惑名位，濯纓彈冠，諮趣榮貴。坐不安席，食不終味，遑遑汲汲，或憔或悴。所鬻者名，所拘者利，良由華薄，凋損正氣。吾將贈子以無爲之藥，給以淡薄之湯，刺子以玄虛之針，灸子以淳樸之方，安子以恢廓之宇，坐子以寂寞之床。使王喬與子遨遊而逝，黃公與子詠歌而行，莊子與子具養神之饌，老聃與子致愛性之方。趣遐路以棲跡，乘輕雲以翱翔。於是精駭魂散，改心回趣，願納至言，仰崇玄度。眾愁忽然，不辭而去。」曹植著，趙幼文校注：《曹植集校注》，頁467～468。

〔註13〕洪興祖：《楚辭補注》，頁180～181。

代表著分道揚鑣的兩種不同生命態度。而〈卜居〉中,詹尹給予屈原的忠告是「夫尺有所短,寸有所長,物有所不足,智有所不明,數有所不逮,神有所不通。用君之心,行君之意,龜策誠不能知事。」所謂「用君之心,行君之意,龜策誠不能知事」三句,無異是鼓舞屈原按照自己的心志來處世。王夫之《楚辭通釋·卜居》云:「〈卜居〉者,屈原設爲之辭,以章己之獨志也。」〔註 14〕《楚辭通釋·漁父》中云:「(漁父)閔原之忠貞,將及於禍,而欲以其道易之。原感而述之,以明己非不知此,而休戚與俱,含情難忍;修能已夙,素節難汙。」〔註 15〕正如其所言,兩篇都反映了屈原堅強的戰鬥意志,和不與黑暗現實妥協的高潔品格。

另外,曹植的〈雜詩〉也被認爲,是有意無意間摹擬《楚辭》的作品,主題是用以闡明自己不受重用的憤懣心志。茲將〈雜詩〉六首錄於其下:

> 高臺多悲風,朝日照北林。之子在萬里,江湖迥且深。
> 方舟安可極,離思故難任。孤雁飛南遊,過庭長哀吟。
> 翹思慕遠人,願欲托遺音。形景忽不見,翩翩傷我心。(〈其一〉)
> 轉蓬離本根,飄颻隨長風。何意迴飆舉,吹我入雲中。
> 高高上無極,天路安可窮。類此遊客子,捐軀遠從戎。
> 毛褐不掩形,薇藿常不充。去去莫復道,沈憂令人老。(〈其二〉)
> 西北有織婦,綺縞何繽紛。清晨秉機杼,日暮不成文。
> 太息終長夜,悲嘯入青雲。妾身守空閨,良人行從軍。
> 自期三年歸,今已歷九春。孤鳥遶樹翔,噭噭鳴索羣。
> 願爲南流景,馳光見我君。(〈其三〉)
> 南國有佳人,容華若桃李。朝遊北海岸,夕宿瀟湘沚。
> 時俗薄朱顏,誰爲發皓齒。俯仰歲將暮,榮曜難久恃。(〈其四〉)
> 僕夫早嚴駕,吾行將遠遊。遠遊欲何之,吳國爲我仇。
> 將騁萬里塗,東路安足由。江介多悲風,淮泗馳急流。
> 願欲一輕濟,惜哉無方舟。閒居非吾志,甘心赴國憂。(〈其五〉)
> 飛觀百餘尺,臨牖御欞軒。遠望周千里,朝夕見平原。
> 烈士多悲心,小人媮自閑。國讎亮不塞,甘心思喪元。

---

〔註 14〕 司馬遷等著:《楚辭評論資料選》,臺北:長安出版社,1988 年 9 月初版,頁 499。

〔註 15〕 司馬遷等著:《楚辭評論資料選》,頁 506。

撫劍西南望，思欲赴太山。絃急悲聲發，聆我慷慨言。

　　（〈其六〉）〔註16〕

曹植六首〈雜詩〉，都是履忠被讒不得重用的言志之作。〈其一〉講述的是思慕之心無人可託的悲傷，暗喻悲怨上告無門之痛；〈其二〉則將自己比喻為「轉蓬」，用以說明自己遭受的遷徙流離之苦；〈其三〉、〈其四〉則悲嗟自己滿腹才華，卻不受重用，〈其五〉、〈其六〉自陳報效國家的雄心壯志。六首詩在形式上，未見「兮」的字句結構，但從內容文意上來看，《楚辭》影響的痕跡還是相當明顯的。

　　吳淇在《六朝選詩定論》卷五中，特別詳細的加以剖析，其云：

> 似皆原本於〈離騷〉。吾不知其有意摹之歟？抑無心偶合歟？第一章〈高臺多悲風〉，即〈思美人〉。二章〈轉蓬〉，即〈悲回風〉。三章、四章〈西北之織婦〉、〈南國之佳人〉，即《經》所謂「蹇修」，乃〈離騷〉之正托。五章〈僕夫早嚴駕〉，即〈遠遊〉。末章詠烈士，即〈九歌〉之〈國殤〉。……稱物引類，比興之義為多，故題名曰〈雜詩〉。
> 〔註17〕

文中吳淇將六首〈雜詩〉與屈原作品相吻合處，逐一拈出。他認為〈高臺多悲風〉，即〈思美人〉。他將「高臺多悲風，朝日照北林。」一句，解析為「喻君門之遠，……此處只有悲風，不見朝日。蓋朝日只照北林，不照此高臺也。」〔註18〕意指君王聽信讒言、重用小人，因此自己無法領受君王的恩澤，暗喻了懷才不遇的悲憤。這與屈原〈思美人〉中「思美人兮，攬涕而佇眙。媒絕路阻兮，言不可結而詒。」〔註19〕缺乏良媒而無法親近君王是相同的。而詩末，曹植因孤雁南飛，本來欲託孤雁傳達書信，表明自己思慕遠人（君王）的心，卻因為孤雁的不見蹤影而宣告失敗。這也與屈原於〈思美人〉中提及，本想托歸鳥傳達自己被讒的冤屈，卻無法成功的情節〔註20〕是一致的。

---

〔註16〕　曹植〈雜詩〉六首。曹植著，趙幼文校注：《曹植集校注》，頁251、393、387、379、65。按：〈雜詩〉其三——〈西北有織婦〉，趙幼文《曹植集校注》未收，今據黃節《曹子建詩注》補錄。黃節：《曹子建詩注》，臺北：藝文印書館，1975年9月三版，頁33、34。
〔註17〕　河北師範學院中文系教研組編：《三曹資料彙編》，頁149。
〔註18〕　河北師範學院中文系教研組編：《三曹資料彙編》，頁149。
〔註19〕　洪興祖：《楚辭補注》，頁146。
〔註20〕　原文為〈思美人〉：「申旦以舒中情兮，志沈菀而莫達。願寄言於浮雲兮，遇豐隆而不將。因歸鳥而致辭兮，羌宿高而難當。」洪興祖：《楚辭補注》，頁146。

　　而吳淇所言：「二章〈轉蓬〉，即〈悲回風〉」，是他以爲〈其二〉的詩人本意乃是「傷賢才不見用於世」〔註21〕。這與《楚辭‧九章》的〈悲回風〉中，屈原憂慮小人橫行，感嘆「寧逝死而流亡兮，不忍爲此之常愁」〔註22〕，有相同的主題。大凡物皆有其根本，離根遷徙流離則悲，屈原被迫流放漢北，像被強風吹拂的搖蕙〔註23〕；曹植被迫遷往遠離京師的封邑，則像無根的飛蓬。「搖蕙」、「飛蓬」都代表了他們飄搖困窘的處境。而「飛蓬」一辭，是曹植對《楚辭‧悲回風》文意仿製外，匠心獨具的變化，所謂「原辭曰『搖蕙』，此變化而曰『轉蓬』耳。」〔註24〕至於〈西北有織婦〉和〈南國有佳人〉中的「織婦」、「佳人」，與《楚辭》中「美人」意象的使用，相似度極高。尤其「俯仰歲將暮，榮曜難久恃」，與〈離騷〉的「惟草木之零落兮，恐美人之遲暮。」對時間流逝的憂慮；及「妾身守空閨，良人行從軍。自期三年歸，今已歷九春」與〈離騷〉的「曰黃昏以爲期兮，羌中道而改路。初既與余成言兮，後悔遁而有他。余既不難夫離別兮，傷靈脩之數化」〔註25〕的情節，幾乎是一樣的。至於詩中詞彙方面，如「朝遊」、「夕宿」及對時間消逝的憂慮，也都留有〈離騷〉的痕跡。

　　又〈僕夫早嚴駕〉一詩前二句，暗引了〈遠遊〉中「僕夫懷余心悲兮，邊馬顧而不行。思舊故以想像兮，長太息而掩涕。」〔註26〕曹植仿製外的新造則是「（屈原）原文以出世了道作結，此詩以入世建功作結，各極其妙耳。」〔註27〕至於〈飛觀百餘尺〉中的「國讎亮不塞，甘心思喪元」的烈士壯志，與〈九歌‧國殤〉的「誠既勇兮又以武，終剛強兮不可凌。身既死兮神以靈，子魂魄兮爲鬼雄」〔註28〕楚國戰士視死如歸的剛強精神，也是相同的。而與〈九歌‧國殤〉不同處在於，詩中主角的設定差異爲「（〈國

---

〔註21〕　河北師範學院中文系教研組編：《三曹資料彙編》，頁150。
〔註22〕　洪興祖：《楚辭補注》，頁158。
〔註23〕　〈悲回風〉原文爲「悲回風之搖蕙兮，心冤結而內傷。」洪興祖：《楚辭補注》，頁155。
〔註24〕　河北師範學院中文系教研組編：《三曹資料彙編》，頁150。
〔註25〕　吳淇在《六朝選詩定論》卷五中云：「『妾身』云云，即騷所云『初既與余成言兮，中又變而之他。』」因所言與〈離騷〉原文不同，宜引〈離騷〉原文做論述較爲適合。河北師範學院中文系教研組編：《三曹資料彙編》，頁151。
〔註26〕　〈遠遊〉。洪興祖：《楚辭補注》，頁172。
〔註27〕　河北師範學院中文系教研組編：《三曹資料彙編》，頁152。
〔註28〕　〈九歌‧國殤〉。洪興祖：《楚辭補注》，頁83。

殤〉〉彼已殉難，故曰『國殤』；此方思報，故曰『烈士』。」〔註29〕

　　以上，由〈釋愁文〉的文意、結構、辭彙分析，明顯可見曹植對《楚辭》的學習是相當精熟的。他能靈巧的運用《楚辭》各篇的文意、辭彙，甚至還拆解《楚辭》不同篇章的結構，將之重新組合，熔鑄成新章；又能在發抒憤懣的詩文中，將奮發昂揚的建安風骨，發揮得淋漓盡致，無怪乎吳淇盛讚云：「子建之詩，隱括〈風〉、〈雅〉，組織屈、宋，洵為一代宗匠，高踞諸子之上。」〔註30〕

　　其他，如〈離友詩〉三首〔註31〕和〈遙逝〉的「哀秋氣之可悲，涼風蕭其嚴厲。神龍盤於重泉兮，騰蛇置於幽穴」〔註32〕，或〈七啟〉歌曰：「望雲際兮有好仇，天路長兮往無由。佩蘭蕙兮為誰修，嬿婉絕兮我心愁」〔註33〕，形式上都以騷體的「兮」字句寫作。又〈七啟〉的寫作，曹植在詩前自敘：「昔枚乘作〈七發〉，傅毅作〈七激〉，張衡作〈七辯〉，崔駰作〈七依〉，辭各美麗，余有慕之焉。遂作〈七啟〉，並命王粲作焉。」〔註34〕文中說明了曹植的〈七啟〉主要是仿枚乘〈七發〉而作，但特別的是〈七啟〉的主旨，與〈卜居〉恰好相反。又〈美女篇〉中「佳人慕高義，求賢良獨難。眾人徒嗷嗷，安知彼所觀。盛年處房室，中夜起長歎。」〔註35〕則學習《楚辭》中「美人」意象的寫作手法，發抒賢良難得，因此憂慮無法成眠的主旨。

　　另外，曹植有〈贈白馬王彪・其一〉：「清晨發皇邑，日夕過首陽。伊洛廣且深，欲濟川無梁。汎舟越洪濤，怨彼東路長。顧瞻戀城闕，引領情內傷。」

---

〔註29〕　另外，吳淇也認為「然平原者，即〈九歌〉所云『平原忽兮路超遠』，乃〈國殤〉之『出不入而往不返』之處也。」河北師範學院中文系教研組編：《三曹資料彙編》，頁152。

〔註30〕　河北師範學院中文系教研組編：《三曹資料彙編》，頁145。

〔註31〕　〈離友詩〉三首原文為〈序〉：「鄉人有夏侯威者，少有成人之風。余尚其為人，與之昵好。王師振旅，送余於魏邦。心有眷然，為之隕涕，乃作離友之詩。」其辭曰：〈其一〉：「王旅旋兮背故鄉。彼君子兮篤人綱。媵余行兮歸朔方。馳原隰兮尋舊疆。車載奔兮馬繁驤。涉浮濟兮泛輕航。迄魏都兮息蘭房。展宴好兮惟樂康。」〈其二〉：「涼風肅兮白露滋。木感氣兮條葉辭。臨濼水兮登崇基。折秋華兮采靈芝。尋永歸兮贈所思。感離隔兮會無期。伊鬱悒兮情不怡。」〈其三〉：「日匿影兮天微陰，經迥路兮造北林？」曹植著，趙幼文校注：《曹植集校注》，頁54～56。

〔註32〕　〈三國文〉，卷十四。清・嚴可均校輯：《全上古三代秦漢三國六朝文》，頁1131。

〔註33〕　曹植著，趙幼文校注：《曹植集校注》，頁10。

〔註34〕　曹植著，趙幼文校注：《曹植集校注》，頁6。

〔註35〕　曹植著，趙幼文校注：《曹植集校注》，頁384。

其中「清晨發……，日夕……」的句型，借鑑了〈離騷〉中「朝……，夕……」〔註36〕的句型。而〈其三〉：「鴟梟鳴衡軛，犲狼當路衢。蒼蠅間白黑，讒巧令親疏。欲還絕無蹊，攬轡止踟躕。」〔註37〕則說明了上位者清濁不分、以黑爲白，而讒佞小人當道，導致仕進被阻隔的情景，這與〈離騷〉中屈原吶喊「荃不察余之中情兮，反信讒而齋怒」，即因君王聽信讒言而感到忿恨不平的情緒，幾乎是一致的。無怪乎清・宋徵璧《抱眞堂詩話》曾云：「〈離騷〉不可學，嗣此。其〈白馬王彪〉一篇……庶幾〈騷〉之變乎？」〔註38〕

以上，這些都可以清楚的看出曹植受到《楚辭》極大的影響，他不但精熟於《楚辭》各篇章，在詩文結構上，也頗能靈活運用並加以組合或改造。不只是曹植，建安時代的建安七子等人也都有擬騷體的創作，雖多爲辭賦作品，但這也顯示了《楚辭》在建安時代不論是在辭賦或五言詩中，的確具有廣泛的影響力。另外，陳祚明《采菽堂詩集》卷五云：「細揣格調，孟德全是漢音，丕、植便多魏響。」〔註39〕曹丕、曹植的詩文著作，足以代表建安時代的文學格調，自然是不容置疑。但以此來考察建安文人對《楚辭》各篇章的語彙使用、文章架構、內容情節……等的摹擬仿製，則更能說明建安文人對《楚辭》，或騷體文學的喜愛與接受度，都是相當高的。

曹植及建安七子，藉由對《楚辭》的模擬與新變，間接促進了當代五言詩的發展，他們以《楚辭》的體製爲文章結構的框架，在其中灌注了建安時代特有慷慨磊落之氣，在抒發情志爲主的《楚辭》擬作中，爲其增加了不同的風貌。對《楚辭》接受史而言，可謂開啓了新頁。

### （二）嵇康

在此之後，正始時期〔註40〕展開，文人對《楚辭》或騷體的運用，也有

---

〔註36〕 「朝……，夕……」的構句在《楚辭》中相當多。〈離騷〉中就有「朝搴阰之木蘭兮，夕攬洲之宿莽。」、「朝飲木蘭之墜露兮，夕餐秋菊之落英。」、「朝發軔於蒼梧兮，夕余至乎縣圃」等句。

〔註37〕 曹植著，趙幼文校注：《曹植集校注》，頁297。

〔註38〕 宋徵璧：《抱眞堂詩話》，載郭紹虞編《清詩話續編》（上），臺北：木鐸出版社，1983年12月初版，頁118。

〔註39〕 河北師範學院中文系教研組編：《三曹資料彙編》，頁32。

〔註40〕 西元240年，齊王曹芳即位，改元正始，是爲正始時期的開始。至景元六年（西元265年），司馬昭死後，其子司馬炎稱帝，是爲正始時期的結束，晉朝正式展開。阮籍、嵇康正值魏、晉之間，因此本章將建安與正始的詩歌一併討論。

了新的變化。《文心雕龍・明詩》中曾總括描述了正始文學的特色：

> 及正始明道，詩雜仙心；何晏之徒，率多浮淺。唯嵇志清峻，阮旨
> 遙深，故能標焉。〔註41〕

正始是魏廢帝曹芳（西元 241 年）的年號，當時玄風漸興，文人崇尚老莊之學，這即是劉勰所稱「詩雜仙心」的文壇情況。當時政治實權已經被司馬懿父子把持，他們不但剪除魏宗室，也屠殺文士，社會上瀰漫一股恐怖氣氛。在這種氣氛下，可稱爲當代文壇的代表者，就是嵇康與阮籍。「清峻」與「遙深」的風格，雖然是劉勰對其作品風格的概括，但就二人在詩歌上對屈原《楚辭》的學習來說，也是極爲適切的。

嵇康在詩歌方面，擬騷作品有〈思親詩〉和〈琴歌〉兩首。〈思親詩〉寫作全篇仿製〈九歌〉句式〔註42〕：

> 奈何愁兮愁無聊，恒惻惻兮心若抽。
> 愁奈何兮悲思多，情鬱結兮不可化。
> 奄失恃兮孤煢煢，內自悼兮啼失聲。
> 思報德兮邈已絕，感鞠育兮情剝裂。
> 嗟母兄兮永潛藏，想形容兮內摧傷。
> 感陽春兮思慈親，欲一見兮路無因。
> 望南山兮發哀歎，感機杖兮涕汍瀾。
> 念疇昔兮母兄在，心逸豫兮壽四海。
> 忽已逝兮不可追，心窮約兮但有悲。
> 上空堂兮廓無依，覩遺物兮心崩摧。
> 中夜悲兮當誰告，獨抆淚兮抱哀戚。

---

〔註41〕劉勰：《文心雕龍》，頁 66～67。

〔註42〕對於「兮」，諸家學者多有研究。如林庚主張「兮」字用法，《詩經》時代有三種，而《楚辭》創造了第四種。史墨卿主張有逐句用兮的、單句用兮的、偶句用兮的、間相離用的四種「兮」字用法。周秉高主張「兮」字的分佈有句中、單句末、雙句末、少兮或無兮四種情況。殷光熹則主張「兮」有用於單句末、雙句末、句中、單字詞後四種。郭杰與郭建勛主張楚辭體「兮」字有三種類型。若以較簡易的標準，亦即以其分屬兩大相異的歌曲系統加以分類，《楚辭》中「兮」的用法，可大略畫分爲兩大系統：(1)〈九歌〉、〈招魂〉系統，即「兮」皆位於句中之模式。(2)〈離騷〉、〈九章〉、〈遠遊〉、〈卜居〉、〈漁父〉同歸一系統，即「兮」多用於單句之末。可參閱筆者：《楚辭與音樂之研究》第四章〈楚辭與音樂的結合〉，成功大學碩士論文，2004 年 6 月，頁102。

　　日遠邁兮思予心，戀所生兮淚不禁。

　　慈母沒兮誰予驕，顧自憐兮心忉忉。

　　訴蒼天兮天不聞，淚如雨兮歎青雲。

　　欲棄憂兮尋復來，痛殷殷兮不可裁。〔註43〕

全文寫的是嵇康對亡母亡兄〔註44〕思念的淒切沉痛。全文對《楚辭》的學習，首先在於句式上。其句式中「兮」字句的構詞，是〈九歌〉中的句型，通常具有強烈的節奏感，而且運用上也趨向靈活多變化。〈九歌〉雖然多是短句，但加入「兮」字後，則能使詩歌具有反覆、拉長、吟哦之特色。對此，姜亮夫曾說：「吾人讀〈九歌〉，情愫宕蕩，……，此一『兮』字之功為不可沒云。」〔註45〕嵇康選擇用〈九歌〉句型，來書寫對過世親人的思念，其委婉哀怨情致是相當令人動容的。然而，若以詞彙使用來檢視，卻會發現有相當多是對《楚辭·九章》的借鑑。如「想形容兮內摧傷」和〈九章〉的「心冤結而內傷」（〈悲回風〉）相近；「中夜悲兮當誰告」和〈九章〉的「憂心不遂，斯言誰告兮」（〈抽思〉）相近；「獨抆淚兮抱哀戚」和〈九章〉的「孤子吟而抆淚兮，放子出而不還」（〈悲回風〉）相近。以嵇康在〈九歌〉句式上的嘗試仿製，及對〈九章〉內容精神的靈活借鑑，這些有意仿製《楚辭》的痕跡，都顯見嵇康嫻熟於《楚辭》的情形。

　　另外，嵇康有〈琴歌〉一首，云：「歌曰：淩扶搖兮憩瀛洲，要列子兮為好仇。餐沆瀣兮帶朝霞，眇翩翩兮薄天遊。齊萬物兮超自得，委性命兮任去留。」〔註46〕被置於嵇康〈琴賦〉的中間位置。嵇康〈琴賦〉首尾段落都用騷體寫作，中間再以騷體〈琴歌〉總結前文意旨，有意以騷體做為文章結構的劃分，而〈琴歌〉以文章中標明的「歌曰」來看，明顯的是作為「亂」的作用，這也是對《楚辭》的學習而來的。關於魏晉南北朝賦作中「歌曰」的作用，已於前一章討論過了，此不再贅述。

　　以上，不論是建安文人或嵇康，他們對《楚辭》句式、語彙、精神的特

---

〔註43〕 戴明揚：《嵇康集校注》，臺北：河洛圖書出版社，1978年5月初版，頁53～55。

〔註44〕 按嵇喜亡于嵇康之後。或嵇康別有一兄早逝。戴明揚：《嵇康集校注》，頁53～55。

〔註45〕 姜亮夫：〈九歌兮字用法釋例〉，收錄於《楚辭學論文集》，上海：古籍出版社，1984年，頁318。

〔註46〕 戴明揚：《嵇康集校注》，頁96～97。

意仿製，顯然說明《楚辭》在魏晉文人的接受度上極高，並進一步在摹仿的過程中被文人靈活的組合與改造。若以當代文學背景來檢視，騷體的靈活運用，其實是當代五言詩逐漸成熟為七言詩的歷程中，極重要的一環。當時在魏晉一般文人看來，只有四言、五言和騷體才是典雅的正體，七言不用於廟堂樂歌，不過是民間的俗體而已〔註 47〕。眾所周知，七言詩的發展正是基於比五言詩更具有抒情、表意的空間，而《楚辭》長短靈活的句式，就起了演變過程中重要的作用。

以嵇康〈思親詩〉來看，學習的是〈九歌〉中的句型，而〈九歌〉中的句型大多是「○○兮○○」、「○○○兮○○」及「○○○兮○○○」，其中以「○○兮○○」數量最多。而嵇康〈思親詩〉全篇選擇了「○○○兮○○○」的句型寫作，隱約透漏了七言詩逐漸發展的端倪，當然其中一項原因，也是因為情感上抒情的需要。

### （三）阮籍

在正始詩人中，以大量的詩歌抒發心靈苦悶的還有阮籍，他的八十二首〈詠懷詩〉，借鑑了《楚辭》發憤以抒情的寫作傳統，在語彙及內容精神上多受到《楚辭》影響。《文心雕龍》所稱的「阮旨遙深」，實際上與阮籍對《楚辭》的學習脫不了關係。

首先阮籍藉由對《楚辭》的學習，以〈詠懷詩〉來發洩憤懣及抒發情思。早在《楚辭·九章》中就有「惜誦以致愍兮，發憤以抒情。所作忠而言之兮，指蒼天以為正。」（〈惜誦〉）〔註 48〕關於「惜誦」的意涵，汪瑗《楚辭集解》云：「作於讒人交構，楚王造怒之際，故多危懼之辭」〔註 49〕林雲銘《楚辭燈》以為：「言痛己因進諫而遇罰，自致其憂也。」〔註 50〕可見屈原是在君王聽信小人讒言，導致自己蒙冤受挫之際，仍不願改變自己節操隨波逐流，他用〈惜誦〉來抒發自己悲鬱沉痛的心情，甚至還向上天立誓來證明自己的忠心。文中「發憤以抒情」一語，除了彰顯《楚辭》具有的強烈抒情性外，還逐漸發展成文學寫作的傳統。歷代士人「莫不擬則其儀表，祖式其模範，取其要妙，

---

〔註 47〕　郭建勛：《楚辭與中國古代韻文》，長沙：湖南大學師範出版社，2001 年 4 月 1 版，頁 170。

〔註 48〕　洪興祖：《楚辭補注》，頁 121。

〔註 49〕　馬茂元主編，楊金鼎等注釋：《楚辭注釋》，頁 303。

〔註 50〕　馬茂元主編，楊金鼎等注釋：《楚辭注釋》，頁 301。

竊其華藻」〔註51〕以模擬《楚辭》的寫作手法，來抒發自己欲訴而不能訴，或不敢訴的情感，甚至寄寓批評於其中。

阮籍的〈詠懷詩〉，正是借鑑《楚辭》來「發憤以抒情」的最佳實例。在司馬氏掌權之下，阮籍所面臨的困境，使他內心充滿了焦慮、矛盾與痛苦。對於內心真正的情感，他是無法明確宣之於口的。《晉書‧阮籍傳》中所載的阮籍，以「青白眼」〔註52〕直接表達對他人的愛憎，行為看似放蕩不羈，卻也「發言玄遠，口不臧否人物」〔註53〕以上兩者就行為的合理性來看，是具有落差與矛盾的。另外，他不崇禮典、無視禮法卻又性至孝〔註54〕；他以大醉〔註55〕來拒絕晉文帝的賜婚，卻時常「率意獨駕，慟哭而返」〔註56〕，這些行為都可以看出潛藏在阮籍心中的，是深沉的矛盾與精神上莫大的痛苦。《晉書》曾以「外坦蕩而內淳至」來為他的矛盾行為做註解，但我們看見的卻是他內心真摯熱烈卻無法紓解的情感，在生命受威脅的情況下，被桎梏在以「保命」為前提的枷鎖中。這些欲訴卻不能明白訴諸他人的情感，被他寄託在〈詠懷詩〉中。多達八十二首的〈詠懷詩〉，就在這樣險惡的時局中寫出，文學可說是苦悶的象徵，這說明阮籍有太多苦悶的情緒需要抒發。

在〈詠懷詩〉中可看到受《楚辭》影響的，是語彙的使用，及塑造的氛圍，如〈其二〉：

二妃游江濱，逍遙順風翔。交甫懷佩環，婉孌有芬芳。

猗靡情歡愛，千載不相忘。傾城迷下蔡，容好結中腸。

---

〔註51〕 王逸：〈離騷序〉。洪興祖：《楚辭補注》，頁 49。

〔註52〕 《晉書‧阮籍傳》：「籍又能為青白眼，見禮俗之士，以白眼對之。及嵇喜來弔，籍作白眼，喜不懌而退。喜弟康聞之，乃齎酒挾琴造焉，籍大悅，乃見青眼。」《晉書‧阮籍傳》，卷四十九。唐‧房玄齡等著、楊家駱主編：《晉書》，臺北：鼎文書局，1980 年 3 月初版，頁 1360。

〔註53〕 《晉書‧阮籍傳》：「籍雖不拘禮教，然發言玄遠，口不臧否人物。」，卷四十九。唐‧房玄齡等著、楊家駱主編：《晉書》，頁 1360。

〔註54〕 「既而飲酒二斗，舉聲一號，吐血數升。及將葬，食一蒸肫，飲二斗酒，然後臨訣，直言窮矣，舉聲一號，因又吐血數升，毀瘠骨立，殆致滅性。」，卷四十九。唐‧房玄齡等著、楊家駱主編：《晉書》，頁 1360。

〔註55〕 「文帝初欲為武帝求婚於籍，籍醉六十日，不得言而止。鍾會數以時事問之，欲因其可否而致之罪，皆以酣醉獲免。」，卷四十九。唐‧房玄齡等著、楊家駱主編：《晉書》，頁 1360。

〔註56〕 「其外坦蕩而內淳至，皆此類也。時率意獨駕，不由徑路，車跡所窮，輒慟哭而反。」卷四十九。同註 68，頁 1360。

感激生憂思，萱草樹蘭房。膏沐爲誰施，其雨怨朝陽。

如何金石交，一旦更離傷。〔註57〕

文意上，一說是認爲阮籍以「鄭交甫遇仙女」的故事譏刺司馬氏有負于曹氏皇室，而此種將君臣關係隱喻爲愛情關係的方法，始於屈原開創的藝術手法與文學傳統。而其類比形成的緣由，則如黃侃所言：「物之興衰，情之起伏，惟妃匹之間爲甚，故多托以爲喻。」〔註58〕除了藝術手法上的借鑑，本詩也頗具〈九歌〉韻味。首先提及鄭交甫的傳說，又巧妙的扣合〈湘君〉中「捐余玦兮江中，遺余佩兮澧浦」〔註59〕的文句，將之寫爲「交甫懷佩環」，暗中扣合〈九歌〉中〈湘君〉、〈湘夫人〉二篇。在〈九歌·湘君〉中說的是，因爲深切盼望的湘君並未降臨，因此解下隨身佩帶的玦、珮投入水中，但「捐玦遺珮」的動作並不是表示決絕，而是湘君身爲湘水之神，「捐玦遺珮」反而能視爲一種贈送與約定。而阮籍以鄭交甫遇仙女作開頭，並用「芬芳」、「蘭房」等〈九歌〉中常見的語彙來烘托情境，才逐漸轉而說明自己憂思難忍，在於「如何金石交，一旦更離傷」。「離傷」一指生命短暫，最終將面臨「死別」的哀傷；一指鄭交甫與仙女的愛情，即使是堅如金石，也註定有「生離」的一天。這種「生離死別」的痛苦，在阮籍的筆下靈活的呈現，以歷史事蹟深化了詩文內涵，並結合〈湘君〉中的「捐玦遺佩」情節，營造出全篇濃烈的離愁。

再看〈詠懷詩〉第十一首：

湛湛長江水，上有楓樹林。皋蘭被徑路，青驪逝駸駸。

遠望令人悲，春氣感我心。三楚多秀士，朝雲進荒淫。

朱華振芬芳，高蔡相追尋。一爲黃雀哀，涕下誰能禁。〔註60〕

詩中由《楚辭·招魂》〔註61〕中的轉化而成的語彙和文句相當多。如「湛湛

---

〔註57〕 逯欽立：《先秦漢魏晉南北朝詩》，頁 496。

〔註58〕 鄭文龍：《阮籍詩歌的表達藝術與美學價值》，東北師範大學碩士論文，2012年 5 月，頁 6。

〔註59〕 洪興祖：《楚辭補注》，頁 63。

〔註60〕 逯欽立：《先秦漢魏晉南北朝詩》，頁 498～499。

〔註61〕 〈招魂〉王逸序云：「宋玉哀憐屈原，忠而斥棄，愁懣山澤，魂魄放佚，厥命將落，故作〈招魂〉，欲以復其精神，延期年壽，外陳四方之惡，內崇楚國之美，以諷諫懷王，冀其覺悟而還之也。」但郭沫若以爲，〈招魂〉是屈原沿依舊俗，別鑄偉詞而作，此說比以爲〈招魂〉是巫覡任意歌唱之說更爲圓滿。鄭篤（按：即鄭振鐸）也認爲〈招魂〉受民歌的影響極大，或可能是屈原改

長江水，上有楓樹林」一句，是改造自〈招魂〉的「湛湛江水兮，上有楓」。
「皋蘭被徑路，青驪逝駸駸」，則是改造自〈招魂〉的「青驪結駟兮，齊千乘」
及「皋蘭被徑兮，斯路漸」。「遠望令人悲」則是改造自〈招魂〉的「目極千
里兮，傷心悲」。除了文句上的改造外，阮籍詩中更大量提及楚國的諸多人事
物。如「三楚」指的是當時楚國的中心區域，而詩中所提及的「高蔡」和「黃
雀」則是暗中扣合楚國莊辛勸告楚襄王，當勵精圖治、不宜與倖臣為伍，及
沉溺於享樂的一段故事。關於楚國莊辛之事，《戰國策》中記載：

> 夫雀，其小者也，黃鵠因是以。游於江海，淹乎大沼，俯喝鱔鯉，
> 仰嚙鯪衡。奮其六翮，而凌清風，飄搖乎高翔。自以為無患，與人
> 無爭也。不知夫射者，方將脩其碆盧，治其繒繳，將加己乎百仞之
> 上，被礛磻，引微繳，折清風而抎矣。故晝遊乎江河，夕調乎鼎鼐。
> 夫黃鵠，其小者也，蔡聖侯之事因是以。南游乎高陂，北陵乎巫山，
> 飲茹谿流，食湘波之魚。左抱幼妾，右擁嬖女，與之馳騁乎高蔡之
> 中，而不以國家為事。不知夫子發方受命乎宣王，繫已以朱絲而見
> 之也。……襄王聞之，顏色變作，身體戰慄。於是乃以執珪而授之
> 為陽陵君，與淮北之地也。〔註62〕

說的是黃鵠在空中恣意翱翔，自以為不會有憂患，卻不知道射箭者已經準備
好弓箭，牠將隨著箭上所繫的絲線墜落下來，成為鼎鑊中的食物。就像蔡靈
侯一樣，尚且沉醉在女色及遊玩中，卻不知道子發已經接受宣王的命令，要
將他綁到楚靈王跟前。這段以黃鵠及楚先祖事蹟來勸誡楚襄王的故事，何焯
《義門讀書記》曾解其文意為：「此篇以襄王比明帝，以蔡靈侯比曹爽。嗣宗，
爽之故史，痛府主見滅，王室將移也。」〔註63〕亦即認為「一為黃雀哀，涕
下誰能禁」的悲哀，是暗指當時阮籍為了曹爽的被殺，不禁傷悲流涕的政治
現實。

　　若以何焯所言的「痛府主見滅，王室將移也」的主題來看，用〈招魂〉

---

作的招魂曲。洪興祖：《楚辭補注》，頁 197。郭沫若：《今昔集》，重慶：出版
社未詳，1943 年，頁 130。鄭篤：《中國俗文學史》，臺北：商務出版社，1965
年，頁 38。

〔註62〕　〈楚策四·莊辛謂楚襄王〉。劉向集錄：《戰國策》，臺北：里仁書局，1980
年 4 月，頁 557～561。

〔註63〕　何焯著，崔高維點校：《義門讀書記》，北京：中華書局，1991 年 11 月 1 版，
頁 902。

一篇的文句作爲開始，並提及「黃雀」被射殺的悲傷，似乎是指對曹魏政權覆亡存有深深的悲嘆，或許也有隱隱爲曹魏宗室「招魂」之意。如此藉由寄託歷史興衰作爲詩文的內涵，在歷史現實意義上來說，就更加深化了詩意，這和屈原在《楚辭》中巧妙鎔鑄歷史典故於詩文中的情形是一樣的。司馬遷《史記·屈原賈生列傳》中曾評論〈離騷〉說其：「上稱帝嚳，下道齊桓，中述湯武，以刺世事。」〔註64〕顯見鎔鑄歷史典故，爲屈原擅長的一種寫作筆法，他能以古喻今，以歷史的興衰感，來加強及渲染文章的深度及塑造氛圍。因此就本詩來看，阮籍對〈招魂〉中不論是語彙、文句、篇章或南楚招魂曲的作用，抑或楚國的楚襄王舊事，甚至是悲傷氛圍的塑造，他都能靈活巧妙的向《楚辭》借鑑，其所受《楚辭》的薰陶不可謂不深。

　　阮籍〈詠懷詩〉主旨歷來多有晦澀難通之說，如「厥旨淵放，歸趣難求」（鍾嶸《詩品》）；「文多隱避，百代之下，難以情測」（《昭明文選》李善注）。正是基於他對各種典籍及歷史典故的嫻熟運用，和對各種典籍（包含《楚辭》）的語彙加以轉化、改造而來的文句。黃節言：

> 籍發言玄遠，口不臧否人物，斯則〈詠懷〉之作所由來也。而臧否
> 之情遷之於詩，一寓刺譏，故東陵吹臺之詠，李公蘇子之悲，綺園
> 伯陽之思，高子三之怨，詩中遞見。此李崇賢所謂文多隱避者也。
> 〔註65〕

黃節點出阮籍〈詠懷詩〉，文多隱避的原因，正是在於以歷史事蹟寄寓美刺與批評。蔡靈侯與楚國楚襄王舊事，就是阮籍用以寄寓心中的情感與美刺批評。

　　又如〈其三十九〉：

> 壯士何慷慨，志欲威八荒。驅車遠行役，受命念自忘。
> 良弓挾烏號，明甲有精光。臨難不顧生，身死魂飛揚。
> 豈爲全軀士，效命爭戰場。忠爲百世榮，義使令名彰。
> 垂聲謝後世，氣節故有常。〔註66〕

阮籍在詩中展現了慷慨激昂的壯士之志，認爲爲國效命即使「身死魂飛揚」，也在所不惜。因此即使壯烈犧牲性命，在後世也能博得顯揚的聲名。這首詩情韻與語彙，和〈九歌·國殤〉一篇是極其相似的。〈國殤〉是〈九歌〉中

---

〔註64〕司馬遷等著：《楚辭評論資料選》，頁1。
〔註65〕黃節：《阮步兵詠懷詩註》，臺北：藝文印書館，1975年九月三版，頁1。
〔註66〕逯欽立：《先秦漢魏晉南北朝詩》，頁504。

用來哀悼爲國戰死的將士，與頌揚他們是具有剛強品格的英雄。其云：

操吳戈兮被犀甲，車錯轂兮短兵接。

旌蔽日兮敵若雲，矢交墜兮士爭先。

凌余陣兮躐余行，左驂殪兮右刃傷。

霾兩輪兮縶四馬，援玉枹兮擊鳴鼓。

天時墜兮威靈怒，嚴殺盡兮棄原懋。

出不入兮往不反，平原忽兮路超遠。

帶長劍兮挾秦弓，首身離兮心不懲。

誠既勇兮又以武，終剛強兮不可凌。

身既死兮神以靈，子魂魄兮爲鬼雄。〔註67〕

詩中描述了楚國戰士身上配備的武裝「操吳戈兮被犀甲」、「帶長劍兮挾秦弓」，接著描述了戰爭情況的慘烈，雖然在「左驂殪兮右刃傷」的弱勢中，壯士們仍然不畏懼敵人，而盡其死節，死後骸骨雖被拋棄在原野，但這些具有堅強鬥志的戰士們，始終「誠既勇兮又以武，終剛強兮不可凌」。他們「志不可奪」的崇高品格，及爲國犧牲的壯烈，最後將留下美好的聲名。〈國殤〉一篇的特殊性，在於它是楚國祭祀神靈的祭歌套曲〈九歌〉中祭祀人鬼的篇章，祭祀的意義在於歌頌有堅強鬥志的戰士，爲國犧牲的高尚品格，從中也能看出楚人對戰士的重視。

〈詠懷詩〉第三十九全首，似乎由〈國殤〉中「出不入兮往不反，……懋，魂魄毅兮爲鬼雄」而來，詩中不但強調了慷慨激昂、願意以死抱效鄉國的壯士之志，也強調赴義而死後所能獲得的美名。尤其阮籍詩中的「臨難不顧生，身死魂飛揚」一句，和〈國殤〉的「身既死兮神以靈，子魂魄兮爲鬼雄」，在文句涵義及句式上都相似。王逸注云：「國殤既死之後，精神強壯，魂魄武毅，長爲百鬼之雄傑也」〔註68〕。兩詩中所描述的同仇敵愾及意氣激昂，都令人熱血沸騰，也讓我們感受到阮籍胸中的濟世之志。

阮籍其他〈詠懷詩〉在語彙或句式上，對《楚辭》的借鑑學習也不少。如第三十五首的「登彼列仙岨，採此秋蘭芳。時路烏足爭，太極可翱翔。」及第四十五首的「幽蘭不可佩，朱草爲誰榮。」……等句，其中所提及的「蘭芳」、「幽蘭」和「朱草」都是《楚辭》中屈原常提及的香草類植物。又如第

---

〔註67〕 洪興祖：《楚辭補注》，頁82～83。

〔註68〕 洪興祖：《楚辭補注》，頁83。

三十二首的「願登太華山，上與松子遊。漁父知世患，乘流泛輕舟。」〔註69〕也引用了《楚辭・漁父》的典故。

又或者是第四十三首的「朝餐琅玕實，夕宿丹山際」中的「朝……夕……」句型，也都是《楚辭・離騷》或〈九章〉各篇中常見的；甚或是屈原文學中所塑造的悲傷氛圍，乃至於對屈原文章中意象的學習，都清楚的呈現在他的詩文中。如〈詠懷詩〉第七十九首云：「林中有奇鳥，自言是鳳凰。清朝飲醴泉，日夕棲山岡。高鳴徹九州，延頸望八荒。適逢商風起，羽翼自摧藏。一去崑崙西，何時復迴翔。但恨處非位，愴恨使心傷。」〔註70〕寫鳳凰奇鳥潔身自好，但卻遇到肅殺的秋風，羽翼因此備受摧殘，阮籍以此引領出「處非位」的愴恨悲傷。

第三首「嘉樹下成蹊，東園桃與李。秋風吹飛藿，零落從此始。」〔註71〕則是以「桃李」的意象作爲秋風吹起，果實零落，來暗喻己身無法自保的險惡處境。這種以鳳鳥及桃李意象比喻的方式，正是《楚辭》中「善鳥香草，以配忠貞；惡禽臭物，以比讒佞；靈脩美人，以媲於君；宓妃佚女，以譬賢臣；虬龍鸞鳳，以託君子；飄風雲霓，以爲小人」〔註72〕的寫作傳統。

阮籍也曾透過對屈原的傷悼之情，來表達自我處境的困窘。第五十一首中提到「丹心失恩澤，重德喪所宜。善言焉可長，慈惠未易施。不見南飛燕，羽翼正差池。高子怨新詩，三閭悼乖離。何爲混沌氏，倏忽體貌墮。」〔註73〕就感嘆一片丹心和良好的品德，反而成爲人生的負累，並引用了《詩經・燕燕于飛》中：「燕燕于飛，差池其羽。之子於歸，遠送於野。瞻望弗及，泣涕如雨。」〔註74〕衛莊姜送戴嬀歸陳，與之訣別，不復能及的歷史事蹟，來烘托悲傷的氛圍，再以對屈原的感嘆，引領出對生命倏忽的感傷。

以上所述，阮籍擬騷詩作雖然不多，但他在〈詠懷詩〉中展現的特色，如語彙句式的改造、香草美人意象的使用，及歷史典故的鎔鑄，都是對《楚

---

〔註69〕　〈詠懷詩〉三十二：「朝陽不再盛，白日忽西幽。去此若俯仰，如何似九秋。人生若塵露，天道邈悠悠。齊景升丘山，涕泗紛交流。孔聖臨長川，惜逝忽若浮。去者餘不及，來者吾不留。願登太華山，上與松子遊。漁父知世患，乘流泛輕舟。」逯欽立：《先秦漢魏晉南北朝詩》，頁503。

〔註70〕　逯欽立：《先秦漢魏晉南北朝詩》，頁510。

〔註71〕　逯欽立：《先秦漢魏晉南北朝詩》，頁496。

〔註72〕　王逸：〈離騷〉序。洪興祖：《楚辭補注》，頁2～3。

〔註73〕　逯欽立：《先秦漢魏晉南北朝詩》，頁506。

〔註74〕　裴普賢：《詩經評註讀本》，臺北：三民書局，1998年2月7刷，頁99。

辭》寫作手法上的借鑑，這些在一定程度上反映了阮籍對《楚辭》的接受，也可以看作《楚辭》在正始時期被接受與改造的情形。

歷代研究者曾對阮籍〈詠懷詩〉之源流做過討論，然而眾說紛紜。辛旗將說法約略分為四派：1 出於《詩經‧小雅》，如南朝梁鍾嶸、明張溥、黃節。2 源於〈離騷〉：如陳祚明、王闓運、何義門、沈德潛。3 對《詩經‧小雅》及〈離騷〉都有繼承，如方東樹。4 胎息於《詩經‧小雅》，孳生於《楚辭》，且深受古詩、李蘇、曹植等作品影響，如今人邱鎮京。〔註75〕從以上對幾首詩的分析來看，說〈詠懷詩〉與《楚辭》不相干的話，恐怕是不能成立的。因為阮籍〈詠懷詩〉除了在寫作手法上，對屈原及《楚辭》有所模擬和學習外，在形式上（含語彙、文句）的套用，都可以見到《楚辭》的遺緒。

阮籍〈詠懷詩〉和《楚辭》相似的鮮明特徵，還有反覆致意的情志。

例如屈原〈離騷〉中的「荃不察余之中情兮，反信讒而齌怒。余固知謇謇之為患兮，忍而不能舍也」、「怨靈脩之浩蕩兮，終不察夫民心。眾女嫉余之蛾眉兮，謠諑謂余以善淫」、「世溷濁而嫉賢兮，好蔽美而稱惡。閨中既以邃遠兮，哲王又不寤」〔註76〕，都反覆痛陳君王被群小蒙蔽及小人對屈原的迫害。而「亦余心之所善兮，雖九死其猶未悔」，和「阽余身而危死兮，覽余初其猶未悔」〔註77〕，則反覆表達了自己即使要走上殺身成仁的道路，也從不後悔的堅定心志。實際上，這就是司馬遷《史記‧屈原列傳》所云：「其存君興國而欲反覆之，一篇之中，三致意焉。」〔註78〕陳師怡良也認為〈離騷〉之組織架構，所採取的是「迴還往復」法，不只是指相近意思的句子而已，還將全文分為三大段，認為三段之間，其繫聯照應極為緊密，行文更是隱顯交替，遙相呼應〔註79〕。

阮籍〈詠懷詩〉也有將自我情志，在詩中反覆致意的情形。如第一首的「夜中不能寐」，和第十七首的「獨坐空堂上」兩詩都陳述自己因愁思而無法

---

〔註75〕 錄自辛旗：《阮籍評傳》，北京：天正元印刷有限公司，2012 年 11 月一刷，頁135～138。
〔註76〕 洪興祖：《楚辭補注》，頁 9、14、34。
〔註77〕 洪興祖：《楚辭補注》，頁 14、24。
〔註78〕 司馬遷等著：《楚辭評論資料選》，頁 2。
〔註79〕 陳師怡良：《屈騷審美與修辭》，臺北：文津出版社，2008 年 10 月，初版一刷，頁 97。

入睡，詩意幾近相同。第三首的「凝霜被野草，歲暮亦云已」與第四首的「清露被皋蘭，凝霜沾野草」，則都寫時光倏忽易逝，因此嚮往隱逸的生活。第三十三首的「一日復一夕，一夕復一朝。顏色改平常，精神自損消」和第三十四首的「一日復一朝，一昏復一晨。容色改平常，精神自飄淪。」除了句式上的相同，更陳述了時光流逝對精神的損耗。而第七十一首「木槿榮丘墓，煌煌有光色」和第八十首的「墓前熒熒者，木槿耀朱華」，在句式、語意處也相當雷同。這樣的表現，無怪乎何焯《義門讀書記》會稱其〈詠懷詩〉「其源本諸離騷」〔註80〕了。於此可見，阮籍與屈原寫作手法上的會通之處，的確還有情志上的反覆致意這一項特色。

　　方東樹《昭昧詹言》曾云：「不深解〈離騷〉，不足以讀阮詩。」〔註81〕那是因為阮籍除了對《楚辭》語彙句式有所沿襲與改造外，也借鑑了屈原常用的香草美人意象、歷史典故的鎔鑄，及情志的反覆致意等寫作手法。阮籍在「憂生」的處境中，不得不選用艱澀隱晦的方式，來使詩作主題充滿多義性。「厥旨淵放，歸趣難求」（鍾嶸《詩品》）的〈詠懷詩〉因此充滿了象徵與朦朧的美感，面對「沉鬱頓挫，忠厚纏綿」〔註82〕風格的《楚辭》來說，真可說是得其妙處了。

　　李澤厚《美的歷程》中評論阮詩：

> 把受殘酷政治迫害的痛楚哀傷曲折而強烈地抒發出來，大概從來沒有人像阮籍寫得這樣深沉美麗。正是這一點，使所謂魏晉風度和人的主題具有了真正深刻的內容，也只有從這一角度去瞭解，才能更多地發現魏晉風度的積極意義和美學力量之所在。〔註83〕

文學上有「窮而後工」之說，沒有了痛楚哀傷，阮籍的詩作不至於如此曲折深刻。所謂讀阮籍詩，在理解魏晉風度和人的主題上的深刻，或許是讓我們感受到了在困厄險境中所壓制不住的豪情壯志，而這微小的力量，往往令我們沉浸於阮籍詩文中並低迴再三的主因。

---

〔註80〕何焯著，崔高維點校：《義門讀書記》，頁900。

〔註81〕方東樹著，汪紹楹校點：《昭昧詹言》，北京：人民文學出版社，年版，頁80。

〔註82〕陳廷焯《白雨齋詞話》卷七云：「幽深窈曲，瑰瑋奇肆，《楚辭》之末也。沉鬱頓挫，忠厚纏綿，《楚辭》之本也。」司馬遷等著：《楚辭評論資料選》，頁224。

〔註83〕〈美的歷程〉，收入李澤厚：《美學三書・華夏美學》，安徽：文藝出版社，1999年1月，頁106。

## 二、建安、正始擬騷詩之風格特色

由以上討論可知，不論是曹操、曹植、嵇康或阮籍，從他們的擬騷詩或五言詩中，都可以看到他們對《楚辭》在句式結構的仿製、語彙意象的襲用、歷史典故的鎔鑄及內容精神的借鑑。

在這時期擬騷體詩歌，對《楚辭》的仿製與改造中，較具鮮明時代特色的有以下幾項：

### （一）句式情節的靈活組合

建安、正始詩歌的擬騷詩作，多有對《楚辭》句式結構的仿製。如前文提及，《楚辭》常用「朝……，夕……」的句式，來闡述春秋代序中時間流逝的迅速。建安、正始時期，對時間的流逝、生命的短暫也有相同的憂思慨歎，因此「朝……，夕……」的句式，出現在擬騷詩的頻率極高。又阮籍〈詠懷詩〉中，擅長將屈原的文句拉長或縮短，並重新鋪敘成詩。

至於對《楚辭》情節結構的襲用與改造，曹植可以說是當代的箇中高手。如曹植〈九詠〉就是在仿製〈九歌〉結構的基礎上，對情節作了些許的改變。如〈九歌〉原是巫覡祈求神靈降臨的祭歌，曹植〈九詠〉於詩中加入了祈神者「候之不遇」的情節，將原本〈九歌〉中「祈神──神未降臨」的單純主線，改造成了「祈神──神降──等待者未遇──重新約定」的情節，增添了情節的高低起伏。又採取〈離騷〉中「自陳心志」的寫作手法，融入了無舟可度、自苦終身的感嘆與疑問。這兩項變化，使得〈九詠〉的內容顯得深刻，也更具有歷史現實意義。

曹植的〈釋愁文〉更是特地在情節結構上，嘗試將兩篇不同結構的形式，拆解後加以組合。他仿製〈漁父〉問答的形式，作為〈釋愁文〉一詩的首尾；中段則以〈卜居〉的結構加以鋪寫，也讓〈釋愁文〉一篇較之原篇顯得更加的活潑多變。又如雜詩〈飛觀百餘尺〉中，曹植更是在外在結構上，採用〈九歌·國殤〉的形式，但對詩中主角的設定有所差異，曹植以有思報之心的「烈士」，置換了〈國殤〉中已經殉難的楚國戰士。而其〈七啟〉的主旨，也特意設定的和〈卜居〉恰好相反。另外，嵇康〈琴歌〉中「歌曰」，也是借鑑《九章·抽思》中「少歌曰」的形式，來總括前段文義，並用以開啟後段行文。

以上這些情形，包含襲用、改造句式結構，或者組合、替換不同篇章的結構成為一篇，這些顯然是作者必須對《楚辭》的篇章有一定程度的熟悉，

才能進一步嘗試在情節結構上，加以調整及運用。實際上，《楚辭》在漢代的討論或擬作相當繁多，對魏晉的《楚辭》接受奠定了一定的基礎。而在曹植、嵇康、阮籍的筆下，對句式結構的部份所作求新求變的嘗試，也成爲建安及正始時期擬騷詩，或對《楚辭》借鑑的詩歌中，所呈現最鮮明的其中一項特色。

### （二）個體情感的強調渲染

除了句式情節的靈活組合外，能對《楚辭》的語彙意象、歷史典故，及內容精神加以襲用、鎔鑄、借鑑到詩文當中，都必須對屈原的其人其文有深刻的理解與學習，更甚者，必須與屈原處於相同的生命困境與挫折中，才能習得楚《騷》之精妙，並寫出滿溢楚《騷》氛圍的文學作品。曹植是學習《楚辭》用力極深的作家，丁晏在《曹集詮評》卷一中曾說曹植詩：「楚騷之遺，風人之旨。托體楚騷，而同姓見疏，其志同其怨亦同也。文辭淒咽深婉，何減靈均？」〔註84〕正是以爲曹植處於和屈原「志同」、「怨同」的情形下，才形成和屈原一樣淒婉悲傷的詩文風格。

雖然要抒發的情感，都是基於「志同」和「怨同」，但因爲時代背景的不同，兩人詩歌抒情的取向也有些微差異。《楚辭》中屈原「膺忠貞之質，體清潔之性，直若砥矢，言若丹青，進不隱其謀，退不顧其命」（〈王逸・離騷序〉）〔註85〕，即使知道前路崎嶇難行，卻仍九死不悔。我們看屈原在〈涉江〉中「吾不能變心而從俗兮，固將愁苦而終窮」的話語，道出他立誓堅守節操的決心。再看〈懷沙〉文末的「亂辭」：「定心廣志，余何畏懼兮？曾傷爰哀，永歎喟兮。世溷濁莫吾知，人心不可謂兮。知死不可讓，願勿愛兮。」顯示了屈原高潔坦蕩的襟懷，及捨生取義的大無畏精神。〈懷沙〉一篇，蔣驥《山帶閣注楚辭》云：「曰懷沙者，蓋寓懷其地，欲往而就死焉耳。」〔註86〕選擇面對死亡，屈原不憂不懼，情操是何等悲壯動人。屈原在《楚辭》中也常將自己對混亂國政的不滿，及君王被小人蒙蔽的情形，以怨刺的方式表達其憤

---

〔註84〕　丁晏：《曹集詮評》（卷一）評〈九愁賦〉語。丁晏：《曹集詮評》，頁8。
〔註85〕　洪興祖：《楚辭補注》，頁2～3。
〔註86〕　針對〈懷沙〉一篇有兩種說法，一派以爲其爲屈原的絕命之辭，如司馬遷、洪興祖、朱熹等人。一派則認爲是懷念長沙，如汪瑗《楚辭集解》、李陳玉《楚辭箋注》、錢澄之《屈詁》、蔣驥《山帶閣注楚辭》。馬茂元以爲第二種說法較爲合理，本文亦採取第二種說法。馬茂元主編、楊金鼎等注釋：《楚辭注釋》，頁362～363。

懣，像他在〈懷沙〉中對政治的絕望憤懣：「變白以爲黑兮，倒上以爲下。鳳凰在笯兮，雞鶩翔舞。」以鳳凰被關在竹籠中，而野雞反而在高空飛翔，用來託寓以諷刺當時社會賢愚不分的情形，而這些都形成了楚《騷》抒憤及怨刺的寫作特色。

從建安、正始的擬騷體，或受《楚辭》影響的詩歌來檢視，不論是曹植〈釋愁文〉中描述的「大道既隱，予生末季」而不招自來的哀愁；或〈僕夫早嚴駕〉中的以江介悲風、淮泗急流，來渲染遠行之愁，都滿溢了感傷的氛圍。但以美感經驗來說，這與屈原《楚辭》中抒發的悲壯情感仍是大不相同的。差別在於建安、正始詩人雖承繼了《楚辭》中抒憤的寫作手法，並陳述了因爲「惜時」、「憂生」、「不得志」而產生的悲傷情緒，但卻是用當代意氣激昂、慷慨熱情的情感，及珍惜生命的方式，來取代《楚辭》中「九死不悔」的悲壯。

我們看〈釋愁文〉中，曹植之所以憂愁滋生，自然是因爲政治的不得志，可是他卻願意接納玄虛先生的建議，將「無爲」、「淡薄」、「玄虛」、「淳樸」當作治病藥方，以達到消愁之效。〈僕夫早嚴駕〉中雖然寫遠行之愁，當尚且不忘自己「甘心赴國憂」遠大志向。這些嘗試去改變生命中不完美的想法，或情感上展現的明朗熱烈，都不同於屈原《楚辭》中悲壯的特色。再如阮籍的〈詠懷詩〉第十三首，雖然也感嘆「感慨懷辛酸，怨毒常苦多。」最後仍然以「求仁自得仁，豈復歎咨嗟」來作結。從這些詩可以看到，對詩人個體情感的強調渲染，都圍繞在「惜時」、「憂生」、「不得志」幾個主題中，它們著重的僅限於個人的感情，並且以如何讓悲苦生命更加美好作爲目標前進。像屈原所展現的爲國爲民的大志，或舍生取義以死諫來喚醒國君、群眾的行爲，已經不再出現於詩中了。文人思考的轉向，當然是基於政治、時代背景的不同，相對的在建安、正始詩中所呈現繼承《楚辭》而來的「怨刺」功能的確是有逐漸被削弱的跡象。這種個人情感的強調渲染，著重於個體本身抒憤的寫作手法，到了魏晉詩壇更加明顯，在對《楚辭》寫作手法的襲用中，出現了新的變化。

因此，不論是能靈活組合《楚辭》結構，嘗試求新求變的曹植，或清峻飄逸的嵇康詩；抑或是「難以情測」的阮籍詩，對句式情節的靈活組合，及個體情感的強調渲染，都讓我們看到《楚辭》在建安、正始詩風中的重要影響力。

# 第二節　兩晉南北朝詩歌對《楚辭》的接受與新變

　　《文心雕龍・通變》指出了魏、晉文章之間的沿承關係，其云：「魏之篇制，顧慕漢風；晉之辭章，瞻望魏采。」〔註 87〕意指魏文章嚴守漢的文章格式，而晉則繼承了魏以來的文采。建安與正始時期，政治與社會環境雖一度面臨恐怖的壓制與混亂，但詩歌的發展卻相當繁盛，雖然尚不脫漢體舊制，但榮盛滋長的情形，的確成為兩晉南北朝詩歌堅實的基礎。而劉勰「瞻望魏采」一句，正是點出兩晉南北朝文學重詞采及窮情寫物的特色。在詩歌發展的過程中，《楚辭》的影響力從來不曾消失，以下論兩晉及南北朝的擬騷詩歌，並檢視楚騷體在兩晉南北朝文學的接受與新變。

## 一、兩晉擬騷詩之創作特色

　　兩晉的文學風潮及特色，劉勰在《文心雕龍・明詩》中有詳細的分析。其云：

> 晉世群才，稍入輕綺。張潘左陸，比肩詩衢，采縟於正始，力柔于建安。或析文以為妙，或流靡以自妍，此其大略也。江左篇製，溺乎玄風，嗤笑徇務之志，崇盛忘機之談，袁孫以下，雖各有雕采，而辭趣一揆，莫與爭雄，所以景純〈仙篇〉，挺拔而為俊矣。
> 〔註 88〕

劉勰清楚的指出了兩晉詩風的特質：西晉詩風綺麗繁盛，在建安與正始的基礎上，更加重視辭采，傾向華美綺麗。然而，在風格上與建安相比，則缺乏了建安時代詩歌中明亮熱烈的情感，及任氣慷慨的精神，因此劉勰以「力柔」二字說明兩者的差異。及至東晉南遷江左，一時玄風大起，雖然有俊秀挺拔的佳篇出現，仍不免遭受到作品虛談無根、脫離社會現實的批評。在這種文風的影響下，擬騷體的作品，不能不受到影響。

### （一）傅玄

　　就兩晉擬騷詩人，首先必須關注的是傅玄。傅玄的擬騷體作品篇幅相當多，辭賦佔了極大部分，但他所作的擬騷詩文，也能幫助我們理解兩晉詩文擬騷的概況。

---

〔註 87〕　劉勰：《文心雕龍》，頁 520。
〔註 88〕　劉勰：《文心雕龍》，頁 66～67。

　　傅玄的擬騷體詩文，計有：〈橘賦序〉、〈擬天問〉、〈擬招魂〉、〈擬楚篇〉、〈擬四愁詩〉……等。樂府體裁的擬騷詩，有〈吳楚歌〉、〈西長安行〉、〈昔思君〉、〈董逃行歷九秋篇〉十二首、〈車遙遙〉、〈驚雷歌〉。

　　傅玄所作〈橘賦〉已佚，只留下〈橘賦序〉的殘文，其云：「詩人睹王雎而詠后妃之德，屈平見朱橘而申直臣之志焉。」〔註89〕其中讚揚了屈原用來「申志」的〈橘頌〉，及屈原「正直忠潔」的品格，推測大抵是傅玄用來模擬屈原〈橘頌〉的作品。

　　〈擬天問〉、〈擬招魂〉也徒存殘篇。〈擬天問〉殘存四句：「七月七日，牽牛織女，時會天河。……月中何有，白兔擣藥。」〔註90〕實則《楚辭·天問》體制宏大，是屈原繼〈離騷〉之後的第二長詩，主以四言為主，間有增損，共發一百七十二問，問題範圍包含了自然界和紛紜錯雜的人事問題，並援引了相當多的典故、神話傳說與楚國之事〔註91〕，功用上主要是屈原用來「以渫憤懣，舒瀉愁思」（《王逸注》）〔註92〕，可謂是一篇匠心獨具之奇文。由文中來看，傅玄的〈擬天問〉，除了在句式上模擬了以四言為主的〈天問〉，也援引七夕「牽牛織女」相會，和月宮中「白兔擣藥」的傳說。這些明確的說明了，傅玄此篇作品想藉由句式與內容，以近效原作的用心。此外，〈天問〉因為歷來有「文意不次序」的問題，又篇幅宏偉，很少有人加以模擬，因此不論傅玄〈擬天問〉所展現的藝術成就為何，都代表了兩晉對《楚辭》篇章接受度的擴展。因為唯有發現並正視文章的文學或藝術價值，才會有加以仿製模擬的情形出現，也證明至少兩晉到了傅玄時，已經有文人開始向〈天問〉投注熱烈的目光了。

　　〈擬招魂〉徒存殘篇為：「雕楹文梲結修梁，增臺列榭別有望，設畫屏風文繡班，上紀開闢圖自然。……屏風四合，銘鄧錯班，蘭膏明發，相年所藻。」

---

〔註89〕　〈全晉文〉，卷四十五。清·嚴可均校輯：《全上古三代秦漢三國六朝文》，頁1718。

〔註90〕　〈全晉文〉，卷四十六。清·嚴可均校輯：《全上古三代秦漢三國六朝文》，頁1721。

〔註91〕　陳師怡良〈天問的思想內容及其文學價值〉一文認為「天問結構謹嚴，層次分明，首自天地的形成問起，次及陰陽明晦，日月星辰，五嶽四瀆等，再及與天地人事有關的奇說異聞，然後是歷史問題，大範圍的是夏商周、五霸、吳楚秦之事，最後縮小範圍，專論楚國之事，兼致個人感慨。」陳師怡良：《屈原文學論集》，臺北：文津出版社，1992年11月初版，頁338。

〔註92〕　洪興祖：《楚辭補注》，頁85。

〔註93〕殘文中，描述的是高大華美的屋舍及亭臺樓閣，還有精美的設畫屏風。其中，嚴可均提及的後四句，和在《北堂書鈔》中記錄的文句是相同的，此外又認爲「相年所藻」一句有誤。以其殘篇的行文和脈絡來看，末句的確是在文意上有扞格不通處。首先檢視《楚辭·招魂》的文句，《楚辭·招魂》中，是以「內崇楚國之美」〔註94〕，以召回靈魂歸返鄉國故居作爲主要功能。因此文中有對華屋高堂的描寫，如「高堂邃宇，檻層軒些。層臺累榭，臨高山些。網戶朱綴，刻方連些」、「翡帷翠帳，飾高堂些。紅壁沙版，玄玉梁些。仰觀刻桷，畫龍蛇些」〔註95〕……等。〈招魂〉摹寫除了以四言句爲主，配合了楚地方言的語氣詞「些」，刻畫了富麗堂皇的宮室：高大華美的房屋，屋外層層的走廊有欄杆圍繞著，亭臺樓閣依山而建，窗戶有著細緻的方格網狀雕花，冬暖夏涼；而屋內用翡翠色的帳幕裝飾廳堂，有朱紅色的牆及丹砂染的窗版，屋頂的花紋則刻畫了龍蛇的圖樣。而〈擬招魂〉殘篇的前四句，也描述了雕花的樑柱，及可以望遠的亭臺樓閣、繡著精美花紋的屏風，這些都是模擬屈原〈招魂〉段落的痕跡。

　　此外，〈擬招魂〉殘篇的「屏風四合，銘鄧錯班，蘭膏明發，相年所藻。」文意雖然有些錯雜難解，但這與屈原〈招魂〉中，對鄉國故居珍奇物品的描寫是一模一樣的。〈招魂〉有「室中之觀，多珍怪些。蘭膏明燭，華容備些。」〔註96〕和「娛酒不廢，沈日夜些。蘭膏明燭，華鐙錯些」〔註97〕兩段。其中「蘭膏明燭」，是用添加了香料的油脂來製作蠟燭；而「華鐙錯些」，「鐙」即今日的「燈」，胡文英曰：「『鐙』，架燭者」〔註98〕也就是今天的燈臺。〈擬招魂〉的「銘鄧錯班，蘭膏明發」看來也是描寫用香料油脂製作的蠟燭，在夜晚被點燃的情景，若的確如此，那麼「鄧」有可能就是指「鐙」，這樣殘文四句的文意也就豁然清晰了，正可以解釋爲刻劃「周圍有長幅的屏風，華美的燈臺錯雜，香料油脂製作的蠟燭正點燃著」的場景了。因此，從以上可知，

---

〔註93〕〈全晉文〉，卷四十六。清·嚴可均校輯：《全上古三代秦漢三國六朝文》，頁1721。

〔註94〕王逸《楚辭章句》注：「屈原忠而斥棄，愁懣山澤，魂魄放佚，厥命將落。故作〈招魂〉，欲以復其精神，延其年壽，外陳四方之惡，內崇楚國之美，以諷諫懷王，冀其覺悟而還之也。」洪興祖：《楚辭補注》，頁197。

〔註95〕洪興祖：《楚辭補注》，頁202、206。

〔註96〕洪興祖：《楚辭補注》，頁204。

〔註97〕洪興祖：《楚辭補注》，頁212。

〔註98〕馬茂元主編、楊金鼎等注釋：《楚辭注釋》，頁519。

傅玄不論是在〈擬天問〉或〈擬招魂〉兩篇中，都極力模擬了《楚辭》的文義及語境，只有在文字上作稍微的更動而已。其他如〈擬楚篇〉，只有「登崑崙漱玉池」，「光滅星離」〔註99〕兩句，由傅玄使用的語彙來看，也頗有《楚辭》韻味。

另外，傅玄的擬騷體詩歌，還可以在他的樂府詩中見到。如〈吳楚歌〉、〈西長安行〉、〈昔思君〉、〈董逃行曆九秋篇〉十二首、〈車遙遙〉、〈驚雷歌〉。這些樂府詩，幾乎首句都使用「兮」字句作為開頭，然而不論語彙或韻味來說，風格上都比較傾向漢樂府詩。除了其中一首〈吳楚歌〉的「燕人美兮趙女佳，其室則邇兮限層崖。雲為車兮風為馬，玉在山兮蘭在野。雲無期兮風有止，思多端兮誰能理。」〔註100〕文中還有以「風」、「雲」為「車」、「馬」的描述，其所塑造的氛圍，和〈九歌〉中的大司命以玄雲為車乘，飄風為先驅，凍雨為之灑塵；或駕龍乘雷的東君是極為相似的。除了「兮」字的使用，在這些詩歌中，「佳人」意象的襲用也是遠溯《詩經》，這些詩歌中和屈原《楚辭》中「美人」的意象及寄託不同。

以傅玄的擬騷體詩歌來看，對於《楚辭》的模擬是較中規中矩的，幾篇以「擬」為題名的篇章，多仿造《楚辭》語彙及氛圍，較具意義的是在樂府詩中，他將「兮」字句入詩，顯然《楚辭》的影響力，拓展到樂府詩歌中的情形仍持續著。

## （二）陸雲

陸雲在曾在〈與兄平原書〉中，和陸機分享了閱讀《楚辭》的心得：

> 嘗聞湯仲歎〈九歌〉，昔讀《楚辭》，意不大愛之。頃日視之，實自清絕滔滔，故自是識者，古今來為如此種文，此為宗矣。視〈九章〉，時有善語，大類是穢文，不難舉意，視〈九歌〉便自歸謝絕。……真玄盛稱〈九辯〉，意甚不愛。〔註101〕

特別的是，陸雲本來不甚喜愛的〈九歌〉，後來的地位卻一躍而上，獲得他「清絕滔滔」、「此為宗矣」的高度評價。〈九章〉卻變成了「時有善語，大類是穢文，不難舉意」的文章。這種地位劇烈的升降變化，還是因為一個

---

〔註99〕 逯欽立：《先秦漢魏晉南北朝詩》，頁 566。

〔註100〕 逯欽立：《先秦漢魏晉南北朝詩》，頁 562。

〔註101〕 陸雲：〈與兄平原書〉，〈全晉文〉。清·嚴可均校輯：《全上古三代秦漢三國六朝文》，頁 2046。

「情」字。所謂〈九章〉的「不難舉意」，自然是因爲他對〈九章〉的仿製（指〈九愍〉）是極爲成功的。但〈九章〉的情緒及氛圍，畢竟是無比沉重的忠君愛國之情。而純爲沅湘民間祭祀歌曲的〈九歌〉，雖然主要仍是用以祀神，但在屈原的潤色下，在迷離縹緲中，神祇擁有了與人間男女一般的情思。如「目眇眇兮愁予」待君不至的湘夫人，有著動人的憂愁與苦悶；而含睇微笑、窈窕多情之山鬼，妖媚靈動的述說著對公子不歸的哀怨。〈九歌〉可說各篇情致大不相同，卻都情感熱烈，令人入迷。或許這就是陸雲自認無法模擬，而「自歸謝絕」的原因吧！明·馮覯曾說：「（〈九歌〉）情神慘婉，詞復騷艷。喜讀之可以佐歌，悲讀之可以當哭。清商麗曲，備盡情態矣！」〔註102〕馮覯雖然和陸雲相隔幾代，但馮覯所言或許可爲陸雲「自歸謝絕」一語作註腳！

　　除了〈九章〉，陸雲也將「情」視爲作文標準，來評論《楚辭·漁父》一章。其云：

> 意又謂其（屈原）與漁父相見以下盡篇爲佳，……雲以原流放，唯
> 見此一人，當爲致其義，深自謂佳。願兄可試更視，與漁父相見時
> 語，亦無他異，附情而言，恐此故勝淵、弦。〔註103〕

陸雲以爲〈漁父〉一章，流放中憔悴枯槁的屈原，漁父是他唯一能陳述心志的對象，因此在言談中表達了他悲傷憤懣的情緒，所謂「舉世皆濁我獨清，眾人皆醉我獨醒，是以見放」一語，何其沉重？也讓世人對屈原的不遇，有著深深的同情。因此，〈漁父〉一章之佳處，依陸雲的理解，關鍵正在於「附情」二字。

　　由陸雲〈與兄平原書〉中，與陸機相互討論作品的文字中，我們看見了陸雲「先情後辭」的文學主張，也看到了陸雲研讀《楚辭》的心得及其評論。總論之，可以說陸雲正是以「情」來評《楚辭》，更是以「情」來擬作《楚辭》，這也成爲了魏晉文學重視情感渲染的一個例證。

### （三）潘岳

　　潘岳是當代寫作哀辭的大家，他的擬騷詩作，有〈悲邢生辭〉、〈傷弱子辭〉、

---

〔註102〕司馬遷等著：《楚辭評論資料選》，頁 366。

〔註103〕西晉·陸雲：〈與兄平原書〉，〈全晉文〉。清·嚴可均校輯：《全上古三代秦漢三國六朝文》，頁 2042～2043。

〈哀永逝文〉、〈哭弟文〉等篇章，幾乎都屬於哀辭類〔註104〕的範圍。何謂哀辭？徐師曾《文體明辨·序說》云：「哀辭者，哀死之文也，故或稱文。夫哀之為言依也，悲依於心，故曰哀；以辭遣哀，故謂之哀辭也。」〔註105〕因此，潘岳的擬騷詩作都是用以表達對死者的想念，或抒發作者自我的悲傷情緒。如〈悲邢生辭〉是傷悼友人之作，首先讚揚了邢生的德行，文末一段用「兮」字句來書寫，文云：「送子兮境垂，永訣兮路岐。一別兮長絕，盡哀兮告離。」〔註106〕表達了因死亡而與朋友長訣的哀情。〈傷弱子辭〉是傷悼征途中死亡的孩子，文章一開始便以騷體陳述出生兩個多月的孩子，因不幸夭折，只好就近將他埋葬在莽莽的丘壑中。文末則以四言句，表達他內心深沉的悲痛，其云：「葉落永離，覆水不收。赤子何辜？罪我之由。」〔註107〕末四句造語自然，卻透露出身為父親對兒子早夭的萬分悲慟。而〈哀永逝文〉是傷悼夫人楊氏的作品，文中首先寫出了全家人對於楊氏死亡的哀戚與悲痛，尤其是潘岳眷戀不捨與妻子楊氏的永別，他回想起楊氏的舊身影，彷彿仍形影真切。其云：「想孤魂兮眷舊宇，視倏忽兮若髣髴。徒髣髴兮在慮，靡耳目兮一遇。停駕兮淹留，徘徊兮故處。」〔註108〕他徘徊在居室，寄望能再見一面，可惜斯人已逝，只能感嘆「昔同塗兮今異世，憶舊歡兮增新悲。」潘岳以物在人亡烘托喪妻的悲傷氛圍，筆下所述事物彷彿全沾染上悲傷之情，讀之令人悵然若失。〈哀永逝文〉全文皆為兮字句，文末還採《楚辭》中的「重曰」形式，作收束全文情感，騷體形式相當明確。而〈哭弟文〉云：「視不見兮聽不聞，逝日遠兮憂彌殷。終皓首兮何時忘，情楚惻兮常苦辛。」〔註109〕則是傷悼早逝的弟弟，並表達即使到白頭垂老之時，亦無法相忘的眷戀傷懷之情。

這些擬騷體的哀辭，文辭婉轉淒切，寄寓了潘岳對親人亡逝的傷悼之情。《晉書》本傳中，說潘岳「辭藻絕麗，尤善為哀誄之文」〔註110〕。《文心雕龍·

---

〔註104〕 〈悲邢生辭〉、〈傷弱子辭〉、〈哀永逝文〉雖然沒有以哀辭作為命題，但在《藝文類聚》卷三十四中，將其列入哀辭一類的作品。而不管由哀辭的定義或文章內容及闡釋的情思來看，的確可以稱之為哀辭。
〔註105〕 徐師曾：《文體明辨·序說》，臺北：長安出版社，1978年12月初版，頁153。
〔註106〕 〈全晉文〉。清·嚴可均校輯：《全上古三代秦漢三國六朝文》，頁1997。
〔註107〕 〈全晉文〉。清·嚴可均校輯：《全上古三代秦漢三國六朝文》，頁1997。
〔註108〕 〈全晉文〉。清·嚴可均校輯：《全上古三代秦漢三國六朝文》，頁1998。
〔註109〕 〈全晉文〉。清·嚴可均校輯：《全上古三代秦漢三國六朝文》，頁1998。
〔註110〕 卷五十五。唐·房玄齡等著，楊家駱主編：《晉書》，頁1506。

指瑕》也說「潘岳之才，善於哀文。」〔註111〕而哀辭中悲傷情緒的抒發，「兮」字其實具有相當的作用。這四篇哀辭中的「兮」字，屬於〈九歌〉、〈招魂〉的系統，即「兮」皆位於句中之模式〔註112〕。「兮」字，主要是用以調節節奏，使文章展現高低長短、參差錯落的迴環變化之美，因此用來表達哀情是極為合適的。姜亮夫也曾說「吾人讀〈九歌〉，情愫宕蕩，……，此一兮字之功為不可沒云。」〔註113〕而用騷體大暢哀情，也成為一種哀辭寫作的形式。如吳訥的《文章辨體・序說》中便說：「哀辭則寓傷悼之情，而有長短句及楚體不同，作者不可不知。」〔註114〕明白說明了哀辭的形式，區分為長短句及楚體兩種，可見文人的確有以騷體寫作哀辭的習慣。郭建勛也以為：「由於騷體的兮字句，具有特別強烈的抒情詠歎意味，尤其適於表現那種悲哀激烈的情緒，所以從漢末蔡邕開始，騷體逐漸向哀辭等悼亡之作浸淫，經由建安，到西晉而大盛。」〔註115〕

　　雖然潘岳的人品與文品是否統合，歷來都是文學史上爭論的要點。但對於他採取騷體來寫作哀辭，並於文中呈現了淒切婉轉的動人情致，是不能否認的事實。陳祚明《采菽堂古詩選》曾評論潘岳的文章：「安仁情深之字，每一涉筆，淋漓傾注，婉轉側折，旁寫曲訴，刺刺不能自休。夫詩以道情，未有情深而語不佳者。」〔註116〕無怪乎，他的哀辭及〈悼亡詩〉能在文壇上享有極高的評價。而以騷體來寫哀辭，並暢敘其悲慟之哀情，可以說是潘岳擬騷的一大特色。

---

〔註111〕劉勰：《文心雕龍》，頁 637。
〔註112〕《楚辭》中「兮」的用法，除了學者主張大的幾種情況外，可明顯看出「兮」的使用，有其相異之特徵，即明顯分有兩大系統。(1)〈九歌〉、〈招魂〉系統，即「兮」皆位元於句中之模式。(2)〈離騷〉、〈九章〉、〈遠遊〉、〈卜居〉、〈漁父〉同歸一系統，即「兮」多用於單句之末。其中又有〈橘頌〉及亂辭特出的模式。以上是由數據加以立論，更主要以其分屬兩大相異的歌曲系統來加以分類。林雅琪：《楚辭與音樂之研究》，頁 110。
〔註113〕姜亮夫：〈〈九歌〉兮字用法釋例〉，《楚辭學論文集》，上海：上海古籍出版社，1984 年，頁 318。
〔註114〕吳訥：《文章辨體・序說》，臺北：長安出版社，1978 年 12 月初版，頁 54。
〔註115〕郭建勛：《漢魏六朝騷體文學研究》，長沙：湖南教育出版社，1997 年 3 月初版，頁 189。
〔註116〕卷十一。陳祚明著、李金松點校：《采菽堂古詩選》，上海：上海古籍出版社，2008 年 12 月 1 刷，頁 332。

## （四）夏侯湛

夏侯湛與潘岳在文壇上齊名，《晉書》本傳中說：「湛幼有盛才，文章宏富，善構新詞，而美容觀，與潘岳友善，每行止同輿接茵，京都謂之『連璧』。」〔註117〕他留下的詩歌並不多，但作品中以騷體寫作的詩歌就有〈離親詠〉、〈江上泛歌〉、〈山路吟〉、〈長夜謠〉等篇，內容多是抒發離親思鄉的愁悶。

夏侯湛〈離親詠〉云：

> 剖符兮南荊，辭親兮遐征。發軔兮皇京，夕臻兮泉亭。撫首兮內顧，案轡兮安步。仰戀兮後塗，俯歎兮前路。既感物以永思兮，且歸身乎懷抱。苟達親以從利兮，匪曾閔之攸寶。視微榮之瑣瑣兮，知吾志之愈小。獨申愧于一心兮，慙報德之彌少。〔註118〕

詩歌中，夏侯湛寫自己不得已要辭親遠離家鄉，遠至南陽擔任南陽相〔註119〕。早上從京城出發，晚上便到了泉亭。並且嘆息爲了小小的功名，只能離開雙親，更爲了無以回報雙親的恩德而感到慚愧。詩中首四句就極具《楚辭》韻味，如三、四句寫旅途之遄速，與《楚辭》中用「朝……，夕……」寫旅程地點的變化，句法是相似的，皆表達了旅途間行進的快速。詩中所塑造的氛圍，也和屈原〈離騷〉及〈哀郢〉相似，都是描述不得已遠行的離愁。當中夏侯湛對自己的微薄的官職，也表達了抱怨與不滿。全詩靈巧採用了《楚辭》中，〈離騷〉與〈九歌〉的句式，是他用來抒發遠行離愁的詩作。

又其〈江上泛歌〉，也是陳述夏侯湛到南荊後，面對浩浩江水所生發的思鄉之愁。詩歌末四句「凌波兮願濟，舟楫不具兮江水深沈。嗟回盼于北夏，何歸軫之難尋！」〔註120〕夏侯湛寫到對於缺乏舟楫渡過深水，而無法回鄉，其對故鄉深切的眷戀，躍然紙上。這種情感與屈原〈哀郢〉中的「將運舟而下浮兮，上洞庭而下江。去終古之所居兮，今逍遙而來東。……背夏浦而西

---

〔註117〕 卷五十五。唐・房玄齡等著、楊家駱主編：《晉書》，頁1491。

〔註118〕 〈全晉文〉，卷六十八。清・嚴可均校輯：《全上古三代秦漢三國六朝文》，頁1853。

〔註119〕 「遐征」二字，徐公持《魏晉文學史》以爲：「〈離親詠〉寫『剖符兮南荊，辭親兮遐征』當作於出任南陽相時。」陳潔〈夏侯湛詩歌考述〉說其楚歌體詩歌爲「夏侯湛自京都被貶謫至南陽時所作」。徐公持：《魏晉文學史》，北京：人民文學出版社，1999年，頁299。陳潔：〈夏侯湛詩歌考述〉，《鄖陽師範高等專科學校學報》，2011年4月第31卷第2期，頁22。

〔註120〕 〈全晉文〉。清・嚴可均校輯：《全上古三代秦漢三國六朝文》，頁1853。

思兮，哀故都之日遠」及「惟郢路之遼遠兮，江與夏之不可涉」〔註121〕，被迫遠離鄉國的思鄉之情，是完全一致的。

　　至於他〈山路吟〉中的「攬轡兮抑馬，踟躕兮曠野」〔註122〕一句，與〈東君〉中「撰余轡兮高駝翔，杳冥冥兮以東行」〔註123〕，句法也極其相似。

　　以上這些詩歌，顯而易見地，都頗具和《楚辭》相近的文辭及韻味。其一是基於地理因素的影響。據陳潔考述以爲《晉書‧地理志》所載：

> 及秦，以楚之漢北爲南陽郡，西晉時改南陽郡爲南陽國，界屬荊州，
> 而（荊州）六國時，其地爲楚。在漢魏時期，這一地區仍帶有楚文
> 化的特點。〔註124〕

亦即南陽郡即古代楚地範圍。因此，夏侯湛擔任南陽相時的創作，不可避免的多少會受到楚文化的影響，自然屈原的《楚辭》一書，也是他有機會閱讀的典籍了。另外，以內在因素來看，夏侯湛自京都被貶謫至南陽，又與屈原創作《楚辭》的心境相當，這又可構成夏侯湛創作《楚辭》體詩歌的精神動力。〔註125〕

　　可見，夏侯湛所留下爲數不少的擬騷體詩歌，主要還是基於和屈原有心境與處境上的雷同，因此當行至楚國舊地，不免懷想古人，並以騷體來闡述其憤懣哀思了。

### （五）石崇、張翰、葛洪

　　其他騷體詩歌，還有石崇的〈思歸嘆〉。石崇曾以伐吳有功，被封爲安陽鄉侯，官拜黃門侍郎，累遷散騎常侍、侍中。〈思歸嘆〉前有序文一篇，石崇自言「年五十，以事去官。晚節更樂放逸，篤好林藪……困於人間煩黷，常思歸而永嘆。尋覽樂篇，有〈思歸引〉」可見創作緣由主要是，困於煩黷而有所詠嘆，也因爲被貶官而引發思歸的念頭。〈思歸嘆〉云：

---

〔註121〕洪興祖：《楚辭補注》，頁 134。

〔註122〕〈山路吟〉原文：「鳳駕兮待明，陟山路兮遄征。冒晨朝兮入大谷，道逶迤兮嵐氣清。攬轡兮抑馬，踟躕兮曠野。曠野驅兮遼落，崇岳兮崔嵬。丘陵兮連離，卉木兮交錯。淥水兮長流，驚濤兮拂石。」〈全晉文〉。清‧嚴可均校輯：《全上古三代秦漢三國六朝文》，頁 1853。

〔註123〕洪興祖：《楚辭補注》，頁 76。

〔註124〕徐公持：《魏晉文學史》，頁 23。

〔註125〕徐公持：《魏晉文學史》，頁 23。

登城隅兮臨長江，極望無涯兮思填胸。

魚瀺灂兮魚繽翻，澤雉遊翏兮戲中園。

秋風厲兮鴻鴈征，蟋蟀噆噆兮晨夜鳴。

落葉飄兮枯枝竦，百草零兮覆畦壠。

時光逝兮年易盡，感彼歲暮兮悵自愍。

廓羈旅兮滯野都，願御光風兮忽歸徂。

惟金石兮幽且清，林鬱茂兮芳草盈。

玄泉流兮縈丘阜，閣館蕭寥兮陰叢柳。

吹長笛兮彈五弦，高歌凌雲兮樂餘年。

舒篇卷兮與聖談，釋冕投紱兮希彭聃。

超逍遙兮絕塵埃，福亦不至兮禍不來。〔註126〕

石崇登上城樓，面臨了浩浩的長江，廣闊無邊的江水引發他無限的愁思。他以秋風的降臨，描寫了落葉及枯枝落下、百草凋零的蕭瑟情景。秋日的蕭瑟，使他想到時光易逝，而發出時光荏苒、年歲易盡，卻羈旅他鄉多年的感嘆。而自身因貶官而羈旅他鄉，因此還興起駕馭光風而歸鄉的念頭。他也感嘆唯有隱逸於山林皋壤中，享受幽泉鬱林的景致，才能達到「逍遙絕塵，福禍不至」的境界。全篇以騷體成文，仿製了〈九歌〉的句式，闡述了時光遷逝的悲嘆，及期望達到逍遙絕塵的境界。

湛方生的騷體詩歌〈歸懷謠〉，也是感歎時間的倏忽遷逝，並抒發羈旅思想之苦。詩云：

感羈旅兮苦心，懷桑梓兮增慕。胡馬兮戀北，越鳥兮依陽。彼禽獸兮尚然，況君子兮去故鄉。望歸途兮漫漫，盼江流兮洋洋。思涉路兮莫由，欲越津兮無梁。〔註127〕

歸鄉之途漫漫，胡馬及越鳥尚且懷歸舊鄉，但自己想渡河也無舟楫可用，身

---

〔註126〕〈全晉文〉，卷三十三。清·嚴可均校輯：《全上古三代秦漢三國六朝文》，頁1650。

〔註127〕〈歸懷謠〉原文：「辭衡門兮至歡，懷生離兮苦辛。豈羈旅兮一慨，亦代謝兮感人。四運兮道盡，化新兮歲故。氣慘慘兮凝晨，風悽悽兮薄暮。雨雪兮交紛，重雲兮四布。天地兮一色，六合兮同素。山木兮摧披，津壑兮凝沍。感羈旅兮苦心，懷桑梓兮增慕。胡馬兮戀北，越鳥兮依陽。彼禽獸兮尚然，況君子兮去故鄉。望歸塗兮漫漫，盼江流兮洋洋。思涉路兮莫由，欲越津兮無梁。」載〈全晉文〉，卷一百四十。清·嚴可均校輯：《全上古三代秦漢三國六朝文》，頁2269。

不由己的羈旅之苦躍然紙上。全詩也是以騷體組成全篇，仿製了〈九歌〉中「兮」字置於句中的句式。

其他如張翰的〈思吳江歌〉：「秋風起兮佳景時，吳江水兮鱸魚肥，三千里兮家未歸，恨難得兮仰天阜。」〔註128〕以騷體來書寫想念家鄉的愁思。至於無名氏的〈武陵人歌〉：「仰茲山兮迢迢，層石構兮嵯峨。朝日麗兮南陽巖，落景梁兮陰阿。郭璽兮生音，吟籟兮相和。敷芳兮綠林，恬淡兮潤波。樂茲潭兮安流，緩爾棹兮詠歌。」全詩描述了遠山迢迢，有嵯峨大石、綠林水波，及陽光廣灑高巖的山林美景，與在其中泛遊詠歌的恬淡心情，全詩也是純以騷體寫作。

甚至葛洪在《抱朴子・內篇・釋滯》中，也有與《楚辭・天問》相似的文句。其云：「宇宙之相去，凡爲幾里？上何所極，下何所據？及其轉動，誰所推引？」〔註129〕對於宇宙的空間及運轉，葛洪發出了疑問，這與〈天問〉中屈原所問的：「圜則九重，孰營度之？惟茲何功？孰初作之？斡維焉繫？天極焉加？八柱何當？東南何虧？」對天地宇宙的疑問是相似的。屈原對天有九重，是誰所營造出的偉大功績發出疑問？又問天的極頂在哪？而撐住上天的八根大柱又位於何處？這些對宇宙奧秘的好奇，都成了〈天問〉中最玄奇的內容，雖然〈天問〉是屈原用以「以漢憤懣，舒瀉愁思」的詩歌，也顯示了屈原對天地玄奇的好奇想像及疑問探索，但這些都跳脫了人世狹隘的眼界，重新思考宇宙運行的規律，也影響了後代的文學。另外，李准有《招公子》一首，是爲擬《楚辭》舊題的作品。

## （六）郭璞

郭璞，《晉書》本傳中稱他「情源秀逸，思業高奇」〔註130〕，是中興才學之宗。他博學有高才，又好古文奇字，曾注釋《周易》、《山海經》、《穆天子傳》、《方言》和《楚辭》等古籍。郭璞的《楚辭註》今日雖然已無法得見，但顯然他對《楚辭》的理解與探索，當比他人更爲深入。而上列他所選擇注釋的書籍，多與古代神話相關，這也和他精於陰陽算曆、神仙道術有關。因此，對於《楚辭》的仿製，除了偏重在語彙的靈活運用上，還有精神內涵上的模擬。

---

〔註128〕逯欽立：《先秦漢魏晉南北朝詩》，頁738。

〔註129〕〈內篇・釋滯〉。葛洪著，王明校釋：《抱朴子》，北京：中華書局，1988年7月3刷，頁154。

〔註130〕卷七十二。唐・房玄齡等著，楊家駱主編：《晉書》，頁1913。

　　郭璞最突出的作品，是他的〈遊仙詩〉。他的〈遊仙詩〉，大多學者都認爲受到《楚辭‧遠遊》影響極深。王逸《楚辭章句》注云：

　　　　（屈原）思欲濟世，則意中憤然，文采鋪發，遂敘妙思，託配仙人，

　　　　與俱遊戲，周歷天地，無所不到。〔註131〕

王逸在文中揭示屈原創作〈遠遊〉的原因是：濟世之志難以達成，因此以文采妙思，營造出奧妙仙境，並於其中上天下地，與仙人交遊，這些都是基於屈原要抒發對國家時政混亂的憂思。

　　〈遠遊〉中屈原曾提及，他於人世的坎坷際遇及悲憤情緒，其云：

　　　　悲時俗之迫阨兮，願輕舉而遠遊。

　　　　質菲薄而無因兮，焉託乘而上浮。

　　　　遭沈濁而汙穢兮，獨鬱結其誰語！

　　　　夜耿耿而不寐兮，魂煢煢而至曙。

　　　　惟天地之無窮兮，哀人生之長勤。

　　　　往者余弗及兮，來者吾不聞。

　　　　步徙倚而遙思兮，怊惝怳而乖懷。

　　　　意荒忽而流蕩兮，心愁悽而增悲。

　　　　……

　　　　召豐隆使先導兮，問大微之所居。

　　　　集重陽入帝宮兮，造旬始而觀清都。

　　　　朝發軔於太儀兮，夕始臨乎於微閭。

　　　　屯余車之萬乘兮，紛溶與而並馳。

　　　　駕八龍之婉婉兮，載雲旗之逶蛇。

　　　　……

　　　　涉青雲以汎濫游兮，忽臨睨夫舊鄉。

　　　　僕夫懷余心悲兮，邊馬顧而不行。

　　　　思舊故以想像兮，長太息而掩涕。〔註132〕

由上文可知，屈原主要基於兩種鬱結的愁思，而創作了〈遠遊〉。其一，是遭遇了國君的昏昧及小人的讒毀，導致了處境的困阨，而令他生發出「避世」的念頭，然而卻因爲質性鄙陋，無法升空高翔。這種無人能理解的鬱結思慮，

---

〔註131〕 洪興祖：《楚辭補注》，頁163。

〔註132〕 洪興祖：《楚辭補注》，頁163～164。

令他徹夜不能入眠。其二，是對時光遷逝的悲傷。屈原感嘆天地無窮，然而過往三皇五帝已不得躬逢其盛，而未來的賢者，他也不能聞見。文中雖是感嘆時光之倏忽，但另一方面其實是表達了對國家社會的憂心忡忡。如「哀人生之長勤」一句，洪興祖《楚辭補注》便認為「此原憂世之詞也。」〔註133〕

因為屈原憂思無從紓解，才有了下文周遊天地的遠遊之舉，我們看他驅使雲神開路，駕馭虯螭及雲霞，到達了天帝的居所。最後，還是因為對故鄉的不捨眷戀，而嘆息流涕。

郭璞的〈遊仙詩〉，大抵也是基於自傷才高位鄙，因而愁思鬱結所作。《晉書》本傳記載：

> 璞既好卜筮，縉紳多笑之。又自以才高位卑，乃著〈客傲〉。其辭曰：「玉以兼城為寶，士以知名為賢。明月不妄映，蘭葩豈虛鮮。今足下既以拔文秀于叢薈，廈弱根于慶雲，陵扶搖而竦翮，揮清瀾以濯鱗，而響不徹於一皋，價不登乎千金。……夫攀驪龍之髯，撫翠禽之毛，而不得絕霞肆、跨天津者，未之前聞也。」〔註134〕

郭璞因為「才高位卑」所導致的憤懣，在〈客傲〉一篇中，藉由主客問答的結構，以客之口表達了自己學博才高，正如擁有驪龍之髯，應該要身價千金才對。然而他卻仍然不受重用，「未之前聞也」一句，說明的是客者的疑惑，實際上也是郭璞心中最悲痛的控訴與慨嘆。鍾嶸《詩品》曾評價郭璞：

> 〈遊仙〉之作，詞多慷慨，乖遠玄宗。而云「奈何虎豹姿。」又云：「戢翼棲榛梗。」乃是坎壈詠懷，非列仙之趣也。〔註135〕

鍾嶸給予郭璞相當高的評價，也肯定了郭璞的〈遊仙詩〉有抒懷解憂的目的，實為郭璞針對坎坷不遇的處境，發出感嘆的詠懷之作。這也可以說是對屈原遊仙之作的直接繼承。

因為和屈原「懷才不遇」的處境相同，因此郭璞〈遊仙詩〉，不論是在主旨及語彙上，都可以看到仿製屈原〈遠遊〉的痕跡。首先是語彙上，郭璞使用了具有《楚辭》韻味的詞語，塑造了遊仙詩中虛無縹緲的仙人與仙境。如〈青溪千餘仞〉的「閶闔西南來，潛波渙鱗起。靈妃顧我笑，粲然啓玉齒。蹇修時不存，要之將誰使。」詩中援引了《九歌·湘夫人》的情境，我們看

---

〔註133〕洪興祖：《楚辭補注》，頁163。
〔註134〕卷七十二。唐·房玄齡等著，楊家駱主編：《晉書》，頁1904。
〔註135〕鍾嶸著，程章燦注譯：《詩品》，頁86。

在江中波濤揚起中，靈妃神跡縹緲、顧盼風生。又如「閶闔」、「靈妃」、「寒
修」一類的語詞，都是直接對《楚辭》的襲用。

而〈采藥游名山〉一首：

> 采藥游名山，將以救年頹。呼吸玉滋液，妙氣盈胸懷。
> 登仙撫龍駒，迅駕乘奔雷。鱗裳逐電曜，雲蓋隨風迴。
> 手頓羲和轡，足蹈閶闔開。東海猶蹄涔，崑崙螻蟻堆。
> 遐邈冥茫中，俯視令人哀。〔註136〕

除了在「閶闔」、「崑崙」等語詞上的襲用外，他駕龍乘雷，手執羲和馬轡，
踏足天帝居所，遨遊東海、崑崙，並對人間表達哀憫之情。所謂哀憫之情，
由「將以救年頹」可知指生命倏忽短暫之悲。全詩周遊天地的情境，與屈原
〈離騷〉中上天下地，和〈遠遊〉中周遊天地的描述，相當雷同。而對生命
倏忽的憂患，也和屈原「惟天地之無窮兮，哀人生之長勤」的生命遷逝之悲，
一模一樣。至於文中的「雖欲騰丹谿，雲螭非我駕」及「總轡臨少廣。盤虬
舞雲軺」，都是對《楚辭》的借鑑。

對於《楚辭》中香草意象的使用，也在郭璞〈遊仙詩〉中存有明顯的痕
跡。如「寒露拂陵苕，女蘿辭松柏，蒴榮不終朝，蜉蝣豈見夕。圓丘有奇草，
鍾山出靈液」、「翡翠戲蘭苕，容色更相鮮。綠蘿結高林，蒙籠蓋一山」、「蘭
生蓬芭間，榮曜常幽翳」〔註137〕中的「女蘿」、「奇草」、「蘭苕」、「綠蘿」、「蘭」
等植物香草，都能在《楚辭》中尋見其蹤。

郭璞〈遊仙詩〉中表達紓解憂思的方式，乃是希望能「高蹈風塵外，
長揖謝夷齊」、「升降隨長煙，飄遙戲九垓」，作一個能放情於凌霄之外，享
受山林之樂的仙人。這與〈遠遊〉中，屈原希望能達到「漠虛靜以恬愉兮，
澹無為而自得」的境界是一樣的。因此方東樹《昭昧詹言》說：「郭璞〈遊
仙詩〉，本屈子〈遠遊〉之旨而擬其辭，遂成佳製。」〔註138〕何焯《義門
讀書記》也說：「景純之〈遊仙〉即屈子之〈遠遊〉也。章句之士，何足以
知之。」〔註139〕

郭璞〈遊仙詩〉，雖然在主旨、語彙、意象、情境上，都對《楚辭》有直

---

〔註136〕逯欽立：《先秦漢魏晉南北朝詩》，頁866。
〔註137〕逯欽立：《先秦漢魏晉南北朝詩》，頁865～867。
〔註138〕司馬遷等著：《楚辭評論資料選》，頁493。
〔註139〕何焯著，崔高維點校：《義門讀書記》，頁895。

接與間接的借鑑學習，但還有不同的創新與改造。種光華《魏晉文學楚辭接受研究》曾總結郭璞〈遊仙詩〉對〈遠遊〉仙境題材的選擇，認爲有幾個要點：「第一，繼承《楚辭・遠遊》仙境之旨，詠才高位卑、壯志難酬之憂憤情懷。第二，借鑑《楚辭》之神遊，極寫遊仙之恢弘壯闊和仙境之神幻縹緲，與現實形成強烈對比，抒己之『坎壈』。第三，諷刺權貴，抒發寒士憤懣不平之幽怨和對權貴之藐視。」〔註140〕這些都說明了〈遊仙詩〉對《楚辭》的借鑑學習。

　　至於不同處，則可以主旨來加以檢視。如屈原〈遠遊〉中所追求虛靜恬愉、無爲自得的境界，雖然想要跳脫人世煩惱，但最終還是在望見舊鄉時嘆息流涕，生出眷戀不捨之悲傷。幻遊仙境、遠離人間，始終只是一種無可奈何的紓壓方式。他對鄉國處境的憂慮和疾斥讒佞的心志，始終不能割捨，高遠悲壯的胸懷令人動容。而郭璞〈遊仙詩〉中的「永偕帝鄉侶，千齡共逍遙」，雖然也是在書寫自己的憤懣不平、壯志難酬，卻著眼於個人際遇的榮辱，詩歌風格的高遠超俗，自是不能否認，但格局氣度上，卻是大大不如屈原的。

　　「憲章潘岳，文體相暉，彪炳可玩。始變永嘉平淡之體，故稱中興第一。《翰林》以爲詩首」（鍾嶸《詩品》）〔註141〕的郭璞，文采煥發，值得玩味，改變了永嘉以來平淡的詩風，可稱爲東晉詩壇第一人。雖然在擬騷體詩歌上，「兮」字句的創作與使用極少，但他憑藉對《楚辭》文本的嫻熟，不但靈活的運用了《楚辭》的語彙去塑造遊仙詩的情境，也跳脫形式上模擬的局限，遠溯了《楚辭》精神內涵，貼近了屈原文本中的原始精神。

## （七）陶淵明

　　陶淵明詩文平淡質樸，自然率眞，鍾嶸《詩品》稱他爲「古今隱逸詩人之宗」。但他除了辭賦外，詩歌用「兮」字句的頻率極少，這並不代表他對於《楚辭》沒有加以學習之處。據《詩品》載其源出於應璩，此項說法歷來引起諸多爭議，然而檢視《詩品》可以發現，其源頭仍可歸於《楚辭》一系〔註142〕。他的詩歌雖然缺乏明顯的擬騷形式——「兮」字的使用，但從其詞彙、

〔註140〕種光華：《魏晉文學楚辭接受研究》，河北大學碩士論文，2010 年 5 月，頁 19 ～20。
〔註141〕鍾嶸著，程章燦注譯：《詩品》，頁 86。
〔註142〕歸納《詩品》中《楚辭》一系，乃得見爲《楚辭》——李陵——曹丕——應璩——陶淵明。

對《楚辭》篇章形式的模擬，及意境的營造，都可以看出《楚辭》對其詩歌
的影響。

　　如詞彙部分，據陳師怡良〈陶淵明詩賦的《楚辭》淵源研究〉中所錄，
乃有「因襲《楚辭》原有詞彙；有鎔鑄原文，脫化新句；又或隱括句意，
不露痕跡；另或妙引典故，多所影射等不一。」〔註143〕除了詞彙，在題材
與寫作手法上，陶淵明詩歌也對《楚辭》有所借鑑與化用。如其〈飲酒〉
之九：

　　　　清晨聞叩門，倒裳往自開。問子爲誰與？

　　　　田父有好懷。壺漿遠見候，疑我與時乖。

　　　　「襤縷茅簷下，未足爲高栖。一世皆尚同，願君汩其泥。」

　　　　「深感父老言，稟氣寡所諧。紆轡誠可學，違己詎非迷！」

　　　　且共歡此飲，吾駕不可回。〔註144〕

「襤縷茅簷下，未足爲高栖。一世皆尚同，願君汩其泥。」是老農（田父）
勸告陶淵明的話語。他認爲陶淵明屈居茅屋中，這種安貧不能算是高隱。而
士人皆以雷同爲好，希望他能尚同於世人。陶淵明的回應卻是「紆轡誠可學，
違己詎非迷！」其意乃陶淵明自述回駕不難，但若要違背自己的本性豈非是
一場迷誤。整篇形式上，作者擬以與田父之間的問答，來彰揚自我心志，相
近於《楚辭‧漁父》的作意。尤其「願君汩其泥」一句，就源出《楚辭‧漁
父》。因此清‧邱家穗《東山草堂陶詩箋》云：「此詩可與屈子《漁父》一篇
參看。」〔註145〕《楚辭》中的漁父曾云：「聖人不凝滯於物，而能與世推移。
世人皆濁，何不淈其泥而揚其波？眾人皆醉，何不餔其糟而歠其醨？何故深
思高舉，自令放爲？」〔註146〕他以「不凝滯於物」及「與世推移」兩項來勸
解屈原，希望他能隨順世俗。從漁父睿智的言辭與勸告內容來看，顯見他並
非尋常的鄉野之人。再對照勸告陶淵明的老農，恐怕也是大有遠識之人。「未
足爲高栖」、「願君汩其泥」幾句，頗見田父對陶淵明心志的覺察，並有勸其

〔註143〕〈陶淵明詩賦的《楚辭》淵源研究〉收錄於陳師怡良：《田園詩派宗師──陶
　　　　淵明探新》，臺北：里仁書局，2006 年 5 月初版，頁 306。

〔註144〕陶淵明著，袁行霈箋注：《陶淵明集箋注》，北京：中華書局，2003 年 4 月，
　　　　頁 256。

〔註145〕陶潛撰，楊家駱主編：《陶淵明詩文彙評》，臺北：世界書局，2000 年 6 月 2
　　　　版 2 刷，頁 180。

〔註146〕《楚辭‧漁父》。洪興祖：《楚辭補注》，頁 179～180。

出仕，與世人同進退之意〔註147〕。而《楚辭》中，屈原以「安能以身之察察，
受物之汶汶者乎」、「安能以皓皓之白，而蒙世俗之塵埃乎」回應，表達了不
與以黑爲白的小人共事的堅決心志。而陶淵明的回答，也頗有表明堅決不仕
的作用。顯見此詩在內容鋪排與形式塑造上，多方借鑑於《楚辭》。因此方東
樹《昭昧詹言》才說：「又幻出人來，校之就物言，更易託懷抱矣。此詩夾敘
夾議，託爲問答，屈子〈漁父〉之恉。」〔註148〕

又陶淵明〈讀山海經〉詩十三首，爲其閱讀《山海經》後的心情書寫，
其中流露出不少超然遠舉的情懷，與《楚辭・遠遊》超然遠舉之思相近。明
黃文煥《陶詩析義》曾總評曰：

> 因青鳥而漸露在世弗樂之意，望扶木而益露幽冤難燭之嗟。於是冀
> 王母之慰我，仗靈人之浴日，緒多端矣。又雜思夫珠樹桂林之供遊
> 玩，重羨王母；赤泉員丘之供食飲，添助長年。心愈奢，望母乃愈
> 孤乎？〔註149〕

意謂〈讀山海經〉詩十三首，乃陶淵明因爲生活之不樂，而興起嚮往仙界及
長壽之思。其中第四首的「丹木生何許，乃在密山陽。黃花復朱實，食之壽
命長。」寫得就是仙界中，生長能使人長壽的奇花異卉。這與〈離騷〉或〈遠
遊〉中仙界長滿長生仙草的描述是一樣的。而第五首的「我欲因此鳥，具向
王母言。在世無所須，唯酒與長年。」乃託青鳥向王母陳述心情的情節，也
與〈離騷〉中託鴆鳥爲媒，或駕虬龍欲達天庭的情節相似。尤其第三首的〈迢
遞槐江嶺〉云：

> 迢遞槐江嶺，是謂玄圃丘。西南望崑墟，光氣難與儔。
> 亭亭明玕照，洛洛清淫流。恨不及周穆，託乘一來游。〔註150〕

此首是陶淵明讀完《山海經》後，興起遊歷仙界的興致。他遠望「玄圃」、「崑
墟」，欲向周穆王一般托乘浮游仙境，更頗類屈原在〈離騷〉、〈遠遊〉中，因
小人讒毀、冤苦難解，而欲陳情天帝、稍離人世之思。除了情節上的相似，
陶淵明欲藉由詩歌所表達的寄託，也如同〈離騷〉、〈遠遊〉般深遠。如〈精

---

〔註147〕陳祚明評選《采菽堂古詩選》卷十三：「此田父大有遠識。『襤縷茅簷下』，何
　　　　反不足爲高栖？將意又不特慕高栖者，已爲田父識矣。」陶潛撰、楊家駱主
　　　　編：《陶淵明詩文彙評》，頁179。
〔註148〕陶潛撰，楊家駱主編：《陶淵明詩文彙評》，頁180。
〔註149〕陶潛撰，楊家駱主編：《陶淵明詩文彙評》，頁288。
〔註150〕陶淵明著，袁行霈箋注：《陶淵明集箋注》，頁400。

衛銜微木〉一首云：「精衛銜微木，將以塡滄海。刑天舞干戚，猛志故常在」，就表達了對精衛、刑天失敗的悲憫。孫人龍《陶公初評注初學讀本》曰：「顯悲易代，心事畢露。」〔註151〕這種悲傷雖不一定是針對「易代」的悲傷〔註152〕，但它營造的強烈悲傷氛圍，的確能令人聯想到士人的失志與不遇。正是所謂「滿肚嫉俗之意，卻借世外語以發之，寄託深遠。」〔註153〕可見這種深沉的悲傷，或許也是陶淵明對動亂人世及官場黑暗的嗟嘆。陶詩中這些對仙境的嚮往、及欲托浮遠遊的情節，都與《楚辭》相近。可見陶詩對《楚辭》的確是有所學習的。也無怪乎讀〈讀山海經〉詩後，學者發出「猶屈子之賦〈遠遊〉也」、「頗類屈子〈天問〉」〔註154〕的感觸了。

　　另外，陶淵明除了對《楚辭》形式上有所借鑑外，也對其有所創新的改造。如〈命子〉中的〈卜云嘉日〉一節，其云：「卜云嘉日，占亦良時。名汝曰儼，字汝求思。溫恭朝夕，念茲在茲。尚想孔伋，庶其企而。」講述的是陶淵明藉由占卜，選定了嘉日良時，爲孩子取名叫「儼」、取字「求思」，希望他未來能朝夕溫恭，努力求思。話語雖短，但以父親的角度出發，表達了對兒子深厚的關愛與期許。而〈離騷〉中也有一段屈原自述身世的段落：「皇覽揆余初度兮，肇錫余以嘉名。名余曰正則兮，字余曰靈均。」文中，屈原以人子的角度，陳述了父親爲之賜名「正則」，及取字「靈均」。兩者不同的角度，正是陶淵明對〈離騷〉的學習與創新。另外，陶淵明也在他的詩歌中，廣泛的創造了屬於自己的意象群體。如陶詩中「雲無心以出岫，鳥倦飛而知還」（〈歸去來兮辭〉）、「羈鳥戀舊林，池魚思故淵」（〈歸園田居〉）、「栖栖失群鳥，日暮猶獨飛。徘徊無定止，夜夜聲轉悲」（〈飲酒詩〉）……等等，出現的鳥類意象相當豐富，多用以自喻，及闡述倦鳥歸林的隱居心志。此外，「酒」、「松」、「菊」等意象也是陶淵明相當常使用的意象。關於「酒」意象的使用，蕭統《陶淵明集序》云：「有疑陶淵明詩篇篇有酒，吾觀其意不在酒，亦寄酒爲跡也。」魏晉南北朝的文人本來就喜歡長嘯、飲酒，而陶淵明更是喜愛飲

---

〔註151〕陶淵明著，袁行霈箋注：《陶淵明集箋注》，頁413。

〔註152〕對此學者頗有爭論。如袁行霈便以爲「非悲易代，亦非以精衛、刑天自喻也。」然筆者以爲詩文不免摻雜作者生平之思，恐怕未能一概否定之。陶淵明著，袁行霈箋注：《陶淵明集箋注》，頁413。

〔註153〕清・吳瞻泰：《陶詩彙注》卷四。陶潛撰、楊家駱主編：《陶淵明詩文彙評》，頁295。

〔註154〕明・張自烈：《箋注陶淵明集》卷四。陶潛撰，楊家駱主編：《陶淵明詩文彙評》，頁289。

酒的代表性人物。正如本論文第二章所云，酒不但可以用來紓解煩悶的情緒，也是作爲名士風流的表徵。而陶淵明的嗜酒，不只是單純的喜愛喝酒，恐怕如蕭統所云乃是藉酒寄託心意吧！

關於「松」、「菊」的意象，如「青松在東園。眾草沒其姿」（〈飲酒詩〉）、「芳菊開林耀，青松冠巖列。懷此貞秀姿，卓爲霜下傑」（〈和郭主簿詩〉其二）、「景翳翳以將入，撫孤松而盤桓」（〈歸去來兮辭〉）、「採菊東籬下，悠然見南山」（〈飲酒〉其五）、「菊爲制頹齡，如何蓬廬士。」（〈九日閒居〉）以上，可見「松」、「菊」在陶詩中多有指稱高潔、卓爾不群之意。

「歸鳥」、「酒」、「松」、「菊」……等意象的使用，不但豐富了陶詩，也讓詩文的內涵韻味益發深遠。這種大量意象群的塑造，正可追溯自屈原「善鳥香草，以配忠貞；惡禽臭物，以比讒佞；靈脩美人，以媲於君；宓妃佚女，以譬賢臣；虬龍鸞鳳，以託君子；飄風雲霓，以爲小人」（王逸〈離騷序〉）的意象系統。陶詩正繼承了這種傳統，並加以開創，進而形成陶詩中精采豐富的意象群體。

陳師怡良曾統整出陶淵明詩賦淵源於《楚辭》者，在引用與鎔鑄、題材與手法、風格與意境三方面〔註155〕。這些都可看出陶詩對《楚辭》的學習與借鑑，已經脫離了單純對騷體「兮」字句的模擬，更深度的進入到內容意涵、精神向度上的模擬。龔自珍《己亥雜詩》之十三曾評陶詩：「陶潛酷似臥龍豪，萬古潯陽松菊高。莫信詩人竟平澹，二分〈梁甫〉一分《騷》。」也顯見陶詩中的確隱藏有《楚辭》的精神，也可知《楚辭》對陶詩確實有深入影響。

又如蕭統〈陶淵明集序〉曾評陶詩文風格爲：「文章不群，辭采精拔，跌蕩昭彰，獨超眾類，抑揚爽朗，莫之與京。橫素波而傍流，干青雲而直上。」〔註156〕所謂的不群、精拔、跌蕩等特色，似乎與陶詩自然質樸的特色相異，然而這些特色不但未損陶詩的價值，反而讓陶詩更加異彩勃發，這大約也可以說是受到了《楚辭》「驚采絕艷」（《文心雕龍‧辨騷》）的潛移默化。

陶淵明與屈原兩人，雖然所處時代不同，對積極入世與隱居田園的人生抉擇也不同；但他們都擁有高潔的品格。而在陶淵明學習吸收《楚辭》篇章

---

〔註155〕陳師怡良：《田園詩派宗師──陶淵明探新》，頁306。
〔註156〕蕭統：〈陶淵明集序〉，卷一。九思叢書編輯：《陶淵明研究》，臺北：九思叢書編輯部，1977年，頁9。

的形式、內涵、技巧，並賦予其新意義後，他的詩歌作品也在精神向度上酷肖《楚辭》，可說是晉代高度發揚了《楚辭》文學特色的作家。

以上，可見兩晉擬騷詩文的寫作歷程，最初乃是奠基於形式上的模擬，不離窠臼而中規中矩，再進一步發展到對《楚辭》篇章形式的創新改造，最後達到與《楚辭》精神向度的貼近。而東晉玄風的影響，使得當代的擬騷詩文，不免摻雜了虛無的玄理，使得《楚辭》原始悲壯動人、蘇世獨立的精神消逝，轉向了求仙隱逸。而兩晉雖然擬騷詩歌篇數眾多，但小品化的趨勢，也使其格局較狹、氣格顯得卑弱。而陸雲的以「情」評《楚辭》，潘岳的以騷體來寫哀辭，郭璞的遠溯《楚辭》精神內涵，雖然都讓兩晉擬騷詩歌，大多不再具有原始《楚辭》肆恣奔放的豪情。但兩晉擬騷詩歌中新元素的流動與竄起，重新刺激了《楚辭》學的脈搏，也壯大了《楚辭》學的內涵，展現了更豐富多元的特色。

## 二、南北朝擬騷詩之創作特色

擬騷體詩歌在兩晉，呈現了由語彙或形式上的模擬，到對屈原或《楚辭》各篇精神內涵的貼近；並進一步將之作為基礎，在結構、意象、情境上加以改造，使兩晉詩歌呈顯了更多元富贍的風貌。到了南北朝，在擬騷體詩歌或精神上對《楚辭》的遠溯，也都有高度的成就。茲舉南北朝擬騷體詩歌的代表性詩人，期望能完整把握南北朝詩歌的擬騷情形。

### （一）南朝擬騷詩歌概況

要把握南朝詩歌的擬騷情形，首先要理解南朝文壇風氣，及文人對《楚辭》的認識。

《文心雕龍·明詩》云：

> 宋初文詠，體有因革。莊老告退，而山水方滋；儷采百字之偶，爭價一句之奇，情必極貌以寫物，辭必窮力而追新，此近世之所競也。
> 〔註157〕

劉勰在文中對南朝詩風做了概括性的說明。他提及兩晉愛好老莊及以玄言入詩的風潮，在南朝已呈現衰退之貌，而山水詩正值繁盛新滋的時期。文中所提的「儷采」、「極情窮辭」、「力追新奇」，則是當代文學創作的普遍傾向。在

---

〔註157〕劉勰：《文心雕龍·明詩》，頁 66～67。

此風氣下，文學創作不免走向追求華麗詞藻，及趨向形式化的道路。然而，劉勰這段話不只是可以看做對南朝文學特色的把握，其實也是南朝文人著眼於《楚辭》的焦點。因爲《楚辭》的文句，不論是在「儷采」、「極情窮辭」或「力追新奇」的任何一項表現上，都可謂之爲先秦文學中的佼佼者。

　　劉勰的《文心雕龍・辨騷》中的一段敘述，也能補足當代對《楚辭》的理解：

> 自〈風〉、〈雅〉寢聲，莫或抽緒，奇文鬱起，其〈離騷〉哉！……觀其骨鯁所樹，肌膚所附，雖取熔經意，亦自鑄偉辭。……故〈騷經〉、〈九章〉，朗麗以哀志；〈九歌〉、〈九辯〉，綺靡以傷情；〈遠游〉、〈天問〉，瑰詭而惠巧，〈招魂〉、〈大招〉，耀艷而深華；〈卜居〉標放言之致，〈漁父〉寄獨往之才。故能氣往轢古，辭來切今，驚采絕艷，難與并能矣。……故其敘情怨，則鬱伊而易感；述離居，則愴怏而難懷；論山水，則循聲而得貌；言節候，則披文而見時。是以枚賈追風以入麗，馬揚沿波而得奇，其衣被詞人，非一代也。……，酌奇而不失其真，玩華而不墜其實，則顧盼可以驅辭力，欬唾可以窮文致，亦不復乞靈于長卿，假寵于子淵矣。〔註158〕

劉勰精確地點出了屈原創作的特色。其一，《楚辭》文辭具有「麗靡」的特色。劉勰分析《楚辭》各篇，提出了「朗麗」、「綺靡」、「瑰詭」、「耀艷深華」等特色，這與前述〈明詩〉中所提，當代文學著重「儷采」的傾向有關。其二，《楚辭》所表達的情感，能「哀志」、「傷情」，能達到南朝對「極情窮辭」的要求。其三，《楚辭》文思巧慧，又能表達不羈的性氣才情，正是「力追新奇」的最佳範例。正因爲《楚辭》符合了當代對文章的諸多要求，劉勰才給予了「驚采絕艷」的高度評價。

　　劉勰還提出了三種《楚辭》可提供學習的典範：其一，是作爲抒發抑鬱怨恨之情可學。其二，是敘述離愁別緒可學。其三，是描摹山水景色可學。其四，是描繪四季風情變化可學。劉勰也歸結出《楚辭》何以影響後代文人極大的原因，正是在於「麗」、「奇」二字。可見，當代對於《楚辭》特色的把握，還是總歸於「情」、「采」二字。而上述所提，《楚辭》可供學習的幾種主題，在當代文壇也不斷的以擬騷體詩歌的形式沿襲或發展。甚至到了南朝一度成爲博學競才的標準。

---

〔註158〕劉勰：《文心雕龍・辨騷》，頁47～48。

當然，《楚辭》豐富的文學與藝術價值，在南朝與各種文學思潮交融下，顯示了與其他朝代不同的特色。南朝在擬騷詩歌上，或對《楚辭》精神內涵上有所借鑑的，首推謝靈運、江淹、鮑照。

### 1. 謝靈運

南朝詩人在文學創作中，對《楚辭》接受度及借鑑都極高的還有劉宋時的謝靈運。謝靈運的擬騷體詩歌，體裁大多為賦作，詩歌中只有〈鞠歌行〉一首。其云：

> 德不孤兮必有鄰，唱和之契冥相因。譬如虬虎兮來風雲，亦如形聲影響陳。心歡賞兮歲易淪，隱玉藏彩疇識真。叔牙顯，夷吾親。郤既歿，匠寢斤。覽古籍，信伊人，永言知己感良辰。〔註159〕

全詩前半部以「兮」字句組成，後半極富樂府歌行體風味，末以不帶「兮」字的文句作為結尾，述說的是知己良朋的可貴。詩中以風雲跟隨虎龍、人之形影相隨，及鮑叔牙與管仲的例子，來說明知己難得。

雖然謝靈運的擬騷體詩歌，只有一首，但從他的非擬騷體詩歌中檢視，隨處可見富有《楚辭》之情韻。如在語彙上，他在詩中使用了楚地特有的方言，增加詩歌的情韻。如〈郡東山望溟海〉的「策馬步蘭皋，緤世控息椒丘。採蕙遵大薄，搴若履長洲。」〔註160〕就是化用了《楚辭‧思美人》的語彙及意境。《楚辭‧思美人》云：

> 開春發歲兮，白日出之悠悠。吾將蕩志而愉樂兮，遵江夏以娛憂。擥大薄之芳茝兮，搴長洲之宿莽。惜吾不及古人兮，吾誰與玩此芳草？解萹薄與雜菜兮，備以為交佩。〔註161〕

屈原在生機蓬勃的春天，沿著水涯來抒發自己的憂愁，他在途中解去萹菜及雜菜等非香草類的植物，並摘取了芳芷及宿莽等香草，來作為自己配戴的裝飾，既而發出感嘆，探問有誰可以和他共同來賞玩這些香草？文中「香草」很明顯指稱「品德的高潔」，是屈原常用的「善鳥香草，以配忠貞；惡禽臭物，以比讒佞」（王逸《楚辭章句》序）的寫作手法。因此王逸注「吾誰與玩此芳草」一句，為「誰與竭節，盡忠厚也。」〔註162〕頗能揭明屈原竭忠盡節，卻

---

〔註159〕 逯欽立：《先秦漢魏晉南北朝詩》，頁1151。
〔註160〕 逯欽立：《先秦漢魏晉南北朝詩》，頁1163。
〔註161〕 洪興祖：《楚辭補注》，頁148。
〔註162〕 洪興祖：《楚辭補注》，頁148。

苦無知己的感嘆。其中的「搴」和「宿莽」都是楚地特有的方言。「搴」，王逸注云：「《說文》：『拔取也，南楚語』。」〔註163〕而「宿莽」，王逸注云：「草冬生不死者，楚人名曰宿莽。」〔註164〕在謝靈運的〈郡東山望溟海詩〉中，就是用了這些極具南楚特色的楚地方言，而且「策馬步蘭皋」四句說的也是在他行吟過程中，摘取香草的情景，這與屈原〈思美人〉中使用的語彙及塑造的情境，幾乎是一模一樣。

再者，如謝靈運的〈登上戍石鼓山詩〉中「汩汩莫與娛，發春托登躡。」也正是化用自〈思美人〉中的「開春發歲兮」一句。對照《楚辭學通典》〔註165〕所載楚方言來看，謝靈運詩中所借用的楚地特有語彙就多達14處。如「寂漠」、「搴」、「汩汩」、「宿莽」、「淹留」、「侘傺」……等。陳祚明《采菽堂古詩選》云：「詳謝詩格調，深得《三百篇》旨趣，取澤於〈離騷〉、〈九歌〉，江水、江楓、斫冰、積雪，是其所師也。」〔註166〕直指謝靈運對楚地方言的靈活運用，主要是師法於〈離騷〉、〈九歌〉，眾多語彙的使用，可看出他對《楚辭》的喜愛與重視。

至於《楚辭》中常用來指時間流逝之速的「朝……，夕……」的句式，謝靈運也有所襲用，部份還做了語序上的變化改造。如〈石門新營所住四面高山回溪石瀨修竹茂林〉有「早聞夕飆急，晚見朝日暾。」；〈酬從弟惠連〉之二有「夕慮曉月流，朝忌曛日馳」〔註167〕，都是句式上的直接襲用。而〈石門巖上宿〉的「朝搴苑中蘭，畏彼霜下歇。暝還雲際宿，弄此石上月。」則是對句式的長短加以改造，擴展了句子的長度，使得文句在情感表達上，更能曲盡其情。

至於援引《楚辭》情境的，還有他的〈緩歌行〉和〈從斤竹澗越嶺溪行〉兩首詩。〈緩歌行〉有「習習和風起，采采彤雲浮。娥皇發湘浦，宵明出河洲。」〔註168〕援引了《楚辭・湘夫人》一章，讓我們懷想湘水中眇然絕異的女神。而〈從斤竹澗越嶺溪行〉的「企石挹飛泉，攀林摘葉卷。想見山阿人，薜蘿

---

〔註163〕洪興祖：《楚辭補注》，頁6。
〔註164〕洪興祖：《楚辭補注》，頁6。
〔註165〕〈目錄〉。周建忠、湯漳平主編：《楚辭學通典》，武漢：湖北教育出版社，2002年10月初版，頁8～12。
〔註166〕陳祚明著，李金松點校：《采菽堂古詩選》，上海：上海古籍出版社，2008年12月1刷，頁519。
〔註167〕逯欽立：《先秦漢魏晉南北朝詩》，頁1175。
〔註168〕逯欽立：《先秦漢魏晉南北朝詩》，頁1152。

若在眼。」〔註169〕則讓我們想見《楚辭》中站在山阿，含睇微笑，身被薜荔女羅的山鬼。

謝靈運對《楚辭》藝術風格的感受，正在「悲悽」與「艷麗」兩方面。這些在他的詩中也有數次提及。如〈彭城宮中直感歲暮〉的「楚艷起行戚，吳趨絕歸懽」〔註170〕及〈登池上樓〉的「祁祁傷豳歌，萋萋感楚吟」，就提及楚歌悲涼悽愴的風格。另外，在〈道路憶山中〉有「楚人心昔絕，越客腸今斷。斷絕雖殊念，俱為歸慮款。存鄉爾思積，憶山我憤懣。」〔註171〕說的是思鄉的憤懣，顯見他悲憫屈原困阨的處境；更對屈原思念鄉國之情，表現了理解與同情。

以上可見，謝靈運詩中到處都充滿著對《楚辭》語彙、句式、意境的接受與化用。方東樹《昭昧詹言》曾云：「康樂固富學術，而於《莊子》郭注及屈子尤熟，其取用多出此。」〔註172〕方東樹指出了謝靈運對《楚辭》文本的嫻熟，因此謝靈運對《楚辭》的借鑑，也有豐富及多面向的呈現。

然而基於不同的時代背景，及文學發展趨勢的日益進步，兼及個人文學風格的熔鑄，對於《楚辭》的接受，在謝靈運的詩文中，呈現了一些的新的反思與詩歌語境。首先，是對屈原「香草美人」傳統的改造。前引謝靈運的〈郡東山望溟海〉及屈原〈思美人〉，兩篇中對「香草」意象使用上的差異，便是最好的證明。謝靈運〈郡東山望溟海〉中的香草，並沒有用來指陳忠臣或賢臣之意，只是用來代表自身品格的高潔。再如〈南樓中望所遲客〉中「孟夏非長夜，晦明如歲隔。瑤華未堪折，蘭苕已屢摘。」〔註173〕其中的「瑤華」和「蘭苕」，都是用來指時間的變化；至於〈石門巖上宿〉一詩中的「朝搴苑中蘭，畏彼霜下歇」，則是說明對美好事物的把握需要及時。因此，謝靈運雖然在詩中廣泛的學習屈原使用「香草」的習慣，但在屈騷中以「香草」託諷的傳統功能，已不可得見。

「美人」意象的使用也是如此，《楚辭》中「美人」用以寓指「國君」或「賢臣」，而謝靈運卻將它用來指稱「知己」或「朋友」。如〈南樓中望所遲客詩〉云：「與我別所期，期在三五夕。圓景早已滿，佳人殊未適」；

〔註169〕逯欽立：《先秦漢魏晉南北朝詩》，頁1166。
〔註170〕逯欽立：《先秦漢魏晉南北朝詩》，頁1158。
〔註171〕逯欽立：《先秦漢魏晉南北朝詩》，頁1177。
〔註172〕司馬遷等著：《楚辭評論資料選》，頁494。
〔註173〕逯欽立：《先秦漢魏晉南北朝詩》，頁1173。

或〈石門新營所住四面高山回溪石瀨修竹茂林〉云:「萋萋春草繁。美人游不還。佳期何由敦。芳塵凝瑤席。」又或者〈石門岩上宿〉云:「妙物莫為賞,芳醑誰與伐。美人竟不來,陽阿徒晞髮。」〔註174〕當中的「美人(佳人)」,指的都是「知己」或「朋友」,原本在屈騷中的寄託深意已經完全消失了。這些在《楚辭》中常見的意象,都在屈騷中含有寄託諷諭的重要意義,但在謝詩的使用中,寄託諷諭的功能不復再見。失去了屈騷嚴肅端整的諷喻,改用親近世俗情感的「知己」或「朋友」加以取代,這也是謝詩對《楚辭》的一項新變。

最令人注目的新變,則在於謝詩的山水詩,對《楚辭》的學習與變化。劉勰《文心雕龍‧辨騷》云:「(《楚辭》)論山水,則循聲而得貌;言節候,則披文而見時。」〔註175〕劉勰認為對於山水與季節景色的摹寫,《楚辭》可以作為寫作的典範。而謝靈運在對《楚辭》這項特色的學習上,也的確將之發展到淋漓盡致。邢宇皓《謝靈運山水詩研究》認為謝靈運山水詩,對《楚辭》的繼承有四:憂愁幽思的精神內涵、借鑑了屈原詩歌中迂迴而非直抒胸臆的表現方式、繼承了《楚辭》在刻畫山水方面的文學經驗、對山水景物攝取的整體性把握〔註176〕。這些的確能大致說明,謝靈運山水詩與《楚辭》的關係。另外,筆者認為若兩人文中以「遊」的實質意義,或描寫的角度兩方面來加以檢視,謝詩的確是在《楚辭》的山水描寫作為借鑑的基礎下,重新在詩中鎔鑄自我情感,進而令山水詩呈現了與《楚辭》極不相同的格調。

如〈石門新營所住,四面高山,回溪石瀨,茂林修竹〉:

　　躋險築幽居,披雲臥石門。苔滑誰能步,葛弱豈可捫。

　　裊裊秋風過,萋萋春草繁。美人游不還,佳期何由敦。

　　芳塵凝瑤席,清醑滿金樽。洞庭空波瀾,桂枝徒攀翻。

　　結念屬霄漢,孤景莫與諼。俯濯石下潭,仰看條上猿。

　　早聞夕飈急,晚見朝日暾。崖傾光難留,林深響易奔。

　　感往慮有復,理來情無存。庶持乘日車,得以慰營魂。

　　匪為眾人說,冀與智者論。〔註177〕

<hr>

〔註174〕逯欽立:《先秦漢魏晉南北朝詩》,頁 1166～1167。

〔註175〕劉勰:《文心雕龍》,頁 47。

〔註176〕邢宇皓:《謝靈運山水詩研究》,河北大學博士論文,2005 年 6 月,頁 48～51。

〔註177〕逯欽立:《先秦漢魏晉南北朝詩》,頁 1166。

本詩實際上多處化用《楚辭》，如「裊裊秋風過」、「洞庭空波瀾」，化用自《九歌·湘夫人》之「嫋嫋兮秋風，洞庭波兮木葉下」。其他還有如「萋萋春草繁」、「美人游不還」，化用自《楚辭·招隱士》之「王孫遊兮不歸，春草生兮萋萋」。在《九歌·湘夫人》中，描摹山水的文句，最負盛名的莫如「嫋嫋兮秋風，洞庭波兮木葉下」二句，詩中寫的是秋風嫋嫋的吹拂，洞庭湖面揚起了細細的波紋，而木葉墜落於湖面上。詩句柔美婉麗，情境朦朧絕異，歷來得到學者的稱讚。如胡應麟《詩藪》云此二句：「模寫秋意入神，爲千古言秋之祖。六代、唐人詩賦，靡不自此出者。」〔註178〕足見，此二句藝術價值之高。但深入檢視，氤氳絕美的秋日情境，並非是屈原著重描寫的本體，其本意是爲了塑造湘水女神的神祕。

〈湘夫人〉中，另有「鳥萃兮蘋中，罾何爲兮木上？沅有茝兮醴有蘭，思公子兮未敢言。」這裡描述了詩人所見飛鳥，不停駐於樹梢，卻反棲息於水草中，漁網不撒向水中，卻反披掛於樹木上頭的景觀，詩人對極其矛盾又不合理的景象發出疑問。而在身上配戴香花香草的隆重打扮，都是爲了等待思念的人。以上，寫景的文句，顯然是詩人用不合常理的景色，來襯托巫覡等待神祇降臨，而神祇未降所導致的煩憂及疑惑。因此是爲想像及意有所指的「虛景」，景色的描摹成了情節中的配角，並沒有獲得獨立的地位。

用相同的方式檢視〈遠遊〉，也會發現相同的情形。其摹寫景色之句有「山蕭條而無獸兮，野寂漠其無人。載營魄而登霞兮，掩浮雲而上征」，描述了山谷寂寥而禽獸不多，林澤空虛，罕見人煙的景象；「陽杲杲其未光兮，凌天地以徑度」寫太陽初露曙光，天色將明；「游驚霧之流波，時曖曃其曠莽兮」，寫蹈履雲氣，浮游水波之上，日月黯淡無光的景象；又或者「上至列缺兮，降望大壑。下崢嶸而無地兮，上寥廓而無天。」寫向上探索天的間隙，向下探視海的廣狹，所見大地深遠，天際廣遠無形的空間描述。這幾段都極力鋪排出空虛渺遠的圖景，作者用華美精鍊的文字描述了遠遊之所見，上天下地，格局壯大而有清奇之氣。但這都是作者想像中的「虛遊」，都只是作者惆悵失望無所依憑時所作。山水圖景的描述，對創作主體而言不是主要被描摹的對象，而是爲了烘托神遊所繪製的背景。至於周遊天地一段，更多是想像之辭的虛寫。對於這些摹寫，使我們感受到天地之壯美及虛無縹緲的仙境氛圍。

但謝詩對於他石門新營所住的描述則是：「苔滑誰能步，葛弱豈可捫。裊

---

〔註178〕胡應麟：《詩藪》內編卷一。司馬遷等著：《楚辭評論資料選》，頁397。

裊秋風過，萋萋春草繁。」寫出了山水風景及四季節候的細節，他細膩的描繪出山中濕滑的青苔及草葛，還有秋後繁盛滋生的草；以「俯濯石下潭，仰看條上猿」勾勒出天地上下的空間；以「早聞夕飈急，晚見朝日暾。崖傾光難留，林深響易奔」，刻劃了早晨及傍晚風景的不同，又以「崖傾」趣味的比喻了時光的匆促，以「響易奔」深化了樹林深鬱之感。這些都是針對同一個主題（所居住的地方），所作的山水摹寫，而且是多面向的、細節式的，呈現了山中所居的周遭景物。而謝詩的所見所寫，不同於屈原的遠遊所感受的縹緲難蹤，而是他行吟的實遊，是日常的山中實景，也是平常生命中所能欣賞感受的風景圖像。

　　由《楚辭》山水風景只做為主題烘托之用，到謝詩筆下山水一躍而成為審美的主體；由《楚辭》中的印象式山水描述，到由謝詩筆下細節式的山水描摹；從《楚辭》中的精神虛遊，到謝詩「尋山陟嶺，必造幽峻，巖嶂千重，莫不備盡」（《宋書·謝靈運傳》）〔註 179〕的歷景實遊，這些都可以說是謝詩在借鑑《楚辭》的基礎上，進一步所作的深化改造。

　　謝靈運的山水詩，描摹自然因為化用《楚辭》或其他典籍的情形相當多，在描摹上又受到〈九歌〉影響，重視色彩的使用及描述，語彙風格趨向豐富艷麗。鍾嶸《詩品序》提及謝詩云：「元嘉中，有謝靈運。才高詞盛，富艷難蹤。」〔註 180〕又張溥《謝康樂集題辭》評謝詩「詩冠江左，世推富艷。」〔註 181〕歷來學者以「富艷」二字歸結謝詩風格，當細品其詩文內容及詩境，並理解其創作山水詩之借鑑後，可知他「富艷」的風格，大抵與《楚辭》「奇麗華美」的風格不無關係。

### 2. 江淹

　　南朝詩人在創作上，對《楚辭》有相當多借鑑的，還有江淹。具有「奇麗華美」風格的《楚辭》及騷體，對於「愛奇尚異」、「博覽群書」（〈自序傳〉）的江淹，自然是寫作上可資模擬的重要典籍。除了因為留意文章外，江淹早年曾經歷過與屈原一樣忠而被黜、含冤莫白的處境。《南史·江淹傳》曾記載他受到廣陵令郭彥文牽連而入獄，獄中的一封書信，表達了他的悽愴悲憤：

〔註 179〕　《宋書·謝靈運傳》。唐·李延壽等撰、楊家駱主編：《南史·宋書》（卷十九），臺北：鼎文書局，1980 年 3 月初版，頁 540。

〔註 180〕　鍾嶸著、程章燦注譯：《詩品》，頁 7。

〔註 181〕　〈謝康樂集題辭〉。張溥題辭、殷孟倫輯注：《漢魏六朝百三家集題辭注》，臺北：木鐸出版社，1982 年 5 月初版，頁 169。

　　　昔者，賤臣叩心，飛霜擊于燕地；庶女告天，振風襲于齊臺。下官
　　　每讀其書，未嘗不廢卷流涕。何者？士有一定之論，女有不易之行。

　　　信而見疑，貞而為戮，是以壯夫義士伏死而不顧者以此也。〔註182〕

或許基於相同的冤屈及士不遇的處境，在他的擬騷體詩歌中，才能在作品氛
圍上充滿《楚辭》情調，也能在精神向度上酷似楚騷。

　　他的擬騷體詩歌，除了廣為人知的賦作，大致上還有兩類：一類是單純
的擬騷體詩歌；一類則是浸染了濃厚宗教意味的擬騷體詩歌。

　　江淹的〈遂古篇序〉云：「僕嘗為〈造化篇〉，以學古制。今觸類而廣之，
復有此文。兼象〈天問〉，以遊思云爾。」〔註183〕序中說明了他創作〈遂古篇〉
的動機，主要是對〈天問〉的特意模仿。因此細看〈遂古篇〉，明確可見特意
模仿的痕跡，但其中也能發現江淹的巧思。〈天問〉內容極為奇譎，全篇由問
句組成，內容包含了天地未形、神話傳說、政治更迭、怪誕之說及歷史人物
事蹟……等，可謂思想、內容都極其複雜且豐富。唐・李賀讚云：「〈天問〉
語甚奇絕，於《楚辭》中可推第一。」〔註184〕〈天問〉雖然身為《楚辭》中
最奇譎的篇章，但特別的是全文中並沒有使用「兮」字的句式出現，或許是
因為〈天問〉為屈原抒憤之作，且全為反問的形式，語調節奏堅定急促，因
此沒有採用「兮」字句構篇。而江淹〈遂古篇〉，在特意模仿的意圖下，卻使
用了「兮」字句來構篇。其句式為「○○○○，○○○兮」的疑問句或陳述
句；內容上也是由天地未形及神話傳說作為開始，但江淹卻巧妙的在內容中
嵌入了《楚辭》中各篇章或人物，其云：

　　　土伯九約，盎若先兮。西方蓐收，司金門兮。北極禺強，為常存兮。
　　　帝之二女，遊湘沅兮。霄明燭光，向焜煌兮。太一司命，鬼之元兮。
　　　〈山鬼〉、〈國殤〉，為遊魂兮。〔註185〕

熟悉《楚辭》的人都知道，土伯九約出於〈招魂〉，帝之二女出自〈湘夫人〉，
太一司命源自〈東皇太一〉、〈大司命〉、〈少司命〉。另外，〈山鬼〉、〈國殤〉
則被直接援引於文中。

---

〔註182〕唐・李延壽等撰、楊家駱主編：《南史・宋書》，卷五十九，頁1447。
〔註183〕〈全梁文〉，卷三十四。清・嚴可均校輯：《全上古三代秦漢三國六朝文》，頁
　　　　3151。
〔註184〕引自明・蔣之翹：《七十二家評楚辭》。司馬遷等著：《楚辭評論資料選》，頁
　　　　417。
〔註185〕〈全梁文〉，卷三十四。清・嚴可均校輯：《全上古三代秦漢三國六朝文》，頁
　　　　3151。

文章後半部，還提及四海之外，或者還有不一樣的族群居住。其云：

> 四海之外，孰方圓兮。沃沮肅愼，東北邊兮。
> 長臂兩面，亦乘船兮。東南倭國，皆文身兮。
> 其外黑齒，次裸民兮。侏儒三尺，並爲鄰兮。
> 西北丁零，又烏孫兮。車師月支，種類繁兮。
> 馬蹄之國，善騰奔兮。西南烏弋，及罽賓兮。
> 天竺、于闐，皆胡人兮。〔註186〕

他描述了東北族群長臂兩面的特殊樣貌、東南倭國的紋身黑齒、西北繁多的人種族群，及西南的胡人。這種對於天地四方特殊人種、族群的介紹，其實是〈招魂〉中的寫作手法。不過〈招魂〉所陳述的天地四方景象，遠比〈遂古篇〉中所述更加恐怖可怕，因爲〈招魂〉主要是陳四方之惡，並以楚國之美好，來作爲招回魂魄的手段。以上可知，江淹雖然在閒暇之時，特意模仿〈天問〉來創作，但在篇章中除了用「兮」字句來重新呈現內容外，也援用了〈招魂〉的寫作手法，更鎔鑄了〈九歌〉中的諸多神祇，成爲詩歌內容之一。因此〈遂古篇〉，不但靈活結合了《楚辭》各篇，也呈現了江淹重新編排改造的巧思，於此頗見江淹的文學才華之高。

江淹又有〈劉僕射東山集學騷〉一首，詩云：

> 含秋一顧，眇然山中。檀欒循石，便娟來風。木瑟瑟兮氣芬薀，石炎炎兮水成文。擷江崖之素草，窺海岫之青雲。願芙蓉兮未晦，遵江波兮待君。〔註187〕

全文對〈湘夫人〉作語境上的襲用，使其充斥著〈湘夫人〉縹緲靈秀的氛圍。如江淹把「目眇眇兮愁予」一句，改寫成「含秋一顧，眇然山中」二句，雖然缺乏原典的簡潔精鍊，但卻細膩的針對眼神流轉作了描述，反而顯得深刻動人。又詩中的語彙，如「石炎炎」、「素草」、「芙蓉」、「江波待君」……等，雖然經過改造，但無一不扣合〈湘夫人〉原始的情節與情韻。

〈山中《楚辭》五首〉無異是江淹擬騷詩歌中，最富盛名的作品。是他被貶離鄉後的作品，其云：

〔註186〕〈全梁文〉，卷三十四。清・嚴可均校輯：《全上古三代秦漢三國六朝文》，頁3151。
〔註187〕〈全梁文〉，卷三十四。清・嚴可均校輯：《全上古三代秦漢三國六朝文》，頁3150。

青春素景兮，白日出之藹藹。吾將弭節於江夏，見杜若之始大。

結琱鱗以成車，懸雜羽而爲蓋。草色綠而馬聲悲，欷沾袖以流帶。

予將禮於太一，乃雄劍兮玉鈎。日華粲於芳閣，月金披於翠樓。

舞燕趙之上色，激河淇之名謳。薦西海之異品，傾東岳之庶羞。

乘文魚兮錦質，要靈人兮中洲。

入橘浦兮容與，心徼惘兮迷所識。視煙霞而一色，深秋窈以虧天。

上列星之所極。桂之生兮山之巒，紛可愛兮柯團團。谿崎嶬兮石架

阻，風幼風劉飈兮木道寒。煙色閉兮喬木槎，嵐氣闇兮幽篁難。忌

螻蛄之蚤吟，惜王孫之晚還。信於邑兮白露，方天病兮秋蘭。

石籧籧兮蔽泉，雪疊疊兮薄樹。車蕭條兮山逼，舟容與兮水路。

愍晨夜之摧挫，感春秋之欲暮。征夫輟而在傍，御者踟而載顧。

魂兮歸來，異方不可以親。蝮蛇九首，雄虺戴鱗。炎穴一光，骨爛

魂傷。玄狐曳尾，赤象爲梁。至日歸來，無往此異方。〔註188〕

由題目〈山中《楚辭》五首〉來看，這一套組詩是江淹特意學習《楚辭》的
擬作作品。第一首是江淹行吟江夏澤畔，見到杜若香草及翠綠草色，然而卻
想到離鄉之苦，因此垂淚的情景。而〈離騷〉中有「僕夫悲余馬懷兮，蜷局
顧而不行。」，〈遠遊〉中有「僕夫懷余心悲兮，邊馬顧而不行。思舊故以想
像兮，長太息而掩涕。」皆意指屈原周遊天地時，忽然望見家鄉楚國，車夫
悲傷，連馬匹也因爲思歸而不願再前行。江淹則將之濃縮爲「馬聲悲」一詞，
以扣合鄉關之情。

　　第二首明顯仿製〈九歌·東皇太一〉。江淹祈求東皇太一的降臨，以名謳、
異品、食物爲禮來表達對神祇的敬意。第三首則具〈九歌·山鬼〉，描述了在
桂樹叢生的山巒，樹枝茂密、石塊磊磊，竹林幽暗、木道蕭瑟。詩末「惜王
孫之晚還」一句，化用自〈山鬼〉中「怨公子兮悵忘歸」一句，表達了與之
約定卻不遇的傷感，心情極爲悵然迷惘。第四首主要的意境，仍舊是對鄉關
之情的強調，同於第一首詩末用僕夫與馬匹皆思鄉不前，來渲染出悲傷的氛
圍。第五首，是對〈招魂〉的模擬。前四首化用了《楚辭》各篇意境，在語
彙、文句上作了調整與改造，並加入了個人被迫離鄉之感懷。思想感情上，

〔註188〕〈全梁文〉，卷三十四。清·嚴可均校輯：《全上古三代秦漢三國六朝文》，頁
　　　　3150。

都頗能貼近屈原因被讒放逐，思念鄉國的深切悲愴，因此藝術價值極高。

王夫之《楚辭通釋》〔註189〕中所錄《楚辭》的篇目，只收錄至〈招隱士〉一篇，卻將江淹〈山中《楚辭》五首〉中的前四首，及〈愛遠山〉收錄於其後，就可以知道〈山中《楚辭》五首〉，在遠紹屈原《楚辭》的精神、語彙、意境上，被認為是相當到位的。當然，第五首未被收錄的原因，或者是在主題或意境上，與〈招魂〉酷似，並沒有新創巧思的呈現。

其他如〈愛遠山〉中的「非郢路之遼遠，實寸憂之相接。歈美人于心底，願山與川之可涉。」〔註190〕更明確的提及雖然有眾多香花異草，但思及「美人」（君王）便有所憂，希望能翻山越嶺的回到「美人」身邊。此詩再現了《楚辭》中思鄉之情的描述，及「香草美人」傳統有所寄託的寫作手法，儼然高度吻合了屈原詩文中的精神向度。

其他像〈應謝主簿騷體〉中，描寫在秋冬芳草零落之際行吟江畔，看見香草被棄，而導致的憂傷。「香草被棄」，是極言自己才高被棄的隱喻，寄託「懷才不遇」、「珠玉棄於地」的意味相當濃厚。又如《鏡〈論語〉》在立意上的遠溯《楚辭》；或〈悅曲池〉中香草詞彙的使用，及化用《楚辭》風景的意境，都堪稱靈活巧妙。

浸染了濃厚宗教意味的擬騷體詩歌，有〈構象臺〉和〈訪道經〉兩首。對佛教與道家的崇仰，在江淹的〈自序傳〉中早已揭明。其云：

> 深信天竺緣果之文，偏好老氏清靜之術，仕所望不過諸卿二千石，
>
> 有耕織伏臘之資，則隱矣，常願幽居築宇，絕棄人事。〔註191〕

〈自序傳〉中江淹提及自己相信佛教及愛好道家法術，文末的「幽居築宇，絕棄人事」所表現的恬淡歸隱之思，就是受到了佛、道思想的影響。而佛、

---

〔註189〕王夫之：《楚辭通釋》（卷13），臺北：里仁書局，1980年10月，頁168。

〔註190〕原文為：「伯鸞兮已遠，名山兮不返。逮紺草之可結，及朱華之未晚。緤余馬於椒阿，漾余舟於沙衍。臨星朏兮樹暗，看日爍兮霞淺。淺霞兮駮雲，一合兮一分。映壑兮為飾，綴潤兮成文，碧色兮婉轉，丹秀兮芬葿。深林寂以窈窈，上猿狖之所群。群猿兮聒山，大林兮蔽天。楓岫兮筠嶺，蘭畹兮芝田。紫蒲兮光水，紅荷兮艷泉。香枝兮嫩葉，翡累兮翠疊。非郢路之遼遠，實寸憂之相接。歈美人于心底，願山與川之可涉。若溘死於汀潭，哀時命而自惬。」〈全梁文〉，卷三十四。清·嚴可均校輯：《全上古三代秦漢三國六朝文》，頁3151。

〔註191〕〈全梁文〉，卷三十九。清·嚴可均校輯：《全上古三代秦漢三國六朝文》，頁3178。

道思想、觀念也會間接性的出現在他的詩歌當中，如前引的〈愛遠山〉雖然積極表達了思念君王及鄉國的憂思，但詩末的「若溘死於汀潭，哀時命而自悁」二句，卻是說若突然的死於他鄉的江邊，只能歸咎於命運。這種消極無爲的態度，與前面的積極有所矛盾與扞格，不能不說是受到佛、道思想的影響。另外，如他的〈構象臺〉有云：「耽禪情於雲逕，守息心於端石。永結意於鷲山，長憔悴而不惜……」〔註192〕和〈訪道經〉的「西北來兮乃雙鶴，池中蓮兮十色紅。」〔註193〕一以自己對佛教禪情的耽溺，表明對佛教的崇尚；一以盛讚道教，來表達對道家的崇尚景仰。這些都是以佛道兩教色彩，結合騷體的寫作形式。

在佛、道思想的影響下，江淹詩文的格調也就呈現出與屈原相異的特徵了。如屈原抒發的苦悶，是面對鄉國的戰亂及民不聊生的危難；而江淹的悲愴是因爲自身際遇的不得志。屈原面對理想，不願和小人妥協，更不願離世隱居；而江淹面對被貶吳興的困境，雖表達對君、國的九死不悔及憂思，卻也顯示出消極及考慮隱居不理世事的可能性。屈原的作品中常呈現勇往直前的悲壯氛圍；江淹則是傾向婉麗柔弱的風格。這些都是江淹與屈原在思想本質上的不同，因此縱然江淹的擬騷詩作頗能重現屈騷情調，但以格局、氣度來說終究略遜一籌。

### 3. 蕭統和蕭綱等作家

蕭統和蕭綱也有擬騷體詩歌傳世。世所熟知，蕭統喜愛文藝，以太子之尊，招引文士，與之共同編纂了《昭明文選》，儼然是當代文學的推動者。蕭統有擬騷詩〈示雲麾弟〉，用〈九歌〉的句式，寫登高遠眺，突然興起思念兄弟的情感。而梁·簡文帝蕭綱，《梁書》本傳記載他「讀書十行俱下，九流百氏，經目必記；篇章辭賦，操筆立成。博綜儒書，善言玄理。」〔註194〕曾被梁高祖武皇帝（蕭衍）稱爲「吾家之東阿」〔註195〕。他有擬騷作品〈應令詩〉

---

〔註192〕 〈全梁文〉，卷三十九。清·嚴可均校輯：《全上古三代秦漢三國六朝文》，頁3150。

〔註193〕 〈全梁文〉，卷三十九。清·嚴可均校輯：《全上古三代秦漢三國六朝文》，頁3151。

〔註194〕 卷四。姚思廉著、楊家駱主編：《梁書》，臺北：鼎文書局，1980年3月初版，頁108。

〔註195〕 卷四：「太宗幼而敏睿，識悟過人，六歲便屬文，高祖驚其早就，弗之信也。乃於御前面試，辭采甚美。高祖歎曰：『此子，吾家之東阿。』」姚思廉著、楊家駱主編：《梁書》，頁108。

一首，也用〈九歌〉的句式書寫全篇，詩中以「平原忽兮遠極目，江甸阻兮羈心傷。」及「望邦畿兮千里曠，悲遙夜兮九回腸。」寫羈旅鄉愁。詩中「平原忽兮遠極目」一句，化用了〈國殤〉中「平原忽兮路超遠」，對楚騷的借鑑痕跡頗爲明顯。

　　蕭綱作品用騷體寫羈旅鄉愁，及得以展現濃厚的楚《騷》風味，其實與他曾居住過楚地，及基於對《楚辭》藝術價值的認識有關。陶琳認爲：蕭綱曾任荊州刺史及雍州刺史一職，可說是從少年時期就開始受到楚地文化的薰陶〔註196〕。至於他對《楚辭》的看法，可以從他的〈與湘東王（蕭繹）書〉中看出端倪：

> 比見京師文體，儒鈍殊常，競學浮疏，爭爲闡緩。玄冬脩夜，思所不得，既殊比興，正背〈風〉、〈騷〉。若夫六典三禮，所施則有地；吉凶嘉賓，用之則有所。未聞吟詠情性，反擬〈內則〉之篇；操筆寫志，更摹〈酒誥〉之作；遲遲春日，翻學《歸藏》；湛湛江水，遂同〈大傳〉。〔註197〕

文中蕭綱批評了當時京師流行的文體，因爲模擬典籍太過，因而陷入了空疏呆板、僵化的缺點，也違背了《詩經》、《楚辭》中比興系統的寫作手法。另外，更提出了「湛湛江水」有其藝術價值，認爲雖然和《禮記·大傳》的質樸深奧不同，但他們都是美的。而「湛湛江水」一詞，乃出自於《楚辭·招魂》一篇。從文中可發現，蕭綱是從吟詠情性及審美的角度來肯定《楚辭》的價值。

　　其他著作擬騷詩的還有謝莊，以五言詩聞名，鍾嶸《詩品》中評其特色爲「清雅」，共有〈山夜憂吟〉、〈懷園引〉、〈曲池賦應詔〉三篇擬騷詩作。詩歌中，沒有全篇使用騷體，「兮」字句間或出現於詩歌中而已，但所用語彙多借鑑於《楚辭》，詩歌情調儘管略顯低沉，卻給予人流暢清新之感。又徐爰〈華林北澗〉、袁淑〈七言詠雪〉、張攢〈擬若有人兮〉也都爲當代的擬騷詩。至

---

〔註196〕天監十三年，蕭綱12歲時，曾任荊州刺史一職。普通四年，蕭綱21歲時，又任雍州刺史一職，歷時約八年。蕭綱還作有〈玩漢水〉、〈入漵浦〉等詩篇。由此可知，蕭綱曾到過湖南、湖北一帶，在長江、漢水流域生活多年。因而可以說，蕭綱從少年時期就開始受到楚地文化的薰陶。陶琳：〈蕭綱與楚辭〉，杭州：《浙江大學電子科技大學學報》（社科版），2006年第8卷第2期，頁83。

〔註197〕〈全梁文〉，卷十一。清·嚴可均校輯：《全上古三代秦漢三國六朝文》，頁3011。

於南朝・梁範縝〈擬招隱士〉爲楚歌體,是試擬淮南小山的〈招隱士〉一篇,雖然擬的不是屈原的作品,總算都是《楚辭》的遺緒。

### (二)北朝擬騷詩歌概況

本論文前四章已述及,北朝的騷體賦,只有楊固〈演賾賦〉及袁翻〈思歸賦〉,及李顒〈大乘賦〉三篇,數量不多。北朝擬騷詩歌也有相同的情形,於創作上來說,只有北魏孝文帝的〈弔殷比干墓文〉,及由南朝入北的庾信之作品。

### 1. 北魏孝文帝

西晉後,北方戰亂頻繁,妨礙了學術的發展。而肇因於社會環境的不安定,政權的頻繁更迭,以至於作家沒有合宜的創作環境。雖然,北魏孝文帝實施漢化政策,學術有興盛的跡象,但具代表性的創作不多,騷體詩歌的數量更是稀少。

在《北史・魏本紀》第三記載:「(北魏孝文帝)雅好讀書,手不釋卷。……《五經》之義,覽之便講。學不師受,探其精奧;史傳百家,無不該涉。」〔註198〕可見北魏孝文帝在推行漢化政策下,本身對於中國傳統典籍也必定有所涉獵,《楚辭》作爲中國文學中具有廣大影響力的書籍,自然也是北魏孝文帝學習、模擬的對象。

他的〈弔殷比干墓文〉,文章一開始,便有一大段的用騷體寫成的文字。正是仿製〈離騷〉句式,中間段落則以四言的賦體來穿插鋪排,文末還有「重曰」一段。

本章已提過兩晉時已有潘岳,用騷體利於抒情的特質,來暢敘哀情,寫作哀辭,進而開創了騷體寫哀辭、悼亡詩文的風潮。而北魏孝文帝的〈弔殷比干墓文〉,以體裁上來說,是爲弔文,其實也是哀辭的一種。這間接證明了,北魏孝文帝受漢化的影響的確極深。以形式而言,以騷體開頭,以「重曰」作結,也的確是屬於《楚辭》的寫作手法。

而最能看出特意學寫《楚辭》的,還是在於內容與語彙上的使用。如:

> 咨堯舜之耿介兮,何桀紂之猖敗。沈湎而不知甲兮,終或已以貽戾。
>
> 謇謇兮比干,藉冑兮殷宗。含精兮誕卒,寔樹兮英風。乘蘭露以滌

---

〔註198〕《北史・魏本紀》第三,載唐・李延壽等撰,楊家駱主編:《北史》,臺北:鼎文書局,1980 年 3 月初版,頁 121。

神，餐菊英而儼容。茹薜荔以蕩識，佩江蘺以麗躬。履霜以結冰兮，
辛窘忠而彌濃。〔註199〕

本段文字主要是稱讚比干忠君爲國的高尚品格。內文有相當多的字句，都是
自《楚辭》化用而來。如「咨堯舜之耿介兮，何桀紂之猖敗。」化用自〈離
騷〉的「彼堯舜之耿介兮，既遵道而得路‧何桀紂之猖披兮，夫唯捷徑以窘
步。」這是屈原用堯舜耿介以行正道，而桀紂違背天道，至於滅亡的兩例來
規誡國君的文句。孝文帝則用以爲感嘆比干所處時局紛亂，而悲憫其忠而喪
命。劉勰《文心雕龍‧辨騷》曾提及屈原舉堯、舜、桀、紂爲例，是爲「典
誥之體也」，作用主要是落在「規諷之旨」〔註200〕。以此來檢視孝文帝的擬作，
雖然其靈活的濃縮了〈離騷〉中的文句，卻喪失了屈原原本寄託的諷諫之意，
在內涵深度上還是顯得薄弱一些。

另外，「謇謇兮比干」則是對〈離騷〉中「余固知謇謇之爲患兮，忍而不
能舍也。」的化用，「謇謇」意指忠貞之貌，王逸《楚辭章句》注此二句以爲
「言己（屈原）知忠言謇謇，諫君之過，必爲身患，然中心不能自止而不言
也。」〔註201〕用此二句濃縮其意來稱讚比干，是相當恰當的。逯欽立《先秦
漢魏晉南北朝詩》於文後，曾補充此詩背景：「《魏書‧孝文紀》記載『太和十
八年十一月，車駕幸鄴。經比干之墓，傷其忠而獲戾，親爲弔文，樹碑而刊
之。』」以上都顯見孝文帝對中國歷史，及《楚辭》中的文句涵義理解度都極
高。而文末的重曰：

銜芝條以升虛兮，與赤松而翱翔。被芰荷之輕衣兮，曳扶容之萜裳。
循海波而漂颻兮，望會稽以歸禹。紐蕙芷以爲紳兮，扈荃佩而容與。
……
仰徙倚於閭闔兮，請帝閽而啓關。天沈寥而廓落兮，地寂漻而遼闊。
……
焱飛廉而前驅兮，使燭龍以輝澄。歸中樞而睇眄兮，想玄漠之已周。
慨飛魂之無寄兮，颯○袂而上浮。引雄虹而登峻兮，揚雲旗以軒遊。

---

〔註199〕〈全北魏文〉，卷七。清‧嚴可均校輯：《全上古三代秦漢三國六朝文》，頁
　　　　3551。
〔註200〕劉勰《文心雕龍‧辨騷》：「故其陳堯、舜之耿介，稱湯、武之祗敬，典誥之
　　　　體也。譏桀、紂之猖披，傷羿、澆之顛隕，規諷之旨也。」劉勰：《文心雕龍》，
　　　　頁46。
〔註201〕洪興祖：《楚辭補注》，頁9。

躍八龍之蜿蜿兮，振玉鸞之啾啾。……

扈陽曜而靈修兮，豈傅說之足奇。但至溷之不悛兮，寧溘死而不移。
〔註202〕

文中也有許多文句都是對〈離騷〉的學習與化用。語彙上，如「芰荷」、「容與」、「閶闔」、「帝閽」……等都是〈離騷〉中相當常見的；句式上，也採用了〈離騷〉的句式；而情節中的「紉蕙芷以爲紳兮，扈荃佩而容與。」二句是採用屈原以香花異草裝飾己身的習慣，來呼應比干高尚的品格。至於「仰徙倚於閶闔兮，請帝閽而啓關。」是寫比干盡忠無門的悲傷，塑造出了寂寞沉寥的氛圍。〈離騷〉中也描述了屈原到達天帝的居所，卻被帝閽（守門人）拒絕通報，因此盡忠無門的描述。至於「寧溘死而不移」一句，也是兩晉南北朝擬騷詩歌中，常由〈離騷〉中摘出的文句，以表達矢志不移心志的佳句。

有趣的是，北魏孝文帝對比干以死諷諫國君的行爲，提出了質疑，其云：「曷不相時以卷舒兮，徒委質而巔亡。雖虛名空傳於千載，詎何勳之可揚。」換言之，他認爲以死相諫雖然能博得顯揚的名聲，但隨生命的消逝，也不過徒存虛名而已。這種論點呈現出魏晉南北朝時代文人，珍視此在生命的思想，因此隨俗順世或隱居棄世的生命途徑，一直都是除了死之外的第二條路，如本論文第三章中魏晉南北朝文人，對屈原赴義就死的作爲也無法理解是一樣的情況。

北魏孝文帝的擬騷詩文，還有他與大臣們共作的〈懸瓠方丈竹堂饗侍臣聯句〉。《北史》記載兼中書侍郎鄭道昭從征沔北，孝文帝饗群臣於懸瓠方丈竹堂。樂作酒酣之際，孝文帝所作之歌〔註203〕。通篇說的是此次征戰必能天下依歸，君王的德行光輝將照耀他方。有祈禱戰爭勝利的意涵，也有對君王德行的歌頌。此篇擬騷作品，內容上較制式化，大有漢‧劉邦〈大風歌〉之情調。

這時期的擬騷詩歌極少，內容上也多傾向弔懷古人，及宴會中君臣應酬

---

〔註202〕 〈全北魏文〉，卷七。清‧嚴可均校輯：《全上古三代秦漢三國六朝文》，頁3551。

〔註203〕 〈懸瓠方丈竹堂饗侍臣聯句〉全文爲：「白日光天兮無不曜，江左一隅獨未照。願從聖明兮登衡會，萬國馳誠兮混內外。雲雷大振兮天門闢，率土來賓兮一正歷。舜舞干戚兮天下歸，文德遠被兮莫不思。皇風一鼓兮九地匝，戴日依天兮清六合。遵彼〈汝墳〉兮昔化貞，未若今日道風明。文王政教兮暉江沼，寧如大化兮光四表。」，逯欽立：《先秦漢魏晉南北朝詩》，頁2200。

相和的作品。兩晉及南朝中，那些極力發揚《楚辭》抒情功能，用綺麗的詞藻，來暢敘哀情的擬騷篇章，大量消失。前文已述在漢化政策的實施下，儒家思想處於社會主導性地位，因此擬騷詩作在這種思想的影響下，在題材的選取上也顯得嚴肅及中規中矩。而除了北方民族性格、生活居處與南方不同外，胡人學術不發達及崇尚質樸自然的文風，也都影響著擬騷詩的創作。

　　由南入北的庾信，身為南朝的著名文學家，也曾對北朝衰微的文風及文學創作呈現的蕭條，有輕視之意。

### 2. 庾信

　　庾信聰敏絕倫，博覽群書，少時就和其父庾肩吾出入宮廷，曾任昭明太子蕭統的侍讀，和徐摛之子徐陵，文章皆負盛名，當時號為徐、庾體。《北史·周書文苑傳》載：「既文並綺豔，故世號為徐、庾體焉。當時後進，競相模範，每有一文，都下莫不傳誦。」〔註204〕說明了徐、庾體綺豔的風格。庾信這時期的作品，大多是與後梁君主的應酬唱和之作，語彙精緻華美，風格輕豔綺靡，具有相當的宮體詩色彩。例如他的〈夢入堂內詩〉就是一首具代表性的宮體詩。其云：

> 雕梁舊刻杏，香壁本泥椒。幔繩金麥穗，簾鉤銀蒜條。
> 畫眉千度拭，梳頭百遍撩。小衫裁裹臂，纏弦搯抱腰。
> 日光釵燄動，窗影鏡花搖。歌曲風吹韻，笙簧火炙調。
> 即今須戲去，誰復待明朝。〔註205〕

詩中先極力描述了居室的華麗：有精緻的雕刻，及塗上椒泥溫暖、芳香的牆壁，也有垂墜而下的金色幔穗，及銀色簾幔掛勾。接著寫內室中美人的情態，從畫眉、梳頭，到描述若隱若現的玉臂及纖腰，及窗紙上映照出的美人身影，每一個動作的刻畫，都極其細膩傳神。詩末更提及要及時行樂，把握美好時光。全詩富麗精工，可惜主題及意涵上比較淺薄纖弱。

　　雖然前期多是宮體詩一類，但庾信部分的奉和之作，已經可以看出他對《楚辭》的借鑑與學習。如他的〈奉和初秋〉詩，有「自有南風曲。還來吹九重。」〔註206〕；〈奉和泛江詩〉有「錦纜回沙磧，蘭橈避荻洲。」〔註207〕

---

〔註204〕　《北史》，卷八十三。唐·李延壽等撰、楊家駱主編：《北史》，頁2793。

〔註205〕　逯欽立：《先秦漢魏晉南北朝詩》，頁2372。

〔註206〕　〈奉和初秋〉：「落星初伏火，秋霜正動鍾。北閣連橫漢，南宮應鑿龍。祥鷥棲竹實，靈蔡上芙蓉。自有南風曲。還來吹九重。」，逯欽立：《先秦漢魏晉南北朝詩》，頁2394。

詩文中如「九重」、「蘭橈」等語彙，其實都來自於《楚辭》。可見初期庾信寫作宮體詩或應和詩時，對《楚辭》的借鑑，大多著眼於其「麗辭美文」的特色。

可惜侯景之亂爆發，其後庾信隨梁元帝偏安江陵，後庾信奉命出使西魏。當時正值西魏南侵，庾信滯留北方不得返鄉；等到江陵陷落，只能留在西魏。庾信曾仕於西魏、北周，即使北朝君主，賞識他的才能，但《周書》本傳中記載：「（庾信）雖位望通顯常作鄉關之思」〔註208〕。強烈的羈旅之愁，使他後期的文章，筆意蒼健縱橫，也常流露了淒愴哀傷的情緒。

因為人生處境的轉變，後期庾信對《楚辭》的特色也有不同的認識。庾信〈趙國公集序〉中云：「昔者屈原、宋玉，始於哀怨之深；蘇武、李陵，生于別離之世。」〔註209〕庾信認為屈原、宋玉的創作緣由是基於「哀怨」，這顯示了庾信對《楚辭》已經從「麗辭美文」的認識，進一步轉向思想內涵上的理解。《四庫全書總目提要》中清楚說明了，庾信由南入北後文風的轉變：

　　至信北遷以後，閱歷既久，學問彌深，所作皆華實相扶，情文兼至，

　　抽黃對白之中，顧氣舒卷，變化自如，則非陵之所能及矣。〔註210〕

文中可知，庾信由輕艷綺靡的宮體詩風，轉向蒼健縱橫之筆意，大抵是注意到了辭藻與內涵、思想與文辭都必須緊密的結合，這對於庾信以前那些缺乏深刻思想內容的宮體詩來說，是一個思想上極大的轉變與體會。在歷經不同以往人生閱歷的羈旅生活中，及南北文化的交融，他的成就已經超越李陵的情文了。

對於《楚辭》的嶄新理解，也影響到他詩文內容的呈現。綜觀庾信楚歌體（「兮」字句）的擬騷作品，其實大多都在辭賦中，詩文的影響大多在詞彙使用與精神內容的遠溯上。其中，尤其是對屈原眷戀鄉國，再三回顧不忍離開的心情，特別能夠感同身受。另外，他也常在詩文中，嵌入一些「楚國的相關人事物」，以渲染悲傷悽愴的情緒氛圍。如〈和張侍中述懷詩〉的「操樂

---

〔註207〕　〈奉和泛江〉：「春江下白帝，畫舸向黃牛。錦纜迴沙磧，蘭橈避荻洲。濕花隨水泛，空巢逐樹流。建平船舸下，荊門戰艦浮。岸社多喬木，山城足廻樓。日落江風靜，龍吟迴上游。」，逯欽立：《先秦漢魏晉南北朝詩》，頁2354。

〔註208〕　《北史》，卷八十三。唐‧李延壽等撰、楊家駱主編：《北史》，頁2793。

〔註209〕　清‧嚴可均校輯：《全上古三代秦漢三國六朝文》，頁3934。

〔註210〕　卷148，集部一、別集類一。紀昀纂：《四庫全書總目提要》（四），石家莊：河北人民出版社，2000年3月1刷，頁3838。

楚琴悲」〔註211〕；〈率爾成詠詩〉的「南冠今別楚」〔註212〕；〈謹贈司寇淮南公詩〉的「促歌迎趙瑟，游弦召楚妃。」〔註213〕；〈擬詠懷詩〉之二十七的「雞鳴楚地盡，鶴唳秦軍來」〔註214〕，其中援引的典故都和楚國有關，也都盡帶悲涼感傷的色彩。如「操楚琴」、「南冠」典出楚人鍾儀被囚，仍不忘故國衣冠一事；「楚妃」則典出《楚辭·湘夫人》；〈擬詠懷詩〉之二十七，所指正是楚國郢都被秦軍攻陷的歷史舊事。

　　除了單純對詞彙的靈活使用，全詩具濃厚楚騷風味的還有〈擬詠懷詩〉之十一：

> 搖落秋爲氣，淒涼多怨情。啼枯湘水竹，哭壞杞梁城。
>
> 天亡遭憤戰，日蹙值愁兵。直虹朝映壘，長星夜落營。
>
> 楚歌饒恨曲，南風多死聲。眼前一杯酒，誰論身後名。〔註215〕

此詩是庾信用來比喻梁江陵陷落，及百姓深受其害的悲憫之作。首先，書寫了秋季的蕭瑟蕭殺，以娥皇、女英與虞舜、孟姜女與杞梁死別之怨的悲泣，來渲染悲愁氛圍，並提及楚歌多怨的特色，末二句認爲榮利、名聲不足恃，人生當及時行樂作爲結束。詩中「搖落秋爲氣」一句，語境上引自宋玉〈九辯〉中的「悲哉秋之爲氣也！蕭瑟兮草木搖落而變衰」二句，意指秋氣蕭殺，草葉枯槁零落。「南風」則指古代南方的樂曲，相傳爲虞舜所作。《左傳·襄公十八年》載：「吾驟歌〈北風〉，又歌〈南風〉，〈南風〉不競，多死聲，楚必無功。」〔註216〕傳文記載襄公十八年，楚師伐鄭，遇到大雨，楚國軍隊多有凍死者，師曠說南方樂曲是柔弱不振的，楚國將面臨失敗的命運。因此，庾信以「南風」一詞描寫戰爭死亡之慘重，盡訴悲傷淒涼之感。又《禮記·檀弓下》記載了杞梁之事蹟，其云：「齊莊公襲莒於奪，杞梁死焉。其妻迎其柩於路，而哭之哀。」〔註217〕描寫了軍士激戰死亡的壯烈。在他的〈哀江南賦〉中也有北魏軍攻陷江陵的類似描述「冤霜夏零，憤泉秋沸。城崩杞婦之

---

〔註211〕 逯欽立：《先秦漢魏晉南北朝詩》，頁2371。
〔註212〕 逯欽立：《先秦漢魏晉南北朝詩》，頁2390。
〔註213〕 逯欽立：《先秦漢魏晉南北朝詩》，頁2357。
〔註214〕 逯欽立：《先秦漢魏晉南北朝詩》，頁2370。
〔註215〕 逯欽立：《先秦漢魏晉南北朝詩》，頁2368。
〔註216〕 楊伯峻：《春秋左傳注》，北京：漢京文化事業有限公司，1987年1月1刷，頁1043。
〔註217〕 《禮記》卷三。鄭玄注：《禮記》，臺北：新興書局，1964年3月，頁36。

哭，竹染湘妃之淚。」〔註218〕可以說他將南朝講究聲色、長於用典的技巧，用來描寫雄壯肅殺的戰爭氣氛、蕭疏開闊的北方景色、渾然質樸的邊地生活，將南北文風融合起來，形成了剛健豪放、蒼涼悲壯的風格〔註219〕。

〈和侃法師三絕詩〉的「秦關望楚路，灞岸想江潭。幾人應落淚，看君馬向南。」〔註220〕他遠望故鄉舊路，及對向南的馬匹流涕，都顯示他深刻的鄉關之思。

正如前文所引的二首詩，雖然內文中都沒有「兮」字句的使用，但庾信多用與楚國相關的事物，並汲取了屈原眷戀鄉國之情，書寫出了具有楚《騷》風味、氛圍的詩文，跳脫了單純語彙上的模仿，進一步在精神向度上貼近《楚辭》，在擬騷詩文中，呈現了較高的藝術成就。

庾信雖然與屈原一樣，都有強烈的羈旅鄉關之愁，但庾信是基於對南方生長處的眷戀。他在文風昌盛的南方，曾有過一段光輝的日子，父兄朋友的相互切磋、君王的看重，都是讓他對過去戀戀難捨的原因。雖然他在北朝也位居高位，但始終相當輕視北朝不昌盛的文風。《朝野僉載》云：「梁庾信從南朝初至，北方文士多輕之。信將〈枯樹賦〉以示之，於後無敢言者。時溫子升作〈韓陵山寺碑〉，信讀而寫其本。南人問信曰：『北方文士何如？』信曰：『唯有韓陵山一片石堪共語。薛道衡、盧思道少解把筆。自餘驢鳴狗吠，聒耳而已。』」〔註221〕他把北朝文人的創作譬喻成驢鳴狗吠，並尖銳的譏諷為聒耳劣作，從這裡可知庾信仍以為北朝文藝成就，仍與南朝有所差距。屈原對鄉國的眷戀，則全是因為顧念楚國的前途，楚國在秦國虎視眈眈下的外交險境。另外，屈原的羈旅之情，奠基於對祖國的忠貞；而庾信被質疑的是不能堅持對梁簡文帝盡忠的節操。當然這與南北朝的時代背景有關，葛曉音《八代詩史》云：「南北朝是一個不斷進行著分裂和統一戰爭的時代，就像戰國和三國時期，士大夫都沒有明確的祖國觀念。同時由於篡代頻繁，忠於一姓王朝的觀念也大大削弱。」〔註222〕以上兩者，是庾信和屈原思想上最基本的不同。因此，雖然庾信後期歷經了心境上的變化，及在南北文化交融中，於創

---

〔註218〕〈全後周文〉，卷八。逯欽立：《先秦漢魏晉南北朝詩》，頁3922。
〔註219〕焦燕：《庾信詩賦意象論》，陝西師範大學碩士論文，2007年4月，頁49。
〔註220〕逯欽立：《先秦漢魏晉南北朝詩》，頁2401。
〔註221〕卷六。張鷟：《朝野僉載》，收錄於陝西震旦漢唐研究院編：《四庫文明》（卷五十），西安：陝西人民出版社，2007年，頁25。
〔註222〕葛曉音：《八代詩史》，北京：中華書局，2007年3月一刷，頁235。

作成就上獲得極高的成就，但詩文中的楚《騷》風調，終究不及屈原《楚辭》的悲壯。

庾信歷經人世滄桑變化後，一改早期綺豔的創作風格，至晚期筆力堪稱有縱橫凌雲之姿。因此，杜甫〈詠懷古跡〉之一，稱「庾信平生最蕭瑟，暮年詩賦動江關。」〔註223〕而他對於《楚辭》的理解，在「情」、「采」角力的過程中，由只重詩文的「麗辭美文」到對「哀怨之所生」思想內涵有深刻的共鳴，這些都不可避免地影響到了他「蕭瑟」、「老成」格調的形成。楊理勝亦云：「庾信對屈原的繼承是全方位的，這種繼承不僅僅侷限於對屈騷形式的模仿與運用，更在於對屈騷精神的吸收與發揚。」〔註224〕

綜合本節對兩晉南北朝的擬騷詩之研究可知：本時期的詩人不論是對《楚辭》語彙、寫作手法、結構或意境的借鑑，都是未曾間斷的進行式，他們將對《楚辭》的理解與偏好，落實在他們的創作中。藉由模擬再創作的過程，或者基於個人的文學才力，或者基於各種文化思潮、宗教色彩的融入，甚或基於個人生命歷程的劇烈變化，詩人以各種不同的角度，對《楚辭》作了重新檢視與理解。

西晉擬騷詩歌便具有形式上的擬古傾向，如傅玄秉持著儒家的文學觀，強調作品的現實諷諭精神。因此，擬騷體詩歌中，以「擬」開頭作為題名的篇章，多仿造《楚辭》語彙及氛圍，因此顯得中規中矩。然而，他將「兮」字用於樂府詩中，顯然使得《楚辭》對樂府詩歌的影響力，持續延伸而不至於中斷。而陸雲文學觀的轉變，使他轉而重新看見《楚辭》的情感之美，不但能以「情」來評說《楚辭》，更以「情」來擬作《楚辭》。潘岳更大膽的以騷體來暢敘哀情，寫作哀辭。郭璞則針對《楚辭》的意象、情境、內涵，作了不同的詮釋與發展。謝靈運由《楚辭》中的印象式山水描述及虛遊，發展出細節式的山水描摹及實遊。這些都是兩晉在對《楚辭》的借鑑上，所作的變化。及至南朝，擬騷體詩歌甚至成為作家展示藝術才華的工具，用以比美爭勝。北朝擬騷體詩歌雖然不多，但繼承了《楚辭》典正華麗詞藻。有北魏孝文帝的仿製之作，而由南入北的庾信，更是貼近了《楚辭》的精神內涵與氛圍情調。

---

〔註223〕〈詠懷古跡〉第一：「庾信平生最蕭瑟，暮年詩賦動江關。」杜甫：《杜甫全集》，上海：古籍出版社，1997 年 8 月 2 刷，頁 223。

〔註224〕楊理勝：〈屈原與庾信〉。戴錫琦、鍾興永：《屈原學集成》，北京：中央編譯出版社，2007 年 6 月 1 版 1 刷，頁 969。

　　因此，兩晉南北朝對《楚辭》別具巧思的嘗試或創新，如情節結構的重新組合，或對意象寄託的創新變化，都讓《楚辭》的生命力呈現不斷的流動之姿，並且滿溢浸染在文學創作中。而《楚辭》過去未被發現的美或藝術價值，也不斷的被挖掘出來，以新的面目呈現在大眾的面前。

# 第三節　魏晉南北朝詩歌對《楚辭》的衍化

　　魏晉南北朝對《楚辭》的借鑑與新創，讓《楚辭》的價值重新被挖掘出來，但在擬騷體詩歌的創作中，並不是全然對《楚辭》無條件的接受或繼承，當中仍有背離或新創的情形。本節擬進一步討論，魏晉南北朝詩歌對《楚辭》各方面學習或背離的情形。

## 一、魏晉南北朝詩歌對《楚辭》的繼承

　　魏晉南北朝詩歌對《楚辭》的繼承與學習，大致上可分為四方面：（一）悲情意識的感染。（二）遠遊精神的繼承。（三）語彙典故的襲用。（四）華美意象的擴展。以下逐項加以討論。

### （一）悲情意識的感染

　　王逸《楚辭章句·離騷後序》云：

> 屈原履忠被譖，憂悲愁思，獨依詩人之義，而作〈離騷〉，上以諷諫，
> 下以自慰。遭時闇亂，不見省納，不勝憤懣，遂復作〈九歌〉以下
> 凡二十五篇。楚人高其行義，瑋其文采，以相教傳。〔註225〕

在《楚辭章句·離騷後序》中，王逸指出了《楚辭》的創作動機，正在於屈原遭逢亂世及受讒臣詆毀的痛苦經歷。屈原企圖以《楚辭》來抒憤及自我安慰，更有奮力一搏，諷諫君王之意。這個「起於哀怨」的創作動機，就注定了《楚辭》本質上帶有「悲情意識」的色彩。而後來不論是楚人教傳的《楚辭》，或漢·淮南王劉安的《離騷傳》，甚或是西漢·劉向所結集的《楚辭章句》一書，及後代眾多的評論家們，莫不重視到它「悲怨」的特色。因此「悲情意識的感染」，成為歷代《楚辭》接受史中，最受重視的部分。

---

〔註225〕洪興祖：《楚辭補注》，頁 48。

　　而魏晉南北朝時代，有特殊的歷史時空背景，因此當文人的創作感染了《楚辭》的悲情意識後，在創作上迸發出了異彩。而除了政治上的黑暗動亂，魏晉南北朝又是文學自覺，與審美意識極高的年代，對於漢儒所遵循儒家「怨而不怒」的精神，正在重新加以省思。魏晉南北朝文人就在這樣特殊的歷史、文學條件下，《楚辭》悲情意識的感染，在他們的擬騷詩歌中正盡情的被展示著。

　　曹植、嵇康、阮籍與江淹就是在情感結構上，與屈原極為相似的文人。清·陳廷焯《白雨齋詞話》卷七云：

> 惟陳王處骨肉之變，變忠愛之忱，既憫漢亡，又傷魏亂，感物指事，
> 欲語復咽，其本原已與《騷》合，故發為詩歌，覺湘間澤畔之吟，
> 去人未遠。〔註226〕

陳廷焯指出了曹植創作的發生，在情感結構與屈原相似，都在「悲怨」中產生，因此他的作品，令人感覺恍若屈原澤畔的悲苦之聲。

　　如他的〈九詠〉除了在形製上模擬了〈九歌〉，也以「何自苦以終身」來自我寬慰，文中有不懼死亡的勇敢精神。而〈釋愁文〉中，曹植描述了自己的形容枯悴，行吟路邊，及滿溢的愁悶，這些都讓我們再一次感受到屈原形象的再現。

　　嵇康發揚了騷體抒發悲情的功用，寫了對亡母、亡兄的悲痛。〈思親詩〉中「想形容兮內摧傷」、「中夜悲兮當誰告」、「獨抆淚兮抱哀戚」的文句，情境哀婉，一系列的傷、悲、淚、哀等字的堆疊，更寫盡了嵇康無盡的悲哀與孤單。

　　至於阮籍，雖然寫了「文多隱避，百代之下，難以情測」（《昭明文選》李善注引顏延之語）的〈詠懷詩〉，但從他擬騷詩歌中來檢視使用頻率高的語彙與詩境，不難發現處處充滿了憤懑與悲傷。據鄭晶艷統計阮籍的〈詠懷詩〉中：「憂」字10處，「悲」字11處，「傷」字12處，「愁」字4處，「哀」字11處，「苦」字9處，此外還有許多從字面上直接提到「咨嗟」、「愴恨」、「涕下」等悲哀情感的詩30餘首左右。這些幾乎奠定了〈詠懷詩〉全部的情感基調。〔註227〕另外〈詠懷詩〉中還頻繁出現了如落日、秋季或墳墓……等象徵

---

〔註226〕司馬遷等著：《楚辭評論資料選》，頁224。
〔註227〕鄭晶艷：《楚辭對阮籍思想及其文學創作的影響》，湖南師範大學碩士論文，
　　　　　2007年5月，頁21。

死亡的意象，這又是繼屈原《楚辭》悲情意識的感染後，進一步在創作中對悲傷氛圍的渲染。其實他的創作背景與動機，都在〈詠懷詩〉之十六中寫明了，其云：「小人計其功，君子道其常。豈惜終憔悴，詠言著斯章。」活在與屈原相同的險惡逆境中，自然對於《楚辭》中的悲情意識能有深刻的理解了。

江淹也經歷了屈原一樣「信而見疑，貞而為戮」的境遇，清‧劉熙載《藝概‧詩概》云：

> 江文通詩，有淒涼日暮，不可如何之意，此詩之多情而人之不濟也。
> 〔註228〕

劉熙載以為江淹創作中呈現的淒涼情調，源於一個有情之人，卻處於一個不遇的處境。我們看他用來抒發悼亡、離別、思鄉、懷親類的作品，流瀉在詩文間的，的確都充滿了濃烈的哀傷。

尤其，他的〈山中《楚辭》五首〉，不論是感嘆歲月對人生的摧折，或描述深秋的幽深竹林，抑或「草綠馬悲」中用春景襯托出深刻哀傷的氛圍塑造，都使得他的擬騷詩文，充滿了沉重頓鬱的情調，而這些極大部分都基於對《楚辭》悲情意識的感染。

另外，因為受到《楚辭》悲情意識的感染，而能在抒發悲情上暢敘其哀的是潘岳。潘岳的擬騷詩作，如〈悲邢生辭〉、〈傷弱子辭〉、〈哀永逝文〉、〈哭弟文〉等篇章，幾乎都屬於哀辭類。他把悲、傷、哭等情感，藉由騷體抒情的特色來加以展現。因此能以騷體來寫哀辭，並能暢敘其悲慟之哀情者，正是潘岳擬騷的最大特色，而這都不脫《楚辭》悲情意識的感染。

庾信對於《楚辭》的理解，藉由「情」、「采」取捨的過程中，由只重詩文的「麗辭美文」，到對「哀怨之所生」思想內涵有深刻的共鳴。因此，庾信後期作品中，出現了大量的「寒」、「冷」、「悲」、「崩」等字眼，使讀者從苦寒淒冷的語言中，讀出庾信在北朝時的心理狀態。〔註229〕這些苦寒淒冷的語言，不可避免地在他學習《楚辭》的過程中，深深的影響了他，而他「蕭瑟」、「老成」的作品格調的形成，的確有受到《楚辭》悲情意識的感染。

謝靈運對《楚辭》藝術風格的感受，正在於「悲悽」與「艷麗」。謝詩筆下悲涼怨慕的情調稍淡，但不論是對於秋景的描摹，或對《楚辭》語彙如江水、江楓、斫冰、積雪等的引用，還是帶有楚《騷》情調的。如前引〈石門

---

〔註228〕《藝概‧詩概》。劉熙載：《藝概》，臺北：華正書局，1988 年 9 月，頁 57。
〔註229〕焦燕：《庾信詩賦意象論》，陝西師範大學碩士論文，2007 年 4 月，頁 49。

新營所住四面高山回溪石瀨茂林修竹〉一詩，方東樹《昭昧詹言》云：「『美人游不還』一段，幽憂怨慕淒涼之意，全得屈子餘韻。」〔註230〕足見謝靈運也是受到《楚辭》悲情意識感染的詩人。

明・蔣之翹《七十二家評楚辭・總評》曾云：

> 予讀《楚辭》，觀其悲壯處，似高漸離擊筑，荊卿和歌於市，相樂也，已而相泣，旁若無人者；悽婉處，似窮旅相思，當西風夜雨之際，哀蛩叫濕，殘燈照愁。〔註231〕

蔣之翹認為《楚辭》中關於悲的情感，至少有悲壯與悽婉兩種，當然這與《楚辭》的創作緣因，是基於「忠憤」與「哀人生之長勤」有關。忠而受讒及生命苦辛這兩項，也往往是歷代士人，有共同感懷的部份。因此魏晉南北朝的詩人，不論是在時空背景、人生境遇或詠嘆情感上，與屈原有所謀合或體會的，甚至是特意學習《楚辭》情懷或氛圍的人，都不能避免的受到《楚辭》悲情意識的感染。而這種經過模仿及再創作的歷程，都證明了《楚辭》的「悲情意識」，受到了文人的理解與重視，這種重視個人生命、強調個人情感的風潮，也恰巧是魏晉南北朝的文藝思潮的重點。

### （二）〈遠遊〉精神的繼承

清・朱乾《樂府正義》卷二十二云：

> 屈子〈遠遊〉，乃後世遊仙之祖。君子重其志而偉其辭，謂其才可輔世，而終不見諒於君，無所控訴托配仙人，東西南北入於無何有之鄉，千古悲之。〔註232〕

朱乾說明了屈原〈遠遊〉在文學史上的地位與價值。首先他肯定了屈原〈遠遊〉對後代遊仙文學寫作的啟蒙，另外也提及〈遠遊〉中屈原入於天地四方，並與仙人嬉遊的原因，是基於有輔世之才，卻不被國君信任重用。而說到學習〈遠遊〉中，屈原因忠憤而周遊天地的情節，進而發展成遊仙題材的，正是魏晉南北朝時期。

曹操的三首〈氣出唱〉中，描述作者駕六龍，乘風而行，以遨遊四海八邦，並得與仙人玉女的遨遊、入見赤松，甚至引用玉漿；又寫訪崑崙山和王母臺的經歷，這些玄奇的想像及情節的脈絡，無一不是對《楚辭・遠遊》的借鑑。

---

〔註230〕司馬遷等著：《楚辭評論資料選》，頁203。
〔註231〕司馬遷等著：《楚辭評論資料選》，頁118。
〔註232〕清・朱乾：《樂府正義》，京都：株式會社同彭社，1980年。

〈華陰山〉云：「仙人欲來，出隨風，列之雨」、「樂共飲食到黃昏。多駕合坐，萬歲長，宜子孫。」從〈華陰山〉可以簡單勾勒出曹操心中的仙境輪廓。而〈遊君山〉中他所描述的仙境，是西王母、赤松、王喬等長壽之仙人所在之處。他們有隨風列雨的能力，仙境五音繁盛、玉芝滿堂〔註233〕，並且仙人們都能和善的與他同樂。

曹操的遊仙詩中描繪了仙人、仙境、仙樂的玄奇縹緲，這些情節都肇端於對屈原〈遠游〉精神的繼承，但不同的是已不見屈原〈遠游〉中，因讒佞譖毀而無所告訴的憂思了。

又曹植的〈五遊詠〉云：

> 九州不足步，願得凌雲翔。逍遙八紘外，遊目歷遐荒。
> 披我丹霞衣，襲我素霓裳。華蓋芳晻藹，六龍仰天驤。
> 曜靈未移景，倏忽造昊蒼。閶闔啓丹扉，雙闕曜朱光。
> 徘徊文昌殿，登陟太微堂。上帝休西櫺，羣后集東廂。
> 帶我瓊瑤珮，漱我沆瀣漿。踟蹰玩靈芝，徙倚弄華芳。
> 王子奉仙藥，羨門進奇方。服食享遐紀，延壽保無疆。〔註234〕

曹植詩中遊仙的原因，是欲跳脫九州的侷限，這個情節其實是對屈原〈遠游〉仿製而來的。屈原正因爲時俗的厄迫，才有輕舉遠遊的想法。而曹植對於周遊之地的細節描述是更加細膩的，如丹霞素白的霓裳、仙境的宮殿、靈芝繁盛的環境、仙境所在的人物，及招待曹植飲用能長壽無疆的沆瀣瓊漿。

可說，曹植遊仙詩繼承了屈子〈遠遊〉的精神，並進一步的發展了遊仙的題材。

阮籍在〈詠懷詩〉中也有描寫仙境遨遊的文句。其〈詠懷詩〉四十一云：

> 天網彌四野，六翮掩不舒。隨波紛綸客，泛泛若浮鳧。
> 生命無期度，朝夕有不虞。列仙停修齡，養志在沖虛。
> 飄颻雲日間，邈與世路殊。榮名非己寶，聲色焉足娛。
> 采藥無旋返，神仙志不符。逼此良可惑，令我久踟躕。〔註235〕

詩中阮籍認爲生命中，因爲充滿了不可預期的意外，因此顯得相當脆弱。而

---

〔註233〕〈遊君山〉：「乃到王母臺，金階玉爲堂，芝草生殿旁。東西廂客滿堂。主人當行觴，坐者長壽遽何央。長樂，甫始宜孫子。常願主人增年，與天相守。」，逯欽立：《先秦漢魏晉南北朝詩》，頁346。
〔註234〕曹植著，趙幼文校注：《曹植集校注》，頁401。
〔註235〕逯欽立：《先秦漢魏晉南北朝詩》，頁504。

人生正如茫茫大海中的野鴨，不知該停留於哪？若是遵循當代盛行的長壽求仙思想，終究是一條與世俗越走越遠的路。其中他所認知的「列仙之趣」，是對長壽的追求及精神上的養志沖虛。而最後的「神仙志不符」幾句，說明了他對得道成仙之事的質疑。如他在〈詠懷詩〉第七十八〔註236〕中提到，神仙雖說可以乘雲駕龍，但總只是聽聞卻從來沒見過，而且他還「自傷非儔類」，認為成仙之說是極其困難的。從中我們可以理解，雖然阮籍寫遠遊崑崙、翱翔太極〔註237〕等周遊仙境的詩，但他其實是不太相信有神仙的，否則他不會對此感到躊躇或悲傷。尤其是他對於「人道苦不遑」的感嘆，不正是因為清醒的理解人世的悲苦，及人生處境往往無可奈何，才會感受到痛苦嗎？因此，阮籍的遊仙詩，不像其他人一樣寫「列仙之趣」的悠然閒適，總是帶者一些對生命倏忽的悲痛。

關於周遊天地之文句，寫作手法的確是對屈原〈遠遊〉精神的繼承，可是他卻是在理解人生苦辛的不可逆後，發出愁苦的悲歡，這或許也是他仍將這些詩，置於眾多〈詠懷詩〉中的原因吧！

前述郭璞〈遊仙詩〉中，能靈活的運用《楚辭》的語彙，塑造游仙的情境，也能跳脫形式上模擬的侷限，屢屢寄託了自己憤懣不平、壯志難酬的悲哀。雖然，主要基於個人際遇的榮辱，在格局氣度上，不及屈原為國為民的悲壯情懷。但以文章內涵作為標準來加以檢視，的確可以看出對〈遠遊〉精神上的繼承。如〈暘谷吐靈曜〉一詩：

> 暘谷吐靈曜，扶桑森千丈。朱霞升東山，朝日何晃朗。
>
> 迴風流曲櫺，幽室發逸響。悠然心永懷，眇爾自遐想。
>
> 仰思舉雲翼，延首矯玉掌。嘯傲遺世羅，縱情在獨往。
>
> 明道雖若昧，其中有妙象。希賢宜勵德，羨魚當結網。〔註238〕

詩中描述遊仙的場景，有太陽朗朗升起的暘谷，也有仙境宮殿的描述，在其中郭璞可以傲笑人世、縱情獨往，他認為遊仙之事雖屬渺茫，但自有玄奇奧

---

〔註236〕〈詠懷詩〉第七十八：「昔有神仙士，乃處射山阿。乘雲御飛龍，噓喻嘰瓊華。可聞不可見，慷慨歎咨嗟。自傷非儔類，愁苦來相加。下學而上達，忽忽將如何。」，逯欽立：《先秦漢魏晉南北朝詩》，頁510。

〔註237〕〈詠懷詩〉第三十五：「世務何繽紛，人道苦不遑。壯年以時逝，朝露待太陽。願攬羲和轡，白日不移光。天階路殊絕，雲漢邈無梁。濯發暘穀濱，遠遊昆嶽傍。登彼列仙岨，采此秋蘭芳。時路烏足爭，太極可翱翔」。逯欽立：《先秦漢魏晉南北朝詩》，頁503。

〔註238〕郭璞：〈游仙詩〉第十九。逯欽立：《先秦漢魏晉南北朝詩》，頁866。

祕處可尋。這種遊仙情節的描述，實際上與屈原〈遠遊〉是一模一樣的。〈遠遊〉中描述了自己乘龍御鳳以遊歷仙境，並與仙人嬉遊的情形。因此，方東樹《昭昧詹言》云：「〈暘谷吐靈曜〉，全是〈遠游〉之意與辭也。」〔註239〕

〈遠遊〉作為遊仙詩的濫觴，實具有重大的意義，尤其魏晉南北朝基於當代對道家思想的重視，不但繼承了屈原〈遠遊〉中寄寓「悲時俗之迫阨」的精神，並進一步將遊仙的題材加以擴展，使之成熟。種光華曾總結了屈原〈遠遊〉對魏晉南北朝文學的影響，他認為從曹植到阮籍，再到郭璞，魏晉文人繼承《楚辭·遠遊》寄慨抒懷的傳統，對〈遠遊〉仙境題材廣泛選擇，將遊仙詩「坎壈詠懷」之旨，不斷發揚光大，不僅使游仙成為魏晉南北朝文學中一個生動豐富的創作題材，更使得遊仙詩在這一時期得到長足發展，並直接影響著這一時期山水詩作的產生和發展。〔註240〕

## （三）語彙典故的襲用

魏晉南北朝擬騷詩歌中，也多有對《楚辭》語彙典故的襲用。對《楚辭》語彙的襲用，乃在塑造楚騷情調；而對《楚辭》典故的襲用，乃在以其寓意寄託自我生命情志或悲怨，使創作內容更顯深刻的現實意義。

語彙上，如曹植〈九詠〉、〈擬楚辭〉、〈釋愁文〉等等，所用語彙如「芙蓉」、「翠旌」、「蒼虬」、「蘭櫂」、「僕夫」……等；阮籍擬騷詩歌中的「萱草」、「蘭房」、「湛湛長江」、「青驪」……等；陸雲擬騷詩歌中的「悲年歲」、「懷郢」、「彷徉」、「哀時命」……等；夏侯湛擬騷詩歌中的「郢路」、「余轡」、「杳冥冥」、「踟躕」……等；郭璞擬騷詩歌中的「盤虬」、「雲螭」、「女蘿」、「翡翠」……等；陶淵明擬騷詩歌中的「淹留」、「曖曖」、「九遷」、「九重」、「幽蘭」……等；謝靈運擬騷詩歌中的「開春發歲」、「宿莽」、「芳茝」、「搴」……等，都是《楚辭》中常見的詞語。尤其是謝靈運，還在詩文中使用了具南楚特色的楚地方言。這些都說明在魏晉南北朝詩人眼中，充滿南楚色彩的語言是極具特色的，尤其在當代審美觀念的進步發達下，他們已經可以體認到「楚調」所獨具哀怨華麗的美。

典故的使用上，將歷史典故鎔鑄於篇章中，是屈原常見的寫作手法，如〈離騷〉中就廣泛的把三皇五帝，及神話傳說的典故鎔鑄於詩文中，用來寄託自我情志。因此王逸《楚辭章句·離騷序》云：「（屈原）上述唐、

〔註239〕司馬遷等著：《楚辭評論資料選》，頁493。
〔註240〕種光華：《魏晉文學楚辭接受研究》，頁21。

虞、三后之制，下序桀、紂、羿、澆之敗，冀君覺悟，反於正道而還已也。」
〔註241〕魏晉南北朝詩人也襲用屈原引用賢臣明君、神話傳說等典故，以豐
富詩文內容的寫作手法。其實，典故的襲用，本來就屬於文學寫作的方法
之一，不足爲奇。但特別的是魏晉南北朝擬騷詩人，開始直接以《楚辭》
中的人物或篇章涵義，作爲典故，這些都使得他們的詩文內容，更顯深刻
或帶有隱喻諷諫的意義。如前文已述的曹植〈雜詩〉之〈高臺多悲風〉中
的「高臺多悲風，朝日照北林。」即典出〈思美人〉的「媒絕路阻兮，言
不可結而詒」；阮籍〈詠懷詩〉之二的「二妃游江濱，逍遙順風翔。」則直
接襲用了〈湘夫人〉的典故；陸雲〈悲郢〉的「操土音以懷郢，涕頻代而
盈襟」，恰巧使用的就是屈原的典故。至於魏晉南北朝遊仙詩中，對神話傳
說崑崙、湯谷、閶闔、豐隆……等典故的鋪排，可謂多不勝數，也無一不
是學習《楚辭》而來。

　　方東樹《昭昧詹言》曾說：「不深解〈離騷〉，不足以讀阮詩。」〔註242〕
正是指阮籍對《楚辭》語彙典故的襲用極爲嫺熟。而從以上討論中，或者也
可以說閱讀魏晉南北朝的擬騷詩歌之前，必須要先對《楚辭》有所認識，因
爲對《楚辭》語彙典故的襲用，正是這時期擬騷詩歌的一大特色。

### （四）華美意象的擴展

　　王逸《楚辭章句・離騷序》云：

> 故善鳥香草，以配忠貞；惡禽臭物，以比讒佞；靈修美人，以媲於
> 君；宓妃佚女，以譬賢臣；虬龍鸞鳳，以託君子；飄風雲霓，以爲
> 小人。

屈原在塑造筆下的意象時，精心的爲意象鋪陳了情感化的色彩，如善、香、
惡、臭、靈、美等，使人在閱讀時能更強烈感受到《楚辭》中，作者主體「忠
恕之辭」（劉勰《文心雕龍・辨騷》）〔註243〕的情感；而屈原的奇特的想像力，
也讓意象顯得華美豐富，更成爲了後代文學仿製的典範。尤其是「香草美人」
更是用以寄寓託諷的經典。

---

〔註241〕洪興祖：《楚辭補注》，頁1。
〔註242〕司馬遷等著：《楚辭評論資料選》，頁201。
〔註243〕劉勰《文心雕龍・辨騷》：「陳堯舜之耿介，稱湯武之祇敬，典誥之體也；譏
　　　　桀紂之猖披，傷羿澆之顛隕，規諷之旨也；虬龍以喻君子，雲蜺以譬讒邪，
　　　　比興之義也；每一顧而掩涕，歎君門之九重，忠恕之辭也。」劉勰：《文心雕
　　　　龍》，頁46。

　　魏晉南北朝擬騷詩歌，除了繼承《楚辭》華美意象的使用外，更進一步加以擴展與創新。例如，曹植〈雜詩〉中的「飛蓬」一辭，就是曹植從《楚辭‧悲回風》中仿製而來，所謂「原辭曰『搖蕙』，此變化而曰『轉蓬』耳。」〔註244〕正可說是曹植對《楚辭》華美意象的擴展。

　　至於美人的意象上，曹植匠心獨具的從《楚辭》中「美人」意象，發展出「織婦」、「佳人」的意象，如〈西北有織婦〉和〈南國有佳人〉中，「織婦」和「佳人」意象的使用意義，正是規摹於《楚辭》的「美人」意象。

　　謝靈運〈郡東山望溟海〉中的香草，則開始用來比喻自身品格的高潔，用以比喻忠賢之臣的政治意味已然消失。再如謝靈運〈南樓中望所遲客〉中，「瑤華未堪折，蘭苕已屢摘。」「瑤華」和「蘭苕」，都只是用來指陳時間的變化；至於〈石門岩上宿〉一詩中的「朝搴苑中蘭，畏彼霜下歇」，則是說明對美好事物的把握需要及時。

　　至於「美人」意象，謝靈運將它用來指稱「知己」或「朋友」。如〈南樓中望所遲客〉云：「與我別所期，期在三五夕。圓景早已滿，佳人殊未適」；又或者〈石門岩上宿〉云：「妙物莫爲賞，芳醑誰與伐。美人竟不來，陽阿徒晞髮」，當中的「美人（佳人）」，指的都是「知己」或「朋友」。

　　除了「香草」意象有所擴展與變化外，「美人」的意象上，曹植是步趨《楚辭》的。而江淹的〈愛遠山〉中「非郢路之遼遠，實寸憂之相接。歆美人于心底，願山與川之可涉。」〔註245〕用「美人」來指陳「君王」，也是襲用《楚辭》的。及至南朝宮體詩的盛行，美人接近世俗化的描述，政治意味也逐漸下降了。而從「美人」到「佳人」，稱謂上的改變，也顯得親近世俗許多。

　　可見「香草美人」意象，原本在屈騷中含有寄託諷諭的重要意義，但在魏晉南北朝的擬騷詩歌中，政治意味顯得逐漸薄弱。過去屈騷嚴肅端整的諷喻，已經開始轉變成帶有世俗化情感的意象了。

---

〔註244〕河北師範學院中文系教研組編：《三曹資料彙編》，頁150。

〔註245〕〈愛遠山〉原文爲：「伯鸞兮已遠，名山兮不返。逮紺草之可結，及朱華之未晚。縶余馬於椒阿，漾余舟於沙衍。臨星朏兮樹闇，看日爍兮霞淺。淺霞兮駁雲，一合兮一分。映壑兮爲飾，綴澗兮成文，碧色兮婉轉，丹秀兮芬葿。深林寂以窈窈，上猿狖之所群。群獲兮聒山，大林兮蔽天。楓岫兮筠嶺，蘭畹兮芝田。紫蒲兮光水，紅荷兮艷泉。香枝兮嫩葉，翡累兮翠疊。非郢路之遼遠，實寸憂之相接。歆美人于心底，願山與川之可涉。若溘死於汀潭，哀時命而自愜。」〈全梁文〉，卷三十四。清‧嚴可均校輯：《全上古三代秦漢三國六朝文》，頁3151。

## 二、魏晉南北朝詩歌對《楚辭》的新創

　　魏晉南北朝擬騷詩歌，除了對《楚辭》的精神、語彙、意象上有所規摹襲用外，在創作的內部精神上，部分已經開始顯示出背離的痕跡。

### （一）創作意圖

　　首先是創作意圖的不同。林雲銘《楚辭燈·凡例》云：「讀《楚辭》要先曉得屈子位置。以宗國而爲世卿，義無可去。緣被放之後，不能行其志，念念都是憂國憂民。」〔註 246〕林雲銘揭明了讀《楚辭》之首要，是要先理解屈原的情感，因爲《楚辭》的創作意圖，正是基於屈原的不遇處境及憂國憂民的悲憤。也就是基於「發憤抒情」的必要，才產生了《楚辭》。

　　而魏晉南北朝時，擬騷詩人們，雖然能夠遠體屈原「發憤抒情」的心志，但在當代文學創作普遍傾向「儷采」、「新奇」的思潮下，擬騷詩歌的創作意圖，則是走向追慕華美的詞藻，及變成文人們「逞才炫博」的工具。

　　以陸雲爲例，其〈九愍並序〉云：

> 昔屈原放逐，而〈離騷〉之辭興，自今及古，文雅之士，莫不以其
> 情而玩其辭，而表意焉，遂廁作者之末，而述〈九愍〉。〔註 247〕

陸雲很清楚的理解到《楚辭》創作意圖，是基於屈原被放的怨憤。但他所說的「以其情而玩其辭，而表意焉」，卻展現了與漢代獨重《楚辭》之「忠情」的不同文學傾向；表達了魏晉南北朝對《楚辭》「情」、「辭」、「意」三方面的重視。即使，陸雲後期曾清楚表明，自己的創作乃依循「情先辭後」的主張。但不能避免的，對華美詞藻的看重，還是讓魏晉南北朝部分擬騷詩歌的創作意圖，走向了「逞才炫博」及「消遣娛樂」，也因此在擬騷詩歌的內涵上，就顯得薄弱空洞。

　　如前引文的陸雲〈與兄平原書〉：

> 嘗聞湯仲嘆〈九歌〉。昔讀《楚辭》，意不大愛之。頃日視之，實自
> 清絕滔滔，故自是識者，古今來爲如此種文，屯爲宗矣。視〈九章〉
> 時有善語，大類是穢文，不難舉意。視〈九歌〉便自歸謝絕。思兄
> 常欲其作詩文，獨未作此曹語。若消息小往，願兄可試作之。兄復

---

〔註 246〕司馬遷等著：《楚辭評論資料選》，頁 142。
〔註 247〕〈全晉文〉，卷一百一。清·嚴可均校輯：《全上古三代秦漢三國六朝文》，頁
　　　　2036。

不作者，恐此文獨單行千載，間常謂此曹語不好視〈九歌〉，正自可

嘆息。王褒作〈九懷〉，亦極佳，恐猶自繼。〔註248〕

陸雲自己擬作了〈九章〉，又繼而發現了〈九歌〉「清絕滔滔」的藝術價值，並以為〈九章〉可作，而感嘆〈九歌〉不能學。又見王褒作〈九懷〉擬作的成就極佳，因此在書信中勸陸機擬作《楚辭》，莫讓此文「獨單行千載」，「逞才炫博」的意味相當濃厚。劉熙載《藝概・賦概》中曾說「〈九歌〉與〈九章〉不同，〈九歌〉純是性靈語，〈九章〉兼多學問語。」〔註249〕大抵能說明，陸雲首先擬作〈九章〉的原因，是因為「兼多學問語」。「學問語」可學，然而「性靈語」恐怕不是輕易便能仿作的。

及至謝靈運詩中，用楚地特有語彙如「寂漠」、「搴」、「汩汩」、「宿莽」、「淹留」、「侘傺」……等入詩，造就他詩風「富豔」，也多少有「逞才炫博」的意思。

又或者蕭綱認為屈騷的可吟詠情性、或南朝宮體詩中對生活、娛樂的描述；更或者庾信和梁君王的奉和之作……等，都顯示了擬騷詩歌也開始具備娛樂消遣的功能。

因此，以創作意圖的不同來說，《楚辭》乃基於「發憤抒情」的必要，而魏晉南北朝部分擬騷詩歌，則多有「逞才炫博」、「娛樂消遣」的意味。

## （二）形式題材

形式與題材上，除了襲用《楚辭》中思鄉念君、時光遷逝、悲憤不遇的傳統題材外，魏晉南北朝部分擬騷詩歌，因為佛教與道教風潮的浸染、騷體廣泛出現在樂府中，及用作暢敘哀情的「哀辭」，這些都呈現了擬騷體詩歌較之其他朝代更豐富多元的面貌。

例如江淹的〈構象臺〉：「耽禪情於雲逕，守息心於端石」對佛教的崇尚；和〈訪道經〉「西北來兮乃雙鶴，池中蓮兮十色紅」對道家的景仰，都顯現佛教與道教風潮對擬騷詩歌的浸染。在當時佛道兩教的盛行，一部分也肇因於能在亂世中，提供安定心靈的力量。尤是是佛教的輪迴轉生等觀念，或道教的羽化飛升，都無形中消解了文人精神上的痛苦。這種使人心靈寧靜的力量，也影響到擬騷詩作的氛圍。

---

〔註248〕〈全晉文〉，卷五十九。清・嚴可均校輯：《全上古三代秦漢三國六朝文》，頁
2042。

〔註249〕司馬遷等著：《楚辭評論資料選》，頁384。

如謝莊〈山夜憂吟〉：「庭光盡，山明歸，流風乘軒卷，明月緣河飛。澗鳥鳴兮夜蟬清，橘露靡兮蕙煙輕，凌別浦兮值泉躍，經喬林兮遇猿驚。」〔註250〕以蟬、鳥、猿猴的鳴叫及露水、輕煙、清泉來描述山中風景，雖然創作主題為「憂思」，但不論是在風景的描述或表露的情感上，已不像傳統騷體這麼沉重愁苦，反而顯得恬靜空靈。尤其到了南朝，騷體作品在描述景色時，往往呈現了「淡泊空寂」的氛圍。郭建勛以為南朝騷體文學生命主題、玄思主題、不遇主題的消失，情感抒發的嚴重淡化弱化，皆可以在此找到較為深層的原因〔註251〕。

魏晉南北朝擬騷詩歌，也有將騷體應用到樂府的情形。如傅玄的〈昔思君〉：「昔君與我兮形影潛結，今君與我兮雲飛雨絕。昔君與我兮音響相和，今君與我兮落葉去柯。昔君與我兮金石無虧，今君與我兮星滅光離。」講述了感情今昔的差異變化，描述典麗華美，情感相當細膩哀婉，令人讀之悵然若悲。與傅玄其他以「擬」命題的學騷之作相比，顯得活潑許多。其他擬騷體的樂府，如〈車遙遙〉、〈西長安行〉等也都受到騷體的浸染。

至於用騷體來暢敘哀情，以寫作哀辭的情形也相當特別，如前文所述的嵇康、潘岳等都是代表。這種風氣的形成，除了騷體本身就帶有強烈的抒情特色，也和當代「以悲為美」的審美趨向有關，在本論文第二章第三節已提及，魏晉南北朝士人精神面貌與審美趨向中，相當重要的一項就是文人自覺到「悲傷」也是情緒中值得記錄的部份，因此他們「以悲為美」。如《世說新語》專立〈傷逝〉一篇，又或者還有陶淵明〈擬挽歌詞〉用以自挽，情調上都極為淒楚動人。

### （三）審美感懷

魏晉南北朝擬騷詩歌中，不論是潘岳的用騷體大暢哀情，寫作哀辭；或陸雲以「情」評《楚辭》，以「情」擬作《楚辭》，他們重視的都是《楚辭》中「情」的部分，這與漢代重視屈原的「忠怨之心」是不一樣的。當然這與魏晉南北朝文藝進步，而能從各方面來討論《楚辭》有關。如劉勰《文心雕龍》中就特立〈情采〉一篇，論述情感與辭采之間的關係。其云：「夫鉛黛所以飾容，而盼倩生于淑姿；文采所以飾言，而辯麗本于情性。故情者文之經，

〔註250〕逯欽立：《先秦漢魏晉南北朝詩》，頁1254。
〔註251〕郭建勛：《漢魏六朝騷體文學研究》，頁227。

辭者理之緯；經正而後緯成，理定而後辭暢：此立文之本源也。」〔註252〕意指作文章的根本法則，必須要思想內容（情性）確立了，語言才能通達流暢。

除了文藝上對《楚辭》「情」的理解與重視，文人在日常生活中，也展現了重「情」的行為模式。所謂的「會心處不必在遠」〔註253〕，他們將人生的苦楚，昇華為美的心靈活動，強調創作主體的意念，這正是當代以深情會心的特殊審美風尚。

因此和平婉麗，讀之使人一唱三嘆的〈九歌〉；惻愴悲鳴，使人讀之涕泣沾襟的〈九章〉〔註254〕，及具有不同豐富「情感」的《楚辭》各篇，都不免讓魏晉南北朝文人們重視。然而，也正是因為太過重視《楚辭》的情，《楚辭》中那些寄託政治的意味及諷喻譏刺的色彩，也就逐漸淡化與消亡。尤其是到了南北朝時，除了還有江淹、庾信能遠溯《楚辭》的原始精神內涵，加以創作擬騷詩歌外，大部分作家創作騷體詩，還是基於其能塑造「述悲怨」的情緒感懷方式了。因此，《楚辭》中的「悲壯」氛圍，在魏晉南北朝擬騷詩歌中「壯烈」的成分不再，屈原堅毅的力量也不可復見，自然而然地傾向了「悲怨」的美感體驗。

另外，從最早《楚辭》的「言情務盡」，到魏晉南北朝的「重情」、「過情」，雖說是在文藝審美方面挖掘出了《楚辭》的價值，但用於宮體詩等所導致的「虛浮空洞」，也就不能不被批評了。

總之，魏晉南北朝擬騷詩歌在魏、西晉尚存有擬古的傾向，而東晉因玄風影響，沖淡生命中的悲痛，擬騷詩較之西晉數量稍少。而南朝走向富麗輕靡，對於山水詩的發展有一定的影響力。北朝則基於改朝易代的頻繁，及北方邊族的漢化不深，然而擬騷詩作中，顯示的是對《楚辭》精神層面上的回歸。

---

〔註252〕劉勰：《文心雕龍》，頁538。

〔註253〕引自《世說新語·言語》第61則，原文為：簡文入華林園，顧謂左右曰：「會心處不必在遠。翳然林水，便自有濠、濮間想也。覺鳥獸禽魚，自來親人。」劉義慶著，余嘉錫箋疏：《世說新語箋疏》，臺北：華正書局，1993年10月，頁121。

〔註254〕胡應麟：《詩藪》內編卷一。司馬遷等著：《楚辭評論資料選》，頁112。

# 第六章　魏晉南北朝志怪小說與《楚辭》

　　《楚辭》豐富的內涵，除了影響魏晉南北朝的辭賦與詩歌外，也間接地影響了魏晉南北朝的志怪小說。以下先探討《楚辭》中的神鬼世界，並由其中對神仙及幽冥世界的書寫，進一步探索魏晉南北朝志怪小說對《楚辭》的借鑑。

## 第一節　《楚辭》中的神鬼世界

　　劉勰《文心雕龍‧辨騷》云：

> 至於託雲龍，說迂怪，駕豐隆，求宓妃，憑鴆鳥，媒娀女，詭異之
> 辭也；康回傾地，夷羿彃日，木夫九首，土伯三目，譎怪之談也；
> 依彭咸之遺則，從子胥以自適，狷狹之志也；士女雜坐，亂而不分，
> 指以爲樂，娛酒不廢，沉湎日夜，舉以爲懽，荒淫之意也；摘此四
> 事，異乎經典者也。〔註1〕

劉勰認爲《楚辭》中有四事異乎經典，即所謂的「詭異之辭」、「譎怪之談」、「狷狹之志」、「荒淫之意」，顯見劉勰很早就注意到《楚辭》中神異誇誕的特色。而這些特色，除了說明屈原具有豐富的想像力外，其實也間接保存了楚民族早期對於神鬼世界的認識與理解，是研究楚民族神鬼思想的珍貴資料。這些具有神異誇誕特色的篇章，大多出現在《楚辭》的〈離騷〉、〈天問〉、〈招魂〉、〈遠遊〉等篇。其中，劉勰所說的「詭異之辭」，指的是〈離騷〉中屈原乘雲駕龍，求索神女的幻遊；而「譎怪之談」中的九首木夫、三目土伯，正

---

〔註1〕劉勰著，黃叔琳校注：《文心雕龍》，臺北：宏業書局，1975 年 2 月，頁 47。

是〈招魂〉中所敘及的冥界管理者，康回、夷羿則是〈天問〉中的神話人物；至於〈離騷〉、〈遠遊〉中，屈原欲隱世而規從依附的，正是彭咸與伍子胥；而娛酒不廢，沉湎日夜的場景，則是〈招魂〉中用邦國之美，做爲召回魂魄手段的敘寫。劉勰能意識到《楚辭》四項誇誕的特色，當然除了當代文學創作意識的進步與發展外，魏晉南北朝本是志怪小說蓬勃發展的時代，對於《楚辭》中與志怪小說相近的部份，勢必也會予以注意。甚至，劉勰對於《楚辭》的四項誇誕，能持平的加以分析，不如漢朝學者反應來得激烈，當代志怪小說的蓬勃，也是主要原因。

尤其，論文第五章已討論過《楚辭》對遊仙詩的影響，顯然遊仙詩的確從《楚辭》，擷取了相當多的養分，並賴以滋養苴壯。而作爲魏晉南北朝代表文學之一的志怪小說，處於道教與佛教昌盛、談風盛行、史傳及文學創作活躍進步的社會中，承上啓下廣泛展示獨有的特色，然溯源而上，不能不說未受到《楚辭》影響。

關於《楚辭》中神鬼世界的書寫，大略上可分爲對神仙世界及幽冥世界兩部分。

## 一、《楚辭》中神仙世界的刻畫

《楚辭》雖然是中國文學極早的典籍，但其中已有對神仙世界的簡易書寫。其中包含了對神祇形象、風貌及其居處的描述，因此透過《楚辭》中神仙世界的書寫，除了可以理解當代楚民族的神秘信仰外，也可以藉此理解先秦對神仙世界的認識。而在屈原豐富的想像力，及文學才華的形塑下，《楚辭》中的神仙世界書寫方式，具有豐富的特色，部分書寫的架構與情節，都影響了後代文學。以下擬深入討論，以期能完整把握屈原筆下對神仙世界的書寫。

### （一）破除界線的嘗試

屈原筆下有關神仙世界書寫的一項特色，就是屢屢展現對破除界線的嘗試。所謂的界線，是一種既定的認知，相反的也代表了一種無形的限制。而《楚辭》中對神仙世界的書寫，都是在屈原嘗試破除既定的界線後，才加以展開的。這種破除界線的意義，除了展現楚民族對美好的仙境空間之想像，也象徵著屈原心志上的積極性，更寄託了屈原欲藉著「破除界線」的動作，來抒解心中的憂思憤懣。

　　《楚辭》中屈原能遊歷仙境、展開幻遊，首先肇因於能體悟「中正之道」，這正是進入仙境幻遊的關鍵步驟。〈離騷〉中屈原正是在幻遊前，向重華陳訴其堅貞的心志，其云：「跪敷衽以陳辭兮，耿吾既得此中正；駟玉虬以乘鷖兮，溘埃風余上征。」〔註2〕「耿吾既得此中正」一句，王逸《楚辭章句》注云：「中正之道，精合眞人，神與化遊。」〔註3〕王逸雖然未加以解釋，但「眞人」一辭已見些許道家味道，因此或有學者以道家精氣之說解釋「中正」，以爲憑藉此正氣、精氣，屈原方能「輕舉遠遊」〔註4〕。尚且不論當時楚國流行的神仙思想，是否已發展到成熟階段，但就文本之意及屈原個人意志傾向來解析，所謂「中正之道」應該用以指陳屈原高潔的品德爲宜。屈原以爲自身心態光明，品行正直無邪，有此憑恃，始敢於旅遊天國，上下求索〔註5〕。因此，體悟「中正之道」是一項條件，而要上下求索，「遠舉飛升」則是對空間上界線破除的必要動作。

　　仙境與人世本就屬於兩個不同的空間，因此要到達仙境，首先必須越過人世與仙境的界線，而破除界線的方式，就是要「遠舉飛升」。因此，《楚辭》中的仙境幻遊，都藉由「遠舉飛升」展開序幕。如〈離騷〉描述幻遊之開始爲「駟玉虬以乘鷖兮，溘埃風余上征。」文中屈原正是藉由駕龍乘鳳，隨著忽起之風「遠舉飛升」，展開了瑰麗奇異的仙境遊歷。不只〈離騷〉，〈遠遊〉中也有對「遠舉飛升」的描寫：

> 悲時俗之迫阨兮，願輕舉而遠遊。
> 質菲薄而無因兮，焉託乘而上浮。……
> 山蕭條而無獸兮，野寂漠其無人。
> 載營魄而登霞兮，掩浮雲而上征。
> 命天閽其開關兮，排閶闔而望予。〔註6〕

文中屈原輕舉遠遊的原因，是因爲「悲時俗之迫阨兮」，是屈原爲了與現實世界抗衡，所必須採取的行動。可見「遠舉飛升」的動作，對於仙境幻遊的重要性。胡文英《屈騷指掌》曾將之闡釋爲「時俗迫阨，則賢者難容，欲藉遠

〔註2〕　洪興祖：《楚辭補注》，臺北：天工書局，1994 年 9 月，頁 25。
〔註3〕　同注2，頁 25。
〔註4〕　陳師怡良：〈嘔心瀝血，構思神奇——試探〈離騷〉及其神話天地之創作理念〉，收錄於《屈原文學論集》，臺北：文津出版社，1992 年 11 月初版，頁 147。
〔註5〕　同注4，頁 147。
〔註6〕　同注2，頁 163～168。

遊以避之。」〔註7〕然而所謂的「避」，以屈原的秉性來看，應該不是指單純的逃避，而代表著積極的追尋。當人受到挫折困厄時，離開固有空間，來到新的空間，才能紓解緊繃悲傷的情緒。因此，藉由「輕舉遠遊」的飛升，屈原才能衝破人世界線，到達仙境以達到遠避人世、向遠方追尋希望的目的。至於「載營魄而登霞兮，掩浮雲而上征。」一句，則明確的描述了靈魂乘著雲霞，遠去登仙飛升的情景。

可見「輕舉遠遊」，代表的正是由某一個空間，進入另一個空間，這可以說是破除空間界線的第一步。「輕舉遠遊」的動作，在《楚辭》仙境書寫中多次被提及，這些並非是屈原的憑空想像，它與楚人的信仰及楚地流行的神仙思想有極大的關聯。

以今日出土的戰國時代楚國文物來印證，不論是繪畫（帛畫）或器具類的物品，都能看到楚人「遠舉飛升」觀念遺留的痕跡。如1973年在長沙子彈庫中出土的兩幅帛畫——人物御龍圖和人物龍鳳圖，其主題都是飛仙。它們有著生動流暢的構圖，展現了楚人凌虛遨遊的玄秘氛圍，十分引人入勝。其他如長沙曾出土的一面銅鏡，文刻著三個有翅赤身的飛仙羽人，在江陵鳳凰山出土的一幅戰國漆盾，正面也畫有一幅騎龍升天圖〔註8〕。可見，在《楚辭》中關於「遠舉飛升」的描寫，的確反應了當代楚國神仙思想的流行。

開啓了歷遊仙境的關鍵後，在屈原展開仙境探索時，也不斷展現對破除界線的嘗試，這些都表現了屈原上下求索的積極及其堅定的意志。如屈原在〈離騷〉中的三次歷遊仙境，都有類似的描摹。以第一次的遊歷來檢視，其云：

> 駟玉虬以乘鷖兮，溘埃風余上征。
> 朝發軔於蒼梧兮，夕余至乎縣圃；
> 欲少留此靈瑣兮，日忽忽其將暮。
> 吾令羲和弭節兮，望崦嵫而勿迫。
> 路曼曼其脩遠兮，吾將上下而求索。
> 飲余馬於咸池兮，總余轡乎扶桑，

---

〔註7〕 馬茂元主編、楊金鼎等注釋：《楚辭注釋》，臺北：文津出版社，1993年9月初版，頁426。

〔註8〕 趙輝：《楚辭文化背景研究》，武漢：湖北教育出版社，1996年10月2刷，頁84。

> 折若木以拂日兮，聊逍遙以相羊。
>
> 前望舒使先驅兮，後飛廉使奔屬。
>
> 鸞皇爲余先戒兮，雷師告余以未具。
>
> 吾令鳳鳥飛騰兮，繼之以日夜。
>
> 飄風屯其相離兮，帥雲霓而來御。
>
> 紛總總其離合兮，斑陸離其上下。
>
> 吾令帝閽開關兮，倚閶闔而望予。〔註9〕

在〈離騷〉中，屈原第一次幻遊的路線爲：蒼梧──縣圃──崦嵫──咸池、扶桑。蒼梧，據王逸《楚辭章句》注云：「《山海經》云『蒼梧山，舜葬於陽。』」又云「舜葬九嶷。九嶷在蒼梧馮乘縣，故或曰：『舜葬蒼梧也。』」〔註10〕蒼梧應該是指九嶷山，這也是古聖賢舜的埋葬處。屈原本就因爲忠貞被讒，導致憂思憤懣無法排解，因此才會周遊天地上下求索，以期能將自己的冤屈陳告上天，並進一步獲得支持、理解。因此屈原選擇從古聖賢舜的埋葬處，做爲仙境幻遊的起點，是具有現實象徵意義的。

至於縣圃是爲神山，在崑崙之上。關於縣圃的記載：

> 崑崙縣圃，維絕，乃通天。（王逸《楚辭章句》注引《淮南子》）
>
> 崑崙之丘，或上倍之，是謂涼風之山，登之而不死；或上倍之，是
> 謂懸圃，登之乃靈，能使風雨；或上倍之，乃維上天，登之乃神，
> 是謂太帝之居。（洪興祖《楚辭補注》引《淮南子》）〔註11〕

《淮南子》中對仙境的描述，已經具有相當的系統與層次。仙境中以崑崙山作爲主要的區域，第一層乃爲涼風之山，登上後可以長生不死；而仙境的第二層就是縣圃，那是能上與天通的地方，登上縣圃更能擁有驅使風雨的能力；最上層，則是眾神的聚集之處，也是天帝的居所。

屈原到達了仙境的第二層：縣圃，已然能獲得驅使風雨的能力，對一般人而言是頗具吸引力的。檢視《楚辭·九歌》中，楚民族對神靈的虔誠祭祀，不都是對神祇呼風喚雨的能力，又敬又畏嗎？然而，屈原對呼風喚雨的能力並不動心，因爲這並非是屈原上下求索的最終目的。他求索的目的，是爲了楚國與民族的生存，而非基於個人的私慾。

---

〔註9〕　同注2，頁25～29。

〔註10〕　同注2，頁26。

〔註11〕　同注2，頁26。

　　因此他繼續向上到達最高層——樊桐，樊桐是爲天帝的居所。可惜，屈原在此受阻而歸，不得其門而入。繁彩花紋的青鎖，阻隔了他觀見天帝的機會。在上下求索的過程中，時光的匆匆，也是屈原一再強調的主題，他對時間流逝的不可逆總有著極深的焦慮，這是基於對年歲將老及求索不成的恐懼。他望著太陽的落下地——崦嵫，懷著遇到賢君的最後一絲希望，可惜終究走向了失敗的結局。最後，屈原只能飲馬咸池、結轡扶桑作爲終結。咸池與扶桑，據王逸《楚辭章句》注引《淮南子》云：

> 言我乃往自東極之野，飲馬於咸池，與日俱浴，以潔己身。結我車
> 轡於扶桑，以留日行，幸得不老，延年壽也。

王逸將「總余轡乎扶桑」一句，解爲盼望使太陽運行減緩，得以延年。這明確加強了屈原對時光倏忽的恐懼，及試圖把握光陰的想法。之後，雖然屈原驅使著月御望舒、風伯飛廉及鳳鳥飛騰，期望能有機會再面見天帝，卻總有雲霓惡氣來搗亂，最後還受到天門守衛帝闇的阻擋。

　　這次的挫折，並未擊敗屈原，他展開了第二次的幻遊。第二次的幻遊路線爲：白水、閬風、春宮、窮石、洧盤、四極、瑤臺。其云：

> 朝吾將濟於白水兮，登閬風而繫馬。
>
> 忽反顧以流涕兮，哀高丘之無女。
>
> 溘吾遊此春宮兮，折瓊枝以繼佩。
>
> 及榮華之未落兮，相下女之可詒。
>
> 吾令豐隆乘雲兮，求宓妃之所在。
>
> 解佩纕以結言兮，吾令謇脩以爲理。
>
> 紛總總其離合兮，忽緯繣其難遷。
>
> 夕歸次於窮石兮，朝濯髮乎洧盤。
>
> 保厥美以驕傲兮，日康娛以淫遊。
>
> 雖信美而無禮兮，來違棄而改求。
>
> 覽相觀於四極兮，周流乎天余乃下。
>
> 望瑤臺之偃蹇兮，見有娀之佚女。
>
> 吾令鴆爲媒兮，鴆告余以不好。
>
> 雄鳩之鳴逝兮，余猶惡其佻巧。
>
> 心猶豫而狐疑兮，欲自適而不可。
>
> 鳳皇既受詒兮，恐高辛之先我。

欲遠集而無所止兮，聊浮遊以逍遙。

及少康之未家兮，留有虞之二姚。

理弱而媒拙兮，恐導言之不固。〔註12〕

首先，屈原再一次的幻遊崑崙之境，並開始了訪求淑女的歷程。他首先經過
了「白水」，「白水」據王逸《楚辭章句》注引《淮南子》云：「白水出崑崙之
山，飲之不死」。洪興祖《楚辭補注》引《五臣注》云：「白水，神泉。」〔註
13〕屈原將擁有長生不死功效的神泉，鋪排於遊歷的仙境中，使幻遊的氛圍更
顯得神秘玄妙，也反映出人們對仙境的美好想像。而「閬風」即前文所述的
崑崙。屈原在第二次幻遊開始，便發現高丘上沒有他要追尋的目標，因此轉
往他處繼續尋訪，也因此來到東方青帝所居的「春宮」。

〈離騷〉中有一段對「春宮」的簡短描述：「春宮」中長有玉樹（瓊枝）
之花，可以用來增添配飾的華美。瓊樹據載：「生崑崙西，流沙濱，大三百圍，
高萬仞，其華食之長生。」〔註14〕可見玉樹之花，具有令人長生的功效。因
此，屈原採擷瓊樹之花，欲趁其鮮亮未凋謝之時，贈送給神女的侍女，來輔
助求女的順利。雖然對東方青帝居所的描述，只有幾句簡單的文句，但我們
可以藉此勾勒出屈原對仙境的想像，那是一個有具有長生之泉、巨大的瓊樹
及長生之花繁盛滋長之地。長生、人世未見的巨大，反映了他對於仙境理想
性的描述。

緊接著屈原展開了求女的過程，他役使雲神豐隆訪求宓妃，經過了窮石
和洧盤。「窮石」與「洧盤」是極富神話色彩之地，「窮石」乃是后羿的居住
地，而宓妃乃爲后羿之妻。〔註15〕又《禹大傳》曰：「洧盤之水，出崦嵫之山。」
〔註16〕以此看來，屈原的第二次幻遊，仍是以崑崙爲主要場域的仙境遊歷，
也就是再一次的舊地重遊。此次求女，雖然宓妃的品德美好，可惜態度驕傲
侮慢，屈原也只能放棄宓妃，改而他求。

屈原再次觀看天地四極，繼續求女的歷程。所謂的「四極」，於《爾雅‧
釋地》及《淮南子》中皆有記載：

---

〔註12〕同注2，頁30～34。

〔註13〕同注2，頁30。

〔註14〕同注2，頁42。

〔註15〕馬茂元以爲《左傳‧襄公四年》：「后羿自鉏遷於窮石」，因此窮石乃爲后羿之
居所。而〈天問〉中又有「帝降夷羿，革孽夏民。胡射夫河伯，而妻彼雒嬪？」
雒嬪即宓妃，當可見兩人之關係。同注7，頁64。

〔註16〕同注2，頁32。

> 東至於泰遠，西至於邠國，南至於濮鉛，北至於祝栗，謂之四極。
>
> （《爾雅・釋地》）〔註17〕

> 八紘之外，乃有八極：自東北方曰方土之山，曰蒼門；東方曰東極
> 之山，曰開明之門；東南方曰波母之山，曰陽門；南方曰南極之山，
> 曰暑門；西南方曰編駒之山，曰白門；西方曰西極之山，曰閶闔之
> 門；西北方曰不周之山，曰幽都之門；北方曰北極之山，曰寒門。
>
> （《淮南子・墜形訓》）〔註18〕

從記載中，人們對世界架構的認知，初具東、西、南、北四方的概念，並
認為四方盡頭，以門加以區別阻隔。而天地四方雖然存在著太多渺不可知
的神祕事物，但它確實是有盡處的。屈原在〈天問〉中也曾提到「四極」，
其云：

> 東西南北，其修孰多？南北順橢，其衍幾何？崑崙縣圃，其居安在？
> 增城九重，其高幾里？四方之門，其誰從焉？西北辟啓，何氣通焉？
>
> 〔註19〕

文中，屈原對天地的四方何者為長，及南北的廣差，發出了疑問。並且問四
方之門進出的人物為何？又西北偏僻之門，與何氣相通？從這些提問中可
知，對當時的楚民族或屈原而言，天地四方在當時已經成型了。然而，對於
浩瀚天文的疑問，在屈原心中仍不免萌生懷疑。

「四極」的存在，其廣大已經超出了楚國的地理場域，甚至擴展到遙遠
而渺不可知的地方。而屈原就在天地「四極」的場域中，馳騁其豐富的想像
力，上天下地，展開了虛幻神奇的想像，造就了《楚辭》浪漫譎怪的特色。

而後，屈原在高聳的瑤臺之上，望見了有娀之佚女。有娀之佚女身分為
帝嚳之妃，也就是契的母親簡狄。屈原本來要將重任託付給鴆鳥和雄鳩，但
鴆鳥讒賊而雄鳩佻巧，都虛浮而不夠信實。雖然想自行前往，但基於禮俗，
所謂「女子須媒」，進退維谷的困境讓屈原猶疑不決。正值此時，屈原更害怕
高辛（帝嚳）早先一步求得有娀之佚女。

最後屈原只能轉而訪求有虞之二姚，有虞之二姚是在寒浞派遣澆殺掉夏
侯相，及少康逃奔有虞國時，有虞國國君妻之少康者。屈原雖然想要留聘有

---

〔註17〕 同注2，頁32。
〔註18〕 同注2，頁32。
〔註19〕 同注2，頁92。

虞之二姚，但因媒人無能，而又口才笨拙，怕的是導言不穩固。最後，第二次幻遊仙境的三次訪求淑女，皆以失敗告終。

由第二次的仙境之遊，我們發現屈原所提及天地的四個方位，架構起了天地宇宙的觀念，雖然他們理解中的天地宇宙仍不能避免的，帶有濃厚的神話色彩。此外，屈原三次的訪求淑女之遊宣告失敗，其實若由歷史來檢視，時空本有異，失敗是已然註定的。

從楚國的發展來說，自春秋之後，楚國國勢日益強大，尤其到楚莊王時，國勢強盛。所謂「周之子孫封於江漢之間者，楚盡滅之。」（《史記・楚世家》）〔註20〕，說明了楚國擴張版圖的企圖心，甚至楚莊王時還一度問鼎中原。隨著中原姬姓國家，陸續成為楚國版圖的同時，楚文化開始與中原文化頻繁交流。

屈原作為宗室之子弟及朝廷大臣，在教育的養成上，自然必須涉獵中原的典籍與歷史。尤其是作為外交辭令應對的《詩經》，對屈原有極大的影響。而《詩經》對《楚辭》的廣泛影響，還間接成為《楚辭》產生的淵源中，一個重要的客觀因素。〔註21〕在《詩經》中保存了相當多的神話資料，這些神話的內容，在《楚辭》的寫作中曾多次被引用。因此，這些淑女的匹配都已經註定了。因此，要比后羿、帝嚳、少康等人，搶先一步求得宓妃、簡狄、有虞之二姚，等同於要扭轉歷史，因此多次的碰撞與失敗，勢必無法避免。那為何明知不可為而為之？屈原的碰撞，正是象徵了對惡劣現實的對抗，是具有濃厚現實意味的。因此，在屈原主觀虛構的仙境歷遊中，扭轉乾坤才是他最大的挑戰。這種堅毅心志，從而塑造出〈離騷〉中悲壯的情懷。

第三次的幻遊，是在巫咸占卜得到吉兆後展開的：

> 遭吾道夫崑崙兮，路脩遠以周流。揚雲霓之晻藹兮，鳴玉鸞之啾啾。
> 朝發軔於天津兮，夕余至乎西極。鳳皇翼其承旗兮，高翱翔之翼翼。
> 忽吾行此流沙兮，遵赤水而容與。麾蛟龍使梁津兮，詔西皇使涉予。
> 路脩遠以多艱兮，騰眾車使徑待。路不周以左轉兮，指西海以為期。
> 屯余車其千乘兮，齊玉軑而並馳。駕八龍之婉婉兮，載雲旗之委蛇。

---

〔註20〕　《史記・楚世家》卷四十。瀧川龜太郎著：《史記會注考證》，臺北：文史哲出版社，1993年10月初版，頁640。

〔註21〕　請參閱筆者：《楚辭與音樂之研究》第二章〈楚辭產生的淵源〉。林雅琪：《楚辭與音樂之研究》，國立成功大學中國文學所碩士論文，2004年六月。

> 抑志而弭節兮，神高馳之邈邈。奏〈九歌〉而舞〈韶〉兮，聊假日
> 以媮樂。
>
> 陟陞皇之赫戲兮，忽臨睨夫舊鄉。僕夫悲余馬懷兮，蜷局顧而不行。

屈原此次借道崑崙，並直接將遙遠的西海設爲最終目標。在屈原的前兩次幻遊中，崑崙本來是主要的場域，可惜第一次求見天帝，和第二次訪求淑女的失敗，讓他深感挫折。第三次幻遊前，靈氛的占卜是勸解屈原「遠逝而無狐疑兮」，亦即勸他遠離黑白混淆、賢愚不分的楚國，到遠方追尋其他賢能可效忠的君主。對此，屈原猶疑不決，但他眷戀楚國及忠愛楚君的心志，讓他再度尋求巫咸的指引，在巫咸鼓勵下，他決定再一次向天地四方求索。崑崙的受挫經歷，讓屈原毅然決然的將目標移置更遠的西海，他突破了以往僅侷限於崑崙爲主要場域的仙境，展現了他的堅毅與執著。

實際上，崑崙仙境範圍相當大，也是中原傳統中許多神話相關的發源地。如夸父追日、大禹治水、女媧補天、共工怒觸不周山、西王母、嫦娥……等神話，都發源於崑崙，故爲古代仙鄉的重要系統之一。王孝廉認爲：

> 古代的仙鄉，可以歸納爲兩個系統：一個是仙人、方士、蓬萊（海
> 上仙山）、歸墟所組成的東方仙鄉；一個是由神、巫、崑崙（帝之下
> 都）、黃河之源組成的西方仙鄉。這東、西兩個仙鄉的信仰於神話傳
> 說，到了戰國時代，由於秦國向西開拓以及楚國向西南發展而互相
> 結合，於是形成了《山海經》、《楚辭》、《莊子》等書所見的一個新
> 的神話世界。〔註22〕

由楚國的民神雜糅、巫風盛行的情形，及《楚辭·九歌》中的祭神曲，或《楚辭·天問》中所錄神話來看，很明確的《楚辭》應該歸屬於西方仙鄉的系統。至於黃河的水源與崑崙的關係，是由地理來加以結合的。漢代以前，在地理上的崑崙，其上有澧泉華池，這就是黃河的水源〔註23〕。

對於崑崙之境的描述，據典籍記載：

> 西海之南，流沙之濱，赤水之後，黑水之前，有大山，名曰崑崙之
> 丘。……其下有弱水之淵環之，其外有炎火之山，投物輒然。……
> 此山萬物盡有。（《山海經·大荒西經》）〔註24〕

〔註22〕 王孝廉：〈試論中國仙鄉傳說的一些問題〉。收錄於王孝廉：《神話與小說》，
　　　　臺北：時報文化出版有限公司，1986 年 5 月，頁 58～59。
〔註23〕 王孝廉：〈試論中國仙鄉傳說的一些問題〉。同注 23，頁 68。
〔註24〕 袁珂校注：《山海經》，四川：巴蜀書社，1993 年 4 月初版，頁 466。

西南四百里，曰崑崙之丘，是實惟帝之下都，神陸吾司之，其神狀
虎身而九尾，人面而虎爪。是神也，司天之九部及帝之圃時。

（《山海經·西山經》）〔註25〕

《山海經》內崑崙虛在西北，帝之下都，方八百里，高萬仞。山有
木禾，長五尋，大五圍。面有九井，以玉爲檻。面有九門，門有開
明獸守之，百神之所在。（洪興祖《楚辭補注》）〔註26〕

文中記載了崑崙之虛周遭環境，是由流沙、赤水、黑水、大山、弱水、炎山
所環繞。又其佔地極廣，空間高度上也高達萬仞，又有陸吾及神獸鎮守天門。
陸吾是虎身九尾，人面虎爪的神。這些陳述都顯示了，崑崙之虛除了極其廣
大外，對一般人來說也是難以接近又廣遠神祕的地方。

　　對屈原來說，雖然進入了崑崙之虛的第三層，但卻不得其門而面見天帝，
致使他把目標放在比崑崙之虛更遠的地方。跨越的動作，正代表了屈原不斷
嘗試突破的勇氣，也顯見他對理想的執著。在經歷兩次失敗後，屈原相當重
視此次幻遊，他把有長壽功效的瓊枝、瓊廲當作糧食，準備遠途遊歷。他駕
著飛龍直驅崑崙，早上由天津（天河）出發，晚上到達了西極（西方的盡頭）。
途中經過了位於西極的流沙，並循著出自崑崙的赤水游戲，然後繞著不周山
向左轉，準備直驅西海。文中屈原描述了自己在天空中御氣爲駕、載雲爲旗
的優閒遨遊，並用〈九歌〉、〈九韶〉等歌曲來自我娛樂，強調的是飛升遊歷
的快樂。然而低頭顧視楚國的剎那，眷戀鄉國的愁思卻翻騰不止。「思鄉」情
懷，是宣告仙境幻遊結束的關鍵。

　　從三次的幻遊來檢視，都代表屈原對於破除界線的積極嘗試。例如在國
政敗壞、賢愚不分的楚國時，懷才不遇的他便嘗試離開「楚之國界」，遠達崑
崙仙境來訪求志同道合之人，他突破的不但是平面上的鄉國界線，也突破了
人間與仙境的空間限制；又或者到了崑崙仙境求女或天帝的居所，遭遇失敗
及不得其門而入時，便嘗試越過崑崙仙境到達更遠的西海。這種不斷破除界
線的嘗試及勇氣，屢屢出現在〈離騷〉的仙境書寫中。而「破除界線」進入
仙境的規律，影響了後代諸多小說的架構，如魏晉南北朝志怪小說中，便有
相似情節的敘述書寫。

　　明顯具有突破界線嘗試的，還有「門」意象的使用。「門」，在楚方言中

〔註25〕同注24，頁56。
〔註26〕同注2，頁43。

稱爲「閶闔」，它不但具有隔絕空間的作用，也含有限制與對立的意涵。而對於被「閶闔」所阻礙的空間交通，正是屈原努力的目標。因此，幻遊中有述及屈原被繁彩花紋的青鎖阻隔，也是以「門」來做爲空間隔絕的標誌；又或者天帝居所的守門人帝閣，拒絕幫屈原開門，使他無法面見天帝，也是用「門」來做爲相異空間的劃分。而屈原驅使眾神及駕馭龍鳳，都代表著不斷嘗試要破除「門」所帶來的空間限制。

今日在包山二號楚墓出土的竹簡，內容有部分是卜筮祭禱。這些卜筮簡都是記載墓主劭陀向鬼神祈禱，請求保佑、賜福及解脫憂患之辭。當中有一件竹笥，裡面放著五塊小木牌，每一塊牌上面寫著一個字，分別爲室、門、戶、行、灶，他們也是劭陀祭祀的神祇〔註27〕。雖然說這些古物的出土，代表著楚人崇巫信鬼的情形相當普遍，認爲萬物皆有靈。但顯然作爲隔絕空間的「門」，在楚人心目中也是需要祭祀與畏懼的。正如〈離騷〉中的守門人帝閣，就是一個有權力開啓不同空間的重要媒介。

屈原破除界線的嘗試，除了展現在逐步的拓寬仙境尋訪的距離，及以「門」的意象象徵阻隔外，「乘龍駕鳳」也是破除界線的一個有利輔助。

楚國對於龍鳳本有特殊的喜愛，在出土的雕刻、刺繡、圖畫等文物中，有許多以龍鳳作爲圖騰的圖案。以馬山絲綢爲例：它的生動流暢主要體現在所有的龍鳳與動物形象活潑的線性造型上，也體現在各種穿插的植物紋樣，或幾何形紋樣的富于動感的線性構成上〔註28〕。而鳳是楚人祖先祝融的化身〔註29〕，鳳的圖騰代表了美好的特質與品格，因此鳳也是楚藝術品中不可或缺的圖樣。而在前文所提的「人物龍鳳帛畫」，畫面的立意是那位女性在龍鳳的導引下「直上仙境」〔註30〕。因此，龍鳳在〈離騷〉的屈原幻遊中，也成爲了輔助的媒介，藉著龍鳳便能破除空間界線的障礙，並導引人直上仙境。

以上，由三次幻遊作爲切入角度，來檢視《楚辭》中對仙境的書寫，歸納後可知：其一，屈原對仙境的書寫，主要還是在強調「遊歷的過程」。屈原第一次幻遊的路線爲：蒼梧——縣圃——崦嵫——咸池、扶桑。第二次的幻遊路線爲：白水、閬風、春宮、窮石、洧盤、四極、瑤臺。第三次的幻遊路

---

〔註27〕 同注8，頁 55。
〔註28〕 皮道堅：《楚藝術史》，武漢：湖北教育出版社，1995 年 7 月，頁 191～192。
〔註29〕 同注8，頁 76。
〔註30〕 同注8，頁 79。

線爲：西極。他用神話中的地名，一一的架構出仙境，然而對於這些地點，除了簡單的陳述仙境特有的長生之水、香花異草及神祇居所外，對於仙境可說並沒有其他的勾勒。因此，《楚辭》中的仙境書寫，是趨向縹緲模糊的。他雖然勾勒了仙境的廣遠神秘，及對遠方的未知與探險，但更多的是他期待在遠離楚國的仙境中，尋找實踐美好理想與嚮往的可能性。因此，《楚辭》仙境的書寫之所以縹緲模糊，重在氣氛的烘托上，這與《楚辭》的成因是有關的。

　　回歸到屈原寫作《楚辭》，本來就是用來「猶依道徑，以風諫君也」（王逸〈離騷序〉）〔註31〕。《楚辭》中的仙境書寫，是在巫風繁盛下楚民族思想的反映。而仙境的縹緲模糊，現實上顯示楚地未臻成熟的神仙思想，在文學上則表示實現希望的無限可能。因此，《楚辭》中的仙境，是兼具神祕想像與深刻的現實歷史意義的。

　　其二，《楚辭》中的仙境書寫，屢屢展現了對破除界線的嘗試。這些界線，有時是國界，有些是邊界，有些則代表被阻隔的空間。對於這些界線，許又方認爲屈原有將自我邊緣化的現象。其云：

> 所謂四極、周流、上下等等，都具有明確的邊界意涵。而西極、懸圃、若木等，在神話的世界裡也都處於邊界的位置，詩人卻總愛盤旋於這些地方，顯然是將自己邊緣化了。〔註32〕

許又方又以西方民俗學中的「過渡禮儀」，來闡釋屈原自我邊緣化的現象。他以爲「過渡禮儀」時期，是顯得模糊而徬徨，既不能回頭，前程亦渺茫難臆，自身於是陷入邊緣化的無可奈何〔註33〕。以西方民俗學角度，來闡釋屈原自我邊緣化現象，並解釋屈原心理的徬徨，是一個嶄新的視角。但屈原的自我邊緣化，筆者卻不認爲只是單純表達他的徬徨與焦急而已；屈原將自己置於邊界位置，主要還是欲嘗試突破邊界，寄望能在遠方達成自己的目標。《楚辭》中界線所代表的意涵，就是困阨的現實環境，屈原的目的便是與之對抗與碰撞。故而，《楚辭》中所展示的，以堅毅品格來積極奮鬥的精神，明確存在於各篇中。

　　因此，不論是屈原在幻遊中逐步的拓寬空間與距離，顯現了當時對仙境

---

〔註31〕　同注2，頁2。

〔註32〕　許又方：《時間的影跡──〈離騷〉晬論》，臺北：秀威資訊科技，2003 年 2 月一版，頁 115。

〔註33〕　同注 32，頁 115。

系統層次的認知；或又以扣「門」的動作，來象徵破除阻隔的意涵；或以「乘龍駕鳳」來做爲橫越空間的表示，都展現了他在仙境書寫中欲破除界線的特色。而破除界線，正寄寓了對醜惡現實的抗爭，具有現實意義及諷刺性。

## （二）巫風與神話的雜揉

荊楚民俗最大的特色，便是崇巫信鬼。古代典籍多有記載，如《列子·說符》云：「楚人鬼，越人禨。」、《呂氏春秋·異寶》言：「荊人畏鬼而越人信禨。」、《漢書·地理志》云：「楚人信巫鬼，重淫祀。」。而王逸〈九歌序〉亦云：「昔楚國南郢之邑，沅、湘之間，其俗信鬼而好祠。其祠，必作歌樂鼓舞以樂諸神」〔註34〕，這些都能看出楚地普遍重視巫、鬼的文化氛圍。而崇巫信鬼，不單只是楚地人民虔誠信仰的表現，即使楚國君王對巫鬼也有著高度的崇敬與仰賴。如《漢書·郊祀志》記載：

> 楚懷王隆祭祀，事鬼神，欲以獲福助，怯奉軍，而兵挫地削，身辱國危。……皆姦人惑眾，挾左道，懷詐僞，以欺罔世主。聽其言，洋洋滿耳，若將可遇；求之，盪盪如係風捕景，終不可得。〔註35〕

這是谷永對漢成帝崇巫信鬼的諷諫，谷永認爲鬼神之說，不過是奸詐之人用來惑亂百姓的手段，最終不會因鬼神之力而得到幫助，楚懷王便是一個失敗的例子。雖然，此段文字主要是用來闡述鬼神之說不可信；但我們見到楚懷王即使面臨戰爭等國家大事時，還不忘依賴鬼神的福祐，他以祭祀的隆重，妄想藉此贏得戰爭，可惜仍以兵挫地削的結果告終。君王尚且如此，顯然崇巫信鬼的信仰是廣泛的瀰漫在朝廷與黎民百姓間的。

東漢·桓譚《新論》中還有楚靈王的一則紀錄：

> 驕逸輕下，簡賢務鬼，信巫祝之道，齋戒潔鮮，以祀上帝，禮群神，躬執羽紱，起舞壇前。吳人來攻，其國人告急，而靈王鼓舞自若，

---

〔註34〕 同注2，頁55。

〔註35〕 「成帝末年頗好鬼神，亦以無繼嗣故，多上書言祭祀方術者，皆得待詔，祠祭上林苑中長安城旁，費用甚多，然無大貴盛者，谷永說上曰：『臣聞明於天地之性，不可或以神怪；知萬物之情，不可罔以非類。諸背仁義之正道，不遵五經之法言，而盛稱奇怪鬼神，廣崇祭祀之方，求報無福之祠，及言世有僊人，服食不終之藥，遙興輕舉，登遐倒景，覽觀縣圃，浮游蓬萊，耕耘五德，朝種暮穫，與山石無極，黃冶變化，堅冰淖溺，化色五倉之術者，皆姦人惑眾，挾左道，懷詐僞，以欺罔世主。聽其言，洋洋滿耳，若將可遇；求之，盪盪如係風捕景，終不可得。』」班固著，楊家駱主編：《漢書》，臺北：鼎文書局，1980年3月初版，頁1260。

　　　顧應之曰：「寡人方祭上帝，樂明神，當蒙福佑焉，不敢赴救。」而

　　　吳兵遂至，俘獲其太子及后。〔註36〕

文中記載楚靈王除了崇信巫術外，還曾親自手執羽袚，起舞祭祀上帝。即使
吳國軍隊兵臨城下，楚靈王在隆重的祭祀下，仍不願中斷納福的儀式，並相
信鬼神能護佑國家。面臨戰爭，君王尚且認爲憑藉神靈之力能降福護佑國家，
楚地崇巫信鬼風俗之濃烈，明確可知。

　　而風俗可說是一個民族，文化長久累積的表現，屈原生在高山大澤環繞
的楚國，楚俗中重巫信鬼之風，自然影響了屈原的創作，成爲《楚辭》寫作
的素材。如《楚辭‧九歌》本身便是由沅湘一帶的民間祭歌〔註37〕發展而來，
巫師降神的儀式屢屢出現於各篇章中；而《楚辭》中的〈離騷〉、〈卜居〉，也
多有巫咸降神及卜筮吉凶的情節；〈天問〉則爲祝辭系統的一種，甚至〈招魂〉、
〈大招〉的產生，也都與楚國巫風有極大關係。因此，「浸潤於巫風」可說是
《楚辭》產生淵源中的一項客觀因素〔註38〕。趙輝也以爲楚地濃厚之巫風，
不但培養了楚人對神靈的虔誠情感、非理性精神和浪漫情調，並給楚國神話
發展的營養，也誘發了楚人對神仙的追求，和大量原始宗教藝術的發展〔註
39〕。因此，由巫風的盛行，到對神仙、神話之追求，甚至將原始的宗教禮儀
（如〈九歌〉）記錄並修整潤飾爲文學作品，這諸多環環相扣的因素，不能避
免的對《楚辭》仙境幻遊的書寫產生了影響。

　　關於《楚辭》仙境幻遊的書寫中，「浸潤於巫風」的情形，可從屈原強調
自我具有的「神性」、〈九歌〉作爲沅湘一帶的民間祭歌的本質，及〈九歌〉
中楚民族對祈福豐收的盼望等三方面看出：

　　其一，前文所述仙境幻遊的先決條件，是在於屈原能領略「中正之道」。
而領略「中正之道」的契機，或屈原能駕馭龍鳳的超自然能力，都與屈原具
有的「神性」有關。〈離騷〉中，篇首開始就有屈原自述家世的文字：

　　　帝高陽之苗裔兮，朕皇考曰伯庸。攝提貞于孟陬兮，惟庚寅吾以降。

　　　皇覽揆余初度兮，肇錫余以嘉名。名余曰正則兮，字余曰靈均。

---

〔註36〕嚴可均校輯：《全上古三代秦漢三國六朝文》（〈全漢文〉卷十三），北京：中
　　　　華書局，1958 年一版，頁 540。
〔註37〕汪瑗：《楚辭集解‧九歌》：「〈九歌〉之神，皆當時楚之所祭者也。」汪瑗著、
　　　　董洪利點校：《楚辭集解》，北京：北京古籍出版社，1994 年 1 月一版，頁 108。
〔註38〕詳見筆者碩論第三章《楚辭》成立之淵源〉。同註21，頁 44。
〔註39〕同註8，頁 51。

屈原在家世的自述中，說明自己是高陽的後裔子孫，據《史記‧楚世家》記載：「楚之先祖出自帝顓頊高陽」〔註40〕。高陽為夏人所尊崇，是炎帝的古稱，是太陽的化身。楚人的先民曾依附於夏朝，從而接受了夏人的古帝高陽〔註41〕。既是如此，追本溯源屈原可說與楚王同姓共祖。而屈原又在寅年寅月寅日出生，所謂「寅為陽正，故男始生而立於寅」（《楚辭章句‧王逸注》），又「天開於子，地闢於丑，人生於寅」（朱熹《論語集注》），屈原被認為能得「人道之正」〔註42〕。而鑑於屈原生於吉日，父親為之命名為「靈均」、「正則」。

首先，屈原揭明自己為古代神話人物高陽的後裔，先闡明了自己繼承神話先祖的血統。這種血液中本有的「神性」，通過他的族系、人格理想和超自然力的行為方式，而得到充分的表現〔註43〕。當然這種「神性」，就是他能領悟「中正之道」，並駕龍乘鳳，往遊仙境的一項原因。

又文中屈原自稱出生之事，以「降」字代替「生」字來書寫，亦有其特殊涵意。實則「降」字，通常用在神靈的降臨，如〈離騷〉提及「巫咸將夕『降』兮」，意指巫咸作為人神之間的橋樑，以其虔誠在晚上祈求神祇的降臨。又有「百神翳其備『降』兮，九疑繽其並迎。」（〈離騷〉）意指天上諸神降臨時，由楚國當地的山川之神來加以迎接〔註44〕。至於〈湘夫人〉中則有「帝子『降』兮北渚，目眇眇兮愁予」一句，言湘夫人在縹緲的氛圍中降臨的姿態。因此，「降」字的使用，有研究者認為「是因為他自信繼承了先祖的神聖性，這種思維方式帶有濃厚的宗教感和神性色彩。」〔註45〕顯見屈原思想本身，不能避免的也受到楚地巫風的影響。

重巫信鬼之風，對屈原創作的影響，還出現在「問卜」一事。屈原以忠誠事君之心，換來小人的讒毀及君王的懷疑，對於自己前途的茫然及不可確知，屈原欲藉「問卜」的方式，來得到指引。如〈卜居〉中，屈原因為竭盡忠誠，卻遭受小人讒言，因此心煩慮亂，不知所從。故而往見太卜鄭詹尹，使其「端策拂龜」，來為自己解惑。又或者〈離騷〉中，屈原向靈氛、巫咸占

---

〔註40〕 同注7，頁7。
〔註41〕 張正明：〈楚人先祖研究「司天」、「司地」的遠祖〉，收錄於戴錫琦、鍾興永：《屈原學集成》，北京：中央編譯出版社，2007年6月1版1刷，頁187。
〔註42〕 同注7，頁9～10。
〔註43〕 同注8，頁94。
〔註44〕 同注7，頁77。
〔註45〕 第一章〈《離騷》中的神性因素〉。黃文雁：《屈原神性思維研究》，西南大學碩士學位論文，2012年4月，頁11。

卜吉凶之舉，都是說明了《楚辭》的確顯現了「浸潤於巫風」的鮮明特色。

其二，由楚地沅、湘一帶的民間祭歌而來的〈九歌〉，今日我們能由屈原對仙境的書寫，理解楚人所架構的神界。而〈九歌〉由其創作淵源來探討，本身就具備了濃厚的巫風色彩。王逸〈九歌〉序云：

> 〈九歌〉者，屈原之所作也。昔楚國南郢之邑，沅、湘之間，其俗信鬼而好祠。其祠，必作歌樂鼓舞以樂諸神。〔註46〕

王逸指出〈九歌〉創作成立之淵源，是因為楚俗「信鬼好祠」的熾盛，因此常舉行隆重的樂舞來祭祀諸神，以求得平安。王逸所謂「屈原之所作」，實際上應該更明確的理解為「屈原對民間祭曲的潤飾改作」。朱熹《楚辭集注·九歌序》云：

> 〈九歌〉者，屈原之所作也。昔楚南郢之邑，沅湘之間，其俗信鬼而好祀，其祀必使巫覡作樂，歌舞以娛神。蠻荊陋俗，詞既鄙俚，而其陰陽人鬼之間，又或不能無褻慢淫荒之雜。屈原放逐，見而感之，故頗為更定其詞，去其泰甚。〔註47〕

朱熹以為〈九歌〉本是沅湘之間的民俗祭祀之歌，但摻雜部分鄙俚、褻慢淫荒之辭，因此屈原才加以潤飾更訂。既然〈九歌〉是屈原對民間祭祀之歌的潤飾改作，那麼〈九歌〉的原型為何？我們檢視〈九歌〉所祭祀者，大多為自然神，範圍極其廣泛，包含了掌管天地山川及生死壽夭的神祇。而這些神祇大抵主要是楚國的沅、湘地區中，幾個主要的受祀神祇，具有地方的專有特色。其實楚民族是無神不祀的，楚俗視萬物皆有其靈性，這也都肇因於「巫風」普遍及鮮明的影響。

那麼在〈九歌〉中所架構的神界是如何的呢？〈東皇太一〉作為〈九歌〉之首，其為祭祀的主神，尊貴地位不言可喻，因此「東皇太一」當作為其中最高的管理階層。「東皇太一」也是楚國最尊貴的神，據《史記·封禪書》五臣注云：「太一，星名，天之尊神。祠在楚東，以配東帝，故云東皇。」〔註48〕可見「東皇太一」，是天神中最尊貴身份者，也就是上帝。在〈九歌〉中，關於神的種類區分約略有三種，即天神、地祇、人鬼，他們架構出楚人重要的神界概念。天神中有：天之尊神「東皇太一」、太陽神「東君」、雲神「雲中君」、「星神」大小司命；地祇有：湘水神「二湘」、河神「河伯」、山神「山

---

〔註46〕同注2，頁55。
〔註47〕朱熹：《楚辭集注》，臺北：國立中央圖書館，1991年2月，頁35。
〔註48〕同注7，頁122。

鬼」；人鬼則有：〈國殤〉、〈禮魂〉二篇。〈九歌〉中，除了祭祀人鬼的〈國殤〉、〈禮魂〉二篇，其他都屬於自然神的範圍。

因此〈九歌〉的結構，是一套相當完整且有規模的祭歌。篇首由祭祀地位最高的神祇〈東皇太一〉作為開始，篇末則以祭祀一般常人死去之魂的〈禮魂〉作為結束。〈九歌〉中，如「靈偃蹇兮姣服，芳菲菲兮滿堂。」（〈東皇太一〉）、「羌聲色兮娛人，觀者憺兮忘歸」（〈東君〉）、「成禮兮會鼓，傳芭兮代舞，姱女倡兮容與」（〈禮魂〉）中，巫覡以盛大歌舞作為迎神之禮，以祈求神祇降臨；或「築室兮水中，葺之兮荷蓋。蓀壁兮紫壇，播芳椒兮成堂。桂棟兮蘭橑，辛夷楣兮藥房」（〈湘夫人〉）中建置了香花繁盛、芳草菲菲的環境，來祈求神靈降臨；或二湘中「捐袂遺褋（褋）」的締結約定之儀式，巫術的色彩都相當鮮明。因此，創作〈九歌〉原型的詩人，或有可能是楚之巫師〔註49〕。既是巫師之作，巫術的特質，自然相當濃厚了。

另一巫風特質的展現，在於〈九歌〉中對於祈求神靈能使風調雨順、耕作豐收、子息順利繁殖。《國語·楚語》下云：

> 昭王問於觀射父，曰：「周書所謂重、黎寔使天地不通者，何也？若無然，民將能登天乎？」對曰：「非此之謂也。古者民神不雜。民之精爽不攜貳者，而又能齊肅衷正，其智能上下比義，其聖能光遠宣朗，其明能光照之，其聰能聽徹之，如是則明神降之，在男曰覡，在女曰巫。……及少皞之衰也，九黎亂德，民神雜糅，不可方物。夫人作享，家為巫史，無有要質。民匱於祀，而不知其福。烝享無度，民神同位。民瀆齊盟，無有嚴威。神狎民則，不蠲其為。嘉生不降，無物以享。禍災薦臻，莫盡其氣。顓頊受之，乃命南正重司天以屬神，命火正黎司地以屬民，使復舊常，無相侵瀆，是謂絕地天通。〔註50〕

這是觀射父向楚昭王論述「絕地天通」的一段話。從觀射父的話中可知，自從少皞之衰及九黎之亂後，楚國曾有一段時期處於「民神雜糅」及「民神同位」的情形，人神的關係相當緊密，無明確的分際，人甚至有「登天」的可能。因此，重、黎受命調整民神關係，斷絕了地民與天神的相通之道。此後，才得以「民神不雜」，故之後降神皆需仰賴巫、覡。而不論是過去那段仰賴巫、覡降神，或民神雜糅的時期，都說明了楚地巫風的盛行由來已久，且有長期的發展歷史。

---

〔註49〕 陳師怡良：〈〈九歌〉新論〉。同注4，頁191。
〔註50〕 《國語·楚語》下。易中天注譯：《國語》，臺北：三民書局，2006年3月2版2刷，頁451～452。

　　屈原在巫風盛行的基礎上，以巫術之幻想和浪漫之特徵融入了《楚辭》，使得《楚辭》展現了不同於北方文學的詭譎神秘之巫術氛圍。由今日〈九歌〉來看，各篇中藉由巫覡的盛大歌舞，或佈置與祭祀，以求神降臨賜福，明顯都是巫風的殘存。

　　例如，耕作收穫需要雲雨的滋潤、太陽的照耀，因此祭祀雲中君，以求雲雨降臨；也祭祀東君，求得太陽的照拂。又或者對於壽夭及繁殖的綿長順利，必須祭祀大司命、少司命；求得河川上來往船隻的順利，則必須祭祀二湘及河伯……等。諸如此類，以廣大的祭祀儀式或豐盛的歌舞祭品，迎來神靈聽取人民需要，都明確帶有濃厚的巫風。

　　另外，〈天問〉中也牽涉了許多關於宇宙開闢、神話巫術的內容。過常寶認為結合屈原的職掌與巫史傳統來看，〈天問〉應該是屈原所熟悉的「巫史文獻」，經過屈原的改造，詩中保留了巫史文獻中的基本素材與問句形式，但其思想和情感，顯然有著屈原的個人特色〔註51〕。可見〈天問〉中，也充斥了濃厚的神話與巫風色彩。

　　《楚辭》對神仙世界的書寫，除了帶有濃厚的巫風外，也帶有濃厚的「神話」〔註52〕色彩。濃厚「神話」色彩的展現，在〈九歌〉、〈天問〉、〈離騷〉各篇，都清晰可辨。以〈九歌〉為例，如〈湘君〉、〈湘夫人〉便具有濃厚的神話色彩。關於二篇之名義，異說頗多，但大抵都與舜及其二妃有關。據統計二湘之身分，共有以下幾種說法：

1. 以「湘君」為舜之二妃說，如《史記・秦始皇本紀》。

2. 以「湘夫人」為舜之二妃說。如王逸《楚辭章句》〔註53〕、張華《博物志》〔註54〕、游國恩、姜亮夫《屈原賦校注》。

3. 以「湘君」是娥皇，「湘夫人」是女英說。如韓愈〈黃陵廟碑〉、

〔註51〕過常寶：《楚辭與原始宗教》，北京：東方出版社，1997年6月1刷，頁29。
〔註52〕蔡靖泉認為楚文學中的神話類型，共有三類：解釋自然現象和世界起源的神話、反映人類和自然做鬥爭的神話、反映人類的社會生活及其矛盾衝突的神話。蔡靖泉：《楚文學史》，武漢：湖北教育出版社，1995年8月1刷，頁166～176。
〔註53〕王逸：《楚辭章句》注：湘夫人為「堯之二女娥皇、女英。」同注2，頁64。
〔註54〕「堯之二女，舜之二妃，曰湘夫人。舜崩，二妃啼，以涕揮竹，竹盡斑。」張華撰、馬達點注：《博物志》，收錄於《中國文言小說百部經典》（一），北京：北京出版社，2001年6月第2版，頁370。

　　　　朱熹《楚辭集注》、林雲銘《楚辭燈》、蔣驥《山帶閣注楚辭》、
　　　　戴震《屈原賦校注》。

4. 以舜爲湘君，以二妃爲「湘夫人」說。如據司馬貞《史記索引》。

5. 以二湘爲配偶神，而與舜、二妃等事無關說。

6. 以二湘爲天帝之二女說，如《山海經・中山經》、郭璞《山海經
　　注》〔註55〕、劉夢鵬《屈子章句》。

7. 以二湘爲舜之二女說。

8. 有洞庭山神說。

9. 有洞庭湖神說。〔註56〕

10.「湘君」爲土星之神，「湘夫人」爲金星之神說，如蘇雪林《屈原
　　與九歌》。〔註57〕

其中當以第二說較爲恰當，游國恩、姜亮夫以爲二湘當爲南楚所崇奉的神祇，
而後才被附會舜之二妃的故事〔註58〕。舜與其二妃本來是歷史典故中的人
物，但舜在蒼梧的南巡途中逝世，二妃奔赴蒼梧，淚灑湘竹。這一段悲劇性
的傳說，在「神話色彩」的潤飾下，生死兩隔的哀傷悲痛，遂成爲〈九歌〉
二湘的共同主題。不論是在祭神儀式中猶豫遲疑不肯降臨的湘君，抑或縹緲
難尋、令人望而不見的湘夫人，兩篇的主軸多圍繞著候而不見的悲傷悵惘，
與留下「玦佩」、「袂褋」表達心意不變的情思。這些不但豐富了二湘藝術上
的想像空間外，對於本質上屬於祭神儀式的二湘，也對內容有所拓展，使其
顯得更加華美豐贍，在其文學氛圍上也愈顯神秘難測了。陳本禮曾評〈湘君〉
一篇：「其寫神之不測處，眞得鬼神之情狀矣」〔註59〕，可見其縹緲難測的形
象塑造，神話色彩的潤飾幫助極大。

〔註55〕　《山海經・中次十二經》：洞庭之山「帝之二女居之，常游于江淵。澧沅之風，
　　　　　交瀟湘之浦，是在九江之間，出入必以飄風暴雨。」又「二女」下，郭璞注
　　　　　曰：「天帝二女，而處江爲神也。」同注24，頁216。
〔註56〕　以上九種分類，參考馬茂元《楚辭注釋》的分法，並於其中再加以增添資料。
　　　　　同注7，頁132～135。
〔註57〕　蘇雪林：《屈原與九歌》，臺北：廣東出版社，1973年4月，頁301～351。
〔註58〕　其論述詳見游國恩：〈論九歌山川之神〉。收錄於游國恩：《游國恩學術論文
　　　　　集》，北京：中華書局，1989年一月初版，頁94～111。姜亮夫：《屈原賦校
　　　　　注》，臺北：文光圖書公司1974年8月，頁200～203。
〔註59〕　司馬遷等著：《楚辭評論資料選》，臺北：長安出版社，1988年9月初版，頁
　　　　　401。

　　上述資料中值得注意的是，在屬於魏晉志怪小說的張華《博物志》中，也以爲「湘夫人」爲舜之二妃，擇取角色的角度，除了與《楚辭》的設定一致，也傾向以神話色彩作爲紀錄。而郭璞《山海經注》雖非志怪小說一類，但所謂「天帝二女，而處江爲神也。」顯然將「湘夫人」與湘江神的角色重疊了，雖無法武斷說明其繼承《楚辭》而來，但以郭璞對《楚辭》的熟稔，很難將《楚辭》的影響全面抹除。

　　而舜除了因爲神話色彩的潤飾成爲湘君，他也是屈原陳辭上告的對象。在〈離騷〉中，屈原因爲無法與小人一樣阿附朋黨，而被世俗所憎惡。他無法遵從女嬃「隨順世俗」的勸告，因此要南行到沅湘，將滿腔的憤懣與悲傷訴諸「重華」。「重華」即舜，《帝繫》曰：「瞽叟生重華，是爲帝舜，葬於九疑山，在沅、湘之南。」〔註60〕屈原列舉正反兩方的史實，並向重華再次闡述了自己的見解：「夫孰非義而可用兮，孰非善而可服。阽余身而危死兮，覽余初其猶未悔。」〔註61〕極言「人非義而德不立，非善則行不成也。」〔註62〕因此，即使自己因爲盡忠而近於危殆，但對自己的選擇卻不曾後悔。向重華陳辭的一段話，是屈原憤懣的抒發，也是屈原心志的自白。會選擇向重華訴冤，自然是因爲重華爲古代賢王聖君，是屈原心中尊崇的完美品格之代表；另外他也試圖透過陳辭，冀望重華的幫助。這種改變殘酷時局的冀望，若不是沾染了「神話」色彩的人物，恐怕是辦不到的。

　　從歷史人物到神話人物，這二重身分的演進中，當然是民族深層潛意識的展現，但作爲潤飾主筆的屈原，其主動擇取神話素材，並運用在創作中作爲鋪排的情節，可以清楚顯示屈原的寫作手法，的確有以「神話色彩」潤飾篇章的情形。因此，蕭兵稱：「〈九歌〉是典型的神話藝術或神話文學（創作），〈離騷〉是使用了神話素材的文人抒情詩。」〔註63〕可見，文學與神話的結合，當是《楚辭》內容的兩項重要因素。

　　不只是二湘，舉凡〈離騷〉、〈天問〉甚或是《楚辭》中，所出現的聖王賢君等人物，在屈原的筆下，也都傾向神話性的敘述而非歷史性的敘述。

　　以共工爲例，史書上記載：

---

〔註60〕 王逸注引《帝繫》，錄自洪興祖：《楚辭補注》。同注2，頁20。
〔註61〕 同注2，頁24。
〔註62〕 同注2，頁24。
〔註63〕 蕭兵：《楚辭與美學》，臺北：文津出版社，2000年1月一刷，頁257。

> 帝曰：「疇咨！若時登庸？」放齊曰：「胤子朱啓明。」帝曰：「吁！
> 嚚訟可乎？」帝曰：「疇咨！若予采？」驩兜曰：「都！共工方鳩僝
> 功。」帝曰：「吁！靜言庸違，象恭滔天。」（《尚書・堯典》）
>
> 昔共工棄此道也，虞于湛樂，淫失其身，欲壅防百川，墮高堙庳，
> 以害天下。皇天弗福，庶民弗助，禍亂并興，共工用滅。
>
> （《國語・周語下》）〔註64〕

據《尚書・堯典》的記載，共工曾兼職多項工作，且能有所表現，但堯對他的評價卻是「象恭滔天」，也就是批評他只能坐而言、不能起而行，且貌似恭敬，其實是侮慢不恭的。在《國語・周語》下，更說共工沉迷享樂、淫亂喪身，最後導致滅亡。在這些典籍當中，共工的評價都傾向負面，也未見神話的色彩加諸於其身。但在屈原〈天問〉云：「康回馮怒，地何故以東南傾？九州安錯？川谷何洿？東流不溢，孰知其故？」王逸注云：「康回，共工名也。」康回是神話中的水神，傳說他與顓頊爭帝，怒而觸不周之山，天維絕，地柱折，大地因而東南塌陷。〈天問〉中所述，明確的顯示〈天問〉中對於共工形象的擇取，是傾向神話傳說的。劉勰〈辨騷〉曾云：「康回傾地，夷羿弊日，木夫九首，土伯三目，譎怪之談也。」以此來看，不論是「康回傾地」，或其他三事，被歸類於「譎怪之談」的原因，大抵都與神話色彩的潤飾有關。因此，共工在屈原筆下，由歷史人物的記載，成了令天地四柱傾圮，充滿神秘感的神話人物。

「羲和」，據《尚書・虞書》之〈堯典〉記載：

> 若稽古帝堯，曰放勳欽明，文思安安，允恭克讓，光被四表，格于
> 上下。克明俊德，以親九族。九族既睦，平章百姓。百姓昭明，協
> 和萬邦。黎民於變時雍。乃命羲和，欽若昊天，歷象日月星辰，敬
> 授人時。〔註65〕

《尚書》中，帝堯使九族和睦，百姓安康，又立羲和之官觀四時天象，制定曆法，四季年歲因而明確成形。可見羲和，在帝堯時只是掌管天文曆法的官吏。但在屈原的〈離騷〉中，他卻成了「太陽御者」。〈離騷〉中屈原「吾令羲和弭節兮，望崦嵫而勿迫。」王逸注云：「（羲和）日御也」〔註66〕，是為

---

〔註64〕 同注50，頁73。

〔註65〕 《虞書》。孔穎達：《尚書正義》（《十三經注疏》），臺北：藝文印書館，1981年1月8版，頁19。

〔註66〕 同注2，頁27。

太陽駕車的神。而洪興祖《楚辭補注》引《山海經》云：「東南海外，有義和之國，有女子名曰義和，是生十日，常浴日於甘淵。」〔註67〕則是引《山海經》說「義和」是日神的母親，是天地所生，以掌管日月。屈原在〈天問〉中也曾發出「義和之未揚，若華何光」之問，意指義和尚未揚鞭爲太陽駕車，若木之花〔註68〕何以能發光。也是將「義和」視爲「太陽御者」。「義和」從《尚書》中掌管天文曆法的官吏，搖身一變成了爲太陽駕車的神，這些也是屈原在素材取用上，傾向神話性敘述而非歷史性敘述的佐證。神話色彩的潤飾，對於屈原所形塑的神仙世界，更增添其豐富且充滿幻想的氛圍。

屈原筆下傾向神話性敘述的人物，還有鯀。《尚書・堯典》記載：

> 帝曰：「咨四岳，湯湯洪水方割，蕩蕩懷山襄陵，浩浩滔天。下民其咨，有能俾乂？」僉曰：「於！鯀哉。」帝曰：「吁！咈哉，方命圮族。」岳曰：「异哉！試可乃已。」帝曰，「往欽哉！」九載，績用弗成。
>
> 〔註69〕

堯時，大水爲患，淹沒了陸地與高山。四方諸侯推舉鯀來治水，堯對鯀的評價是「方命圮族」，意指鯀個性違拗，不聽從命令，還殘害善類。最後鯀的治水，歷經九年的時間，終無所成。其他關於鯀的記載，在《山海經・海內經》中：

> 洪水滔天，鯀竊帝之息壤以堙洪水，不待帝命，帝令祝融殺鯀於羽郊。鯀腹生禹，帝乃命禹率布土以定九州。〔註70〕

文中，鯀因爲不忍心人民受洪水之苦，因此違背了天帝的命令，偷取息壤來止息洪水，因此觸怒天帝。鯀的死亡，是因爲「偷取息壤」，而在羽郊被火神祝融所殺。據郭璞注引《開筮》云：「《左傳》桓公三年：『昔堯殛鯀於羽山，其神化爲黃熊，以入於羽淵，三代祀之。』」〔註71〕鯀被殺後，不但生下了禹（鯀腹生禹），最後屍體還化爲黃熊，隱入羽淵之中。這段紀錄中，不論是鯀偷竊息壤，或死後生禹、化爲黃熊，都具有明顯的神話色彩。尤其，《山海經・海內經》的鯀是體恤人民苦痛，而被天帝所殺的；這與《尚書》中對鯀的評

---

〔註67〕同注2，頁27。
〔註68〕「『若華』，古代神話中若木的花。傳說若木是長在西方日入處的大樹。當太陽落在若木之下，若木的花就會發光芒照耀大地。」同注7，頁223。
〔註69〕《堯典》。同注65，頁26。
〔註70〕同注24，頁536。
〔註71〕同注24，頁537。

價大相逕庭。而審視屈原筆下對鯀的敘述，就能理解屈原對於鯀形象擇取的傾向。在《楚辭》中，有三段對於鯀的描述：

> 鯀婞直以亡身兮，終然殀乎羽之野。汝何博謇而好脩兮，紛獨有此姱節（〈離騷〉）。

> 晉申生之孝子兮，父信讒而不好。行婞直而不豫兮，鯀功用而不就。（〈惜誦〉）

> 鴟龜曳銜，鯀何聽焉？順欲成功，帝何刑焉？永遏在羽山，夫何三年不施？伯鯀腹禹，夫何以變化？纂就前緒，遂成考功。何續初繼業，而厥謀不同？洪泉極深，何以窴之？地方九則，何以墳之？河海應龍，何盡何歷？鯀何所營？禹何所成？……阻窮西征，巖何越焉？化爲黃熊，巫何活焉？咸播秬黍，莆雚是營，何由并投，而鯀疾脩盈？白蜺嬰茀，胡爲此堂？安得夫良藥，不能固臧？（〈天問〉）

〈離騷〉中的首段引文，是女嬃勸告屈原應隨順世俗之語。她提及鯀的死亡，是因爲「婞直」，亦即剛而犯上。王逸注云：「女嬃比屈原於鯀，不順君意，亦將遇害也。」可見女嬃對於鯀因爲「婞直」，而被天帝殺害，實際上是相當惋惜的。她又將屈原比喻爲鯀，這些清楚顯示屈原對鯀的的看法，與《尚書》中「方命圮族」的評價是截然不同的。甚至，〈惜誦〉中也再度強調了鯀的失敗，是因爲「婞直而不豫」。前兩則引文裡，剛正的屈原不但沒有對鯀有所批評，甚至還對鯀的失敗死亡充滿了惋惜之意。這與他在〈離騷〉：「啓〈九辯〉與〈九歌〉兮，夏康娛以自縱。不顧難以圖後兮，五子用失乎家巷。羿淫遊以佚畋兮，又好射夫封狐」中，對夏縱情享樂、有窮氏的羿荒淫遊戲的大力批評都不同。

那麼爲何對鯀的評價如此寬大？唯一的解釋，正是屈原並未採納《尚書》對鯀的紀錄，而是擇取了《山海經》中鯀悲劇英雄的形象。尤其《山海經》中的鯀，爲黎民百姓止息洪水，卻因剛直違抗君命，這與屈原本身遭遇相似，屈原自然大有可能採用鯀「婞直」之說，以託寓自身困境，達到諷諫君王之意。尤其〈天問〉中，甚至直接提及了神話中「伯鯀腹禹」、「（鯀）化爲黃熊」的傳說，這些都清楚的揭明屈原對於鯀的敘述，的確是存在神話性敘述的擇取傾向的。

以上，不論是二湘、禹、共工、羲和、鯀等人物，在屈原特意的塑造下，都以神話性的敘述來取代了歷史性的敘述，他們已經脫離了歷史人物的身

分，轉而帶有了「神性」。趙輝也認爲：「〈離騷〉、〈九章〉中的那些古代帝王在抒情主人公眼裡，是被當作神來看待的。」〔註72〕這種以神話色彩潤飾題材的寫作手法，自然爲《楚辭》筆下的神仙世界，增添了更豐富的內涵，及浪漫神奇的想像氛圍。

綜合以上所述，顯然在屈原所描繪的神仙世界，明顯的雜揉了巫風與神話。在屈原的巧手書寫下，他將單純的宗教藝術，改以文學作品的樣貌呈現在讀者面前。在其價值意義上，屈原一方面延續保留了楚地宗教巫術及神話的風貌；一方面則在其中寄託了憤懣心志的表白，具有深刻的現實諷喻意義。

## （三）美好光明的氛圍

屈原筆下所描述的神仙世界，還充滿著美好光明的氛圍。首先是對神仙世界美好光明氛圍的塑造，〈離騷〉中的三次幻遊仙鄉，即使是主題在於遊歷的過程與對現實的碰撞，但的確爲我們勾勒出屈原所理解的仙境風貌。屈原所遊歷的崑崙仙鄉，系統與層次井然。在他的描述中，有登上後可以長生不死的涼風之山、白水神泉，及上與天通、獲致驅使風雨能力的縣圃，也有天帝、東方青帝與眾神所居的處所。如從〈離騷〉中對東方青帝所居「春宮」中，長有玉樹（瓊枝）、長生之花的描述來看，仙境當是芳草菲菲。因爲除了玉樹瓊枝之花（瓊華）外，在〈離騷〉中所提及的仙境植物，還有神木扶桑、若木、蔓茅靈草……等。且這些異木香草，大多帶有長生意涵。

仙境的芳草菲菲，最有力的證據還在於〈九歌〉中繁盛香草所堆疊出，企盼神靈降臨的佈置。我們看爲天神「東皇太一」所備的降神祭壇：「瑤席兮玉瑱，盍將把兮瓊芳。蕙肴蒸兮蘭藉，奠桂酒兮椒漿。」〔註73〕正是以美玉爲席，靈巫手持美潔芳香的瓊枝，祭品是蕙草蒸煮的肉品，及桂木及香椒釀製的美酒。〈少司命〉的「秋蘭兮麋蕪，羅生兮堂下。綠葉兮素枝，芳菲菲兮襲予。」則言供奉少司命的宮室，有眾多香草環伺堂下，吐葉垂華，芳香洋溢。

爲地祇〈湘君〉準備的佈置：「薜荔柏兮蕙綢，蓀橈兮蘭旌。」（〈湘君〉）是用薜荔、蕙草等香草飾壁，以蘭草、蓀草做爲旌旗楫櫂，以待湘君。又「蓀壁兮紫壇，播芳椒兮成堂。桂棟兮蘭橑，辛夷楣兮藥房。罔薜荔兮爲帷，擗蕙櫋兮既張。白玉兮爲鎮，疏石蘭兮爲芳。芷葺兮荷屋，繚之兮杜衡。合百

---

〔註72〕同注8，頁96。
〔註73〕同注2，頁56。

草兮實庭，建芳馨兮廡門。」(〈湘夫人〉)更是用蓀草、芳椒、桂木、木蘭、辛夷、薜荔、蕙草、石蘭、芷草、荷葉等香花百草，佈置芳香庭院，等待湘夫人降臨。即使是祭祀人鬼的〈禮魂〉也有「春蘭兮秋菊，長無絕兮終古」的擺設，冀望「芳香長相繼承，無絕於終古之道也。」〔註74〕這些繁複多樣的香草，除了茂盛華美外，也造就了香氣芳菲繚繞的仙境氛圍。而會以繁多香草來祈求神祇降臨，一方面與香草本身所蘊含的潔淨作用有關，楚人藉由香草的「潔淨」作用來上達天聽、與神相親；而一方面，在楚人想像的神仙世界中，香花異草的繚繞及芳香四溢，有「祝願人間生命美好如花草的意義在」〔註75〕。

　　除了芳草菲菲的環境，仙境中也充滿了繁盛的音樂，及神仙、鳳凰、飛龍、飄風、雲霓等光彩懾人的氛圍。如〈離騷〉有：

　　　前望舒使先驅兮，後飛廉使奔屬。

　　　鸞皇為余先戒兮，雷師告余以未具。

　　　吾令鳳鳥飛騰兮，繼之以日夜。

　　　飄風屯其相離兮，帥雲霓而來御。……

　　　遭吾道夫崑崙兮，路脩遠以周流。

　　　揚雲霓之晻藹兮，鳴玉鸞之啾啾。……

　　　駕八龍之婉婉兮，載雲旗之委蛇。

　　　抑志而弭節兮，神高馳之邈邈。

　　　奏〈九歌〉而舞〈韶〉兮，聊假日以媮樂。〔註76〕

屈原驅使月神望舒、風伯飛廉日夜趕路，又令鸞凰、鳳鳥飛騰。途中飄風、雲霓湧現紛繁、聚散不定，發出了五光十色的光芒。眾多神靈隊伍龐大，威儀廣赫，光彩四方漫散，為屈原的仙境幻遊展開前導。朱熹云：「望舒、飛廉、鸞鳳、雷師、飄風、雲霓，但言神靈為之擁護服役，以見其杖衛威儀之勝耳。」〔註77〕而後，屈原目標為西極的旅程，以雲霓為旌旗，其光芒使得日光被遮

〔註74〕王逸注。同注2，頁84。

〔註75〕魯瑞菁：《諷諫抒情與神話儀式——楚辭文心論》，臺北：里仁書局，2002年9月，頁275。

〔註76〕同注2，頁28～46。

〔註77〕朱熹：《楚辭集注》語，原引文後尚有「初無善惡之分也」一句，朱熹以為並無代表特殊意涵。關於「飄風、雲霓」，一說「係想像途中的種種情景，並無深意。」，戴震則以為「飄風雲霓，言其阻隔也。」筆者認為〈離騷〉作為抒發屈原憤懣的著作，不免加入屈原個人主觀的情感。以仙境幻遊的歷程來說，

蔽而顯得陰翳。又或者，屈原驅使八龍在空中屈曲飛翔，役使雲霓飄搖舒展，想以〈九歌〉、〈韶〉樂來娛樂消憂。以上，不論是神靈的出場或鸞鳳、雲霓的跟隨，氛圍的塑造都是極為光華燦爛的。

　　不只是〈離騷〉，〈九歌〉繁飾繽紛的宗教儀式，神靈出場的氛圍也是極光彩耀人且盛大的。如〈雲中君〉：「靈皇皇兮既降，猋遠舉兮雲中。覽冀州兮有餘，橫四海兮焉窮。」描寫雲神猋然遠舉、來去匆匆，行跡飄忽動盪，而其光輝所照遍及四海，無法見其窮盡，這些都寫盡了雲神光輝燦爛的形象。而對掌管人世壽夭之神大司命的描述：

> 廣開兮天門，紛吾乘兮玄雲。令飄風兮先驅，使凍雨兮灑塵。君迴
> 翔兮以下，踰空桑兮從女。紛總總兮九州，何壽夭兮在予！高飛兮
> 安翔，乘清氣兮御陰陽。（〈大司命〉）

大司命身分高貴，當然降臨時的駕儀不可小覷。文中正是描述當其外出時，天門大開，祂乘坐黑中帶紅的濃重雲彩，並有飄風、凍雨為其開路先導。降臨時大司命在空中飛翔，掌握著九州、天地的清明之氣，及人們的壽夭長短。此段極言大司命的威嚴與神秘，其護衛儀仗聲勢浩大，風雨變幻，玄雲光華耀眼。而對大司命的敬畏，也顯示出楚人對長壽及生死問題的重視。

　　〈少司命〉以「孔蓋兮翠旍，登九天兮撫彗星」之姿降臨，祂以孔雀的羽毛為車蓋，翡翠鳥的羽毛為旌旗，其出巡的儀仗也是光明華美的。至於〈東君〉的「青雲衣兮白霓裳，舉長矢兮射天狼。操余弧兮反淪降，援北斗兮酌桂漿。撰余轡兮高駝翔，杳冥冥兮以東行。」其形象是以青雲為衣，以白霓為裳，而當東君出現之時，旭日當空，雲霓光彩相互輝映。

　　相較於天神們總是聲勢浩大，風雨雲雷相伴，光彩華美的盛大出場，地祇的出場聲勢通常較小，乃是因為他們不像東君職掌光明、大司命掌管壽夭，亦不像少司命掌管生育。祂們雖不同於神祇，握有至高無上的權力，但是仍有使風雨興作、河海起波的能力，因此同樣也受到楚民族的敬畏。祂們的出場，同樣充斥著光明美好的氛圍。如〈湘夫人〉以「目眇眇兮愁予」之姿降臨，寫盡了神祇行蹤的渺茫難尋。〈河伯〉的「與女遊兮九河，衝風起兮橫波。乘水車兮荷蓋，駕兩龍兮驂螭」，則寫旋風激起橫流的水波，河伯乘著荷葉為

---

飄風雲霓烘托的是仙境中光華流動四散的氛圍，若究其託喻之意，恐怕也有阻隔之意，當以戴震之說較適合，因此此處朱熹所言末句簡省之。同注7，頁59。

車蓋的車，駕驂螭而遨遊九河。我們可以想像旋風急速、波濤翻滾中，坐在驂螭龍車上的河伯，氣勢亦極其盛大烜赫。至於〈山鬼〉的「乘赤豹兮從文狸，辛夷車兮結桂旗。被石蘭兮帶杜衡，折芳馨兮遺所思」，則用「乘豹從狸」等聲勢浩大的隨從，暈染出山野女神的聲勢；並以「辛夷桂旗」的車乘，暈染出山野女神形象的華美芬芳。屈原以華麗芬芳、神秘詭譎，多方描寫山鬼降臨的盛大氛圍，充分表現了楚民對山鬼的「敬」與「畏」。

回溯首章的〈東皇太一〉，描述了楚人對尊貴之神的祭祀：「靈偃蹇兮姣服，芳菲菲兮滿堂。五音紛兮繁會，君欣欣兮樂康。」芬芳的香草環繞、盛大的音樂歌舞演奏，才能讓神靈滿意而降下福祉。而這些光明熱鬧、美麗芬芳等情境的塑造，代表的都是楚人想像中神仙世界的模樣。

〈九歌〉在屈原的潤飾之下，可以說是對楚原始宗教祭歌的雅化。而這種雅化的動作，不免摻雜了作者的想像，這些想像不但沒有抹去〈九歌〉濃厚的宗教風味，我們反而能藉由其想像，去窺知當時楚人對於神仙世界的理解。《楚辭》中的神仙世界廣遠神秘，充滿了光明美好的氛圍，雖然沒有極其細膩的描述，但正是基於早期楚人對神異世界的一知半解，而以外在景物來烘托仙境的方式，則讓我們感知到楚人所架構出的神仙世界是光明美好的。檢視《楚辭》情節中對仙境美好的描述，可以顯見在書寫上是充滿理想性的。

神仙世界的光明美好，還能由楚人對於神靈個性的認知看出。〈九歌〉中的神祇，都具有美好的品德，除了能護佑萬民，祂們也與人親近，更具有凡人的情感與弱點。如〈少司命〉中對司命的禮讚：「孔蓋兮翠旄，登九天兮撫彗星。竦長劍兮擁幼艾，蓀獨宜兮為民正。」王逸所謂：

> 司命乃昇九天之上，撫持彗星，欲掃除邪惡，輔仁賢也……執心公
>
> 方，無所阿私，善者佑之，惡者誅之，故宜為萬民之平正也。〔註78〕

洪興祖《楚辭補注》引《左傳》注云：「天之有彗，以除穢也。」〔註79〕意指少司命能為兒童掃除邪穢。可見少司命乃是能懲善罰惡、公平正義，又能保護幼童的神靈。至於對〈東君〉的禮讚：

> 青雲衣兮白霓裳，舉長矢兮射天狼。
>
> 操余弧兮反淪降，援北斗兮酌桂漿。〔註80〕

---

〔註78〕 王逸：《楚辭章句》注，錄自洪興祖：《楚辭補注》。同注2，頁73～74。

〔註79〕 同注2，頁73。

〔註80〕 同注2，頁75～76。

關於「天狼」，王逸注云：「天狼，星名，以喻貪殘。」〔註81〕又於「操余弧
兮反淪降」一句下注云：「言日誅惡以後，復循道而退，下入太陰之中，不伐
其功也。」〔註82〕可見日神東君，不但是能為人民除去災星禍害的英雄，還
有不炫耀自己功勞的美好品德。當然所謂的「復循道而退」，本是指太陽升降
運行的自然規律，然而在楚人的想像附會中，賦予了太陽神崇高光明的品德
與形象。

　　至於二湘中「横流涕兮潺湲，隱思君兮陫側」（〈湘君〉）、「沅有茝兮醴有
蘭，思公子兮未敢言」（〈湘夫人〉）所呈現人神之間的纏綿情思；或者〈河伯〉
中「與女遊兮河之渚，流澌紛兮將來下。子交手兮東行，送美人兮南浦」〔註
83〕，所講述的河神與美人親暱共遊後告別的情景；更或者是〈山鬼〉中「怨
公子兮悵忘歸，君思我兮不得閒」、「君思我兮然疑作」、「思公子兮徒離憂」
陳述的思念公子，不能相見，因此心中充滿憂傷的山中女神的形象；及〈國
殤〉中「身既死兮神以靈，子魂魄兮為鬼雄」，對忠心為國的軍士形象的歌頌，
都能從中看見人神關係的親暱與和諧。這種親暱與和諧，在於對神靈形象的
認識，本來就具有光明美好的想像。

　　以上，可見這些高高在上的神祇，雖然具有驅使風、雲、山、水的能力，
但祂們重情，有仿若凡人的纏綿情感與深刻思念。而不論是從用充滿長生意
涵的香花香草烘托仙境的美好，或以風雲龍鳳的護衛，顯示神靈威儀的光耀
絢爛，或者是對神靈護佑兒童、為世間除禍的美好品德的想像，及確信人神
之間關係的和諧親近，這些都一一的架構出楚人神仙世界中美好光明的氛
圍。當然，美好光明的氛圍中，更多透露出的是在楚人潛意識中，對自然現
象的敬畏與現世安穩的盼望。

　　綜而論之，在《楚辭》中的神仙世界，在屈原的想像書寫下，我們發現
仙境高高在上，神靈雖然與凡人和諧親暱，但並非凡人所能輕易接近。不是
必須仰賴巫覡的繁盛的降神儀式，就必須具有關鍵性的在空間界線上的突
破。雖然，《楚辭》中的仙境較之後來文學中的描述，是較模糊的，但進入仙
境的規則或對仙境的想像，的確影響了後代的小說。而在屈原對仙境描述中，
神仙人物則多以神話性的敘述來取代了歷史性的敘述，以增添廣闊的想像空

〔註81〕同注2，頁75。
〔註82〕同注2，頁75。
〔註83〕同注2，頁78。

間與神祕詭譎。而這些重情的神靈們，爲人民消災解厄、護佑穀物興盛、生殖順利……等，都帶給人民對現世的希望。祂們所具有的眞善美的品格，也繼而影響了後代文學中人物形象的塑造。

因此，破除界線的嘗試、巫風與神話的雜揉、美好光明的氛圍，三項正是《楚辭》中對神仙世界書寫的特色。

## 二、《楚辭》中幽冥世界的書寫

趙輝指出：

> 《楚辭》之所以動人，是因爲與中原相比，中原人意識到的空間只不過是平面，即二維空間。而對於楚民族來說，只有佔有更高的空間，才能佔有更廣闊的空間，因此他們尊仰的神仙都能乘雲氣，御飛龍，而遊乎四海之外。〔註84〕

亦即楚人除了追求平面空間的廣闊外，對空間高度也有所嚮往，並以此建構出他們信仰的仙境。而文中所謂的「高度」，不單只是空間的向上拓展，也涵括了向下的拓展。因爲除了神仙世界，及凡人所處世界的二界外，在楚人的思考中還有地下幽冥世界的存在。

《楚辭》中對幽冥世界的描述，今日大多可由〈國殤〉、〈禮魂〉、〈招魂〉與〈大招〉等篇中找到線索，再配合今日出土的楚地大型墓葬中的相關古物，當更能輔助我們進一步理解楚民族想像中的幽冥世界。而透過幽冥世界的建構與輪廓，也能反映出楚民族的文化思考。

關於幽冥世界，首先與之關聯密切的便是「靈魂」之說。朱熹《楚辭集註》對〈招魂〉的解題爲：

> 荊楚之俗，乃或以是施之生人，……，恐其魂魄離散而不復還，逐因國俗託帝命假巫語以招之。〔註85〕

由朱熹之語可知，荊楚招魂之俗除了對亡者施作外，也有對生人加以施作者。而對生人施作一點，順勢開展了《楚辭》學中「宋玉招屈原魂魄」、「屈原自招」或「招楚懷王之魂」的論爭〔註86〕。其二，「國俗」二字說明了招魂乃是

---

〔註84〕 同注8，頁270。
〔註85〕 朱熹：《楚辭集注》，臺北：國立中央圖書館，1991年2月，頁161。
〔註86〕 如王逸《楚辭章句》以爲「宋玉憐哀屈原，忠而斥棄，愁懣山澤，魂魄放佚，厭命將落。故作招魂，欲以復其精神，延其年壽。」林雲銘《楚辭燈》以爲

荊楚舊有之習俗，尚且不論〈招魂〉、〈大招〉之作意爲何？其爲招魂曲的特質相當明確，如鄭篤（按：即鄭振鐸）就肯定〈招魂〉受民歌的影響極大，或可能是屈原改作的招魂曲〔註87〕。而關於楚人對靈魂的看法，文崇一以爲：「楚人相信人死了有靈魂存在，病了是靈魂的偶然走失。偶然走失，當然可以設法找回來，這便有了『招魂』。」〔註88〕《楚辭》二招（〈招魂〉、〈大招〉）的產生，正是楚人相信靈魂之說的展現。

　　檢視〈招魂〉一篇，首先是透過巫陽的卜筮展開序幕，藉此求索魂魄之所在，再進一步進行招魂的動作。其辭云：

> 魂兮歸來！東方不可以託些。長人千仞，惟魂是索些。十日代出，流金鑠石些。彼皆習之，魂往必釋些。歸來兮！不可以託些。魂兮歸來！南方不可以止些。雕題黑齒，得人肉以祀，以其骨爲醢些。蝮蛇蓁蓁，封狐千里些。雄虺九首，往來儵忽，吞人以益其心些。歸來兮！不可以久淫些。

> 魂兮歸來！西方之害，流沙千里些。旋入雷淵，靡散而不可止些。幸而得脫，其外曠宇些。赤螘若象，玄蜂若壺些。五穀不生，藂菅是食些。其土爛人，求水無所得些。彷徉無所倚，廣大無所極些。歸來兮！恐自遺賊些。

> 魂兮歸來！北方不以止些。增冰峨峨，飛雪千里些。歸來兮！不可以久些。〔註89〕

〈招魂〉之辭，據王逸《楚辭章句》序云，乃是要「外陳四方之惡，內崇楚

---

> 「古人招魂之禮，爲死者而行，嗣亦有施之生人者。屈原以魂魄離散而召，尚在未死也。……。原被放之後，愁苦無可宣洩，借題寄意，亦不嫌其爲自招也。」吳汝倫《古文辭類纂評點・招魂》：「屈子不能復見君身，而爲文以招既失之魂，以寄其哀思。……懷王爲秦所擄，魂亡魄失。屈子戀君而招之，盛言歸來之樂，以深痛其在秦之愁苦。」同注59，頁511、519、531。

〔註87〕　鄭篤：《中國俗文學史》，臺北：商務出版社，1965年，頁38。關於〈招魂〉的作者，高秋鳳《宋玉作品眞僞考》中，從文獻記載、先秦招魂習俗、作者主觀條件、作品思想內容、作品表現手法、作品章法結構、作品造句遣詞、作品押韻習慣、作品風格情韻九項加以探討，認爲「〈招魂〉的作者是屈原，不是宋玉。」高秋鳳：《宋玉作品眞僞考》，臺北：文津出版社，1999年3月1刷，頁146～159。

〔註88〕　文崇一：《楚文化研究》，臺北：東大圖書有限公司，1990年4月，頁209。

〔註89〕　同注2，頁199～201。

國之美」﹝註90﹞，因為不論是生魂或死魂，都希望能藉由正確道路的指示，才能使魂魄不在外地逗留，順利返回楚國。因此，文中先描述了東、南、西、北四方的險惡，如：東方有巨人之國，專門吃人的魂魄，而且十日代出，酷熱難當，連金石都會被銷融。南方有以人肉為杞的民族，又有積聚的大蛇、身長千里的大狐，及吞人魂魄的雄虺。西方則有流沙千里，無舟可度，又有如象的赤蟻、腹大如壺的飛蜂，都具有殺人的蠱毒；又西方之土，溫暑而熱，會令人肉焦爛。至於北方則疾雪常凍，寒冷足以殺人。

　　對四方恐怖與危險的想像，雖然大膽誇張，但絕非無中生有。因為對於廣闊遙遠的他方，在楚人的思考中，還充斥著對自然界的未知與畏懼。〈大招〉中也云：「魂乎歸徠！無東無西，無南無北只。」﹝註91﹞意指四方恐怖，告誡魂魄不可逗留四方。其對四方險惡之描述：

> 東有大海，溺水浟浟只。螭龍並流，上下悠悠只。霧雨淫淫，白皓膠只。魂乎無東！湯谷寂只。
>
> 魂乎無南！南有炎火千里，蝮蛇蜒只。山林險隘，虎豹蜿只。鰅鱅短狐，王虺騫只。魂乎無南！蜮傷躬只。
>
> 魂乎無西！西方流沙，漭洋洋只。豕首縱目，被髮鬤只。長爪踞牙，誒笑狂只。魂乎無西！多害傷只。
>
> 魂乎無北！北有寒山，逴龍艷只。代水不可涉，深不可測只。天白顥顥，寒凝凝只。魂乎無往！盈北極只。﹝註92﹞

東方有大海，流波迅疾，又有螭龍浮游，且濃霧千里，隱蔽日光，情景隱晦可怕。南方則有千里的炎火，又有蝮蛇、虎豹、鰅鱅（怪魚）、短狐（短狐）、王虺（大蛇）。西方則有廣大的流沙，又有怪獸，頭像豬，長爪尖齒，以抓人為樂。北方則有常寒之山，陰不見日，也有紅色的燭龍，人面蛇身，身長千里。〈大招〉對於四方險惡的描寫，基本上與〈招魂〉的描述是相近。如東方多是酷日與大海等阻礙、南方多蟲虺、野獸的威脅、西方則是乾燥的流沙之地，北方則異常酷寒。這些威脅與想像，若仔細檢視，會發現受楚國地理位置的影響不小。據王夫之《楚辭通釋・序例》云：

---

﹝註90﹞ 同注2，頁197。
﹝註91﹞ 同注2，頁217。
﹝註92﹞ 同注2，頁217～218。

> 楚，澤國也。其南，沅湘之交，亦山國也。疊波曠宇，以盪遙情，
> 而迫之以嶔錡戌削之幽苑。故推宕無涯，而天采矗發，江山光怪之
> 氣，莫能揜抑。〔註93〕

可見楚國所處的地理環境，本就為在山林皋壤之中。楚地山川大澤的陶冶與
影響，使楚人對未知之地充滿了無限的想像，對此邱宜文提及：

> 他們（楚人）相信許多自然物（諸如日、月、山川、星辰等）的背
> 後，都存在著職掌其力量的精靈，擁有超乎常人的能力，可以賜福
> 或為禍人間，因而加以祭祀柔撫。〔註94〕

不只是自然物，即使連動物也都可能具有危害常人或興風作浪的能力，楚地
因此開展出祭祀有靈萬物的濃厚巫風，也造就了神異詭譎的文學格調。

　　除了對東、南、西、北四方險惡的渲染，對空間上下所充斥的險惡，在
〈招魂〉中也有陳述，其辭云：

> 魂兮歸來！君無上天些。虎豹九關，啄害下人些。一夫九首，拔木
> 九千些。豺狼從目，往來侁侁些；懸人以嬉，投之深淵些。致命於
> 帝，然後得瞑些。歸來！往恐危身些。
>
> 魂兮歸來！君無下此幽都些。土伯九約，其角觺觺些。敦脄血拇，
> 逐人駓駓些。參目虎首，其身若牛些。此皆甘人，歸來！恐自遺災
> 些。〔註95〕

而對靈魂而言，天上也充斥著怪奇與危險。天門九重，都有虎豹據守著，他
們會咬嚙下界的人。還有九頭的巨人，力大無窮，能拔起巨樹。更有兇惡的
豺狼，將人丟入深淵，向天帝覆命。這裡極力強調了天界外守衛的嚴酷與殘
暴，與〈離騷〉、〈遠遊〉中，屈原描述的那個充滿光明美好、香花繁盛的的
仙界氛圍，有極大的差別。文中所敘的神仙世界，並非是一般靈魂可以恣意
靠近的處所，也形塑了極恐怖的氛圍來嚇阻未歸的靈魂。以上都可以看做靈
魂進入幽冥世界前，所會經歷的危險。

---

〔註93〕王夫之：《楚辭通釋》，臺北：里仁書局，1981年10月，頁6。
〔註94〕邱宜文：《巫風與九歌》，臺北：文津出版社，1996年8月，頁133。
〔註95〕同注2，頁201。關於「幽都」的架構，蘇雪林認為「帝閽」是死神，死神在
　　　　我國名字變化甚繁，最早為「巫咸」。而「巫咸」是死神也兼為巫者，為冥界
　　　　之王。而九疑是九重地府的司命神，乃死神巫咸的輔佐，也即地府的法曹。
　　　　蘇雪林：《楚騷新詁》，臺北：國立編譯館，1978年3月，頁212～213。

至於「幽都」的描述，王逸《楚辭章句》云：「幽都，地下后土所治也。地下幽冥，故稱幽都。」〔註96〕文中可知「幽都」所處的空間，已具備有管理者的概念，九尾的土伯正是冥界的最高統治者。土伯其身九尾，頭上有銳利的角，長著三隻眼睛，其貌如虎，其壯如牛；此外還有敦脄這種怪獸，會用血色指爪攫人。他們的可怕處，在於都會吞食人類的魂魄。雖然在〈招魂〉中對幽冥世界的描述不多，但顯見當時楚文化中，除了已具備了幽冥世界的概念外，土伯恐怖及威嚇力十足的形象，也塑造的極為成功，使得冥界幽都充滿了黑暗晦澀的色彩。

在〈招魂〉中，雖然只見幽冥世界中管理者的大致架構，但書寫手法上，對恐怖氣氛的塑造明確有所偏重。這與〈離騷〉、〈遠遊〉中對神仙世界的書寫手法，其實是一致的。可以看出楚俗中，雖已有仙境與冥界之分，但與後世相比，缺乏詳細的組織與分化，顯然是處於發展未成熟的階段。

以上，由幽都外圍可能遇到的詭譎怪物及危險，到內部的統治者土伯，建構起楚俗想像中的幽都。而這些想像或描述，若仔細檢視，則能反映楚人意識中對楚幽都的理解：

### （一）對自然畏懼的表露

「幽都」雖是楚民族的想像，但它存在於「后土」下方的空間，對於楚人的文化與信仰有著極密切的關係。對於幽冥世界周遭會遭遇到危險，若逐一檢視，我們發現不論是東方的酷烈的十日並出之現象；或南方的蝮蛇、封狐的出沒；或西方的流沙、雷淵、赤螘、玄蠭的存在；或北方的增冰、飛雪的酷寒逼人；抑或天上的虎豹、豺狼、九首巨人，這些想像的原型都是對自然界事物的幻想渲染。

正如對神仙世界美好的想像，來自於對現世生活美好的盼望；而進入冥界所會遭遇的危險，其實都來自楚人對自然界的未知與畏懼。如「十日代出」，洪興祖《楚辭補注》引《莊子》云：「昔者十日並出，萬物皆照。」〔註97〕又有王逸注引《淮南子》云：「堯時十日並出，草木焦枯。」〔註98〕配合著〈九歌〉中對東君、雲中君的祭祀，顯見楚民族對乾旱的恐懼。

南方的流沙、雷淵（西海）廣遠無極，都是會吞沒魂魄的地方。這些與

---

〔註96〕 同注2，頁201。
〔註97〕 同注2，頁199。
〔註98〕 〈天問〉王逸注引《淮南子》。同注2，頁199。

〈九歌〉中祭祀水神湘君、湘夫人及河神，以祈求江海澄靜無波，以利船隻航行的願望，並無分歧。

至於北方的增冰、飛雪、常寒之山等自然景物或現象，這些處於四方不可知的危險，都顯露了楚民族對遠方未知疆域的想像與恐懼。其中又以西方的危險，描述的篇幅爲多〔註99〕。西方充滿了蝮蛇、封狐、赤螘、玄蠭這些動物，並被賦予兇猛傷人的形象，應是基於對楚國皋澤深處未知的想像與恐懼。這些奠基於自然事物所形成的災禍害事，都顯示了楚民族對大自然的崇敬畏懼。尤其，認爲后土之下有其管理者，顯示了楚民族萬物皆有靈的觀念。

### （二）恐怖血腥氛圍的塑造

前述所謂「外陳四方之惡，內崇楚國之美」，以幫助魂魄能順利歸返楚國。對於楚國之美的描述，佔了〈招魂〉本辭相當多的篇幅，其從居所之樂、飲食之美、歌舞之盛、娛樂之奢等四方面，作了細膩的描寫。只見美女滿房、翡翠珠簾盈室、佳餚瓊漿滿座、歌舞酣樂、士女雜坐不分，享受著安樂無憂的快意生活。一幅嘉年華會似的狂歡圖景，不但說明了生之可樂，也映照出楚國文化高度發展的圖像。而相較於生之暢快歡樂，或者是光明美好氛圍的神仙世界，死亡與晦暗的氛圍，籠罩了整個幽冥世界。

死亡之可懼，乃於此顯現。〈招魂〉中的巨人（長人）、九頭蛇（雄虺）、守衛天門的虎豹，及幽冥的管理者土伯、血淋淋的怪獸敦脄，都會索人魂魄而食。而幽冥世界的周遭，不像天界生長著能令人長壽的香花奇草，而是充滿了怪異的天候與傷人的野獸；幽冥界中的人物，總是被描述得迅猛、譎怪，那些隱蔽日光的雲雨、茫茫無際的流沙之地，或不知盡頭的常寒之山，都令其充滿了晦澀凝滯、危殆不安的氣息與氛圍。與神靈出場的光輝赫赫，車儀浩大相比，是截然不同的。

這種恐怖血腥的氛圍，從今日所挖掘的楚墓出土古物中，也能作爲證明。如楚墓中常用以鎮墓避邪的鎮墓獸，面目便是極猙獰恐怖的。鎮墓獸是楚人的喪葬用具，常出現在有相當級別的楚墓中。它的造型十分奇特，由獸型首、眞鹿角和方形座構成。頭部爲面目猙獰、吐舌利齒、突額瞪目

---

〔註99〕殷光熹以爲：作者（屈原）在不破壞原來表現形式的前提下，又重點地突出了西方這一節（共十七句，較其他各方六句、十二句至十四句多）暗示了懷王死地之所在。同注7，頁531。

的獸型或人型〔註100〕。據鄭曙斌之研究，它的具體作用有三說：其一，是古代山神的造像。其二，是地神土伯的造像。其三，則認爲其爲引魂升天的龍，非用以消極的避免災禍，而是積極的爭取冥福。鄭曙斌認爲鎮墓獸的造型，與〈招魂〉中「土伯九約，其角鬐鬐些。敦脄血拇，逐人駓駓些」的描述相吻合，因此認爲在墓室中設此土伯神像，是爲使死者亡靈不致受到傷害〔註101〕。土伯的造像，除了顯示冥界最高統治者所擁有的權力外，也特意塑造了在他掌管之下冥界恐怖血腥的氛圍。

又有河南信陽長臺關出土的吞蛇大型鎮墓獸，其兩手抓蛇，作吞食狀〔註102〕。說明了蛇在冥界中，對靈魂是具備威脅性，也因此在〈招魂〉與〈大招〉中都提及，蜷曲的蝮蛇與王虺（大蛇）吞食靈魂的情節。

足見在楚人心目中，由吞食靈魂的蛇虺、怪獸及尖角利牙的土伯，所構成的幽冥世界，是充滿恐怖及血腥氛圍的。

### （三）靈魂不滅的療癒意義

前述已提及楚人相信靈魂之說，在《楚辭》中出現關於「魂魄」、「魂」或「魄」的文句也不少。除了〈招魂〉篇外，有：

〈國殤〉：「身既死兮神以靈，子魂魄兮爲鬼雄。」

〈惜誦〉：「昔余夢登天兮，魂中道而無杭」

〈哀郢〉：「羌靈魂之欲歸兮，何須臾而忘反。」

〈抽思〉：「惟郢路之遼遠兮，魂一夕而九逝。……願徑逝而未得兮，魂識路之營營。何靈魂之信直兮，人之心不與吾心同！」

〈遠遊〉：「夜耿耿而不寐兮，魂熒熒而至曙。……無滑而魂兮，彼將自然。……營魄而登霞兮，掩浮雲而上征。」

這些篇章中，當人活著的時候，魂魄可以脫離肉身以神遊登天，或藉浮雲而登天；死後，靈魂則是不會消滅的。前述楚墓中鎮墓獸的設置，也是用以守護死者靈魂的安全。又有楚墓中出土的文物——「曾姬壺（曾姬無卹壺）」，其銘文云：「唯王二十又六年，聖之夫人曾姬無卹，虗安滋漾陲，蒿閒之無匹。

---

〔註100〕 鄭曙斌：〈楚墓鎮墓獸〉，收錄於熊傳薪：《楚國‧楚人‧楚文化》，臺北：藝術家出版社，2001 年 11 月，頁 186。

〔註101〕 同注 100，頁 187。

〔註102〕 鄥芙都：〈楚器「鎮墓獸」形制內涵探源〉，《湖南大學學報》（社會科學版），2003 年 1 月，第 17 卷第 1 期，頁 25。

甬作宗彝尊壺，後世甬之，職才王室。」〔註103〕大意爲曾姬夫人陵墓之華美，可謂無與倫比，曾姬當能安詳於其中，並護佑後世。可見楚人不但重視死後靈魂的安樂，還相信其能福佑後世之子孫。

雖然在楚人想像中的幽冥世界，充滿了恐怖血腥的氛圍。但對靈魂不滅的認知，是他們削減死亡痛苦的一種療癒方式。例如〈九歌〉中〈國殤〉一篇的「身既死兮神以靈，子魂魄兮爲鬼雄。」便說明在靈魂不滅的前提下，忠誠愛國的將士將成爲鬼雄，永享後人祭祀。而〈九歌〉中又有〈禮魂〉一篇，專祀人鬼一類。因此靈魂不滅說，除了代表楚人對死亡之事的重視外，也給予了楚民族面對死亡時精神上的撫慰。

除了成爲鬼雄外，靈魂也期盼能藉由龍、鳳的力量引導，以飛升理想天界。如楚墓出土之文物中，極有名的兩幅帛畫，就出現了以龍、鳳導引墓主升天的圖樣。如〈人物龍鳳帛畫〉中，繪有一女子站立在類似彎月形的物體上，其物形似舟楫，可能即是引渡靈魂之舟。而帛畫上部有一龍一鳳，左邊的龍無角，雙足，捲尾，作扶搖直上的姿態。右側爲一展翅飛翔的鳳鳥，圓目長喙，鳳冠長捲，作仰首飛鳴之狀，雙足一前一後，雄健有力，尾翎捲至頭頂，表現出振翅高飛的雄姿〔註104〕。〈人物御龍帛畫〉則是繪有一男子側身而立，乘坐龍舟升天，龍舟前有鯉魚，龍舟尾端則繪有三鶴。舟上方有華蓋，華蓋與人物衣著上的飄帶等都由左向右飄動，龍舟和鯉魚也均向左，看來是表示墓主人在乘龍舟急速前進飛升〔註105〕。這兩幅帛畫中所繪製的龍、鳳構圖靈活流暢，展示了楚人精湛的工藝技術，但畫中龍、鳳之作用，學者普遍認爲是用以引導靈魂飛升天界之用。

死亡令人傷痛，尤其死後所面臨的幽冥世界又極其血腥恐怖，楚人唯一的慰藉或許就是藉由對靈魂不滅的認同，得到精神上的療癒。因此，當死後靈魂可能成爲鬼雄，或藉由龍鳳導引飛昇美好繁盛的天界，就變成楚人對生命終結的美好願想。

〈招魂〉與〈大招〉作爲招魂之辭，是較之《楚辭》他篇更具原始宗教

〔註103〕連邵名：〈曾姬壺銘文所見楚地觀念中的地下世界〉，《南方文物》，1996年第1期，頁112。

〔註104〕游振群：〈楚國的帛畫〉，收錄於熊傳薪：《楚國・楚人・楚文化》。同注100，頁153。

〔註105〕游振群：〈楚國的帛畫〉，收錄於熊傳薪：《楚國・楚人・楚文化》。同注100，頁153。

意義的。雖然對於幽冥世界的描述，在實用性的限制下，重在闡述冥界之恐怖危險，冥界的組成架構較為模糊，細節亦不甚完整，更沒有輪迴轉世的概念，但它代表了楚早期幽冥世界的模型。雖然比不上後代文學中「地獄」概念的完整，但作為冥界管理者的土伯等人物，已成為早期冥界架構發展的肇端，留給後人對原始神話無限的想像空間，繼而在各朝代宗教信仰的交融下，豐富其面貌與骨肉。在戰國之後，所出現如泰山府君一類的形象，都與土伯冥界管理者的作用相近。

綜而論之，楚人想像中的幽冥世界，細論其描述的怪物及危險，都是基於對四方或山林深澤的未知，正可理解為對自然畏懼的表露。而其氛圍則被塑造的血腥恐怖，充滿了晦暗詭譎，然而即使對死亡的極大恐懼，楚人也以靈魂不滅說，來獲得精神上的療癒。

## 第二節　魏晉南北朝志怪小說對《楚辭》借鑑的表露

「灌發腸穀濱，遠遊崑崙旁。登彼列仙途，採此秋蘭芳。時路烏足爭，太極可翱翔。」〔註106〕阮籍〈詠懷詩〉第五十一首歌詠了遠遊崑崙、採擷仙草及遨翔太極之樂。而阮籍在其它〈詠懷詩〉中，亦多提及羲和望舒、崑崙懸圃……等仙境事物，這些都受到了《楚辭》的影響，此已於第五章有所論述。可見《楚辭》中所展示的怪異、荒誕，甚或恐怖的神鬼世界，的確引起後代士人的注目。實際上，除了詩歌所使用的仙境素材，對《楚辭》有所借鑑外，魏晉南北朝志怪小說繼承由《山海經》、《莊子》、《列子》、《楚辭》……等古代典籍一脈而下的系統，不論是內容的素材、人物的造像、情節的開展，書寫的筆法，都受到《楚辭》的影響。如李中華認為《楚辭》對後世小說的影響，主要是在想像空間之拓展，及題材故事之滲透兩項。其云：

> 〈離騷〉、〈遠遊〉中乘雲飛升、遨遊四方的想像，對於後世神話小
> 說中同類描寫的影響是不言而喻的。至於〈招魂〉中那些神怪異物
> 的描寫，則為後世志怪小說提供了參考借鑑的材料。〔註107〕

《楚辭》與後世小說，雖然作為兩種不同的文體，在敘述手法的側重面也不同，但《楚辭》對後世小說間接性的影響，的確存在。

---

〔註106〕〈詠懷詩〉第五十一。逯欽立：《先秦漢魏晉南北朝詩》，北京：中華書局，1998 年 5 月 4 刷，頁 506。

〔註107〕李中華：〈《楚辭》屈騷與後世古代小說〉。同注 41，頁 1076。

　　及至魏晉南北朝，志怪小說在此基礎下，拓展了故事的規模與情節，雖然仍無法脫離筆記片段式的記錄，有情節不夠完整之缺點，但豐富多元的內容，及對典籍的嶄新開拓，或記錄諸多奇人異事的資料，都可謂蔚為大觀。魯迅《中國小說史略》述及魏晉六朝志怪小說勃興的原因：

> 中國本信巫，秦漢以來，神仙之說盛行，漢末又大倡巫風，而鬼神愈熾，會小乘佛教亦入中土，漸見流傳。凡此，皆張皇鬼神，稱道靈異，故自晉迄隋，特多鬼怪志怪之書。〔註108〕

中國早期的文化積累，加上眾多思想的交融流動，魏晉南北朝志怪小說典籍可謂發展蓬勃，典籍眾多。如在魏晉有題為曹丕撰《列異傳》、《陸氏異林》、《神異經》、張華《博物志》、郭璞《玄中記》與《外國圖》、干寶《搜神記》、葛洪《神仙傳》；南朝有陶潛《搜神後記》、劉義慶《幽明錄》、劉敬叔《異苑》、《齊諧記》、祖沖之《述異記》、任昉《新述異記》、吳均《續齊諧記》；北朝有王嘉《拾遺記》、顏之推《冤魂記》、《八朝窮怪錄》、楊衒之《洛陽伽藍記》……等。其類型大抵可分為三類：（一）地理博物體志怪小說，如《神異經》、張華《博物志》。（二）雜史雜傳體志怪小說，如葛洪《神仙傳》、王嘉《拾遺記》。（三）雜記體志怪小說，如干寶《搜神記》、陶潛《搜神後記》〔註109〕。

　　唯魏晉南北朝志怪小說著作龐多，無法一一細論，本節擷取與論文相關之篇章，重點著重於分析魏晉南北朝志怪小說在內容情節、人物、筆法等各方面對《楚辭》的借鑑，希望對魏晉南北朝的《楚辭》學研究，能更趨於全面完整。

## 一、浪漫譎怪之幻想性

　　提及上古記錄仙境、神話……等資料的典籍繁多，但數量較多且較早的，當屬《山海經》與《楚辭》。《山海經》對於上古山海川流的地理，或神怪奇異的紀錄、資料，可謂包羅萬象。但《山海經》與《楚辭》中，對於神話或異事記錄的書寫方式，卻是極不相同的。如《山海經》中雖論及許多神話的

---

〔註108〕魯迅：《中國小說史略》，香港：三聯書局，1999年3月2刷，頁44。

〔註109〕其分類參考李劍國：《唐前志怪小說史》，北京：人民文學出版社，2011年12月初版，頁2。另外周建江《北朝文學史》曾提及「南北朝時期的小說，其總體特徵是一致的：怪異」如北朝小說第一部的《拾遺記》表現的怪異是「中國本土傳統的神仙方術、鬼怪異聞、地理奇談。」周建江：《北朝文學史》，北京：中國社會科學出版社，1997年7月1版，頁233。

地理位置、珍禽異獸或奇聞軼事，但這些光怪陸離的記錄，都顯得簡約質樸。因此，《隋書·經籍志》將《山海經》列入史部中的地理類。然《楚辭》中，屈原憑藉著本身的妙才華藻，於文中馳騁奇異的想像飛天下地，賦予了《楚辭》中神鬼世界兼具浪漫、譎怪的幻想性。

如〈離騷〉中對飛昇仙境的描述有「駟玉虯以乘鷖兮，溘埃風余上征。」關於文中的「鷖鳥」，《山海經》中紀錄「鷖身有五采，而文如鳳。」又「有五采之鳥，飛蔽一鄉，名曰鷖鳥。」〔註110〕《山海經·海內經》中只紀錄了「鷖鳥」五彩的外貌及能遮蔽天空的特色，但到了屈原的筆下，五彩的「鷖鳥」卻是他突破人世界線，藉著飛昇以遊歷仙境的重要媒介。

又如〈招魂〉一篇中，屈原對幽冥世界的潤飾經營，相當具有張力。其中有描述幽冥世界的「長人千仞，惟魂是索些」，就提及了幽都中有恐怖，且能噬人魂魄的巨人。而依據《山海經》中所錄的「長人」，為：

> 大人國在其北，為人大，坐而削船。（〈海外東經〉）〔註111〕

> 有人名曰大人。有大人之國，釐姓，黍食。（〈大荒北經〉）〔註112〕

《山海經》中所述，雖然有提及身體巨大的人，但並未提及「噬人魂魄」的情節。又或者對於屈原所塑造之血腥恐怖的幽都，那東、南、西、北四方所充斥的重重危險，與黑暗凝重的氛圍，令人讀之驚心動魄。但在《山海經》中所述的幽都，是：

> 北海之內，有山，名曰幽都之山，黑水出焉。其上有玄鳥、玄蛇、
> 玄豹、玄虎、玄狐蓬尾。有大玄之山，有玄丘之民。有大幽之國，
> 有赤脛之民。（〈海內經〉）〔註113〕

文中雖然描述了幽都的黯慘恐怖，及所居處的動物，但傾向片段式的簡略紀錄。這與屈原筆下特意經營的地下幽都，具有會噬魂的管理者九首土伯，及血腥怪獸相比，顯然粗略簡單許多。

不只是「鷖鳥」或「幽都」而已，《楚辭》中屈原常駕龍御鳳或驅使雲師、風伯等神祇作為先導，用以幻遊仙境等情節；抑或對幽都統治者土伯，或其幽都環境的書寫，都凸顯了屈原不遵經典而以譎怪奇特的幻想性，經營文章的巧思。

---

〔註110〕同注24，頁523。

〔註111〕同注24，頁299。

〔註112〕同注24，頁481。

〔註113〕同注24，頁525。

　　關於〈湘君〉、〈湘夫人〉的形象摹寫，在《山海經‧中山經》中的「帝之二女」：

> 又東南一百二十里，曰洞庭之山。其上多黃金，其下多銀、鐵，其木多枏、梨、橘、櫾，其草多葌、麋蕪、芍藥、芎藭。帝之二女居之，是常遊于江淵。澧沅之風，交瀟湘之淵，是在九江之間，出入必以飄風暴雨。〔註114〕

文中記錄二湘是天帝之二女；汪紱注以為即堯之二女娥皇、女英，為〈九歌〉中的湘夫人；袁珂也認為「堯之二女即天帝之二女也」〔註115〕。又《山海經‧海內經》云：「南方蒼梧之丘，蒼梧之淵，其中有九嶷山，舜之所葬，在長沙零陵界中。」〔註116〕則是陳述了舜死後葬於蒼梧境內的九嶷山。這些資料，在《山海經》中被分章記錄，必須相互拼湊、參看，才能完整的得其梗概。然而，在屈原《楚辭》中，藉由浪漫詭譎之幻想的潤飾、經營，除了上承舜崩於蒼梧，二妃奔赴哭之，殞於湘江的故事架構外，〈湘君〉、〈湘夫人〉一躍成為湘水間的配偶神〔註117〕，相互等候卻無法相見的情節，使其沾染了愛情悲劇的意味。甚至，屈原以其想像力，將〈湘夫人〉塑造成了降臨北渚，具有「目眇眇兮愁予」之情態，既縹緲又虛幻的女神形象。她擁有如同凡人一般的情思，會思念等待，也會失望，這些都把在《山海經》中「遊于江淵」的帝之二女，描寫得靈活生動，充滿生命力。帝之二女與二湘結合的神話情節，到了魏晉南北朝志怪小說中，也被繼續繼承而加以敷衍。

　　又如「河伯」，據《山海經‧海內北經》載：「從極之淵，深三百仞，維冰夷恒都焉。冰夷人面，乘兩龍。一曰忠極之淵。」〔註118〕「冰夷」，郭璞注云：「冰夷，馮夷也。淮南云：『馮夷得道，以潛大川。』即河伯也。穆天子傳所謂『河伯無夷』者，竹書作馮夷，字或作冰也。」〔註119〕文中描述的是河伯居住在三百仞深的大淵中，關於其身分與形貌，袁珂認為當是人面魚身

---

〔註114〕同注24，頁216。

〔註115〕同注24，頁216。

〔註116〕同注24，頁521。

〔註117〕湘君與湘夫人為配偶神，一說乃湘君為舜、湘夫人為帝之二女（娥皇、女英）；一說乃王夫之《楚辭通釋‧九歌》所云：「蓋湘君者，湘水之神，而夫人其配也。」同注59，頁398。

〔註118〕同注24，頁369。

〔註119〕同注24，頁369。

的黃河水神〔註120〕，亦即「人面，乘兩龍」之指。相較於《山海經》中著重河伯形貌及居住之地的記載，〈九歌〉中對河伯並沒有形貌上的描述，注重的是對河伯與美人共遊九河的情態。他與美人共遊，當日暮分手之時，尚有惆悵悲傷的情思。袁珂注云：

> 至《楚辭·九歌》乃有〈河伯〉專章的敘寫，其中「與女遊」、「送美人」等語，要無非表現人神戀愛的情況。則河伯者，固亦浪蕩風流之神，此《史記·滑稽列傳·西門豹傳》「河伯娶婦」傳說之所由起。〔註121〕

「河伯娶婦」的傳說自何而起，尚且不論。但袁珂所言的「至《楚辭·九歌》乃有〈河伯〉專章的敘寫」及文中「表現人神戀愛」兩項，前者說明〈河伯〉一篇的獨創性，後者情節也不脫屈原浪漫詭譎之幻想。風流又情感豐富的河伯，甚至可以說擺脫了神祇形象的神奇性與崇高而走向人間〔註122〕。到了《楚辭》，河伯豐富多情的形象，乃卓然而立。與在《淮南子》中被塑造成「溺殺人，羿射其左目」〔註123〕的負面形象，已有極大區別。乃至於魏晉南北朝志怪小說〈搜神記〉中，有〈河伯娶婦〉之故事，也多少受到《楚辭》影響。

而居處於幽深山林中的山鬼，不但對年華之逝去有所感傷，更有如同凡人一般的怨思、懷疑與憂傷。據洪興祖《楚辭補注》云：「《莊子》曰：山有夔。《淮南》曰，山出嘄陽。楚人所祀，豈此類乎？」〔註124〕朱熹又云：「《國語》曰木石之怪，夔、罔兩。豈謂此邪？」〔註125〕以此解讀，山鬼在上古典籍記載中，不過屬於山中精怪一類，卻在屈原筆下成了擁有浪漫情思，以等待思念之人的地祇。這種「變形」，都必須歸功於屈原浪漫詭譎的幻想。而〈山鬼〉一篇，正如徐志嘯所認為的：

> 就主題內容而言，重點並不在於山鬼指何者，而是詩篇對山鬼戀

---

〔註120〕同注24，頁370。
〔註121〕同注24，頁370。
〔註122〕丁枚：〈《山海經》與屈騷〉。同注24，頁645。
〔註123〕袁珂校注「冰夷」(河伯)一條，引《淮南子·氾論訓》高誘注，並云：「河伯蓋為民害，羿射其不道也。」又引《博物志·異聞》等諸例，以為「浪蕩風流之神」，但「其在古代神話中為反面形象人物，蓋無疑問矣。」同注24，頁370。
〔註124〕同注2，頁82。
〔註125〕朱熹：《楚辭集注》。同注7，頁177。

情的描畫,它分明是祭祀山神(山鬼)時發展男女愛情的曲折表
現——將山神人格化而賦予其豐富情感。〔註126〕

可見不論山鬼到底身份爲何?當在我們讀〈山鬼〉一篇時,山鬼原型爲何並
不是讀者主要去審美感知的主體。相反的,山鬼人格化的表現,才是引起大
眾審美意識的焦點。這也再次說明,藉由人物形象的塑造的檢視,凸顯的是
屈原浪漫詭譎的幻想性之筆法。

　　以上,不論是將二湘與舜及娥皇、女英的故事巧加結合,或將河伯塑造
成擁有風流浪漫情思的河神,還是山鬼的「變形」,這些都不脫屈原浪漫詭譎
的寫作手法。他爲神話人物添加了更多的神秘性,給予讀者更多的想像空間。
而其他在《楚辭》中所提及的神祇,多少也都在他浪漫的想像中,變得擁有
凡人的情思,也與凡人更加親近。《楚辭》中的神鬼世界,也因此被點綴得更
加豐富動人。

　　丁枚在〈《山海經》與屈騷〉一文中,曾云:

　　　　懸圃、崑崙、咸池、不周山、洞庭、蒼梧等地點爲屈原神話故事的
　　　　展開提供了具體的地理環境。翳、扶桑、若木、鷩鳳、鳳鳥、文魚、
　　　　蝮、玄龜、應龍、熊、鯪魚等則成爲屈騷神話中必要的組成因素。
　　　　兩者的有機組合,構成了屈騷中的超越塵世的天國環境。〔註127〕

文中所謂的「有機組合」,自是包含了屈原所融入的楚地特有文化特色,而他
驅使龍鳳、風伯雨師的奇想,及到仙境訪求游女的舉動,甚或是爲〈九歌〉
中的神祇點染上與凡人一般的情思……等,這些情節,都明確說明了《楚辭》
擁有浪漫詭譎的幻想之特質。而藉由屈原的文學書寫,將《山海經》中關於
地理及奇禽異獸等素材,加以改造,使其脫離了單純的書寫紀錄,造就了極
高的藝術性。也因此,《楚辭》所建構的神鬼世界,不但饒富特色,且能進一
步影響後代的文學。

　　之後,魏晉南北朝的志怪小說也受到了《楚辭》「浪漫譎怪之幻想性」的
影響。如《楚辭》中,對神話傳說的記錄或架構梗概,到了魏晉南北朝的志
怪小說中,便敷衍成了豐富的故事;《楚辭》中屈原訪求宓妃,或〈九歌〉中,
所表現對人神愛慕或交通期盼的可能,到了魏晉南北朝的志怪小說中,就發
展成人神婚戀的情節;而《楚辭》中,屈原的仙境遊歷結束於「思鄉」的情

〔註126〕徐志嘯:《楚辭綜論》,臺北:東大圖書公司,1994年6月,頁157～158。
〔註127〕丁枚:〈《山海經》與屈騷〉。同注41,頁644。

感，到了魏晉南北朝的志怪小說中，就發展出了「思歸」的母題，使得人神戀之姻緣提早結束。可見魏晉南北朝的志怪小說，對《楚辭》「浪漫譎怪之幻想性」必定有所繼承與借鑑。

　　然而，魏晉南北朝的志怪小說，雖然對《楚辭》情節多所繼承與發展，但畢竟歷經了好幾個朝代的持續發展，自然也展現了不同的特色。如以創作理念來看，《楚辭》的神話傳說，雖然奠基於《山海經》之上而有所發展，但終究是屈原「以渫憤懣，舒瀉愁思」（〈天問〉王逸序）的作品，非單純、客觀的創作或有意為之的記錄，因此在人物形象的描繪上，脫離不了屈原個人的主觀色彩。而魏晉南北朝的志怪小說，作意本來就是對志怪題材的搜羅與整理，如《搜神記》序中便說明題材的來源為「承於前載」及「採訪近世之事」〔註128〕，正是有意為之下對故事素材的紀錄，或視為作者以個人才學加以敷衍之作，情節與人物自然顯得豐富許多。

　　如前一節中，屈原以其浪漫譎怪的幻想性，所描述幻遊的崑崙仙境。在干寶的《搜神記》及王嘉《拾遺記》中就有所繼承與發展：

　　　飲余馬於咸池兮，總余轡乎扶桑，折若木以拂日兮，聊逍遙以相羊。前望舒使先驅兮，後飛廉使奔屬。鸞皇為余先戒兮，雷師告余以未具。吾令鳳鳥飛騰兮，繼之以日夜。飄風屯其相離兮，帥雲霓而來御。（《楚辭·離騷》）

　　　崑崙之墟，地首也，是惟帝之下都。其外絕以弱水之深，又環以炎火之山。山上有鳥獸草木，皆生育滋長於炎火之中，故有火澣布。非此山草木之皮枲，則其鳥獸之毛也。（干寶《搜神記》卷十三）

　　　崑崙山有昆陵之地，其高出日月之上。山有九層，每層相去萬里。有雲氣，從下望之，如城闕之象。四面有風，群仙常駕龍乘鶴，游戲其間。四面風者，言東南西北一時俱起也。又有袪塵之風，若衣服塵污者，風至吹之，衣則淨如浣濯。甘露蒙蒙似霧，著草木則滴瀝如珠。亦有朱露，望之色如丹，著木石赭然，如朱雪灑焉。

　　　（王嘉《拾遺記》卷十）〔註129〕

〔註128〕《搜神記》序：「今之所集，設有承於前載者，則非余之罪也。若使採訪近世之事，苟有虛錯，願與先賢前儒，分其譏謗。」汪紹楹校注，干寶著：《搜神記》，臺北：里仁書局，1999年1月初版，頁1。

〔註129〕洪興祖：《楚辭補注》，同注2，頁25。汪紹楹校注，干寶著：《搜神記》，同注128，頁165。王嘉撰，蕭綺錄，王根林校點：《拾遺記》，收錄於上海古籍

對於崑崙仙境的描述，《楚辭》中著重描述屈原遊歷的過程，及其驅使風伯、月御、鸞鳥，以聲勢之浩大之姿，表明忠而被讒，只能上天下地追尋理想的無奈及堅決。因此姜亮夫《楚辭通故》於「崑崙」一條下，云：

> 除《九歌・河伯》之「登崑崙兮四望」為河源所出。〈天問〉「崑崙縣圃，其尻安在？」乃知識性之疑問二則而外，皆於文中極寫情懷悽楚無可奈何之時而登之、憑之。……每當萬事瓦裂之際，無可奈何之時，必以崑崙為依歸，自文學形式言，似為一種浪漫的表情之一法。〔註130〕

可見崑崙仙境，對屈原而言的確是藉由浪漫詭譎的幻想，被塑造為心靈回歸之鄉。而《搜神記》中，則著重以絕深弱水、炎火之山，營造帝都崑崙艱險難進的環境氛圍。《拾遺記》則記錄了崑崙仙境的九重，樣貌與人世城闕相近，又多為群仙聚集之處，更有神奇的祛塵之風及甘露、朱露，道盡了仙境之縹緲神秘。將三則資料相互對照，顯見《搜神記》、《拾遺記》對崑崙仙境架構的描述，大抵與《楚辭》相同。只是《搜神記》加入了神異之物「火澣布」；而《拾遺記》更加入祛塵之風及甘露、朱露等描述。

〈天問〉中對「契」的出生，屈原曾發出疑問：「簡狄在臺，嚳何宜？玄鳥致貽，女何喜？」〔註131〕《拾遺記》卷二則記錄：

> 商之始也，有神女簡狄，有游于桑野，見黑鳥遺卵於地，有五色文，作「八百」字，簡狄拾之，貯以朱紱。夜夢神母謂之曰：「爾懷此卵，即生聖子，以繼金穗。」狄乃懷卵，一年而有娠，經十四月而生契。
> 祚以八百，諧卵之文也。雖遭旱厄，後嗣興焉。〔註132〕

王逸注云：「簡狄侍帝嚳於臺上，有飛燕墮遺其卵，喜而吞之，因生契也。」〔註133〕此乃屈原對此荒誕之說的懷疑，但藉由此問卻間接的將簡狄生契的傳說流傳下來。及至《拾遺記》中，簡狄生契的背景，由高臺換成了桑野，還加入黑鳥之卵有五色文、與神母對話，及後來契壽命八百，符應了五色文的

---

出版社編：《漢魏六朝筆記小說大觀》，上海：上海古籍出版社，1999 年 12 月，頁 558。

〔註130〕 姜亮夫：《楚辭通故》（一），昆明：雲南人民出版社，2000 年 1 月 1 刷，頁 252。

〔註131〕 同注 2，頁 105。

〔註132〕 王嘉撰，蕭綺錄，王根林校點：《拾遺記》，收錄於上海古籍出版社編：《漢魏六朝筆記小說大觀》，上海：上海古籍出版社，1999 年 12 月，頁 503～504。

〔註133〕 同注 2，頁 105。

情節，這些都顯得極具志怪小說玄奇詭譎的特色，可謂想像極其豐富。

關於「幽都」管理者，也出現在魏晉南北朝志怪小說中。回溯《楚辭》的「幽都」，梁章鉅《文選旁證》云：「此後世地獄之說所由託也。」又顧炎武曰：「長人土伯，則夜叉羅剎之倫也；爛土雷淵，則刀山劍樹之地也。雖文人寓言，而意已近之。」〔註134〕可見，梁章鉅與顧炎武都認為後世對地獄的想像，是在屈原豐富的想像力下，開創其端的。姜亮夫則以為當時佛教地獄之說，雖未傳入中土，當楚國間接聞之，是有可能的事。顯然他對《楚辭》「幽都」開創後世地獄之說，仍有質疑，但也認同「土伯、九約」、「敦脄、血拇」、「參目、虎首」的確與地獄的景象類似。梁章鉅之言，雖然沒有有力證據以茲證明，但《楚辭》中不論是「幽都」或「土伯」的造像，對後世文學的確是有所影響的。《搜神記》中就有冥府管理者——泰山府君的記錄：

> （胡母班）忽見其父著械徒，作此輩數百人。班進拜流涕問：「大人何因及此？」父云：「吾死不幸，見遣三年，今已二年矣。困苦不可處。知汝今為明府所識，可為吾陳之，乞免此役，便欲得社公耳。」班乃依教，叩頭陳乞。府君曰：「生死異路，不可相近，身無所惜。」班苦請，方許之。於是辭出，還家。歲餘，兒子死亡略盡。班惶懼，復詣泰山，扣樹求見。昔驥遂迎之而見。班乃自說：「昔辭曠拙，及還家，兒死亡至盡。今恐禍故未已，輒來啓白，幸蒙哀救。」〔註135〕

《搜神記》中，胡母班為死去的父親向泰山府君求情，府君雖應允，但以「生死異路，不可相近」一事奉勸胡母班。後來，胡母班又因兒子死亡略盡，祈求府君搭救，才知道是因為父親太過想念孫兒而逐一召之的結果。內容上當然是闡述「生死異路，不可相近」的主張，但由其描述顯見，泰山府君乃掌管冥界之神，能知人之生死。關於泰山府君的身分，據張華《博物志》記載：「太山一曰天孫，天帝孫也。主召人魂魄。東方萬物始成，知人生命之長短。」〔註136〕雖然魏晉六朝對泰山府君的認識，不免受到漢朝道教與神仙思想的影響。但府君有召人魂魄、知命短長的權利，這與《楚辭》土伯職司的對照是相近的。

---

〔註134〕摘錄自姜亮夫：《楚辭通故》（一），昆明：雲南人民出版社，2000 年 1 月 1 刷，頁 332。

〔註135〕同註 128，頁 45。

〔註136〕同註 128，頁 46。

《搜神記》中還有對水神河伯的記載：

> 宋時弘農馮夷，華陰潼鄉隄首人也。以八月上庚日渡河，溺死。天
> 帝署爲河伯。又《五行書》曰：「河伯以庚辰日死，不可治船遠行，
> 溺沒不返。」（卷四）

> 既入城，進廳事，上有信幡，題云：「河伯信。」俄見一人，年三十
> 許，顏色如畫，侍衛煩多，相對欣然，敕行酒，笑云：「僕有小女，
> 頗聰明，欲以給君箕帚。」此人知神，不敢拒逆。（卷四）〔註137〕

第一條，記錄了河伯的故鄉與生平，及其成仙之經過〔註138〕。第二條似有對
河伯的形貌加以描述，言河伯約年紀三十許，顏色如畫，週遭護衛極多。另
有一條，乃是提及泰山府君曾請胡母班代爲送信給女婿河伯。這些歸納起來，
我們發現《搜神記》中河伯的造像，乃是相貌年輕、個性溫和的，這與《楚
辭》中那個風流倜儻，與女遊河的河伯形象，可謂相當接近。

甚至連屈原的沉江，在魏晉南北朝志怪小説的敷衍中，也增添了更浪漫
詭譎的想像。如南朝劉敬叔《異苑》載：

> 長沙羅縣有屈原自投之川，山明水淨，異于常處。民爲立廟，在汨
> 潭之西，岸側盤石馬跡尚存，相傳云：原投川之日，乘白驥而來。
> 〔註139〕

文中，記載屈原投江之時乘著白馬來到長沙的形象，顯得正義凜然又悲壯莫
名。而立廟宇及「馬跡尚存」之説，則爲故事增添了幾分玄疑，也彰顯了小
説「志怪」之特質。南朝吳均的《續齊諧記》中，也有對屈原故事之敷衍：

> 屈原五月五日投汨羅水，楚人哀之，至此日，以竹筒子貯米投水以
> 祭之。漢建武中，長沙區曲忽見一士人，自云「三閭大夫」，謂曲曰：
> 「聞君當見祭，甚善。常年爲蛟龍所竊，今若有惠，當以楝葉塞其
> 上，以彩絲纏之。此二物，蛟龍所憚。」曲依其言。今五月五日作
> 粽，並帶楝葉、五花絲，遺風也。〔註140〕

---

〔註137〕 兩則引自汪紹楹校注、干寶著：《搜神記》。同注128，頁45、46。

〔註138〕 馮夷成爲河伯之經過有兩種説法，一説「也」字下有脱文，乃爲「服八石，
得水道仙，爲河伯。」同注128，頁46。

〔註139〕 劉敬叔撰，黃益元校點：《異苑》，收錄於上海古籍出版社編：《漢魏六朝筆記
小説大觀》，上海：上海古籍出版社，1999年12月，頁597。

〔註140〕 吳均撰，王根林校點：《續齊諧記》，收錄於上海古籍出版社編：《漢魏六朝筆
記小説大觀》，上海：上海古籍出版社，1999年12月，頁1008。

棟枝可用於辟邪，《荊楚歲時記》亦載「蛟龍畏棟」〔註141〕。故事中，屈原提及人間投江祭祀的祭品，被蛟龍所竊，必須用棟葉及五色絲線纏繞，方能杜絕。此段記載，多了蛟龍竊取祭品的情節。甚至到了《拾遺記》卷十之「洞庭山」，屈原還被視為「水仙」。其載：

> 屈原以忠見斥，隱於沅湘，披蓁茹草，混同禽獸，不交世務，採柏
> 實以合桂膏，用養心神；被王逼逐，乃赴清冷之水。楚人思慕，謂
> 之水仙。〔註142〕

到了《拾遺記》中，情節中的隱世之舉、食用柏實及桂膏、水仙之說，讓屈原成了道教風味極濃的神仙了。可見屈原自沉的故事，及至魏晉六朝志怪小說中，在題材上的想像，更顯豐富多采了。

以上，在魏晉南北朝志怪小說中，不論是崑崙仙境的縹緲、簡狄的懷孕產子、泰山府君召人魂魄之力，或正值青壯的河伯等描述，都可見志怪小說於古代神話的基礎上，以浪漫神秘的思考想像，敷衍了古神話素材，使得故事更加充滿浪漫譎怪的幻想空間。

人神婚戀在魏晉南北朝的志怪小說中，也是出現極多的情節。關於「人神婚戀」的題材，不能不提到《楚辭》。如在〈離騷〉中，屈原訪求宓妃、有娀氏佚女、有虞之二姚，寫盡了對人神相近的期盼。雖然《楚辭》的「求女」，主要寄寓了對屈原實踐理想的意涵，但還殘存了「人神相近、相接」的原始風俗信仰。尤其是〈九歌〉中，二湘中纏綿的愛戀、河伯與女子的瀟灑交遊，或山鬼對公子的等待怨思，都顯見了對「人神婚戀」的可能性。而作為湘楚祀神曲的〈九歌〉他篇，如〈東皇太一〉、〈東君〉、〈雲中君〉……等，若以巫祭的角度來審視，還保留了原始巫祭儀式的原型。孟修祥認為：

> 《楚辭辯證》中所說的「以陰巫下陽神，或以陽巫接陰鬼，則其辭
> 之褒慢荒淫當有不可道者」，已經反映出巫祭儀式中人神交接的現
> 象。……巫祭儀式中，陰巫與陽神、陽巫與陰鬼的交接現象，是人
> 神戀愛的一種簡約的表達方式，既娛神，又給了先民們一次集體宣
> 洩情感的機會。〔註143〕

---

〔註141〕「荊楚之俗，五月五日，民並斷新竹筍為筒糉，棟葉插頭，纏五絲糉江中以
　　　　為辟水厄，士女或棟葉插頭，五絲纏臂，謂長命縷。」《政和證類》本草卷
　　　　十四棟引《荊楚歲時記》云「《風俗通》：獬豸食棟，又云蛟龍畏棟。」王毓
　　　　榮：《荊楚歲時記校注》，臺北：文津出版社，1988年8月一刷，頁180。
〔註142〕王嘉撰，蕭綺錄，王根林校點：《拾遺記》。同註132，頁563。
〔註143〕孟修祥：《楚辭影響史論》，武漢：湖北人民出版社，2003年7月初版，頁128。

可見「人神交接」原本是屬於巫祭儀式的一種，即使經過屈原的文辭潤飾，在〈九歌〉中遺留的痕跡，還是不免導致部分學者「褻慢荒淫」的批評。可惜的是，《楚辭》中的人神相接或交通，基於屈原生命經歷或託寓手法，大多充滿了待而不至或求而不得的淒楚與惆悵。然而，魏晉南北朝的志怪小說，以其爲架構基礎，則發展出一篇篇想像力豐富的人神婚戀故事。

　　在《搜神記》中，涉及到人神婚戀的故事便相當多。如〈董永〉中就有天上織女，領受天帝命令下凡幫助董永。等到清償債務後，才凌空而去，不知所在。〈河伯婿〉中，則有河伯將年齡十八、九歲，姿容婉媚的女兒嫁給凡間男子。〈張璞〉一章，則有盧君因爲凡人的戲言，讓其子迎娶凡間女子，雖然後來返還二女，但也說明了人神相接的可能性。〈健康小吏〉一章，曹著被盧山使迎接到處所，並將女兒與之匹配。雖然最終曹著因爲形意不安，盧山使女只好與之垂涕而別。〈成公知瓊〉一章，則有穿著綾羅綺繡之衣，情態容體有如飛仙之姿，雖自言年已七十，卻視之如十五、六歲的天上玉女，接受命令下嫁弦超。並云：「然我神人，不爲君生子，亦無妒忌之性，不害君婚姻之義。遂爲夫婦。」〔註144〕顯然神女的出現，維持著相當超然的存在。又〈杜蘭香〉一篇，有年約十六、七歲之女子，爲（靈嶽）阿母所生，來匹配凡人。《搜神後記》也有〈剡縣赤城〉（又作〈袁相根碩〉）一篇，寫袁相、根碩二人打獵誤入仙窟，得以與年齡皆十五、六歲，容色甚美的仙女匹配，後思歸還鄉，打開仙女給的腕囊後，身成蟬脫之殼。《幽明錄》也有〈黃原〉一篇，描述黃原誤入仙鄉，與容色婉妙的太眞夫人之女妙音婚配，雖然最後黃原思鄉欲暫時還家，妙音以「人神異道」解珮分袂，與他涕泣而別。

　　從這些故事中，我們發現故事架構中，與凡人匹配的都是女性爲多，這種得遇神女情節之原型，正是從《楚辭》、宋玉〈神女賦〉，到漢武故事中穆天子得遇西王母的系統一脈而來。又與凡人婚配的神仙，在志怪小說中都特意的凸顯了她們美麗的容貌，或者是如同十七、八歲的年齡，以示其青春永駐、長生不老；或者描述她們衣著飄飄，仙氣裊裊的氛圍。而她們有些是接受命令，與凡人婚配，達成任務後離開；有些則是主動的與凡間男子接近，待至凡人思鄉才涕泣分別。且在分別時也多有贈送錦囊、玉佩隨身之物的情形。小說中仙人形象的突出，這大抵是受當時道教信仰的影響，將人神的戀情視爲是一種責任（奉命下凡）及得道的歷練。相較於魏晉南北朝志怪小說

<hr>

〔註144〕同注128，頁17。

中仙人形象的突出，成爲文章主體的焦點；《楚辭》中的神祇則強調的大多爲高潔的品性，被突出的是屈原作爲凡人，面對挫折仍堅持不放棄的抗爭形象。

這些浪漫又豐富多元的人神婚戀故事，大量成爲了魏晉南北朝志怪小說的題材，使得《楚辭》中待而不至的人神相接，成爲了可能。而人神婚戀的成功，其成立當然有其社會背景的依據。而仙凡婚戀故事盛行的原因，是以多戰亂的社會狀況作爲發展的土壤，包含了當代神仙信仰的流行、門閥士族制度對士人的壓抑、生命意識覺醒、重視情感的整體社會氛圍都有關係。李豐楙以爲在神仙思想瀰漫的兩漢社會，早就出現鄭交甫游江濱，遇江妃二女並遺以珮玉的傳說，而贈珮、解珮正是〈九歌〉中捐玦遺珮的儀式。對於「人神戀愛」他更精闢指出：「世俗化的神婚是遊歷仙境說的一種轉變，人神戀愛、人神婚姻就是這一轉變過程中的產物。」〔註 145〕可見，遊歷仙境可視爲題材發展的開始，以人神婚戀作爲後續發展的結果。《楚辭》在遊歷仙境中所書寫的人神相近，到了魏晉南北朝志怪小說中就發展爲人神婚姻，這正是對情節架構所做的拓展。

經歷了兩漢之後，隨著神仙道教的深入人心，仙人也逐漸由天上來到了人間，他們與人間的凡夫俗子共同創造了一個個美麗動人的愛情故事，這也反映在魏晉南北朝社會極端黑暗的時代，人們對自由幸福生活的嚮往和追求，從而徹底打破了屈原賦中人神殊途的無奈和怨恨〔註 146〕。可見，志怪小說中，這些願意親近人間、與凡人男子婚配的神仙形象，雖繼承古代典籍情節脈絡而來，但也因爲當代宗教的流行、社會背景及對美好的人世嚮往而壯大。

另外，魏晉南北朝志怪小說中的回歸情節也很值得注意。李豐楙稱之爲「懷鄉母題」，其云：

> （人神戀）中通常都在滿足婚姻等願望之後，就會出現「懷鄉」的母題，因此導致露水姻緣的提早結束。……中國文學中早具有眷戀人間或故土的情懷：屈原在〈離騷〉中的昇天關鍵，忽臨睨舊鄉。
> 〔註 147〕

---

〔註 145〕 李豐楙：〈六朝道教洞天說與遊歷仙境小說〉，收錄於《誤入與謫降——六朝隋唐道教文學論集》，臺北：臺灣學生書局，1996 年 5 月初版，頁 127。

〔註 146〕 王興芬：〈楚辭與魏晉南北朝志怪小說〉，《遼東學院學報》（社會科學版），2008 年 8 月第 10 卷 4 期，頁 99～100。

〔註 147〕 同注 145，頁 125～126。

人神戀基於欲達成人世完美的嚮往，但達成後卻因爲凡人的思鄉，讓婚戀畫上休止符。如上文提及的魏晉南北朝志怪小說中，《搜神記》的〈健康小吏〉、《搜神後記》的〈剡縣赤城〉、《幽明錄》的〈黃原〉各篇，也是因爲凡間男子的思鄉，而讓人神婚戀的緣分終止。這個「人神戀愛──思鄉」的情節架構，在《楚辭》的〈離騷〉中，早已出現：

> 奏〈九歌〉而舞〈韶〉兮，聊假日以媮樂。陟陞皇之赫戲兮，忽臨睨夫舊鄉。僕夫悲余馬懷兮，蜷局顧而不行。

屈原在遊歷仙境中飛昇崑崙，過不周山，渡西海，奏〈九歌〉、舞〈九韶〉，但仍不足以解憂。雖想要去國離俗，但在白日赫赫中，卻望見舊鄉，興起思歸之心，因而駐足不前。屈原的去世離俗，最後就因爲「思鄉」而戛然終止了。

除了以上所舉諸例，魏晉六朝志怪小說的豐富多元，還在於其題材、情節、人物的諸多詭譎幻想。典籍中不乏牽涉與動物相關的想像與變形，如《異苑》中的「雞作人語」：

> 晉兗州刺史沛國宋處宗，嘗買得一長鳴雞，愛養甚至，恒籠至窗間。積穗作人語，與處宗談論，極有言致，終日不輟。處宗由此玄言大進。〔註148〕

故事中，雞不但能說人話，所說之言還頗含機樞，在終日對話下宋處宗還得以玄言大進。文中對於雞的想像，可謂既詭譎又詼諧。《列異傳》中也有「獵人化鹿」一篇：

> 昔鄱陽郡安樂縣有人姓彭，世以捕鹿爲業。兒隨父入山，父忽蹶然倒地，乃變成白鹿。兒悲號追鹿，超然遠逝，遂失所在。兒於是終身不捉弓。〔註149〕

文中講述了獵人變形爲鹿的故事，而文末的兒子因爲怕誤射父親變成的鹿，乃終身不再捕鹿。故事雖屬悲劇，然父子深篤之情，乃沛然其中。

其他如《異苑》中還有：會說人話的白鶴；能隱形、知人禍福、囊珠報德的老鼠。或是《幽明錄》中的烏鴉化爲烏衣人於夢中請命、大狸化爲人形媚惑凡人。還有《搜神記》的人化形爲蜮，以毒沙射人；或牛能人言，還能

---

〔註148〕劉敬叔撰，黃益元校點：《異苑》。同註139，頁610。
〔註149〕曹丕撰，王公偉點注：《列異傳》，收錄於東方朔等：《中國文言小說百部經典》（一），北京：北京出版社，2001年6月第2版，頁292。

如人一般站立，象徵天下將有大亂。以上種種，對動物的想像或以動物來諷
諭現實，可謂令人驚異。然而，這些對於動物的想像，早在《楚辭》中已經
出現。《楚辭章句》王逸敘云：

> 《離騷》之文，依《詩》取興，引類譬諭，故善鳥香草，以配忠貞；
>
> 惡禽臭物，以比讒佞；靈脩美人，以媲於君；宓妃佚女，以譬賢臣；
>
> 虯龍鸞鳳，以託君子；飄風雲霓，以爲小人。〔註150〕

屈原將賦予鳥禽善惡之人性，利用植物氣味之香臭想像君子、小人之別，又
以自然景觀中的暴風、烏雲來想像小人的阻礙，而這些造就了文中奇異的幻
想世界。雖然《詩經》中早有將暴虐官吏寓爲老鼠的篇章，但將其想像力，
大量廣泛的投諸於動物、植物、自然萬象上，最早的還要屬屈原了。

　　以上，隨著時代的演進，文學意識的高度發展，魏晉南北朝志怪小說在
內容上顯得更生動豐富。尤其是對神話素材的演繹、故事結構的更豐富，或
人神婚戀、「思歸」母題的呈現，都成了相當顯著的特色。而早已出現在《楚
辭》中的相同情節，也是不容忽視的事實，以文學作品繼承與發展的特性，
當代士人對《楚辭》的借鑑來看，《楚辭》「浪漫譎怪之幻想性」，或多或少都
影響著魏晉南北朝志怪小說。

## 二、崇尚角色之眞善美人性

　　上文提及《楚辭》以「浪漫譎怪之幻想性」，來經營篇章之架構、情節與
人物形象，在這種書寫的影響下，《楚辭》中的神祇不但呈現著眞、善、美，
也極具人性的情感。而崇尚眞、善、美人性這點，深深的影響著魏晉南北朝
志怪小說中角色形象的塑造。

　　我們細究〈離騷〉或〈九歌〉中的諸神形象，會發現屈原的書寫都善於
凸出其眞、善、美的人性。如上文所述的神話人物「鯀」，《尚書》中記錄其
「方命圮族」的負面評價，到了屈原的筆下卻從不同的立場，突出鯀「婞直」
的性格，並對他的「功用不就」充滿了感嘆憐憫。又〈離騷〉中的月御望舒、
風伯飛廉願意爲屈原作爲仙境幻遊的開路先導，都可看出神祇的溫和善良。
〈九歌〉中，更多是充滿對百姓慈愛、護衛百姓，及與人們有著良好相處氛
圍的神祇。如「舉長矢兮射天狼」，爲百姓除去險惡災禍的東君，凸出其除惡

---

〔註150〕同注2，頁2～3。

英雄的形象；「竦長劍兮擁幼艾」的少司命，則仁慈博愛，廣護天下幼童；〈國殤〉中強調「忠義」殉國，乃能成爲護衛國家、永享祭祀的鬼中英雄；或者充滿凡俗繾綣情思的二湘、〈山鬼〉；更或是與美人交遊，離別時還眷戀不捨的風流河伯。「婞直」、「善良」、「慈愛」、「忠義」、「思念」、「風流」……等特色，本是作爲人特有的情感，卻屢屢在《楚辭》中神祇的身上出現。屈原的《楚辭》本是因憤懣之情而生，但書寫上卻都善於凸出人物眞、善、美的性格，這正是其可貴之處。而屈原對神祇重視人間情感的潤飾書寫，在以深情會心作爲特殊審美風尚的魏晉南北朝，也繼續成爲志怪小說中角色形塑的重點。

　　在魏晉南北朝中志怪小說中，雖牽涉神鬼之事，但其中卻無令人恐懼害怕的感受，更多出現的是人世間所看不到、遇不見的美好品格。

　　如《列異傳》中的〈談生〉一篇，談生因爲不遵守妻子叮嚀，好奇以火照妻，發現其妻腰上生肉如人，腰下尙有枯骨。妻子只能離去，臨別前云：

> 與君雖大義永離，然顧念我兒，若貧不能自偕活者，暫隨我去，方遺君物。生隨之去，入華堂室宇，器物不凡。以一珠袍與之，曰：「可以自給。」〔註151〕

雖然談生辜負了妻子的期待，但其妻離開之前還不忍談生及兒子貧困，而送與談生珠袍。其妻雖爲鬼物，但她憐惜夫妻、母子之情，及離別時的傷心涕泣，都是人間美善的表露。

　　《列異傳》中又有〈宗定伯〉一篇，寫宗定伯機警賣鬼：

> 鬼言：「卿大重，將非鬼也？」定伯言：「我新死，故重耳。」定伯因復擔鬼，鬼略無重。如是再三。定伯復言：「我新死，不知鬼悉何所畏忌？」鬼曰：「唯不喜人唾。」於是共道。遇水，定伯因命鬼先渡，聽之，了無聲，定伯自渡，漕漼作聲。鬼復言：「何以作聲？」定伯曰：「新死不習渡水耳。勿怪！」行欲至宛市，定伯便擔鬼至頭上，急持之，鬼大呼，聲咋咋，索下，不復聽之。徑至宛市，著地化一羊。便賣之，恐其便化，乃唾之。得錢千五百，乃去。〔註152〕

在人鬼的精彩對話中，勾畫出的是鬼魂「傻氣率眞」的形象。例如鬼雖然覺

---

〔註151〕同注149，頁296。
〔註152〕此篇亦見錄於《搜神記》，主角作「宗定伯」。同注149，頁297。

得宗定伯太重而不似鬼，仍再三輪流背負；至宛市大呼咋咋，化爲一羊的慌張形象；或率眞回答鬼畏懼口唾，讀之都令人啞然失笑。

乃至於〈蔡支致書〉一篇中，蔡支送信給天帝，天帝除了賜酒食與他享用，還將其亡妻籍於生錄中，使其復活。天帝關懷凡人，憐其孤單的慈愛胸懷，令人動容。

而《搜神記》中的廬山府君也被塑造成重「義」之神：

> 或曰：「投女。」則船爲進。皆曰：「神意已可知也。以一女而滅一門，奈何？」璞曰：「吾不忍見之。」乃上飛廬，臥，使妻沈女於水。妻因以璞亡兄孤女代之。置席水中，女坐其上，船乃得去。璞見女之在也，怒曰：「吾何面目於當世也。」乃復投己女。及得渡，遙見二女在下。有吏立於岸側，曰：「吾廬君主簿也。廬君謝君，知鬼神非匹。又敬君之義，故悉還二女。」〔註153〕

廬山府君將戲言當眞，爲子求媳。而張璞因爲妻子將兄長孤女獻出，而非自己女兒大怒，因此復投己女。最後，廬山府君因爲敬重張璞之義，而遣吏返還二女。又〈成公知瓊〉：

> 自稱：「天上玉女，東郡人，姓成公，字知瓊，早失父母，天帝哀其孤苦，遣令下嫁從夫。」……然我神人，不爲君生子，亦無妒忌之性，不害君婚姻之義。〔註154〕

文中，首先躍出的是「天帝」哀憐孤苦的形象，其次是成公知瓊自言無凡人妒忌之性的超然形象。乃至於弦超因洩漏成公知瓊爲玉女之事，兩人不得不分離時，成公知瓊還「贈詩一首，把臂告辭，涕泣流離。」〔註155〕成公知瓊對夫妻之情眷戀不捨的形象，都和凡俗間夫妻離別之狀，無所差異。

又或者幫助董永的織女，離開時也云：「我，天之織女也。緣君『至孝』，天帝令我助君償債耳。」可見天帝欽佩人間「至孝」之情，因此派遣織女下凡幫助董永度過難關。

至於，吳王夫差之女紫玉與韓重，私許夫妻。韓重父母爲子求婚，吳王不許。紫玉乃鬱結而死。後來，吳王夫差梳洗之時，驚見紫玉現身。紫玉追求自由戀愛，爲情而死，死後感於韓重之情，還現身相見贈以珠袍；又因情

---

〔註153〕同注128，頁49。
〔註154〕同注128，頁17。
〔註155〕同注128，頁17。

現身，向父親解釋珠袍非韓重掘墓所得。吳王夫差所問「爾緣何生」一句，只有重情二字足以解答了。

　　及至《幽明錄》，乃多有記精怪鬼魅之事。而書中的精怪鬼魅也多具有濃厚的人情味，他們不但不會害人，甚至還因爲嚮往人間戀愛而死。如〈呂球〉一篇：

> 東平呂球，豐財美貌。乘船至曲阿湖，值風不得行，泊菰際。見一少女，乘船采菱，舉體皆衣荷葉。因問：「姑非鬼邪？衣服何至如此？」女則有懼色，答云：「子不聞『荷衣兮蕙帶，儵而來兮忽而逝』乎？」然有懼容，回舟理棹，逡巡而去。球遙射之，即獲一獺，向者之船，皆是萍繁蘊藻之葉。見老母立岸側，如有所候，望見船過，因問云：「君向來不見湖中採菱女子邪？」球云：「近在後。」尋射，復獲老獺。〔註156〕

文中陳述獺精化爲容色過人的采菱少女，欲結好呂球。還引《九歌・少司命》的文句，來爲自己全身衣著荷葉作解釋。當呂球發出「姑非鬼邪」，獺精因被識破而面露懼色。最終，獺精及其遙望女兒返家的獺精之母，皆遭呂球無情的射殺。故事中，獺精並無傷人之意，其對人間戀情率眞的渴望，及獺精之母等待女兒返家的焦急，都充滿了人性，情感上與人類幾乎無所差異。而獺精最後因渴望戀情而死，令人唏噓不已，其率眞執著的形象極其鮮明。讀此篇，則恍若讓人見到《楚辭》中對戀情充滿渴望的山鬼，她們都顯示出對人世戀情的美好想像，其滿溢的情思亦與凡人無異。

　　南朝吳均的《續齊諧記》中，也有〈清溪小姑〉一篇，寫趙文韶夜中歌唱，音聲優美吸引了清溪小姑，使她爲之彈奏倚歌。後相依燕寢，清溪小姑贈金簪以別。趙文韶隔日見到廟中神像，才知其爲女神之屬。故事中的清溪小姑，喜愛欣賞音樂，又對才子有所愛戀，這場人神戀愛突顯了女神對人間美好的渴望。清溪小姑擁有眞誠情感的形象躍然紙上。

　　實則，在魏晉南北朝志怪小說中，所記錄的山、河，乃至於精怪鬼魅，數量繁多。與《楚辭》中，萬物皆有靈的信仰習慣相當接近。而魏晉南北朝志怪小說，對於精怪鬼魅的記錄及多方想像，也奠基於時代背景。乃是緣於政治與社會的動亂，士人們選擇隱遁山林。大量接觸山林的機會，使他們關

---

〔註156〕劉義慶撰，王根林校點：《幽明錄》，收錄於上海古籍出版社編：《漢魏六朝筆記小說大觀》，上海：上海古籍出版社，1999 年 12 月，頁 723。

注到山林中精怪鬼魅題材的寫作。足見隱遁山林的時代背景,的確影響著士人們文學題材的寫作,而尤其在志怪小說一類中,促使其發展出獨特的美感及趣味。這些具有真、善、美人性的神祇及精怪鬼魅,更給予了讀者無窮無盡的想像空間。

侯忠義《漢魏六朝小說簡史》中,曾提及魏晉志怪小說中的鬼神形象,與神話中的神怪已經不同:

> 常常沒有一定的形象,善變化,人鬼相雜,鬼神難辨;鬼既害人,又可愛人,既可偷吃東西,與人吵架,又可相互聊天,甚至談情說愛。所以志怪小說中的鬼神有濃厚的人情味,和濃烈的現實精神,與後代所謂害人的鬼不同。〔註157〕

文中指出魏晉六朝志怪小說中鬼神的特色,具有濃厚的人情味,不論是其居所或生活情境描述,都與人世無異。而濃烈的現實精神,除了隱遁山林,當然還只能反映當代的宗教及思想氛圍。但顯然,在魏晉志怪故事中鬼神形象趨向多樣、豐富。當然,志怪小說中仍不乏有害人的鬼,但較多數鬼神在小說中,都擁有真、善、美的人性。

尤其與《楚辭》中,雖然與人親近,但總是縹緲而可遇不可求的神祇相比,志怪小說中的鬼神大多選擇主動親近人,不但表現了對人間美善的嚮往,也促成了人神戀愛的成功機率。

王興芬在〈楚辭與魏晉南北朝志怪小說〉,便提及六朝魏晉志怪小說與《楚辭》的借鑑關係:

> 六朝魏晉小說寫人鬼的愛情,在這類題材中佔有一半以上的比例,這反映了鬼神精怪對人間美好生活的嚮往、對人類至善至美的精神境界的留戀。……。魏晉志怪小說家的這一獨創,則又是以《楚辭》中較早對鬼魂的描寫為藍本的。〔註158〕

以上,從廣泛紀錄神鬼精怪,到書寫時多突出角色真、善、美的人性,讓角色形象更加活潑,並寄託了對俗世的美好嚮往,這大抵多受到《楚辭》的影響。

---

〔註157〕收錄於寧稼雨:《六朝小說學術檔案》,武昌:武漢大學出版社,2011 年 11 月,頁 189。

〔註158〕同註146,頁 98～100。

## 三、誇張手法之現實性與詼諧性

　　魏晉六朝志怪小說的題材，最早是經由口語的傳遞，並經過某種程度的美化、文學化而成，因此總不免帶有潤飾者的信念，而在魏晉六朝的潤飾者除了文士外，許多是方士、道士一類。這就說明了魏晉六朝志怪小說在歷代書籍的分類上，存在著一些歧異。李豐楙以為六朝的筆記被列入《隋志》的「雜傳」之中，其原因在於：

> 牽涉到時人對於傳說、對於採集到的口語文學的觀念，就是認為這
> 些記述下來的事跡具有某種程度的真實性，並不純是虛構性的。……
> 從筆記雜傳與民間說話的關係來看，這些有關仙境遊歷的傳說，其
> 實是融合了真實與虛構，是實事也是幻設。〔註159〕

文中揭明的正是口語文學中，存在兼具真實與虛構二重性的特質。而真實與虛構之二重性，內容上也不是獨指或限定仙境遊歷一類的傳說文學，其實舉凡口語文學的流傳，都有此特色。以魏晉六朝志怪小說來看，也具此特色。所謂「真實」與「虛構」，藉由文學上誇張手法的使用，來寄寓對現世不平的憤懣，或者是企而不得的美好嚮往，以詼諧色彩達到諷刺效果。這代表魏晉六朝志怪小說的內容，的確存有現實主義之精神。以王嘉《拾遺記》的蕭綺〈序〉來看，其云：

> 世德陵夷，文頗缺略。綺更刪其繁紊，紀其實美，搜刊幽秘，捃采
> 殘落，言匪浮詭，事弗空誣。推詳往跡，則影徹經史；考驗真怪，
> 則葉附圖籍。〔註160〕

文中所謂「刪其繁紊」，及「言匪浮詭，事弗空誣」兩句，便能證明上文之論述。「刪其繁紊」乃蕭綺以為王嘉所撰，凡十九卷，二百二十篇的《拾遺記》，因為戰亂，多所殘缺。王嘉之文雖搜羅多廣，但不免繁冗，因此「刪其繁紊」，合為十卷。而其強調《拾遺記》非「浮詭」、「空誣」之言，也說明寄寓在小說中所隱含的現實性。

　　這個特色很容易令人聯想到《楚辭》，探究〈九歌〉、〈招魂〉、〈大招〉，其本質上都可以歸類為口語的文學。而屈原及宋玉就是將「真實」與「虛構」融入其中的潤飾者。以〈九歌〉為例，在屈原增改其辭後，具有觀眾和作者

---

〔註159〕同注145，頁94。
〔註160〕王嘉：《拾遺記》蕭綺序。王嘉撰，蕭綺錄，王根林校點：《拾遺記》。同注
　　　　132，頁492。

屈原自身的敘述角度在內，〈九歌〉已不是純粹的「祭祀儀式詩」，而是具有後設觀點味道的詩〔註161〕。故《楚辭》中，屈原的後設觀點便落在以「善鳥香草，以配忠貞；惡禽臭物，以比讒佞；靈脩美人，以媲於君；宓妃佚女，以譬賢臣；虬龍鸞鳳，以託君子；飄風雲霓，以爲小人」〔註162〕的比興手法，乃至於以碰撞界線來對抗險惡困境，表達了對鄉國盡忠的堅貞心志。而對於仙境美好的想像，則可剖析爲屈原理想世界的存在。而魏晉六朝志怪小說的現實主義的精神，主要落在政治時局的混亂、吏治的黑暗、禮制的束縛三方面。

如劉義慶的《幽明錄》記種種怪異神奇，其〈樂安縣〉一篇：

> 樂安縣故市經荒亂，人民餓死，枯骸填地。每至天陰將雨，輒聞吟嘯呻吟聲聒於耳。〔註163〕

記載的是在戰亂中樂安縣人多半餓死，因此屍橫遍野，每到陰天下雨時候，都彷彿還能聽到吟嘯呻吟的怪聲。記錄雖然不長，但反映的是戰亂帶給人民的苦難。又有〈彭娥〉一篇：

> 晉永嘉之亂，郡縣無定主，強弱相暴。宜陽縣有女子，姓彭名娥，父母昆弟十餘口，爲長沙賊所攻。時娥負器出汲于溪，聞賊至，走還。正見塢壁已破，不勝其哀，與賊相格，賊縛娥驅出溪邊，將殺之。娥仰天呼曰：「皇天寧有神不，我爲何罪」而當如此。因奔走向山，山立開，娥遂隱不復出。〔註164〕

記載的就是永嘉之亂中民不聊生，盜匪四起的情形。最後石壁大開，盜賊被山壓死，彭娥隱不復出。雖然直接標明了事件正值永嘉之亂，但文末卻用了誇張手法形塑了皇天有眼，以山壁大開，懲罰盜賊，及汲器化爲石，其狀如雞二事，以示其玄怪。

而作爲釋氏輔教之書的王琰《冥祥記》，雖然所表現的主題與觀念，都是宗教迷信，有的更是直接鼓吹服從封建統治。但從藝術上看，卻不無可取之處。其第二卷〈沙門開達〉篇載：

> 晉沙門釋開達，隆安二年，登壟彩甘草，爲羌所執。時年大飢，羌胡相啖。乃至達柵中，將食之。……及明日當見啖，其晨始曙，忽

---

〔註161〕同注75，頁269。
〔註162〕同注2，頁2～3。
〔註163〕同注156，頁694。
〔註164〕同注156，頁703～704。

有大虎，遙逼群羌。奮怒號吼。羌各駭怖迸走。虎乃前齧柵木，得
成小闌，可容人過。已而徐去。達初見虎齧柵，必謂見害。既柵穿
而不入，心疑其異。將是觀音力。〔註165〕

此則雖然主要是闡揚觀音的神奇護佑之力，但文中所述的大飢之年，導致了
人吃人的慘況，正是對當時戰亂頻仍的諷刺與反映。

上面三則引文，實際上都直接寫出了事件發生的時間或地點，但都是以
誇張的筆法寫怪奇神異之事作爲結束，正可謂採取了「眞實」與「虛構」交
錯的書寫方式，來諷刺政治時局混亂，或寄寓對戰亂民不聊生的悲憫。

另外，魏晉六朝志怪小說也以誇張手法，表達對吏治黑暗的批判。如《搜
神記》卷十一之〈東海孝婦〉：

漢時，東海孝婦養姑甚謹。姑曰：「婦養我勤苦。我已老，何惜餘年，
久累年少？」遂自經死。其女告官云：「婦殺我母」，官收系之，拷
掠毒治。孝婦不堪苦楚，自誣服之。時于公爲獄吏，曰「此婦養姑
十餘年，以孝聞徹，必不殺也。」太守不聽，于公爭不得理，才包
其獄詞，哭於府而去。自後郡中枯旱，三年不雨。後太守至，于公
曰：「孝婦不當死，前太守枉殺之，咎當在此。」太守即時身祭孝婦
家，因表其墓。天立雨，歲太熟。長老傳云：「孝婦名周青。青將死，
車載十丈竹竿，以懸五旛。立誓於衆曰：『青若有罪願殺，血當順下；
青若枉死，血當逆流。』既行刑已，其血青黃，緣旛竹而上標，又
緣旛而下云。」〔註166〕

本篇最早見於《列女傳》，後被干寶收錄於《搜神記》中。文中描述的是孝婦
被冤枉殺死婆婆，太守顛倒黑白，不聽于公之勸告，導致郡中枯旱，三年不
雨。又有耆老傳言，孝婦冤死，其血逆流於竹竿之上。這段故事，首先揭露
的就是吏治的黑暗。至於三年不雨，血逆流於竹竿，則表明了對黑暗吏治所
致使天怒人怨的情景。這兩個假上天發怒的情節，可說用了誇張玄奇的手法，
尖銳的諷刺了當時的黑暗吏治。

再如《搜神記》第十一卷的〈三王墓〉〔註167〕，以楚干將、莫邪爲楚王

---

〔註165〕同注109，頁595。

〔註166〕同注128，頁139。

〔註167〕《搜神記》：楚干將莫邪爲楚王作劍，三年乃成，王怒，欲殺之。劉有雌雄，
其妻重身，當產，夫語妻曰：「吾爲王作劍，三年乃成；王怒，往，必殺我。
汝若生子，是男，大，告之曰：『出戶，望南山，松生石上，劍在其背。』」

鑄劍一事，揭露了統治者的殘忍和暴戾，文末以俠客斬殺了楚王，爲赤報仇作結。情節中的「煮頭三日，三夕，不爛。頭踔出湯中，躓目大怒」，連死亡了仍要瞠目大怒，以控訴楚王的殘忍，顯示了對昏庸統治者的深惡痛絕。

〈司空〉一篇，記載司空死後復活，還教訓兒女並鞭打奴僕，有一天因酒醉現形，才發現是老狗靈魂附身作祟。老狗附身司空的荒誕情節，充滿了諷刺的意味，亦即對升斗小民對司空一類官員的譴責嘲諷。此外，尚有〈李寄斬蛇〉一篇，寫東越閩中，有長七八丈大十餘圍的大蛇爲禍，都尉令長怯懦，居然每年以少女當做祭祀。後來李寄用計斬除大蛇。篇中以平凡女子的勇敢與官吏昏庸糊塗對比，也是諷刺性十足。

《列異傳》中還有〈蔣濟兒〉一則：

> 蔣濟爲領軍，其妻夢見亡兒涕泣曰：「死生異路！我生時爲卿相子孫，今在地下爲泰山伍伯；憔悴困辱，不可復言。今太廟西謳士孫阿今見召爲泰山令，願母爲白侯屬阿，令轉我得樂處」……于是乃見孫阿，具語其事。阿不懼當死，而喜得爲泰山令，惟恐濟言不信也。曰：「若如節下言，阿之願也。不知賢子欲得何職？」濟曰：「隨地下樂者與之。」阿曰：「輒當奉教！」乃厚賞之。……後月餘。兒復來，語母曰：「已得轉爲錄事矣。」〔註168〕

蔣濟亡兒死後，因爲無法忍受辛苦雜役，因此央求父親爲他行賄泰山令孫阿，使他得到較輕鬆的職位。人世生前的行賄，果然讓蔣濟亡兒轉爲輕鬆的冥界錄事。文中，「死生異路」一句，本用以說明空間之隔閡不能互通，然而最後

---

於是即將雌劍往見楚王。王大怒，使相之，劍有二一雄，一雌，雌來，雄不來。王怒，即殺之。莫邪子名赤，比後壯，乃問其母曰：「吾父所在？」母曰：「汝父爲楚王作劍，三年乃成，王怒，殺之。去時囑我：『語汝子：出戶，往南山，松生石上，劍在其背。』」於是子出戶，南望，不見有山，但睹堂前松柱下石砥之上，即以斧破其背，得劍。日夜思欲報楚王。王夢見一兒，眉間廣尺，言欲報讎。王即購之千金。兒聞之，亡去，入山，行歌。客有逢者，謂：「子年少，何哭之甚悲耶？」曰：「吾干將莫邪子也。楚王殺吾父，吾欲報之。」客曰：「聞王購子頭千金，將子頭與劍來，爲子報之。」兒曰：「幸甚。」即自刎，兩手捧頭及劍奉之，立僵。客曰：「不負子也。」於是屍乃仆。客持頭往見楚王，王大喜。客曰：「此乃勇士頭也。當於湯鑊煮之。」王如其言。煮頭三日，三夕，不爛。頭踔出湯中，躓目大怒。客曰：「此兒頭不爛，願王自往臨視之，是必爛也。」王即臨之。客以劍擬王，王頭隨墮湯中；客亦自擬己頭，頭復墮湯中。三首俱爛，不可識別。同注128，頁128～129。

〔註168〕同注149，頁284。

行賄可通陰間的結局，卻反而應證了「死生同路」所存在的弊端。可見，卿相子孫的養尊處優、人世的行賄都能通達陰間，這些情節雖然怪誕荒經，但顯然都寄託著對於官場弊端的辛辣諷刺。

　　魏晉六朝志怪小說現實主義精神的另一項表徵，是反映當朝禮制的束縛。《搜神記》中的〈紫玉〉一篇記載：

> 王夫差，小女，名曰紫玉，年十八，才貌俱美。童子韓重，年十九，有道術，女悅之，私交信問，許爲之妻。重學於齊魯之間，臨去，屬其父母使求婚。王怒、不與。女玉結氣死，葬閶門之外。……王粧梳，忽見玉，驚愕悲喜，問曰：「爾緣何生？」玉跪而言曰：「昔諸生韓重來求玉，大王不許，玉名毀，義絕，自致身亡。重從遠還，聞玉已死，故齎牲幣，詣冢弔唁。感其篤，終輒與相見，因以珠遺之，不爲發冢。願勿推治。」夫人聞之，出而抱之。玉如煙然。
>
> 〔註169〕

紫玉爲夫差之女，與韓重私相悅樂，爲禮制所不許，紫玉因愛而亡，卻也因愛現形父母之前，爲韓重辯白。文中凸顯出的是門閥制度下，王侯之女與升斗小民的地位差異，另外也反映了女子對於自由戀愛的嚮往追求。這些都間接批判了封建中的禮教束縛。

　　卷十六的〈談生〉也呈顯出相似的諷刺主題：

> 談生者，年四十，無婦。常感激讀書，忽夜半，有女子，可年十五六，姿顏服飾，天下無雙，來就生爲夫婦。……後生持袍詣市，睢陽王家買之，得錢千萬。王識曰之：「是我女袍，此必發墓。」乃取拷之。生據實以對，王猶不信。乃視女冢，冢完如故。發視之，果棺蓋下得衣裙。呼其兒，正類王女。王乃信之，即召談生，復賜遺衣，以爲主婿。表其兒以爲侍中。〔註170〕

夜半來親近談生的女子，居然是睢陽王之女。而睢陽王誤以爲談生掘墓奪取其女之珠袍，後來檢視其女陵墓完整，又見其子長相頗似女兒，才將談生視爲女婿。此篇故事中，睢陽王之女與談生的戀情，在魏晉六朝嚴格的門閥制度下，地位的差距，及女子主動追求愛情兩項，在生前絕沒有成功的機會，恐怕還必須等到死後才有實現的可能。鬼魂戀愛、生子、贈衣的情節，極其

---

〔註169〕同注128，頁200～201。
〔註170〕同注149，頁202～203。

誇張詭譎，不合常理，但此篇真正的意涵，還在於對當代禮制束縛人生的嚴厲諷刺。

以上，不論是由妖精鬼怪的危害，來揭示政治時局帶來的混亂，或對官場、吏治黑暗不公的批判；又甚或以人鬼婚戀，來闡述現世因禮制束縛，導致門第身分之不可跨越，這些充滿詭譎幻想的情節，及擁有現實架構為背景的小說，都在誇張荒誕的陳述中，令人驚覺現世的不公、荒誕，的確普遍存在於各個角落中。

相較於《楚辭》以誇張的比興手法，用具體的鳥禽植物來呈現詼諧與諷刺；魏晉六朝志怪小說多用不公現象，以第三者的立場來呈現戲謔色彩。雖不如《楚辭》比興的多樣，但批判的精神基本上是一致的。因此黃震雲認為：「志怪的創造者，以一種超越的人生態度，發掘出系列可笑反常的現象，用誇張的手法戲謔、調侃、嘲弄、諷刺，在戲鬧中揭示生活的真諦，給人以滑稽美。」〔註171〕而這種滑稽美，正是對當代不公現象，最辛辣犀利的批判。

以敘事的角度來看，謝明勳曾分析六朝志怪小說，其云：

> 省觀六朝志怪小說的敘事方式，無疑是在史傳傳統的遺緒之下，以
> 之為藍本而所誕生出的一種書寫型態，深具「寫實」意味與「虛幻」
> 色彩，這兩種截然不同屬性的文學特性。〔註172〕

當然，經歷秦漢以來，神仙之說的盛行，巫風的興起、佛教的傳入，六朝志怪小說愈顯多元豐富，即使借助神魔鬼怪的形式，佐以誇張手法的陳述，彰顯其批判現實的精神。但在文學或生命意識高度張揚的魏晉六朝，更深一層的挖掘，我們看到更多的是，批判中隱藏的「抗爭意識」及「奮鬥精神」。

而對現實的抗爭與奮鬥，這些其實與《楚辭》以誇張手法寄寓現實困厄，呈顯強烈的抗爭碰撞意識；或事涉「寫實」與「虛幻」二重性的敘事筆法，鋪衍仙境遊歷並無差異。不同處只在於，屈原乃因「遭時闇亂，不見省納，不勝憤懣」（《楚辭章句·序》）而作《楚辭》，發抒的主要侷限於個人際遇的顛簸，趨於嚴肅；而魏晉六朝志怪小說，以人、神、鬼的荒誕情節，乃至於以狗寄寓對官員的批判……等，廣泛的諷喻了當朝普遍的社會現實，顯得諷刺、詼諧性十足。

---

〔註171〕黃震雲：《楚辭與魏晉文學》，貴州社會科學，1996年5月第一期，頁68。
〔註172〕〈六朝志怪小說之他界空間書寫與文化底蘊——以「冢墓」世界為中心〉收錄於謝明勳：《六朝志怪小說研究述論：回顧與論釋》，臺北：里仁書局，2011年3月初版，頁238。

## 四、注重情節描述之理想性

　　《楚辭》中駕馭龍鳳，以歷遊仙境的描述，創作起因乃基於屈原排解困厄現實的嘗試。而屈原所塑造的那個充滿香花異草、可親神靈，或可以〈九歌〉、〈九韶〉作為娛樂的神話天地，擁有著美好光明的氛圍。在這種氛圍中，長生之花能使其獲至永生；驅使月御望舒、風伯飛廉、虬龍鸞鳳能滿足他控制環境的慾望；上告冤屈於重華，求得淑女，能有助於屈原自我命運的扭轉。屈原就在自我形塑的神話世界中，取得了精神上的慰藉。

　　當我們閱讀到屈原筆下，那個香草異草所裝飾架構的仙界、為人民除惡務盡的神靈，或奔放恣肆的想像虛設時，都帶給了我們「美」的感受。這種美感，即劉勰《文心雕龍·辨騷》篇所稱之「驚采絕艷」，而若以其文學筆法來探究，則可歸結於屈原注重情節描述之理想性。簡而言之，屈原所創製充滿幻想詭譎的神鬼世界，正代表了他尋求的理想世界與美好冀望。也就是在詩人內在審美意識的運作下，他將理想與現實之美，和諧統一之結果。〔註173〕

　　到了魏晉六朝志怪小說中，也借鑑了此種筆法，來彰顯故事之主旨。如魏晉南北朝時，頻繁的戰亂、政權的更迭、天災疾病的肆虐，都讓人們感受到死亡的恐懼與悲哀。因此，在魏晉六朝的志怪小說中，就有「誤入仙境」情節的產生，這些「誤入」往往是因為採藥、採樵或遊覽等緣故入山，也有機會往來上下於石階、洞口〔註174〕，繼而進入沒有戰爭、天災、疾病的人間樂土。

　　如《拾遺記》卷十之「洞庭山」一文所錄，有採藥「誤入」後，關於仙境的描述：

> 其山又有靈洞，入中常如有燭于前。中有異香芬馥，泉石明朗。采藥石之人入中，如行十里，迴然天清霞耀，花芳柳暗，丹樓瓊宇，宮觀異常。乃見眾女，霓裳冰顏，艷質與世人殊別。來邀采藥之人，飲以瓊漿金液，延入璇室，奏以簫管絲桐。餞令還家，贈之丹醴之

〔註173〕陳師怡良：〈屈原的審美觀及〈離騷〉的「奇」、「艷」之美〉。收錄於《屈騷審美與修辭》，臺北：文津出版社，2008年10月初版，頁89。

〔註174〕「誤入」即指誤入洞天者一類。李豐楙分析梁·陶弘景所注的《真誥·稽神樞》篇，將仙境遊歷傳說分為兩類。一類是指修真學道者才能以特別的機緣，得入洞天獲得特殊的道法、經訣等啟示，因而助成其人快速悟道世。一類則為論文中所引——誤入洞天者一類。李豐楙〈六朝道教洞天說與遊歷仙境小說〉。同注145，頁95。

> 訣。雖懷慕戀，且思其子息，卻還洞穴，還若燈燭導前，便絕饑渴，
> 而達舊鄉。〔註175〕

文中，仙境的景觀是異香芬馥、天清霞耀；仙人處所乃丹樓瓊宇，異常華美；
又有霓裳冰顏的仙女；更有瓊漿金液的長生仙藥。這些沒有戰亂，平靜美好
的景致；及遠離死亡威脅，能延年益壽的丹藥，都是魏晉南北朝時飽經戰亂
的人民所期盼的理想世界。最後，凡人的「思戀塵世」，使得仙境遊歷的終結。
這段記載，顯示了對仙境的情節描寫的確有美好理想的寄寓。而離開仙境，
回到現實，則揭示了兩界空間隔閡的存在，因此凡人仍必須回歸以面對現實
殘酷的世界。

又《搜神後記》的〈剡縣赤城〉（又作〈袁相根碩〉）一篇，則是因為打
獵誤入仙窟：

> 羊徑有山穴如門，豁然而過。既，入內甚平敞，草木皆香。有一小
> 屋，二女子住在其中，年皆十五六，容色甚美，著青衣。……二人
> 思歸。潛去歸路。二女追還已知，乃謂曰：「自可去。」乃以一腕囊
> 與根等，語曰：「慎勿開也。」於是乃歸。後出行，家人開視其囊，
> 囊如蓮花，一重去，一重復，至五蓋，中有小青鳥，飛去。根還知
> 此，悵然而已。後於田中耕，家依常餉之，見在田中不動，就視，
> 但有殼如蟬脫也。〔註176〕

當越過狹窄的羊徑（兩界之界線）後，就進入了草木皆香，及有容色甚美的
仙女所在的仙境。美好仙境及與仙女的婚配，也都是一般凡人在痛苦的塵世
中無法達成的願望，然而卻能在志怪小說中得到實踐的機會。而袁相、根碩
二人，思歸還鄉後，打開仙女所贈腕囊後，身成蟬脫之殼，則象徵未遵守仙
人吩咐，乃必須面對的現實環境。

《幽明錄》的〈黃原〉一篇，也有誤入仙鄉之敘述：

> 行數里，至一穴，入百餘步，忽有平衢，淮柳列植，行墻回匝。（黃）
> 原隨（青）犬入門，列房櫳戶可有數十間，皆女子姿容妍媚，衣裳
> 鮮麗。或撫琴瑟，或執博棋。〔註177〕

---

〔註175〕王嘉撰，蕭綺錄，王根林校點：《拾遺記》。同注132，頁563～564。
〔註176〕陶潛撰，王根林校點：《搜神後記》，收錄於《漢魏六朝筆記小說大觀》，上海：
　　　　上海古籍出版社，1999年12月，頁442。
〔註177〕同注156，頁699。

黃原隨著門外青犬的引導，到達洞穴，來到廣植柳樹的仙境，容色婉妙的太真夫人之女妙音婚配。文中仙境風景秀麗，也有姿容妍媚的女子，屋閣華美。此則對於仙境的描述，未顯仙氣裊裊，反而狀如人世。但由「撫琴瑟，執博棋」的活動，大抵可知也屬平靜安好之處。最後黃原仍思鄉還家，妙音於是解珮分袂，與他相別。妙音以「人神異道」一語，面對離別，這其實也宣告了人終究要由虛幻的世界回歸到現實。

　　以上，魏晉六朝志怪小說中「誤入仙鄉」的故事，大抵規律是因為迷途、採藥或引導，而經過一個象徵穿越兩界空間的界線，方能來到仙境。最後仙境遊歷的終結，則起源於「思鄉」。這樣的規律，早在《楚辭》中的仙境幻遊便有跡可循，屈原因為身為高陽子孫的「神性」，乘龍御鳳欲突破守門人帝閽的守衛，面見天帝或訪求淑女，仙境遊歷的終結，也起源於「鄉國之思」。而志怪小說中的「誤入仙鄉」，和屈原欲嘗試進入他界，都必須有突破界線的動作。以魏晉六朝志怪小說為例，李豐楙云：

> 人仙之間、俗聖之隔俱以具有象徵性的事物表現：《搜神後記》所安排的是石橋、絕崖、瀑布，及「有山穴如門」；而經過的動作則是經、渡及豁然而過，這是通過門閾的一種隱喻，類似人類學家解說由俗入聖的通過儀禮的分辨階段，從人間世界跨入神仙世界。……一連串的試煉中，一些尋常的動作與意象在組閣先藩的象徵上，都具有中介性儀式的意義。〔註178〕

「象徵性的事物」從《楚辭》中的界線和門，到魏晉六朝志怪小說中的石橋、絕崖、瀑布、山穴，想像愈豐富多元，然其本質仍代表跨界的機緣。

　　而對於仙境的描述，不論是在《楚辭》或志怪小說中，情節上的描述都具有其理想性。《楚辭》的仙境，香花繁盛，還有飲之長生的白水神泉；眾神光彩顯赫，護衛百姓，還能聆聽屈原之冤屈；又有〈九歌〉、〈九韶〉仙樂裊裊，這些都是屈原心中的理想世界。而志怪小說中的仙境，一樣香花繁盛，有著容貌艷美的仙女，又有金丹仙藥，聚集了所有人世渴望得到的美好。只是志怪小說中的仙境，有由高不可攀走向俗世的情形。

　　尤其到了陶潛《搜神後記》的〈桃花源記〉中，仙境景象更與世俗景觀無異了。除了基於漢魏以降，神話世俗化的特色外〔註179〕，仙境與人世情景

---

〔註178〕李豐楙：〈六朝道教洞天說與遊歷仙境小說〉。同注145，頁129。
〔註179〕神話的世俗化和鬼話的人情化，是漢魏以降，尤其是六朝神秘主義文學思潮

的相似，或許給人更易親近，或達成美好理想的想像。可見仙境的描述，是帶著理想性的，本質上象徵現實人世的需求。而通過虛幻的鬼神故事，認識當朝社會和人生的渴求，便能反向透視社會的殘酷現實。這些鬼神觀念不是偶然的，是一種反映真切社會現實生活的圖像。情節描述的理想性，除了表露「誤入仙鄉」的可能，還有突破當代嚴格門第觀念的指涉。

　　志怪小說中的女神、女鬼則多半是貴族名門之後，本來就是現實中難以企求的美好對象；但在故事中卻能達成結褵的可能，她們主動親近貧士或凡人，現實的缺憾在小說中都能被滿足。如《搜神記》中的〈辛道度〉：

> 隴西辛道度者，遊學至雍州城四五里，比見一大宅。……秦女於西榻而坐。女謂度曰：「我秦閔王女，出聘曹國，不幸無夫而亡。亡來已二十三年，獨居此宅，今日君來，願爲夫婦，經三宿。」三日後，女即自言曰：「君是生人，我鬼也，共君宿契，此會可三宵，不可久居，當有禍矣。然茲信宿，未悉綢繆，既已分飛，將何表信於郎？」即命取床後盒子開之，取金枕一枚，與度爲信。……尋至秦國，以枕於市貨之，恰遇秦妃東遊，親見度賣金枕，疑而索看。……歎曰：「我女大聖，死經二十三年，猶能與生人交往。此是我眞女婿也。」遂封度爲駙馬都尉，賜金帛車馬，令還本國。〔註180〕

辛道度遊學期間，遇見秦閔王之女的鬼魂與之結好，分別時還贈以金枕，以作爲兩人的信物。而恰巧秦妃東遊，遇見辛道度，最後辛道度得賜金帛車馬，成爲駙馬都尉。故事中藉由王侯之女鬼魂的結好，突破了門閥制度的森嚴，讓士子獲得晉身貴族的機會。顯然諷喻了魏晉士人在九品中正制及士族制度的壓迫下，貧士被壓抑，難以出頭的情景。這種美好的情節想像，粉碎了門閥的桎梏，反映了普通士人也能晉身貴族機會的理想。

　　《幽明錄》中的〈淳于矜〉一條，則敘述淳于矜遇到狐妖所化的女子，她不僅姿容艷麗，還鍾情於淳于矜，云「得婿如君，死何恨？」她取銀兩百斤、布百匹，助成自己與夫婿的婚姻，並且養育子女，使家庭和樂，及淳于矜官制秘書監。雖然最後的結局，因爲獵者的出現，狐妖不得不現身，但所塑造的狐妖形象卻是美麗、賢慧的，這也是世間男子所追求的完美女子的形象。

---

　　　的兩大特色。楊義：《中國古典小說史論》，北京：中國社會科學出版社，2004
　　　年3月第2版，頁153。
〔註180〕同注128，頁201～202。

另外，前文所述的靈嶽阿母之女杜蘭香匹配張碩、董永遇織女、河伯以其女妻凡人、天上玉女成公知瓊來就弦超、太眞夫人之女妙音婚配黃原，或清溪小姑來就趙文韶……等，就讓凡人婚配神女。而吳王夫差之女紫玉來就韓重、睢陽王之女來就談生……等，則是王侯之女匹配缺乏地位的士子。以上，除了寄託對門閥制度的諷諭、批判外，也間接闡揚女子擁有自主權，及對自由戀愛的渴望。

情節描述的理想性，還包含了報應不爽及對人世不公的平反。如前文的〈東海孝婦〉，藉著大旱三年的天災及血逆流於竹，來表明皇天對周青冤情的憐憫與對官吏昏庸的憤怒。《搜神記》中還有一篇：

> 邛都縣下有一老姥，家貧，孤獨，每食，輒有小蛇，頭上戴角，在床間，姥憐而飴之。食後稍長大，遂長丈餘。令有駿馬，蛇遂吸殺之，令因大忿恨，責姥出蛇。姥云：「在床下。」令即掘地，愈深愈大，而無所見。令又遷怒，殺姥。蛇乃感人以靈言，瞋令「何殺我母？當爲母報讎。」此後每輒聞若雷若風，四十許日，百姓相見，咸驚語：「汝頭那忽戴魚？」〔註181〕

老姥憐育有角的小蛇，但縣令因爲駿馬被蛇所殺，又不見蛇之蹤影，乃怒殺老姥。蛇乃立誓爲被冤殺的老姥報仇。文中蛇的報仇，彰顯的正是對官吏暴虐的平反。升斗小民對於官吏的草菅人命，現實中無力反抗，而乃以鬼神怪異之虛設，對抗人世之不公。

而後，又發展到冤魂索命報仇的情節。如顏之推〔註182〕《冤魂志》中〈弘氏〉一篇，記載了南朝梁·南津縣尉孟少卿爲了給梁武帝蓋廟，強取弘氏木料，誣陷其爲強盜，將其處死。之後，弘氏冤魂報仇讓孟少卿嘔血而亡，也讓經手此案的官吏逐一受到懲罰。文中，一方面反映梁武帝時崇信佛教，大蓋佛寺，對人民生活及經濟造成的紛擾衝擊；一方面也反映官吏倚仗此事，作威作福，從中獲取龐大利益的醜態。身分微鄙的小民，在現實世界中無力與之抗衡，只能在死後對荼毒人民的官吏復仇。志怪小說的空間，也由人界進一步延伸到了鬼界。因此楊義認爲：

〔註181〕同注128，頁243。
〔註182〕周建江《北朝文學史》：「顏之推的小說作品，突出一個共同的思想，及對佛教的無比虔誠、信仰，爲之辯護、捍衛的態度。」因此其志怪小說作品的核心，也多圍繞在善惡因果報應上。周建江：《北朝文學史》，北京：中國社會科學出版社，1997年7月1版，頁237。

　　　　志怪小說是亂世人在生存極限的邊緣上，以審美型態追求神秘的生
　　　命補償。生命的倏忽，使人幻想把鬼世界作為人世界的延伸。〔註183〕
冤魂報仇、索命等報應不爽的概念，雖然主要仍受到佛教在中國勃興的影響，
是佛教教義藉以推動、傳播的一種方式，但藉由鬼魂對暴虐官吏的報仇情節，
的確能在動亂的社會中，給予人們精神的撫慰。

　　以上，魏晉六朝志怪小說，藉鬼神怪異之事來闡述令人嚮往的仙境之存
在；或藉人神戀、人鬼戀故事表明對門閥制度的對抗，及表達對自由戀愛之
渴望；甚或以報應不爽的概念，來達成對暴虐官吏的報復或不公世界的反抗。
這些骨子裡都充滿與現實抗爭的精神，並顯示了亂世中人民的迷惘與恐懼，
當以筆法上注重情節描述理想性的特色來呈現時，幻設的時空、人物，當能
給予人更多的思考空間。正如楊義對漢魏六朝志怪小說的總結：「以神秘主義
幻想，變異時空，溝通幽明，出入人仙境界，無不折射著人對世局亂變和死
生無常的焦慮以及欲求。它是人對命運的充滿恐懼，迷惘和遐思的一次反省。」
〔註184〕

　　文學中相同的題材，經過時代演變，融入了各種思想，並以不同的文類
記敘，就產生了不同面向的文化意義。而我們便能藉由文本，佐以各種觀點
來加以分析。正如《楚辭》作為韻文，融合了巫術、神話，以浪漫詭譎之筆
繪出了想像中的神仙及幽冥世界，反映了屈原對黑暗政治的奮鬥與抵抗，也
寄託了他對理想世界的眷戀與渴望。藉由創作，屈原能從中得到心靈上的積
極療癒，也使得面臨相同時代背景、困厄處境的士人，在精神上予以認同，
並進一步於素材、筆法上加以借鑑。而六朝志怪小說中，所具有的浪漫譎怪
之幻想性、崇尚角色之真善美人性、誇張手法之現實性、注重情節描述之理
想性四者，就是對《楚辭》書寫筆法的借鑑。

　　當然，魏晉六朝志怪小說，情節內容都較《楚辭》豐富多元。如《楚辭》
的仙境多重外在氛圍的描摹，文中不論是架構、人物身分都徒具梗概而顯得
模糊；而志怪小說中的陳述設計就顯得相對清晰。如《楚辭・遠遊》中「聞
赤松之清塵兮，願承風乎遺則。」「赤松子」只標誌了作為清高仙人的存在；
而《搜神記》記載「赤松子者，神農時雨師也，服冰玉散，以教神農，能入

────────────

〔註183〕同注179，頁153。
〔註184〕同注179，頁172。

火不燒。」〔註185〕簡述了「赤松子」服食冰玉散的成仙經過，及入火不被燒灼的神通。《楚辭》仙境的神女，多半強調其品德，未對其面容、衣飾詳細的描述；志怪小說中的仙女，則總是青春貌美，穿戴素雅，可謂形象立體，有血有肉。《楚辭》中的人神相親，需要屈原或巫覡的主動求訪，結局也多是處於可遇不可求的縹緲中；六朝志怪小說中，則多是仙人主動親近凡人，仙境接近人世場景，甚至有仙人對人間婚姻、生育的嚮往。這些愈加細膩的描寫，都是文學意識高揚的魏晉南北朝，對《楚辭》中部分素材的進一步發展，並以此開拓了詭譎神異、引人入勝的志怪世界。

　　關於《楚辭》與魏晉南北朝小說之關係，趙璧光曾論云：

　　　先秦典籍中，具有濃厚之仙道思想，保有豐富之神話傳說，而堪爲虞初小說之先驅者，爲屈子之《楚辭》足以當之。……屈賦中神話傳說包羅極富，或片言數語，或短章長篇，皆予漢魏六朝神怪小說以極大的啓示。如《山海經》、《穆天子傳》、《博物志》、《拾遺記》等皆受屈賦影響，歷代相沿至明、清而不衰。〔註186〕

誠如其言，顯見《楚辭》對魏晉南北朝志怪小說的影響，的確存有不容忽視的價值與意義。

---

〔註185〕卷一。同注128，頁1。

〔註186〕趙璧光以爲後世小說，如崑崙縣圃、洪水故事、水神故事等三類，都受到屈賦影響極深。故稱《楚辭》可稱爲「小說之遠祖」。趙璧光：〈論屈賦之流變〉，《成功大學學報》（人文卷）第八卷，1973年6月，頁37。

# 第七章　結論：魏晉南北朝《楚辭》學之價值與意義

　　魏晉南北朝面臨中央集權的崩解、名教與自然的抗爭、東晉南遷，及士族制度變革等，是歷史縱軸中變動多元的朝代。特殊的政治與社會處境，士人的生命歷程，遭遇了前所未有的變動與困境，然而他們選擇用清談論辯、援道入儒、飲酒長嘯、隱遁山林、服食養生……等特殊生活方式，予以紓解應對。生活方式的選擇，造就時代特殊的精神風貌與審美趨向，在文學上也就影響了當代《楚辭》學的發展。這些都成爲促進及滋養《楚辭》研究的土壤，使得當代《楚辭》學之內涵與特色，與前朝有所差異，並迸發出異彩，更在《楚辭》學發展上，勾劃出嶄新的視野。

## 第一節　歷史與對話：補闕魏晉南北朝前之《楚辭》學

　　魏晉南北朝對《楚辭》學最重要的貢獻，首先是在接受《楚辭》的過程，對兩漢《楚辭》學的成果，作了全面省思與檢討，並進一步補闕魏晉南北朝前《楚辭》學研究的不足與空白。

### 一、總結兩漢《楚辭》學成果

　　當屈原的形象受到普遍討論，或作品被加以模擬學習，同時形成的是對屈原形象、作品的共鳴。這種共鳴站在前代的《楚辭》學研究基礎上，加入

當代士人的理解,因而產生了歷史性與特殊性。不論是肯定或否定的評價,都反映出時代特殊的文藝思想與審美趨向,正在對它進行嶄新的思考與辨證。

回溯《楚辭》學發展過程,兩漢可謂《楚辭》學建立與興盛的時期。早於淮南王劉安〈離騷傳〉時,便對屈原發出「信而見疑,忠而被謗,能無怨乎」、「推此志也,雖與日月爭光可也」〔註1〕的評論,開啓了後人對屈原「志」與「怨」的探討。班固〈離騷序〉所稱〈離騷〉「其文弘博麗雅,爲辭賦宗,後世莫不斟酌其英華,則象其從容」〔註2〕,則繼而揭明《楚辭》對後世文學的廣大影響。接續有王逸保存了漢·賈誼、淮南小山、東方朔、莊忌、王褒、劉向等人的騷體作品,及己作〈九思〉著成《楚辭章句》,不但使兩漢擬騷作品得以保存,還在《楚辭》文本上詳加注釋,逐一探討文章內容本義、分析各篇寫作背景與命意。其成就可說「推動了《楚辭》,尤其是以〈離騷〉爲代表的屈原精神在漢代的傳播,使屈原作爲一種文化情結,深深地根植於漢代文人的潛意識之中。」〔註3〕漢宣帝時更是諷誦在人口,有九江被公能誦《楚辭》,初涉《楚辭》音韻研究領域,更有諸多士人如唐勒、宋玉之屬,慕而述之,以摹擬騷體來抒發個人情志。

總結兩漢《楚辭》學的特色,可謂《楚辭》學研究的嘗試與開創期,在注疏、音韻、擬作等方面首開風氣。其中兩漢《楚辭》學重點,尤其側重對《楚辭》文本義理的探求及對屈原的評論。在義理探求的特色上:

> 對《楚辭》由字及句,由句及章,進行點、線式的解釋,雖然也對各篇義理提出看法,但重在訓詁。而且他們對義理的探求是用章句訓釋方法,直線式地達到義理。〔註4〕

可見直接探求文本義理,是兩漢《楚辭》學的研究重點,王逸《楚辭章句》便是這種研究風氣下的產物。然而,用訓詁方式對文本進行全面的義理注解,雖然較爲嚴整中立,但顯然未及兼顧文本情意面,審美情趣上的披露較爲缺乏。

---

〔註1〕 班固:〈離騷序〉引淮南王劉安〈離騷傳〉語。載洪興祖:《楚辭補注》,臺北:天工書局,1994年9月,頁49。

〔註2〕 王逸:《楚辭章句》所引班固〈離騷序〉。同注1,頁50。

〔註3〕 鄭明璋:〈論漢賦對《楚辭》的接受與創新〉,《山西師大學報》(社會科學版)第31卷第3期,2004年7月,頁62。

〔註4〕 李中華、朱炳祥:《楚辭學史》,武漢:武漢出版社,1996年10月1刷,頁311。

　　至於對屈原的認知，兩漢多側重討論「共鳴於其忠君所隨之而來的不幸
遭遇的悲怨。」〔註5〕兩漢文士對屈原的討論範疇，仍籠罩於儒家思想的指導，
「忠君」與「悲怨」總是相互聯繫牽絆，隨之而來班固對屈原「露才揚己」、
「忿懟不容」、「強非其人」（〈離騷序〉）的批評也順勢而生。廖棟樑以爲批評
之所生，乃因「楚騷固然是爲楚國而怨，也確有爲一己窮通而怨的『露才揚
己』之前所未有的人生姿態，顯然不符合傳統的儒家思想，有離經叛道之嫌。」
〔註6〕亦即違反儒家「溫柔敦厚」的要求。然而，兩漢也有爲屈原平反者。如
王逸不以爲然，曾以「虧其高明，而損其清潔者也。」及「殆失厥中矣！」〔註
7〕對負面批評予以駁斥。正反兩面的評價與討論，正式開展兩漢對屈原形象
的論爭。

　　兩漢對《楚辭》文本義理探求的側重及對屈原的論爭，也延續到魏晉南
北朝，成爲當代《楚辭》學範疇被重新省思論辯的重點。魏晉南北朝士人在
接受屈原與《楚辭》的過程中，不但展開了對屈原形象歷史共鳴的重新檢討，
也對兩漢《楚辭》學研究成果，做了較深入的統整歸納。

　　首先是注釋文本上的變革，王逸稽查舊章，以合經傳，得其旨趣，寫成
《楚辭章句》。而郭璞則以不合經傳的神話，如《山海經》、《穆天子傳》、《淮
南子》等書所載神話、傳說來註解《楚辭》，並大量保留《楚辭》中的方言古
語〔註8〕。與王逸《楚辭章句》相較，郭璞注的特色，是以個人對神話的偏好
來註解《楚辭》，顯示對《楚辭》中方言古語的重視。「雖然其註《楚辭》時，
雖或流於神仙家習氣，但同時也注意到屈作的浪漫特色，推進了《楚辭》的
文學成就。」〔註9〕這種註解方式，可說在兩漢《楚辭》學側重章句訓詁的傳
統基礎上，開展了註解的新途徑。

　　晉‧劉杳《離騷草木疏》雖然已佚失，但主題顯然是對《楚辭》中草木
相關的考察，鮮明的考證色彩，對《楚辭》學中名物訓詁之學有推動之功。《楚

---

〔註5〕　廖棟樑：《古代楚辭學史論》，輔仁大學博士論文，1997 年 6 月，頁 10。
〔註6〕　〈論儒家文化視野中屈原研究的詮釋策略〉中解析班固解讀屈原：「從不遇之
　　　　士的個人感傷轉而爲一種士人的處世之道，指向納忠順上，明哲保身，優游
　　　　婉順，平和正中的標準」。錄自廖棟樑：《倫理、歷史、藝術——古代楚辭學
　　　　的建構》，臺北：里仁書局，2008 年 9 月初版，頁 5～9。
〔註7〕　王逸：〈楚辭章句敘〉：「而論者以爲『露才揚己』、『怨刺其上』、『強非其人』，
　　　　殆失厥中矣！」同注1，頁 48。
〔註8〕　請參閱本論文第三章第二節：〈魏晉南北朝的《楚辭》傳播與研究〉。
〔註9〕　陳煒舜：《楚辭練要》，宜蘭：佛光人文社會學院，2006 年 7 月初版，頁 95。

辭章句》及《離騷草木疏》的出現，顯見魏晉南北朝士人逐漸終結了兩漢直線式的章句註解，並在《楚辭》學的研究中，開展了主題式專門研究的趨向。

尤其，對屈原的形象與評價，魏晉南北朝士人顯然比兩漢士人展現了更廣大的包容空間。西漢時司馬遷在《史記・屈原賈生列傳》已云：「信而見疑，忠而被謗，能無怨乎？屈平之作〈離騷〉，蓋自怨生也。」〔註10〕司馬遷雖然揭明了〈離騷〉創作之緣由，卻未明確肯定屈原抒發怨情的正當性。尤其班固和王逸的注解，雖是一貶一褒，但都凸出了屈原文章中的忠君思想，影響所及乃「轉變了西漢士人閱讀屈原注重情感的取向，而且通過張大屈原的忠君之心，突出了士之職守忠貞的道德意義，將士人閱讀時的個人感傷轉變爲對士的群體品格的頌揚。」〔註11〕

及至魏晉南北朝，在以悲爲美及深情會心的審美趨向下，文士才進一步認可了屈原「怨情」的正當性與合理性，爾後並更進一步深入理解屈原。對於正視情感抒發之正當性，與當代審美風尚有極大關聯。如前文已論，魏晉南北朝中《世說新語》特立「傷逝」一門，表達對死亡的悲傷。蕭統編纂的《昭明文選》，詩、賦二文體皆特闢「哀傷」一類。這種以悲爲美的風尚，都肇因於「重情」之風，因此也連帶引起士人對悲劇人物屈原的關注。

他們開始以不同的面向，來理解屈原的悲劇。屈原人品的高潔，大抵是兩漢與魏晉南北朝士人皆所認同的，但面對班固〈離騷序〉所提出屈原「露才揚己，忿懟沈江」的質疑，魏晉南北朝士人卻採取「才性」與「自然情感」來重新解讀。這兩項指標，乃肇因於魏晉品鑑人物風尚的盛行，如《世說新語》中載有「識鑒」、「賞譽」兩門類，顯示了士人對人物才性的重視。理論面有鍾會〈四本論〉的出現，討論到才性同異合離的問題；現實面還有曹操「唯才是舉」的〈求賢令〉來招募才能之士，推動重才之風。文士以此角度來檢視班固的評論，對屈原的質疑之論，在魏晉南北朝自然無法成立。如以「露『才』揚己」之評而言，魏晉南北朝士人解讀屈原，顯然更側重於彰顯其爲「才能之士」的定位，進而忽視他「怨恨懷王，譏刺椒、蘭，苟欲求進，強非其人，不見容納，忿恚自沈」〔註12〕的缺失。

---

〔註10〕 司馬遷著，韓兆琦注譯：《史記》，臺北：三民書局，2008 年 2 月 1 版，頁 3466。

〔註11〕 蔣方、張忠智：〈兩漢士人閱讀屈原的價值取向探釋〉，《湖北大學學報》（社會科學版）第 28 卷第 2 期，2001 年 3 月。

〔註12〕 王逸：〈離騷經後敘〉。同注 1，頁 50。

　　反映在當代文士對屈原形象的論述上，如劉毅〈上疏請罷中正除九品〉中的「屈原、伍胥，不容于人主，而顯名於竹帛，是篤論之所明也。」〔註13〕便以爲屈原雖受小人讒言，而不能見容於懷王，但才能卻足以讓他顯揚於史冊。及皇甫謐〈三都賦序〉中有「賢人失志，辭賦作焉。是以孫卿、屈原之屬，遺文炳然，辭義可觀」〔註14〕，都是將屈原定位爲「賢人」或「才能之士」。甚或葛洪將屈原看成「懷其王佐之器，抱其邈世之材」的賢才，進而悲憫其「時之難遇」；和劉勰所讚嘆的「楚人之多才乎！」〔註15〕以上評論，顯然都是由「才能」的角度來解讀屈原。可見，兩漢屈原所遭「露『才』揚己」之批評，在魏晉南北朝正處於紛然瓦解之態。

　　至於「忿懟沈江」，怨怒乃是人遭受冤屈或面對不平處境時，最自然的情感抒發。與儒家要求感情合乎禮制，強調「樂而不淫，哀而不傷」不同。魏晉南北朝士人處於黑暗動亂的政治環境，他們感受著情感矛盾的痛苦，強調的是「自然情感」的放縱或抒發。從醉酒長嘯、服食丹藥到袒胸赤裸、吟詠輓歌……等等狂放行徑，都以「任誕」或「簡傲」作爲包裝，形成當代名士高尚風範的表徵。名士們情感的狂烈抒發，甚至蔚爲風潮，成爲士人競相模仿的對象。魏晉南北朝重視個體存在的價值，間接也認同、肯定個體所生發的自然情感，包含喜、怒、哀、樂……等，情感成爲合情合理的存在。

　　作爲「人」，自然情感的不容抹滅，還能從何劭〈王弼傳〉記載的一段言論得到證明。何劭〈王弼傳〉記載王弼注解《周易》，穎川人荀融曾以〈大衍義〉相詰難。王弼云：

> 夫明足以尋極幽微，而不能去自然之性。顏子之量，孔父之所預在，然遇之不能無樂，喪之不能無哀。又常狹斯人，以爲未能以情從理者也，而今乃知自然之不可革。足下之量，雖已定乎胸懷之内，然而隔踰旬朔，何其相思之多乎？故知尼父之於顏子，可以無大過矣。〔註16〕

〔註13〕劉毅：〈上疏請罷中正除九品〉，《全晉文》卷三十五。載嚴可均輯：《全上古三代秦漢三國六朝文》，北京：中華書局，1958年12月一版，頁1663。

〔註14〕西晉・皇甫謐：〈三都賦序〉，載司馬遷等著：《楚辭評論資料選》，臺北：長安出版社，1988年9月初版，頁15。

〔註15〕劉勰〈辨騷〉：「自風雅寢聲，莫或抽緒，奇文蔚起，其〈離騷〉哉！故以軒翥詩人之後，奮飛辭家之前，豈去聖之未遠，而楚人之多才乎！」同注1，頁51～52。

〔註16〕陳壽：《三國志・魏書・鍾會傳》注引何劭〈王弼別傳〉，北京：中華書局，2004年，頁795。

這段文字乃王弼爲孔子面臨顏淵之死,所產生的哀樂之情作辯解。所謂「遇之不能無樂,喪之不能無哀。」王弼顯然認爲孔子所展現的哀樂,乃是出於人的「自然之性」,行爲上來說並沒有偏頗錯誤。文中觀點大致有二:其一是將德行與情感進行切割,分別論述,進而認可孔子(聖人)在德行之外,情感展現的正當性。其二則是明揭「情乃自然之性」的觀點。

而當代對於「情」的重視討論,還能以王弼所持「聖人有情」的觀點來檢視。《三國志・魏書・鍾會傳》注引何劭〈王弼傳〉載:

> 何晏以爲聖人無喜怒哀樂,其論甚精,鍾會等述之。弼與不同,以爲聖人茂於人者神明也,同於人者五情也,神明茂,故能體沖和以通無;五情同,故不能無哀樂以應物。然則,聖人之情,應物而無累於物者也。今以其無累,便謂不復應物,失之多矣。〔註17〕

文中王弼對聖人的定義乃「神明茂」、「體沖和」,當擁有這些超越常人的優點,才能進一步達到「通無」、「無累」的境界。然而聖人也同於常人,因此也擁有喜、怒、哀、樂等自然情感。王弼以「聖人有情」及「聖人體無」,來反駁何晏所持聖人無喜、怒、哀、樂的論點,基礎都是從一「情」字出發。王弼著作中還有一段對「忠恕」的看法。《論語・里仁》云:「夫子之道,忠恕而已。」王弼解其「忠恕」曰:

> 忠者,情之盡也;恕者,反情以同物者也。未有反諸其身而不得物之情,未有能全其恕而不盡理之極也。能盡理極,則無物不統。極不可二,故謂之一也。推身統物,窮類適盡,一言而可終身行者,其唯恕也。〔註18〕

王弼認爲盡情到極至就是「忠」,能反情同物就是「恕」,換言之「忠恕」都是基於「情」而有所闡發的。儒家的「忠恕之道」到了王弼,轉變爲以自然之情爲基礎的論述。這些論述,不但反應魏晉南北朝重情的風向,更說明魏晉南北朝士人習慣以「情意面」省思事物的傾向。何善蒙認爲魏晉南北朝:

> 玄理、玄論、玄風之中無一不包含著情感的因素,無一不具有情感的特點。「情」成爲了士人的基本特徵,故在這一時期才有「一往而

---

〔註17〕 同注 16,頁 795。
〔註18〕 王弼著,樓宇烈校釋:《王弼集校釋》,臺北:華正書局,2006 年 8 月二版,頁 640。

　　有深情」、「情之所鍾正在我輩」、「當爲情死」這樣的呼聲，士人對
　　於情的推崇程度也就可以想見。〔註19〕

這種重「情」的風尚，成爲哲學或文學思考的趨向，除了影響魏晉南北朝士
人對屈原的批評外，也嘗試爲與屈原處於相同際遇的士人，提供一條突圍的
道路。

　　首先是對西漢批評屈原聲浪的突圍。以王弼的聖人有情論，到以情來解
釋「忠恕之道」，乃至於魏晉南北朝普遍重情的風尚，甚或是以情論文的傾向，
重新檢視屈原或《楚辭》，文中充斥的「怨恨」、「譏刺」、「忿懟」，都是屈原
坎坷境遇中自然生發的情感；或以「盡情爲忠」之標準檢視，屈原盡忠竭誠，
悲憤怨恨乃遭受讒冤而發，發乎自然也合於情理。況且聖人尚且有情，而屈
原作爲「賢士」或「才能之士」，又怎能無情呢？正如陸雲〈九愍〉一篇，序
云：「昔屈原放逐，而〈離騷〉之辭興。自今及古，文雅之士莫不以其情而玩
其辭，而表意焉。遂廁作者之末，而述〈九愍〉。」〔註20〕顯然文中所拈出的
「以其情而玩其辭」，正是魏晉南北朝士人關注屈原及〈離騷〉的關鍵。因此，
聖人有情的論述及時代重情的氛圍，實際上正是支持魏晉南北朝評論家，導
正屈原所受負面評價的基礎。

　　除了爲屈原的負評突圍外，在援道入儒的特殊時代風潮〔註 21〕下，魏
晉南北朝士人也思考了「忿懟沈江」的另一條道路。前述，王弼所指「聖
人」除了「有情」，其勝過常人之處乃在「體無」而「無累」，這種論述顯
然受到道家及當代談玄風氣的影響。而屈原「寧赴湘流，葬於江魚之腹中。
安能以皓皓之白，而蒙世俗之塵埃乎！」（〈漁父〉），其沉湘源於對品格高
潔的執著，「執著」正是不能「體無」，及達到「無累」於俗務境界的原因。
這也導致魏晉南北朝士人，對屈原生命抉擇的委婉質疑。如李康〈運命論〉
的「屈原以之沉湘，賈誼以之發憤，不亦過乎？然則聖人所以爲聖者，蓋
在乎樂天知命矣。」〔註22〕及摯虞〈愍騷〉所云：「蓋明哲之處身，固度時
以進退。泰則攄志于宇宙，否則澄神于幽昧。摛之莫究其外，丞之周視其

---

〔註19〕 何善蒙：《魏晉情論》，北京：光明日報出版社，2007 年 1 月 1 刷，頁 172。
〔註20〕 陸雲：〈與兄平原書〉，載明‧張溥輯：《漢魏六朝百三名家集》（〈陸清河集〉），
　　　　 臺北：文津出版社，1979 年 8 月初版，頁 1992。
〔註21〕 請參閱本論文第二章第一節〈魏晉南北朝政治與社會環境〉。
〔註22〕 李康：〈運命論〉，《全三國文》卷四十三。同注 13，頁 1295。

內。順陰陽以潛躍，豈凝滯乎一概。」〔註23〕兩者就提供了「樂天知命」
與「度時進退」二條突圍人生困境的路徑。這些想法，除了與道家、玄風
相關外，與當時服食養生或隱逸之風盛行的時代風潮，也不無關連。回溯
班固對屈原強烈直截的負面批評，雖也基於認為「君子道窮，命矣。」（〈離
騷序〉），因此宜「明哲保身」之理，但卻是以儒家「溫柔敦厚」的觀點作
為標準。魏晉南北朝士人所提出的「體無」、「無累」，顯然更具時代特色，
顯示了更超俗的人生抉擇。

可見，魏晉南北朝士人重新省思了兩漢士人對屈原的歷史共鳴與評價
後，以當代特殊的時代背景及文學發展為基礎，為屈原平反了「露才揚己」、
「怨怒其君」的兩項質疑，並以才學和情意面重新開啟對《楚辭》學的探討，
重新塑造了魏晉南北朝對屈原或《楚辭》新的歷史共鳴。因為新的歷史共鳴，
也讓士人們願意以更持平的角度，將《楚辭》當作專門的學問來看待與研究，
開啟後代更細膩的《楚辭》學在文本注釋、音韻、目錄、評論或草木等主題
的研究。

以上，魏晉南北朝士人反思《楚辭》學，並與之對話的積極意義，正在
於脫離兩漢直線式的忠君、怨君的討論，朝向研究《楚辭》本質的文學藝術
之美、屈原自然情性之真、及悲憫賢人失志等多面向討論。不但進一步為悲
劇英雄屈原尋找坎坷命運的解圍與突圍方法，及至南朝文體觀念開始清晰，
對文章的審美判斷愈加細膩後，評人、評文的兩分，及擬作在主題、意象的
新發展趨勢，都可說全面總結了兩漢《楚辭》學的研究成果，並為開創魏晉
南北朝新《楚辭》學作了堅實的準備。

## 二、開啟《楚辭》學的歷史新頁

馬以鑫《接受美學新論》云：

> 從接受美學角度講，正因為有了傳播，本文才得以面對接受者。如
> 果沒有傳播，那麼再好的本文也只能是作家宣洩的產物，這樣的文
> 本只能算是「半成品」。〔註24〕

以漢代的《楚辭》傳播作為基礎，《楚辭》已廣泛的被魏晉南北朝當代作家群

---

〔註23〕 摯虞：〈愍騷〉，《全晉文》卷七十六。同注13，頁1898。
〔註24〕 馬以鑫：《接受美學新論》，上海：學林出版社，1995年10月1刷，頁74。

接受，這些從擬作的大量產出，及對《楚辭》多面向的研究可以證明。亦即屈原的《楚辭》作為宣洩情感的「半成品」，透過魏晉南北朝時代背景及思想風潮加工後，成品得以展現更豐碩、更耀眼的光彩。

首先是魏晉南北朝在對《楚辭》的研究中，注意到兩漢對《楚辭》研究的空白與不足。兩漢《楚辭》學的研究，聚焦在屈原忠君形象，與是否「露才揚己」的論辯，顯然全然統攝在傳統儒家思想之下，並以政治面作為現實考量的基礎，其所開展的論題範疇因此顯得狹隘。到了魏晉南北朝，對《楚辭》的研究則呈現多面向的討論。其一是對屈原形象的定位，已不再侷限於單一的政治功利主義思考，他們除了肯定屈原忠貞的品格外，還加入時代特殊的理路與思考，以重「才」的眼光，特意彰顯屈原身為「賢人」、「才能之士」的身分。他們也樂於欣賞感受屈原於〈離騷〉或〈九章〉中，自然而然抒發的「怨怒之情」，在「以悲為美」的時代風潮中，進一步將《楚辭》視之為可供審美、賞析的客體，並開展出對《楚辭》各篇文本的普遍重視。〈九歌〉、〈九辯〉的綺靡傷情；〈遠游〉、〈天問〉的瑰詭惠巧；〈招魂〉、〈大招〉的耀艷深華，都成了文士賞析審美的對象。而道家思想的滋盛，也導致當代士人對屈原生命抉擇的質疑，由兩漢直截的批評，逐漸轉向委婉質疑。以屈原不遇為例，士人試圖尋找化解生命挫折的方法，並思考道家進退處順的可行性。討論歷程中，不只是紹聖前賢而已，他們也試圖為當代的不遇之士，找尋可跟隨、步趨的英雄範式。

這些對屈原形象的理解與塑造而言，無異使其剛烈的血性愈加張揚。而對屈原生命經驗及歷程多方向且連貫的檢視，也成為魏晉南北朝評論屈原形象，較兩漢多元寬廣之處。

文學自覺高揚的魏晉南北朝，「論人」與「論文」走上了必然兩分的道路，這對《楚辭》學的發展與完善來說，是有極大助益的。「論文」上，兩漢對《楚辭》文體的認識，仍有騷賦不分的情形；然而最晚到南朝·梁時，蕭統《昭明文選》獨立「騷體」一類，清晰明確的定位騷體的獨特，終結了歷史中「騷體」與辭賦混雜不清的情形。此外，鍾嶸《詩品》中將〈離騷〉視為五言之濫觴，統整魏晉南北朝諸家風格源流，乃至於歸納出多達二十一位詩家源流，與《楚辭》有所關聯。這些都顯示在魏晉南北朝的士人視野中，屈原與《楚辭》的文學地位有所躍升，也為文學史中的《楚辭》學發展，奠定了極重要的地位。

　　其次，《楚辭》學在魏晉南北朝，還發展出多元的研究視角與範疇。在重視章句訓詁的兩漢，有王逸《楚辭章句》的面世。到了魏晉南北朝，除了繼承對文本的註解考訂（如郭璞注《楚辭》）外，還開展出文學與批評、文本、音韻、目錄、草木考據等專題的研究〔註25〕。在廣度與深度上，魏晉南北朝確實較兩漢有過之而無不及。

　　以上，筆者認為《楚辭》在魏晉南北朝的發展，於《楚辭》學中佔有極重要的地位。雖然魏晉南北朝「沒有留下如東漢王逸《楚辭章句》那樣包含《楚辭》全部作品的完整注本；除了齊梁劉勰《文心雕龍·辨騷》一章專論《楚辭》外，幾乎再無其他專論；今日供今人研究、評述的文字，絕大部分散見於文章或詩作中。這是《楚辭》研究有別於前、後代的特殊之處。」〔註26〕但在魏晉南北朝，《楚辭》已被視為一科專門的學問，《楚辭》文學藝術上的價值，不但逐一被深入挖掘，兩漢以來文體混淆的定位問題，也獲得解決；文士關注的眼光，更廣泛普及於〈離騷〉外的篇章，並進一步將其心得與感受，落實在擬作中。甚至部分擬作中，還展現了對《楚辭》精神上的回歸，於精神、情感皆能酷肖《楚辭》，探得擬《騷》真髓。這些無形中拓大了《楚辭》傳播的範圍，為後代唐宋的《楚辭》學發展，奠定厚實的基礎。孟修祥《楚辭影響史論》便云：

> 魏晉南北朝時期接二連三，有一批有影響的「《楚辭》學」著作出現，對確立《楚辭》在中國文化史與文學史上的價值與審美價值起了非常重要的作用。〔註27〕

這些具影響力的「《楚辭》學」著作的出現，可以說是魏晉南北朝士人省思了兩漢《楚辭》學的歷史，並與之對話辨析後，精確審美眼光下的產物。藉由多種類的文藝討論或擬作，我們發現範疇不再侷限於政治，繼而延伸到了個人，亦即從著重群體意識的認同，延伸到對個體情感的張揚，這些都使得《楚辭》學研究，由狹隘走向寬闊的視野，並呈現了嶄新的風貌。

## 三、魏晉南北朝批評家對《楚辭》的發揚

　　從接受美學中「期待視野」（Erwartwng shorigont）的角度來解析，魏晉

---

〔註25〕　詳見本論文第三章「《楚辭》在魏晉南北朝的傳播」。
〔註26〕　徐志嘯：《楚辭綜論》，臺北：東大圖書股份有限公司，1994年6月，頁266。
〔註27〕　孟修祥：《楚辭影響史論》，武漢：湖北人民出版社，2003年7月初版，頁170。

南北朝《楚辭》學能由狹隘走向寬闊，實際上與當代批評家有極密切的關聯。

　　所謂「期待視野」（或稱「前理解」），意指：

　　　　每一個人都以自己的方式，按照自己生活經歷的特殊性、藝術修養、
　　　　藝術趣味、個人氣質、傾向和興趣、教養和理想，來感受、體驗、
　　　　解釋和理解一部作品。〔註28〕

亦即讀者閱讀任何文學作品之前，都已具備先驗理解或先驗知識。在閱讀作品時，作品往往會先召喚出讀者過往的生活經歷、閱讀經驗，及情感共鳴，繼而喚起我們對作品的期待。並藉由閱讀的過程，加以變化與修正，以形成文學接受的過程。

　　魏晉南北朝士人對《楚辭》的各項研究與擬作，也是奠基於「期待視野」下的產物。魏晉南北朝特殊的時代環境與審美趨向，如仕途獲取、社會動亂與政治的紛爭，都使得讀者的生活經歷大異於兩漢。因此，不論是情感的共鳴或期待視野的修正，也顯得異於前朝而獨具特色。尤其，魏晉南北朝文學中，所凸顯出個體意識及情感的張揚，造就魏晉南北朝《楚辭》學重視情感與審美的傾向。郭璞的《楚辭註》，就很能作為這種個性化的代表。《晉書·郭璞傳》中紀錄郭璞精於陰陽算曆及神仙道術，因此他注釋典籍上，多選擇與古代神話相關的典籍，如《穆天子傳》、《山海經》、《淮南子》等來註解《楚辭》。顯然郭璞的《楚辭註》，正是基於個人氣質及興趣、認知，著作上展現了強烈的個人風格。

　　又魏晉南北朝正值音韻學發展的特殊條件下，東晉·徐邈的《楚辭音》首開《楚辭》學研究音韻之風，繼而有宋處士諸葛氏《楚辭音》一卷、孟奧《楚辭音》一卷問世。可說魏晉以後，隨著聲韻學的興起，《楚辭》音義的研究有很大的收穫，六朝學者對《楚辭》文學特徵的研究也更加關注〔註29〕。乃至於劉勰《文心雕龍·聲律》也討論到楚聲「訛韻」的問題。劉勰因為對文藝作品中音韻的重視，而開啟《楚辭》學研究音韻之風，顯然也是基於個人傾向和興趣，來作為解釋和理解《楚辭》的切入點，並引領出《楚辭》音韻研究的風潮。

　　再由擬作檢視，騷體賦中，情志書寫類的大量產出，也可以證明魏晉南北朝文人對情感化、個性化的重視。如王粲〈傷夭賦〉、曹丕〈感離賦〉、向

---

〔註28〕同注24，頁71。
〔註29〕李大明：《漢楚辭學史》，北京：華齡出版社，2006年8月2刷，頁10。

秀〈思舊賦〉、陸機〈嘆逝賦〉、梁簡文帝〈悔賦〉；江淹〈傷友人賦〉、〈傷愛子賦〉、〈恨賦〉、〈別賦〉……等等，這些表達感離、傷逝、思舊、後悔、怨恨等情感的賦作，無一不是個人強烈情感的闡發。他們一方面仍學習著《楚辭》的文章體式，一方面則淡化了《楚辭》寄喻諷諫的特色。其中加強抒情特徵的擬作路線，正是他們在先驗知識上，對《楚辭》作品的變化與修正，並以此進一步塑造當代騷體賦的特色。

詩歌方面，如潘岳的〈悲邢生辭〉、〈傷弱子辭〉、〈哀永逝文〉、〈哭弟文〉等，則是以騷體寫作哀辭，暢敘悲慟之哀情，其擬《騷》詩歌的個人特色也是極鮮明的。而江淹寫作的〈構象臺〉和〈訪道經〉，則是浸染了濃厚宗教意味的擬《騷》體詩歌，由其〈自序傳〉中揭明的「深信天竺緣果之文，偏好老氏清淨之術」〔註30〕，更說明江淹以其特殊的生活經歷與藝術修養，來感受與寫作擬《騷》詩文。

以上諸例，可見魏晉南北朝《楚辭》學的發展，的確比兩漢《楚辭》學顯得生機蓬勃。

在魏晉南北朝，還有一群批評家在《楚辭》學的傳播與接受中，成為一股推波助瀾的助力。馬以鑫《接受美學新論》論述到「批評家」對文本的責任，云：

> 批評家對文本的特殊關係應該表述為：從自我感覺中進行理性的、
> 科學的分析考察。顯然這與普通讀者的接受是不同的。正視這種特
> 殊關係，批評家應該、而且能夠成為作家的良師益友。〔註31〕

文中認為批評家與一般讀者的使命是不同的，亦即批評家基於累積的思考經驗與文藝敏銳度，必須更加客觀、嚴格及挑剔的看待作品。一般讀者可以盡情的以自我傾向與興趣，去理解作品，變化並修正自己的接受過程，非理性的思考、情緒的耽溺都是被容許的；但批評家卻必須謹守理性思考，以期能精確分析文本的優缺點。

以劉勰〈辨騷〉一篇為例，他首先由考察漢代劉安、王逸各家對〈離騷〉評論著手，評論諸家因觀察未及精細、深入，而顯得不夠客觀的缺失。其次，總結出漢代《楚辭》學的讀者接受論，大致區分為兩方向，亦即從「方經」與「不合傳」角度所產生的論述差異。再以儒家宗經角度提出〈離騷〉與經

---

〔註30〕 〈全梁文〉卷三十九。同注13，頁3178。
〔註31〕 同注24，頁143。

傳的「四同」與「四異」，建立了自己對《楚辭》的論述系統。繼而爲〈離騷〉
的誇誕怪說，尋找源流。其中，劉勰認爲屈原作品實存有〈雅〉、〈頌〉之骨
架，卻能送出新奇之意，乃受到戰國縱橫家詭俗的影響。也提及「是以模經
爲式者，自入典雅之懿，效《騷》命篇者，必歸豔逸之華。」（〈定勢〉）〔註
32〕明揭了《楚辭》豔逸華麗的特色。再者，進一步對當代擬作情況評論其高
下，歸結出四種情形：一是「苑其鴻裁」的才高者；二是「獵其艷辭」的中
巧者；三是「銜其山川」的吟諷者，也就是一般的閱讀大眾；其四是初學的
童蒙者，尚處於「拾其香草」的階段。結論是，劉勰認爲寫作若能以〈雅〉、
〈頌〉體制爲憑倚，文辭才能華麗又不失眞實。

　　以上，劉勰歸結漢代對《楚辭》的評論、討論到兩漢論述差異產生的原
因、分析《楚辭》內涵與所受時俗的影響，並明揭其文藝特色。不但觀察省
思當代文壇模擬《楚辭》的現況，更進一步拓大到正確寫作方式的提出。這
些都可以看出劉勰正以嶄新的思考模式，對《楚辭》做出科學分析及理性批
評。而理性的分析考察，不同於當代擬作騷體者，對《楚辭》審美感受上的
耽溺，劉勰在文中所談論到的文壇模擬現況與文藝表現高低問題，與魏晉南
北朝的時代脈動，實際上有著極深的嵌合度。

　　雖然，劉勰的論述不能全然脫離自身既存的儒學立場，但展現的理性思
考、對作品的影響力的評估，及對相關文藝問題的全面檢討，都顯見魏晉南
北朝對《楚辭》的批評較之兩漢更進一步。較具突破性的，大抵是由獨重作
家人品到對文學評價的重視，如李大明認爲六朝時人論屈原與《楚辭》，就比
較注重文學評價。因此《楚辭》評論中重視文學評價的傾向，預示著《楚辭》
研究的新的方法論的發端〔註33〕。

　　至於鍾嶸《詩品》，對當代文壇作家詩歌的源流、特色做了精簡的歸納。
並從中挖掘出《楚辭》悽愴悲傷之風格，對當代多達二十一作家的影響，可
以說由讀者接受的角度來檢視，系統性的歸納出《楚辭》對魏晉南北朝作家
的影響史。

　　作爲當代摹文範本，而有「《文選》爛，秀才半。」（陸游《老學庵筆記》）
美稱的《昭明文選》，蕭統將「騷」與「賦」分門別類，專立「騷」體一類，
雖然是受到當代文學意識進步的影響，但必然也意識到擬騷體文章的寫作，

〔註32〕同注15，頁482。
〔註33〕同注29，頁45。

在魏晉南北朝已蔚為風潮與形成龐大的影響力。因此，他以編纂者之姿，肯定《楚辭》的文學價值，並專錄「騷」體以作為當代寫作的典型範例，使其成為作家擬文的良師益友。《楚辭》的地位，在批評家的推波助瀾下，與歷代經典已經能相傍而立，這不能不說是《楚辭》地位的一大躍升。

　　魏晉南北朝的批評家除了理性、科學的分析考察作品外，還關注了當代文學和社會生活的關係。馬以鑫《接受美學新論》云：

> 批評家善於從文學和社會生活的關係，以及對社會矛盾、社會現象
> 的理性思考中找到內在的本質。〔註34〕

文學對社會存有影響力，因此對文學和社會生活關係的掌握，自然也是批評家的任務之一。文學的內在本質，也藉由批評家對社會現象的細膩觀察，抽絲剝繭的的將之逐層剝開。蕭綱〈與湘東王（蕭繹）書〉中有云：

> 比見京師文體，儒鈍殊常，競學浮疏，爭為闡緩。玄冬脩夜，思所
> 不得，既殊比興，正背《風》、《騷》。〔註35〕

蕭綱指出文體上的競學浮疏，與社會氛圍中所瀰漫的浮誇華靡相映，背離《風》、《騷》正道。這段話表面上作為蕭綱對當代文學風氣的批評，但文章中的分析，已足以揭露蕭綱所體會到的《騷》之內在本質。從蕭綱將《詩》、《騷》作為正道並舉，顯然蕭統《昭明文選》中專立「騷體」的創舉，已得到當代其他批評家的認同與接受。而作為能導正文壇不良風氣的《騷》，其作為文學的影響力，便被大加彰顯出來了。

　　當然，不論是兩漢或魏晉南北朝的批評家，對《楚辭》學的推廣與傳播，都有重要的價值意義。李大明《漢楚辭學史》便認為：「《楚辭》學界中所對屈原及其他《楚辭》作家生平作品研究的『本體論』和『批評史』都是從漢代開始的。」〔註36〕但魏晉南北朝的批評家，更能從文學的本質及《楚辭》對當代文壇的影響力，來檢視《楚辭》的文學地位。顯然接受過程中經過與歷史的對話後，魏晉南北朝批評家不但在時代的風潮中，肯定屈原與《楚辭》的存在性，還以其對社會生活的影響，作為關照《楚辭》價值的標準，全面而細膩的批評，使得《楚辭》學在魏晉風流中佔了重要的一席之地。

---

〔註34〕 同注24，頁145。

〔註35〕 簡文帝蕭綱〈與湘東王書〉，載穆克宏、郭丹編著：《魏晉南北朝文論全編》，
　　　　南京：江蘇教育出版社，1996年12月一版，頁479。

〔註36〕 同注29，頁8。

## 第二節　沉澱與療癒：魏晉南北朝《楚辭》學的治療功能

《楚辭》中部份統括屈原心志的文章，可以被視為表現自我生命意識、深層情感的「獨白」。尤其〈離騷〉一篇，梁啓超《飲冰室文集·屈原研究》云：「（〈離騷〉）從家世敘起，好像一篇自傳。篇中把它的思想和品格，大概都傳出，可算得全部作品的縮影。」〔註37〕思想品格的揭露，自然是〈離騷〉寫作主旨之一，然而有趣的是〈離騷〉中這種「獨白」，不但是「自我的喃喃自語」，其實也兼具「說給他人聆聽的」特質。這就說明文學創作，間接成為屈原抒發憤懣的一條渠道，也證明文學的確是具有治療功能的。這種治療功能，不單存在於作家本身，也存在於對作家有共鳴的讀者或模擬作品的接受者。

葉舒憲以為：

> 川端康成《文學自傳》中「宛如殘燭的火焰，行將完蛋了的血果然燃了起來，這就是作家吧。」這幾句話說明具有自我心理療救意義的創作觀，接近於鍾嶸〈詩品序〉中的「使窮賤易安，幽居靡悶，莫尚於詩」。……對於屈原、李賀、蒲松齡、卡夫卡、陀斯妥耶夫斯基一類精神創傷深刻的作家大致均可作如是觀。〔註38〕

有精神創傷的作家，藉由文學創作來忘卻生活中的煩惱與痛苦，不論是用作品來自陳無人理解的心志，或寄寓批判與不滿，顯然文學具備了自我療癒的功用。

因此屈原可謂藉由〈離騷〉的「九死其猶未悔」，及〈惜誦〉的「指蒼天以為正」來陳述忠信之道，藉以發憤抒情，以達自我療癒。及至兩漢與魏晉南北朝的士人，也藉由擬作騷體，取典於屈原的寫作形式與風格，來作為情感沉澱與自我療癒的方式。

對《楚辭》學療癒功能的落實，魏晉南北朝士人展現在以悲為美的沉溺、精神向度的迷戀，及自我救贖的必要三方面。

---

〔註37〕梁啓超：《飲冰室文集》，卷70。國家清史編纂委員會主編：《清代詩文集彙編》（796 冊），上海：上海古籍出版社，2011 年版，頁 407。

〔註38〕葉舒憲：《文學與治療》，北京：社會科學文獻出版社，1999 年 9 月 1 版，頁 9。

## 一、以悲爲美的沉溺

自曹丕實施「九品中正制」後，不但在選拔人才制度上，不辨才實，也阻擋了非世族士人的晉身之途，形成「上品無寒門，下品無世族」的社會現象。而曹氏與司馬氏的爭權篡奪、賈后之亂、八王之亂、外族入侵……實施等接踵而來，內憂外患所產生的戰亂、饑荒，成爲魏晉南北朝士人必須面對的現實問題。才士不遇、憂生之嗟、心靈的矛盾桎梏，成了魏晉南北朝的時代悲歌。李澤厚言：「瀰漫整個魏晉南北朝的典型音調，正是對生死存亡的重視、哀傷，對人生短促的感慨、唱歎。」〔註39〕而魏晉南北朝士人選擇以特殊的審美觀，正視這些哀傷與唱嘆，並極力感受存在於悲傷中的美感。

如悲劇英雄屈原的形象，成爲當代士人討論的課題，新研究角度的出現與舊主題的深入辨析，都是本時期的顯著特色。尤其在道家思想的浸潤下，不同的看法與認知、對慾望與成就的重新省視，及對人生本質的領悟，都爲典範人物的出處進退，注入新的思考與理解。於此氛圍下，魏晉南北朝士人較兩漢更能眞切的理解屈原的憤懣與怨怒，除了盛讚其品德外，也爲他的人生寄予無限同情與憐憫。

在文章上，當代士人不但折服於《楚辭》的藝術魅力，更耽溺於《楚辭》所展現的悲傷哀怨之情。正如前文所舉劉勰〈辨騷〉：

〈騷經〉、〈九章〉，朗麗以哀志；〈九歌〉、〈九辯〉，綺靡以傷情；〈遠遊〉、〈天問〉，瑰詭而惠巧；〈招魂〉、〈招隱〉耀豔而深華；〈卜居〉標放言之致；漁父寄獨往之才。故能氣往轢古，辭來切今，驚采絕豔，難與並能矣。〔註40〕

劉勰以爲〈騷經〉、〈九章〉中所書寫的屈原悲傷之心意，〈九歌〉、〈九辯〉中所呈現傷感纏綿的情感，都是造就《楚辭》「驚采絕豔」的重要成份之一。換言之，「哀」、「傷」、「獨」等近於哀婉的情感，就佔了劉勰評論的大半部分。劉勰這段話，也反映出魏晉南北朝解析《楚辭》不但重視其華麗文辭，更在於感受其悲情而能以悲爲美的傾向。

再者，魏晉南北朝賦作及詩歌中，大量的摹騷、擬騷作品，重點也在於對《楚辭》「悲怨」文辭、意象或氛圍的模擬與借鑑。劉熙載《藝概·賦概》云：「王仲宣〈登樓賦〉出於〈哀郢〉；曹子建〈洛神賦〉出於〈湘君〉、〈湘

---

〔註39〕 李澤厚：《美的歷程》，新店：谷風出版社，1987年11月，頁114。
〔註40〕 同注15，頁64。

夫人〉。」〔註41〕意指王粲在〈登樓賦〉中所表露出懷才不遇的悲傷，及對天下紛亂局勢的憂慮，與屈原〈哀郢〉中表達天下紛亂，「哀見君而不再得」的傷懷之情是一致的；而曹子建〈洛神賦〉中縹緲、虛無又美麗的神女形象，所憤恨的「人神之道殊兮」，則與〈湘君〉、〈湘夫人〉中思君徘側，卻不得相見的哀愁相同。可見，《楚辭》的悲怨之情，在魏晉南北朝不但得到理解，還成爲士人模擬怨情的最佳範本。

又如陸雲後期爲文，服膺「情先辭後」的觀點，認爲富含深情的文章，才能令人耽溺其中，也才堪稱文采高超。其評論〈漁父〉中屈原與漁父之語的「亦無他異，附情而言」〔註42〕，著眼關鍵正在於一個「情」字。綜觀〈漁父〉一篇，屈原所表現的情感，不啻爲忠而被讒之悲傷、處世高潔不被理解的哀痛，及知其不可爲而爲之的悲壯，這些悲傷哀痛，恐怕就是陸雲所指出的「情」之所在。如上文所舉證，其擬作〈九愍〉的序言中，陸雲更云：

> 昔屈原放逐，而〈離騷〉之辭興，自今及古，文雅之士，莫不以其
>
> 情而玩其辭，而表意焉，遂廁作者之末，而述〈九愍〉。〔註43〕

文中陸雲以爲古今文士都是被《楚辭》豐厚的情感吸引後，才進一步注意到《楚辭》的文辭，這就把《楚辭》的「情」推崇到了極高的地位。陸雲摹擬〈九章〉所作的〈九愍〉，當中更是充滿了「年歲之悲」、「遭讒之怨」、「惆悵之情」、「嘆息飲淚之愁」、「貞節被摧之悲」、「逢世多難之痛」及「世路隘狹之痛」等〔註44〕情感，情致近於〈九章〉。而悲、怨、愁、痛，這些出現在《楚辭》中的情感，也成爲魏晉南北朝《楚辭》學中，士人沉溺於悲美的最佳註腳。

以擬騷體而言：曹魏辭賦中，展現對《楚辭》困蹇際遇的強調，及憂生念亂的襟懷兩項特色的繼承；及至兩晉辭賦，學習《楚辭》中深刻表露的興亡感慨、悲傷淒麗的情感等特色；又或者是魏晉南北朝詩歌中，對《楚辭》

---

〔註41〕劉熙載著、徐中玉、蕭華榮校點：《劉熙載論藝六種》，成都：巴蜀書社，1990年6月一版，頁88。

〔註42〕陸雲〈與兄平原書〉：「意又謂其（屈原）與漁父相見以下盡篇爲佳，……雲以原流放，唯見此一人，當爲致其義，深自謂佳。願兄可試更視，與漁父相見時語，亦無他異，附情而言，恐此故勝淵、弦。」載〈全晉文〉。同注13，頁2042～2043。

〔註43〕〈全晉文〉卷一百一。同注13，頁2036～2038。

〔註44〕詳見本論文第五章：〈魏晉南北朝詩歌與《楚辭》〉中第二節「陸雲」的相關論述。

悲情意識的繼承與學習；以及運用騷體書寫哀辭或輓歌辭的盛行……等，都一再反映出魏晉南北朝文士對《楚辭》中的「悲情」，的確有著極深的著迷與沉溺。

實則，魏晉南北朝文士對悲傷的正視，及沉溺於悲美的現實背景，乃在於對現實生活中面臨的人生困頓，無可避免或無以紓解的無奈與痛苦。因此，沉溺於悲美，乃精神上不得已而為之的積極行為。正所謂「清醒意識之所以深、之所以美，乃是因為人生意識上升到宇宙生命觀層次，發露了悲的感傷主義內涵。」〔註45〕清楚理解自我的渺小及無能為力，或許這正是當代文士對生命無常，及耽溺悲美最深層的原因。

## 二、精神向度的迷戀

除了以悲為美的沉溺，魏晉南北朝文士對《楚辭》，還存在精神向度上的迷戀。其一，是藉由閱讀並感受《楚辭》的深情，來作為名士風度的標誌。接受美學中有一種說法，亦即「當一種圓滿的製作出現，能使愉悅逗留徘徊，那麼在這裡，審美達到他的最高境界。」〔註46〕《世說新語・任誕》中王孝伯所言的「名士不必須奇才，但使常得無事，痛飲酒，熟讀〈離騷〉，便可稱名士。」〔註47〕便很能體現這個觀點。文中王孝伯將讀〈離騷〉視為與飲酒一樣痛快的事，甚至指出不但要讀，還得「熟讀」！自然是《楚辭》中豐富的內容、華美的文辭，及豐沛的情感，在在都吸引著魏晉南北朝文士的眼光，屈原形象風範也自然成為名士風範的表徵。如謝萬〈八賢論〉的「皎皎屈原，玉瑩冰鮮。舒採翡林，擒光蚪川」〔註48〕、劉勰〈辨騷〉的「固已軒翥詩人之後，奮飛辭家之前，豈去聖之未遠，而楚人之多才乎！」〔註49〕不論是「人格」或「才學」，文士對屈原的賞識之情皆溢乎言表，顯示屈原人格精神或《楚辭》文藝之美對當代文士的精神，的確存在偌大的影響力。尤其在閱讀中，

〔註45〕林師文欽：《文學美學研究資料選集》，高雄：春暉出版社，2003年9月一刷，頁104。

〔註46〕羅勃 C・赫魯伯著，董之林譯：《接受美學理論》，板橋：駱駝出版社，1994年6月，頁82。

〔註47〕劉義慶著，余嘉錫箋疏：《世說新語》，臺北：華正書局，1993年10月，頁764。

〔註48〕同注14，頁15。

〔註49〕同注15，頁58。

能夠感受到美的體驗，這些的確說明當代文士對《楚辭》存在著精神向度的迷戀。

其二，則是學習屈原在《楚辭》中以對話來自我辨析，及以幻想來疏導挫折憤懣的形式，宣洩內心的不平之情。

如〈漁父〉一篇，屈原透過與漁父的對話，來表達自己「安能以身之察察，受物之汶汶者乎」、「安能以皓皓之白，而蒙世俗之塵埃乎？」不願隨波逐流的高潔心志。這種以文學傾訴自我心志的方式，充滿強烈的暗示力量，再一次表明屈原對最終抉擇的堅持。曹植〈釋愁文〉曾仿製屈原〈漁父〉、〈卜居〉兩篇情節、結構，陳述處於紛亂、不見仁義的時代，自我對建功立業的盼望。文中所虛設的玄靈先生，用意正是在於點明自己，「愁」之所生發，乃在於對聲名及富貴的迷惑。文末以道家無為之方，作為消「愁」良方，實則更是曹植藉「解惑」作為治療的手段，反映出對自己夢想終將落空的悲痛認知。回顧屈原〈漁父〉一篇，正是屈原在混亂思緒中，對想法的重新省思與沉澱。這種藉由文字來闡述精神上的猶疑矛盾，藉辨析後更加確認抉擇的方式，被曹植加以借鑑學習，用以作為對自我生命與理想的沉澱反思。

屈原筆下，還建構出香花異草繁盛的仙界，及為人民除惡務盡的神靈。藉由幻想所建構出來的時空，提供屈原情感奔放恣肆的空間，被屈原用以轉移消解心中無盡的愁怨憤懣。而魏晉六朝志怪小說中，對《楚辭》書寫方式的借鑑，也正在於浪漫譎怪之幻想性，及注重情節描述之理想性兩項特色。藉由幻想達到理想的實現，都可以看作對《楚辭》創作精神上的繼承與模仿。如藉鬼神怪異之事闡述令人嚮往的仙境；藉人神戀、人鬼戀表明對門閥制度的對抗，或表達對自由戀愛之渴望；或以報應不爽作為對暴虐官吏的報復與反抗。以上，都藉由虛設的時空，期望消解人世遭遇的不公與無奈。而無法跨越的藩籬或無可奈何的現實，在幻想的時空中，不論結局是否完美，創作過程中作者在情緒上，都能得到紓解。正是因為「詩歌幻想中的意念是十分明顯的，作詩者往往對意念的超現實力量有自覺意識。」〔註50〕而這種意念的超現實力量，往往對創作者及讀者都存在著治癒功效。

這些學習與借鑑，顯示魏晉南北朝文士不但沉溺於《楚辭》的悲美中，在精神向度上，對屈原人格才華及作品也存有一定程度的迷戀。尤其，建安擬騷賦中對困蹇際遇的強調、瑰麗的想像營造、憂生念亂的襟懷，都不能脫

---

〔註50〕　葉舒憲：〈關於文學功能的人類學研究〉。同注38，頁283。

離《楚辭》作文的框架。建安擬騷辭賦各方面對《楚辭》所展現的的復歸，就是文士對《楚辭》精神向度上迷戀的印證。

葉舒憲曾提及文學對人類精神上的影響：

> 文學是人類獨有的符號創造的世界，它作爲文化動物——人的精神生存的特殊家園，對於調解情感，意志和理性之間的衝突和張力，消解內心生活的障礙，維持身與心，個人與社會之間的健康均衡關係，培育和滋養健全完滿的人性，均具有不可替代的作用。〔註51〕

用文學來調解意志與理性的落差和矛盾，或者消解愁憤不平的情緒，都說明了文學所具有的療癒性。正如屈原用《楚辭》來療癒自己，魏晉南北朝文士則是藉由閱讀《楚辭》，及模擬騷體的精神或形式，來療癒自己與屈原相似的心靈創傷。而文學治療的效果，正是「通過作者與讀者之間的語言虛構世界而實現。」〔註52〕因此，《楚辭》的療癒功能，就在魏晉南北朝文士對《楚辭》的接受中，被發揮得淋漓盡致，成爲對寫意生活或情緒紓解的一種期盼與實踐。

## 三、自我救贖的必要

魏晉南北朝文士對《楚辭》的接受，除了以悲爲美的沉溺、精神向度的迷戀，還有自我救贖的必要。以接受美學而言：

> 傳遞審美經驗的形式是「發洩」，另一種說法也就是所謂「淨化」的功能。它被理解爲藝術與接受之間的相互交流。〔註53〕

亦即接受美學中，文本與接受者的交流，存在著「發洩（或淨化）」的功能。也就是對接受者而言，在接受文本及形成審美經驗的同時，接受者情緒上也間接的產生發洩或淨化的過程。首先，是面對悲劇英雄形象的屈原，當代文士藉由「才」、「情」……等諸多面向來理解他的悲劇，並重新確立屈原人格的範式及創作的價值。除了表現對屈原的肯定，一方面擬騷體詩歌的創作及創新也在進行，並重新形成富含時代特徵的審美風潮。

這股審美風潮，造就了普遍仿效《楚辭》騷體的現象。普遍的仿效是具有文化意義的，魏晉南北朝擬騷體詩賦的大量創作，顯示大部分文士對《楚

---

〔註51〕 葉舒憲：〈關於文學功能的人類學研究〉。同注38，頁273。
〔註52〕 葉舒憲：〈關於文學功能的人類學研究〉。同注38，頁280。
〔註53〕 同注46，頁84。

辭》中所呈現的情感，存在著共鳴。他們藉由對情感、意象、形式的模擬，來發洩所能感知到與屈原相同的情感。因此，「賢士不遇」、「憂生懼死」就成了擬作中最凸出的主題。當代文士所能感知到的社會性創傷，也在對《楚辭》的模擬創作中，逐漸被消弭。

如阮籍面對司馬氏及政治的鬥爭，他的「憂生」意識，使他詩作風格艱澀隱晦，詩作主題充滿多義性。如前文所舉證，鍾嶸《詩品》認爲其詩作主題「厥旨淵放，歸趣難求」，充滿象徵與朦朧的美感。其代表作爲八十二首〈詠懷詩〉，在語彙及內容精神上多受到《楚辭》的影響。方東樹《昭昧詹言》曾云：「不深解〈離騷〉，不足以讀阮詩。」可見他正是學習屈原寫作的方式，藉由模擬學習，抒發自己人生處境的悲苦。創作是抒發痛苦的方式，學習屈原更是基於對相同情感「發洩」的需要。羅宗強曾評述阮籍，以爲阮籍思想情感上有著莫大的壓力，因此需要找尋到精神的支撐點，找到一種自我解脫的途徑。「而他的精神的支撐點相當虛幻，是一個實際並不存在的精神世界。」〔註54〕〈東平賦〉當中的「將言歸于美俗兮，請王子與俱遊。漱玉液之滋怡兮，飲白水之清流。遂虛心而後已兮，又何懷乎患憂。」〔註55〕超脫的心態與仙人適意遨遊之舉，與屈原在〈遠遊〉中「餐六氣而飲沆瀣兮，漱正陽而含朝霞。保神明之清澄兮，精氣入而麤穢除。順凱風以從遊兮，至南巢而壹息。見王子而宿之兮，審壹氣之和德」〔註56〕，所述便極爲相似。徘徊於世俗與高潔矛盾中的阮籍，與堅持品德不隨俗的屈原，不盡相同的兩人，都以建構虛實交錯的遨遊空間，來做爲自我救贖的一種形式。

又如江淹早年曾忠而被黜、含冤莫白，可說處於和屈原相似的處境，他廣泛的模擬《楚辭》，他的擬騷體詩歌，氛圍上也充滿《楚辭》情調。如著名作品〈山中《楚辭》五首〉即表露了深刻的鄉關之情；他更襲用《楚辭》中「香草美人」寄託對君王眷戀的傳統，可說在創作的精神向度上酷似楚騷。實際上，江淹藉由擬騷體創作來發抒自我愁怨，「擬騷體」作爲負載其悲傷情感的載體，其代表意義在於能藉由《楚辭》的寫作範式，雙重的加強渲染寫作的主題。可見，模擬「騷體」或與屈原有情感上共鳴的過程，本身就存在一種自我救贖的功能。

---

〔註54〕羅宗強：《玄學與魏晉士人心態》，臺北：文史哲出版社，1992 年 11 月初版，頁 144。
〔註55〕陳伯君校注：《阮籍集校注》北京：中華書局，2006 年 3 月 3 刷，頁 11、12。
〔註56〕同注 1，頁 166。

　　當然，以接受的讀者角度來看，往往也存在著審美的變形。以江淹爲例，除了單純的擬騷體；還有一類是浸染了濃厚宗教意味的擬騷體詩歌。在佛、道思想的影響下，擬騷體詩歌的格調也就產生了一些變異。他的〈構象臺〉：「耽禪情於雲遐，守息心於端石。永結意於鷲山，長憔悴而不惜。」〔註57〕闡明自己對佛教禪情的耽溺，及對佛教的崇尙。以佛教色彩，結合騷體的寫作形式，讓騷體的內容更加寬闊多元。足見在魏晉南北朝，文士對擬騷體詩歌正進行著無限可能的嘗試與改造，這是兩漢《楚辭》中不曾見到的。這種審美上的交流，也說明文士對騷體精神的改造，在南朝時有逐漸加深加廣的跡象。

　　擬作騷體對作家存有自我救贖的功能，前提是騷體必須被擬作的作家群體喜愛與接受。對此馬以鑫《接受美學新論》認爲：

> 接受美學正視讀者的接受效應，並認爲本文能否爲讀者群體所歡
> 迎，是衡量作品是否有價值的一個重要標準；由此還認爲，由於時
> 代的不同，讀者群體接受意識也不一樣。〔註58〕

以此考察，魏晉南北朝文士對《楚辭》的文藝接受及創造意識，可說間接彰顯了當代《楚辭》學的價值意義。此外，在擬騷體詩文中融入了不同學派的思想，或對屈原出處提出質疑，則充分反映出魏晉南北朝文士對騷體的嘗試與改造。而作爲模擬範本的《楚辭》，能受到當代廣大文士的青睞，一方面自然是文士對《楚辭》文藝價值上的深入認知，一方面或者也是在痛苦無奈時，能由傳統騷體的情感典範中得到自我救贖。

　　魏晉南北朝文士在藉由思慮的沉澱與創作療癒中，不但展現了對《楚辭》精神上的高度依戀，也以其特殊的審美認知及其創作意識，構建了不同於兩漢風貌的《楚辭》學。

# 第三節　迴響與超越：魏晉南北朝的《楚辭》學特色

　　藉由與歷史的對話，魏晉南北朝對兩漢《楚辭》學研究空白及未受關注處，進行了補闕與充實；藉著摹擬創作，在理解肯定《楚辭》文藝價值的認知上，進行了自我精神的沉澱與療癒。在魏晉南北朝文士試圖統整自我價值

---

〔註57〕〈全梁文〉卷三十九。同注13，頁3150。
〔註58〕同注24，頁223。

觀念，並整理出《楚辭》文學與藝術之間的關係時，《楚辭》的美學價值也隨之確立成形。

　　魏晉南北朝《楚辭》學的特色，較為特殊且異於兩漢的，當屬重視生活的真實感受、仿製擬作到創作突圍，及新悲美學的推動三項特色。

## 一、重視生活的真實感受

　　魏晉南北朝《楚辭》學的特色，首先顯示在重視生活中真實感受的特點。真實感受的顯現，亦即審美觀在生活的實踐落實。注釋上，如郭璞注解的《楚辭》，其引用資料、觀點、角度，正基於作者本身對古代神話典籍的研究浸淫。他的研究，奠基於自我的興趣，其所擇用的題材，與其信仰的道教也多有關聯。音韻上，如劉勰《文心雕龍》中對楚聲「訛韻」問題的重視，即使以為楚聲「非正聲」的觀點，不夠正確持平，卻代表劉勰對《楚辭》節奏與韻律之美的認知。這主要基於劉勰作為文藝批評家的身分，及對當代音韻研究的觀察與體會。可見，魏晉南北朝《楚辭》學不論是在注釋或聲韻上，多元的發展，大抵與作家或批評家平日的興趣及價值觀密切相關。至於創作來說，當代《楚辭》學對「情」、「辭」兩方面的重視，不但揭明對《楚辭》藝術價值，已有進一步的深入認知外，也頗能展現重視生活真實感受之特色。

　　變動不安的年代，源於對個體價值的關注，生命中的所感所遇，愈加多元豐富，因此不論快樂、喜悅或悲傷、哀慟，文士所感受到的「情」，常不自覺的漫溢在創作中。當他們面對文學作品，除了以「情意面」做為文藝優劣的檢核標準，摹擬創作中，往往也重視自我情感的抒發。《楚辭》作為屈原及其他作家抒發情感的創作，文中所寄寓的懷才不遇之悲、受讒蒙冤之痛、去國懷鄉之哀，字裡行間往往情感豐沛，足以挑動人心深蘊之情，情之所動，自然也成為當代處於處境變動劇烈的文士，創作擬騷體時重要的學習指標。如陳廷焯《白雨齋詞話》云「沉鬱頓挫，忠厚纏綿，《楚辭》之本也。」〔註59〕便直指情感之「深」、「重」，乃為《楚辭》本色。因此，情深語悲的氛圍塑造，也成為《楚辭》學中擬作的重要一環。對此魯瑞菁認為：

---

〔註59〕同注14，頁224。

　　《楚辭》中不但有大量表達悲哀之情詞彙的使用，除了大量心字、

　　詞的使用，「情」字在《楚辭》中還出現了二十三次之多。〔註60〕

這些都可以說《楚辭》不但明確表達屈原內心的真實感受外，「情」字幾乎成

為《楚辭》本色的表徵。

　　實則從王逸開始，《楚辭》悲怨的特色，便受到眾人的注意。王逸〈楚辭

章句序〉的「哀其不遇，而愍其志」、班固〈離騷贊序〉的「其辭為眾賢所悼

悲」，都顯示了作家對屈原情感上的理解與認同。尤其，在《楚辭》個人情感

強烈鮮明的表現、對困厄時局的憤慨，及面對悲劇生命的堅持，都使處於相

近時空背景的魏晉南北朝文士驚異。因此，魏晉南北朝辭賦對《楚辭》的借

鑒與新變中，「張揚情感個性」的特色，便被凸顯出來。騷體賦中，情志書寫

的大量創作，證明了文士對情感、個性的重視。當代的擬騷詩文，也多重視

「個體情感的強調渲染」，如潘岳以騷體寫作哀辭，表達想念或抒發悲傷。此

類文章，讀之往往引發內心悵然悱惻之感。可見，《楚辭》「悲怨」的色彩，

的確不斷對後世文人產生影響力。但要說作為極盡哀情之抒發，對《楚辭》

學而言，魏晉南北朝的潘岳用騷體寫作哀辭或悼亡之辭，可說是頭一遭。尤

其到西晉時的盛行，在被儒家「怨而不怒」思想籠罩的兩漢，更是前所未見。

此外，南朝陸雲〈與兄平原書〉更獨闢蹊徑，以「情」作為審文標準，不但

顯示了當代創作上的重情風尚，也說明魏晉南北朝對《楚辭》「情（悲情）」

的理解與看重。蕭子顯《南齊書·文學傳論》曾云：

　　　文章者，蓋情性之風標，神明之律呂也。蘊思含毫，遊心內運，放

　　　言落紙，氣韻天成。莫不稟以生靈，遷乎愛嗜，機見殊門，賞悟紛

　　　雜。〔註61〕

蕭子顯以為文章的生成，乃是基於自然情性的外露及精神上的共鳴。因為是

內心真實情感的流露，因此能達到氣韻天成的境地。而鑑於個人感受不同，

搖諸筆端也就產生了萬千的變化。可見文章生發之因，乃至於為文天成之鑰，

還在於「情」一字上。陸雲和蕭子顯所云，頗能體現魏晉南北朝為文尚情的

傾向。也因此，《楚辭》中逐臣去國的憤懣悲傷、待而不見的人神愛戀，都搖

---

〔註60〕 魯瑞菁：《諷諫抒情與神話儀式——楚辭文心論》，臺北：里仁書局，2002 年
　　　　9 月，頁 475。

〔註61〕 蕭子顯著，楊家駱主編：《南齊書》，臺北：鼎文書局，1980 年 3 月初版，頁
　　　　907。

蕩著魏晉南北朝文士的心靈，也影響著魏晉南北朝的《楚辭》學。《楚辭》中「情意面」的展現，在魏晉南北朝文士的視野中被關注與接受，更成為他們創作為文的模擬典範。當然對擬騷體的大量創作，主要仍基於文士對生命的所知所感，這些生活中的真實情感，藉由騷體的創作，似乎找到發洩的可能。這可說是當代文士們在重情的風尚中，對《楚辭》的學習與借鑑，也可以說是對《楚辭》重情傳統的發揚。

　　然而時代的特徵，往往會造就創作的嶄新風貌。魏晉南北朝文士雖然重情，但創作趨向除了是對「個體情感的強調渲染」外，他們也體會到群體與社會的普遍性創傷。他們筆下，所描繪出受苦受難的社會群象，多半是士人階層間共有的感受。相較於《楚辭》著重個人境遇書寫的路線，魏晉南北朝文士關懷的更多屬於時代中的群體意識，可說對個人及群體皆有所兼顧。因此，不論是辭賦上情志的書寫；或以騷體創作哀辭發抒對親人、摯愛的思念愛戀；或者曹植、嵇康、阮籍、江淹、庾信、謝靈運擬騷詩文中，顯現的悲情意識的感染；或者志怪小說中，為彌補不理想的現實，以對真善美人性的崇尚，與美好想像來塑造角色；或者作者各以美感經驗之愛好，評論《楚辭》各章情韻的優劣高低；更或者擬作中，由重視個人忠君愛國之情，到關懷時代群體意識。這些充斥在現實生活中的大小情感，不但顯示當代《楚辭》學重「情」的傾向，還揭明了魏晉南北朝文士重視生活中各層面的真實感受。依此而言，魏晉南北朝《楚辭》學在對《楚辭》「情」的發揚上，顯得更加豐富與多元，也不再一貫的高高在上，《楚辭》對它們的影響已落實到了現實生活當中。

　　另一方面，魏晉南北朝的《楚辭》學重點，也展現了對《楚辭》「辭」的重視。不論是辭賦中的騷體「亂辭」，或詩文中語彙典故的襲用，「麗文美辭」都成為創作摹擬的首要目標。劉勰《文心雕龍·辨騷》中「奇文鬱起」、「驚采絕艷」的稱讚，精確把握了《楚辭》文辭「奇」、「艷」的特色。其〈序志〉中「蓋文心之作也，本乎道，師乎聖，體乎經，酌乎緯，變乎騷：文之樞紐，亦云極矣」〔註62〕，更是將《楚辭》視為文之樞紐的一環。批評家對於《楚辭》「辭」的討論，展現了系統化的模式。

　　而對《楚辭》文辭上「奇」、「艷」的特色，在當代擬騷體創作中更是被

大力發揚渲染著。因此,南朝宮體詩中對生活、娛樂、美人的描述;或者君臣間的奉和之作,多少都有《楚辭》的影子。以「美人」的描述作爲檢視標準,《楚辭》中的美人意象,如「帝子降兮北渚,目眇眇兮愁予。嫋嫋兮秋風,洞庭波兮木葉下。」(〈湘夫人〉)可謂清絕華美。曹植〈洛神賦〉的洛神「其形也,翩若驚鴻,婉若遊龍。榮曜秋菊,華茂春松。髣髴兮若輕雲之蔽月,飄颻兮若流風之回雪。」〔註63〕也有縹緲虛無的氣質,尚存《楚辭》遺風。及至南朝顧野王的〈舞影賦〉「頓珠履于瓊簟,影嬌態于雕梁;圖長袖于粉壁,寫纖腰于華堂」〔註64〕中的浪漫輕艷,美人意象不再高不可攀,逐漸趨向世俗化。這種世俗化的現象,以文學形式的模擬來看,不免落入俗艷僵化的批評,但另一方面卻可理解爲《楚辭》的意象、文學創作手法,已經深刻的滲入魏晉南北朝文士的意識中,並且不自覺的貼近文人的日常生活。

魏晉南北朝的《楚辭》學除了「情」、「辭」並重,並具有重視眞實生活的傾向外,擬騷體對各類主題的開拓發展,也都展現了重視眞實生活的傾向。

如擬騷體中的山水書寫:《楚辭》中的山水風景多做爲烘托主題之用。如〈遠遊〉的「山蕭條而無獸兮,野寂漠其無人。載營魄而登霞兮,掩浮雲而上征」、「上至列缺兮,降望大壑。下崢嶸而無地兮,上寥廓而無天。」雖氣勢遼闊弘大,但都屬於印象式、渲染式的描述。在風景中人物的遊歷,如〈離騷〉中屈原「駟玉虬以乘鷖兮,溘埃風余上征。朝發軔於蒼梧兮,夕余至乎縣圃。」即使行動迅速,朝夕行經蒼梧、縣圃,仍屬於精神上的虛遊。但到了謝靈運的山水詩,在借鑑《楚辭》語彙、意象的基礎上,山水一躍而成爲創作中的審美主體,行次的描述及心情抒發,都愈顯細節化與精緻化。如謝詩〈石門新營所住,四面高山,回溪石瀨,茂林修竹〉,全篇是謝靈運的歷景實遊。其中的「芳塵凝瑤席,清醑滿金樽。洞庭空波瀾,桂枝徒攀翻。」〔註65〕文辭富豔精工,尤其文中「空」、「徒」二字,更加強了幽峻深鬱的氛圍,烘托出人物實遊的深刻感懷。

不獨謝詩,江淹的擬騷詩〈山中《楚辭》五首〉極寫鄉關之情,〈其一〉的「草色綠而馬聲悲,欷沿袖以流帶」、〈其三〉的「煙色閉兮喬木橈,嵐氣

〔註63〕 周殿富:《楚辭源流選集——楚辭餘》(歷代騷體賦選),長春:吉林出版社,2003年1月1刷,頁73。

〔註64〕 顧野王:〈舞影賦〉,〈全陳文〉。同註13,頁3474。

〔註65〕 逯欽立:《先秦漢魏晉南北朝詩》,北京:中華書局,1998年5月4刷,頁1166。

闇兮幽篁難。忌螻蛄之蚤吟，惜王孫之晚還」，都屬江淹歷景實遊中所見景色與心情觸發，尤其詩中所展現的「悲」、「難」、「惜」更是自我生命情感的寫照。

可說在擬騷體山水詩，或具楚騷情調的山水詩中，山水的書寫已經由《楚辭》中的配角，或人物精神上的虛遊，逐漸落實爲作家眞實的足跡，充滿了生活的實感。

劉勰〈辨騷〉中所稱「譏桀、紂之猖狂，傷羿、澆之顛隕，規諷之旨也。」胡應麟《詩藪》「紆廻斷續，《騷》之體也；諷喻哀傷，《騷》之用也。」〔註66〕顯見爲文具「規諷之旨」的寄寓，是《楚辭》的另一特色。然而綜觀《楚辭》，「規諷之旨」全然屬於政治層面，是爲了忠君愛國而存在，本質上具有現實的意義。到了兩漢，賦家雖然也有藉遊戲應對而寓規諷的作品，但對於《楚辭》「規諷之旨」的發揚，逐漸走向「鋪采摛文」，陷入了華麗新穎卻喪失根本內容的窘境〔註67〕。班固《漢書·藝文志·詩賦略》所云：「競爲侈麗閎衍之詞，沒其諷諭之義。」正是批評當代文壇重視「鋪采摛文」，卻忽略「諷諭之義」的現象。

及至魏晉南北朝的擬騷詩歌辭賦，內容雖也有「規諷之旨」的寄託，但由文學創作手法上來說，則呈現「弱化」的現象。如雖有曹丕或阮籍〈詠懷詩〉能步趨《楚辭》「諷諭」的精神，但極大部分魏晉南北朝文士對《楚辭》的規摹，卻是在於文藝價值等方面的借鑑。影響所及，創作中諷刺力度的弱化是必然的結果。

黃汝亨〈楚辭章句序〉云：「屈子以其獨清獨醒之意，沈世之內，殷憂君上，憤懣混濁。六合之大，萬類之廣，耳目之所覽觀，上極蒼蒼，下極林林，摧心裂腸，無之非是。」〔註68〕指出屈原以獨自清醒的意識，及對國君與鄉國的擔憂，造就《楚辭》中令人「摧心裂腸」的情感氛圍。而《楚辭》中，屈原這類以振興鄉國爲己任，不願與小人同流合汙，至死不阿、強烈悲壯的高貴情操，屢次躍然紙上。然而魏晉南北朝文士的詩歌辭賦中的擬騷體，卻大多呈現隨順世俗的情感，悲壯感不復再見。如郭璞〈遊仙詩〉中有諷刺權貴，抒發寒士憤懣不平幽怨的內容。對於殘酷的社會現實，郭璞最後選擇以

---

〔註66〕　《詩藪》內編卷一。同注14，頁267。
〔註67〕　張書文：《楚辭到漢賦的演變》，臺北：正中書局，1983年，頁50。
〔註68〕　同注14，頁116。

「高蹈風塵外，長揖謝夷齊」、「升降隨長煙，飄遙戲九垓」作爲紓解憂思的方式。然而放情凌霄之外，享受山林之樂的恬適自然，只著眼於個人際遇與情感的紓解，並未見有企圖改變社會不平，或力挽狂瀾的企圖心。較之《楚辭》，不僅格局不夠開闊宏大，悲壯的情感顯然也正在逐步消融中。而這情形，卻是魏晉南北朝擬騷作品中極爲常見的情形。魏晉南北朝文士擬騷作品中的順世隨俗，雖然已削減《楚辭》中的悲壯色彩；但另一方面則可視爲「擬騷」已從過去作爲一種高懸的「存在」，走向了魏晉南北朝文士的生活中，並成爲具有確實影響力的典籍。

再如《楚辭》內容中展現「寧溘死以流亡分」（〈離騷〉）的理想與情感，是崇高壯烈的，然有時卻高不可企；而魏晉南北朝擬騷作品，卻是根基於現實，不論是悲辭、悼辭或山水的實遊，都與個人生活、際遇息息相關的。這種切近現實、世俗化的擬騷創作傾向，形成了魏晉南北朝《楚辭》學的特色，那就是對生活眞實感受的重視。

魏晉南北朝擬騷體這種重視眞實生活的傾向，郭建勛以「世俗化」稱之。他以爲晉代騷體文學「世俗化」的範圍，包含了情感、意象與境界三方面。他還分析「世俗化」產生的原因，乃是因爲「政治與道德的雙重失範」〔註69〕及「柔順隨俗的晉代主流人格」〔註70〕。因此，在騷體文學擬作上：

> 他們只能以較短的篇幅、清麗的語言、精巧的形製，去書寫他們在入世與出世之間的矛盾徬徨、在生存與死亡之間的哀傷慘痛、在外物與自我之間的各種感觸情趣。……騷體文學作爲一種格調高古、瑰麗奇詭、充滿社會批判精神和玄思精神的獨特文體，終於在西晉走向了全面的世俗化，而喪失了它傳統的獨異性。〔註71〕

雖然騷體文學的「世俗化」，導致了擬作與傳統的兩異。但郭建勛也肯定其正面意義在於「由相對狹窄的精英文學，走向更爲普及的大眾文學。由相對單純的怨憤憂思情感，走向更爲豐富的世俗情感。」〔註72〕可見，不論是騷體文學的「世俗化」，或走向重視眞實生活，騷體文學各方面的表現的確有所拓

---

〔註69〕 郭建勛：《漢魏六朝騷體文學研究》，長沙：湖南教育出版社，年4月1版，頁174。

〔註70〕 同注69，頁177。

〔註71〕 同注69，頁180。

〔註72〕 同注69，頁173。

展。魏晉南北朝作家自由與靈活的騷體擬作，也打破兩漢騷體擬作末期僵化的窘況，給予騷體新的文藝表現空間。

## 二、仿製擬作到創作突圍

　　任何對文學的繼承與發揚，都是由仿製開始，魏晉南北朝《楚辭》學的形成亦然。雖然《楚辭》學藉由兩漢的創作仿製，形成《楚辭》學的第一個興盛期，但魏晉南北朝的擬騷，不論是體裁、語彙、題材或形式，都較之兩漢有更多元的的發展。而魏晉南北朝《楚辭》學在漫長的成立過程中，仿製或新創上都展現對過往更強烈的突圍意圖。

　　自王逸將〈離騷〉中的意象，歸納出「善鳥香草」、「靈修美人」、「虬龍鸞鳳」等三大意象系統以來，在文學不斷的擬騷摹仿中，已形成典範。而劉勰《文心雕龍・辨騷》中，也認同了堯舜、湯武、桀紂、羿、虬龍、雲霓……等，是作為創作中意象的使用。然而文學意識高度發展的魏晉南北朝，擬作中不只繼承《楚辭》「香草美人」的意象，也對各類意象與題材，作出開拓與發展。如《楚辭》中的美人神女，總是虛無縹緲、高高在上又若即若離。而魏晉南北朝對美人神女的設定，除了曹魏時期的作品外，觸角伸及了現實生活中的麗人、喪夫的寡婦或出婦、織婦、佳人……等，她們或者容貌形態絕艷，或者品德高尚清潔。尤其，到了南朝宮體詩，這些對美人的描述，都是現實並極具存在感的。如梁元帝的〈蕩婦秋思賦〉中「鬢飄蓬而漸亂，心懷愁而轉歎。愁縈翠眉斂，啼多紅粉漫。」細描女子情態，文字上充滿詳實的溫度感。志怪小說中對女仙風采的細描，及情節上神女與人類的結合，更是跳脫了《楚辭》中女仙面貌模糊，及人神無法相親的傳統。又如《拾遺記》卷十之「洞庭山」就記錄了仙女面貌「霓裳冰顏，艷質與世人殊別」〔註73〕。乃至於靈嶽阿母之女杜蘭香匹配張碩、董永與織女、河伯女妻凡人、天上玉女成公知瓊就弦超、太眞夫人之女妙音婚配黃原……等，都拉近了人、神的距離。

　　魏晉南北朝還突破《楚辭》傳統比德或兩漢傳統的意象，發展了如迷迭香、柳、宜男花、船、螢火蟲、蟬、舞影……等更豐富多元的微物意象。可說微物意象的摹寫與開拓，也是魏晉南北朝《楚辭》學的一大特點。

---

〔註73〕　王嘉撰，蕭綺錄，王根林校點：《拾遺記》，收錄於《漢魏六朝筆記小說大觀》，上海：上海古籍出版社，1999年12月，頁563～564。

　　不只是意象，魏晉南北朝擬騷對《楚辭》篇章結構的仿製與新創，也多有所成。其一是結合《楚辭》不同篇章的形式，並變化出新的結構樣式。如曹植的〈九詠〉為仿製〈九歌〉之作，文中卻揉合了〈離騷〉中屈原的自敘心志。可以說〈九詠〉正是曹植結合〈九歌〉、〈離騷〉形式，形成新創作範式的大膽嘗試。曹植的〈釋愁文〉則特地在結構情節上，有意的模仿《楚辭》。而其〈釋愁文〉將〈漁父〉中的問答形式，置於首尾；中段以〈卜居〉結構續寫，並融入道家無為超脫的思想，同樣也是嶄新的嘗試。

　　傅玄的〈擬天問〉、〈擬招魂〉，更是跨越了兩漢擬作的範圍，展現了對《楚辭》文本各篇的普遍重視。江淹的〈遂古篇〉，則特意模仿「兮」字構篇，內容上由天地未形及神話傳說作為開始，並巧妙的嵌入了《楚辭》中各篇章樣式、人物。

　　《楚辭》中還有「亂辭」，其形式如「亂曰」、「少歌曰」……等，多有收束全文主旨之用。嵇康〈琴歌〉中段便採用了「歌曰」的形式，不但借鑑了《楚辭》的形式，來總括前段文義，還創新的用來開啟後段行文。乃至於騷體賦中使用的系詩，也是借鑑於《楚辭》，並發展出連續系詩二至三首的新風貌，這些說明魏晉南北朝文人，對《楚辭》篇章的形式，存在著極大的興趣。而檢視兩漢的擬騷創作，其對《楚辭》篇章的形式，很少有此類重製組合，以及迭出新意的篇章。相較之下，魏晉南北朝《楚辭》學，顯然展現大膽嘗試與創新的突破企圖，也豐富兩漢以來《楚辭》學創作的內涵。

　　另外，玄學、道家、佛學與儒學交融，不但影響文士的生活與情感，也自然而然的滲入當代各種擬騷體的創作。如第五章所述，阮籍〈詠懷詩〉不論語彙、創作手法都對《楚辭》有所借鑑，然而其中高遠玄妙的玄學況味，卻是《楚辭》或兩漢擬騷之作中不曾看見的。江淹〈訪道經〉中「西北來兮乃雙鶴，池中蓮兮十色紅」〔註74〕，則表達了自己對佛教禪情的耽溺，強烈的宗教氛圍的展現，亦是兩漢擬作中不曾出現的。尤其魏晉南北朝志怪小說中，對《楚辭》誇張手法之現實性與詼諧性的借鑑下，內容也融入了佛教冤魂報仇、索命等報應不爽的概念，充滿與現實抗爭的精神。在這些觀念的激盪與交融下，擬騷體所展現的風格也益加豐富多元。

　　以上，新思想的融入與激盪，使文人顯現多面向的思考，與個體思維的

---

〔註74〕　《全梁文》卷三十九。同註13，頁3151。

差異，自然廣闊壯大魏晉南北朝文學的內涵及包容度。特殊的時代特徵，在當代《楚辭》學發展上，可說締建一個內容空前寬廣的空間，對《楚辭》藝術精神的繼承與延續，有實際的拓展之功。

　　然而，從亦步亦趨的擬作，到不斷的重製或改造，在魏晉南北朝華靡文風的推波助瀾下，部分的擬騷體呈現了「逞才炫博」及「消遣娛樂」的情形，間接造成擬騷詩歌內涵上的薄弱空洞。如第五章所述，陸雲感嘆「清絕滔滔」的〈九歌〉不易學，因此勸陸機擬作《楚辭》，莫讓此文「獨單行千載」〔註75〕，「逞才炫博」的意味便相當濃厚。及至謝靈運詩，特地選用楚地特殊語彙，如「寂漠」、「搴」、「汨汨」、「宿莽」、「淹留」、「侘傺」……等入詩，造就詩風的「富豔」，也多少有「逞才炫博」的意味。又或者南朝宮體詩中對生活、娛樂的描述；更或者庾信和南朝梁君王的奉和之作……等，都顯示了擬騷詩歌也開始具備娛樂消遣的功能。

　　《庾子山集・趙國公集序》中，對當代雕蟲篆刻的模擬之風，曾有感歎。其云：

> 昔者屈原、宋玉，始於哀怨之深；蘇武、李陵，生于別離之世。自魏建安之末，晉太康以來，雕蟲篆刻，其體三變，人人自謂握靈蛇之珠，抱荊山之玉矣。〔註76〕

庾信認爲屈原、宋玉創作緣起於哀怨之情，蘇武、李陵創作則起於別離之痛。他批評了自晉太康以來，創作者受到華靡文風影響，爲文多講究麗靡文辭，以爲擬作已能得屈、宋、蘇、李之神韻，並於此而沾沾自喜的荒謬情形。庾信的批評，能看出晉太康以來，擬作者對《楚辭》或蘇李文章的學習，視爲「逞才炫博」的一種展現。

　　實則回溯《楚辭》的創作，乃基於「發憤抒情」的必要；而魏晉南北朝部分擬騷詩歌，則多沾染了「逞才炫博」、「娛樂消遣」的意味。如特意以楚地特殊語彙入詩，或將擬作視爲逞才或消遣的工具，都讓魏晉南北朝擬騷詩

---

〔註75〕 陸雲〈與兄平原書〉：「嘗聞湯仲嘆〈九歌〉。昔讀《楚辭》，意不大愛之。項日視之，實自清絕滔滔，故自是識者，古今來爲如此種文，屯爲宗矣。視〈九章〉時有善語，大類是穢文，不難舉意。視〈九歌〉便自歸謝絕。思兄常欲其作詩文，獨未作此曹語。若消息小往，願兄可試作之。兄復不作者，恐此文獨單行千載，間常謂此曹語不好視〈九歌〉，正自可嘆息。王褒作〈九懷〉，亦極佳，恐猶自繼。」〈全晉文〉卷五十九。同注13，頁2042～2043。

〔註76〕 同注14，頁30。

文的創作意圖，產生了質變。也使得擬騷詩作的內容顯得薄弱空洞。然而，雖然與經典原始的創作精神背道而馳，但另一方面卻有助於擬騷創作者在文章辭彙上的精進，更甚者可說藉由對楚地特殊語彙的特意使用，拓展延續了《楚辭》的影響力。

綜合而言，香草美人創作形式上的僵化、宮體詩文辭走向艷麗風格的俗化、擬騷詩格局的縮小，及悲壯氛圍的銷融，都是魏晉南北朝擬騷詩文辭賦的缺點。然而對擬騷辭彙、形式的延承與創新，或擬騷各類主題範圍的開拓與廣泛，卻是魏晉南北朝《楚辭》學對擬騷的創作突圍。這種創作上突圍，可看出魏晉南北朝《楚辭》學，逐漸脫離了過去功利實用的目的，更進一步向審美觀照的範圍邁進。

## 三、新悲美學的推動

魏晉南北朝《楚辭》學的價值，還在於催生當代的新悲美學。關於悲美學的誕生，以文學及美學角度來看：

> 當悲美學作爲一種文化情感因素影響及於後代，只是在情感的結構
> 上發生效能。只有在特定的時代悲劇色彩的浸染，和傳統悲美學的
> 合力作用下，新的悲美學才會誕生。〔註77〕

《楚辭》作爲傳統悲美學的代表，在兩漢的擬騷創作過程中，蓄積強大的文化內涵與情感認同。及至浸染於魏晉南北朝特定的時代悲劇色彩中，擬騷詩文除了在主題、形式、語彙上，都有超越前朝的進步發展外，創作者也因爲個體才情與情感的差異，創作出能高度彰顯自我個性的作品。

魏晉南北朝擬騷創作中，首先藉由摹擬開始而後能化出新意，內涵能深刻動人並獨具個人特色的，莫如阮籍與江淹二人。

誠如本論文第五章所論，雖然阮籍擬騷詩作不多，但他在〈詠懷詩〉中不論是在語彙句式的改造、香草美人意象的使用，及歷史典故的鎔鑄上，明顯都對《楚辭》寫作手法有所借鑑，一定程度的反映阮籍對《楚辭》的接受，可作爲理解魏晉南北朝《楚辭》學於正始時期發展的重要參考。

以〈詠懷詩〉爲例：阮籍〈詠懷詩〉中的第二首〈二妃游江濱〉以「江妃二女」來指稱君臣關係；第十一首〈湛湛長江水〉以「黃雀」的歷史典故，

---

〔註77〕同注45，頁103。

來比喻「王室將移」的當前政局……等，文多隱避，無怪乎《昭明文選》李善注稱其「百代之下，難以情測」。雖然阮籍詩文真實意涵難測，但方東樹提出了閱讀阮籍詩文的一條途徑，其云：「不深解〈離騷〉，不足以讀阮詩。」﹝註78﹞正是認爲阮籍詩文的多義性，是借鑒了《楚辭》中寄寓美刺與批評的創作傳統。而美刺與批評的寄寓，使得阮籍的詩作蘊藏了深厚的情感，文字上也充滿了重量，更接近於《楚辭》中屈原深鬱凝重的情感。

當然《楚辭》篇章內涵的多義性，歷來都是諸注家討論的重點。如〈離騷〉中以香草美人意象塑造出內涵的多義，營造「奧雅閎深，有難遽測」（汪瑗《楚辭蒙引・焦竑序》）﹝註79﹞之味。又有〈九歌〉的寫作，以「賓主彼我之辭」的互滲、融通，經營出奇異的「多重迷幻視角」﹝註80﹞，其敘述視角的變換，使得歷來研究〈九歌〉者著迷又困擾不已。此亦即王逸所云：「文意不同，章句雜錯，而廣異義焉。」﹝註81﹞總括之，正是「寄之美人香草，以申其義；援之山鬼漁父，以廣其說，而總不離於忠孝者近是。」（李陳玉《楚辭箋注・魏學渠序》）﹝註82﹞亦即諸如香草美人或山鬼漁父一類，皆是屈原用來寄託意志、情感，真實的旨意，仍不脫「忠孝」二字。

阮籍的創作顯然借鑑《楚辭》寓意託諷的創作手法，特意經營多重的解讀視角，若以接受美學的角度來檢視，還可說阮籍一併虛擬及預期讀者的反應。實則多義性的經營，通常能令讀者產生較大的閱讀興趣。此即接受美學中所說，若文本以過於直白的方式來組織其要素，會使讀者既出於煩惱而拒絕它。因此，「本文或作家偷偷的操縱著讀者的反應，是爲了療救和啓蒙的目的」﹝註83﹞。而療救與啓蒙的對象，通常涵括創作者與讀者雙方。對阮籍而言，多義性的詩歌創作，可避禍全生，又能療救自我心靈，對於真正能讀懂詩的讀者，還具有啓蒙功效。

因此「文多隱蔽」，乃成爲阮籍〈詠懷詩〉中顯著的特色。其所造就的多

---

﹝註78﹞ 方東樹著，汪紹楹校點：《昭昧詹言》，北京：人民文學出版社，年版，頁80。
﹝註79﹞ 同注14，頁258。
﹝註80﹞ 魯瑞菁引汪瑗《楚辭集解・九歌》及王國維觀點爲證，推論出〈九歌〉中有五種敘述視角：尚未附於巫身的神、已附於巫身的神、沒有神來附身的巫、在場觀眾、儀式完成後創作者整合的視角。同注60，頁267。
﹝註81﹞ 同注1，頁55。
﹝註82﹞ 同注14，頁279。
﹝註83﹞ 同注46，頁105。

義性，也成功聚焦了研究者的目光。鍾嶸《詩品》將阮籍置於上品，並云：

詠懷之作，可以陶性靈、發幽思。言在耳目之內，情寄八荒之表。

洋洋乎會於〈風〉、〈雅〉，使人忘其鄙近，自致遠大。頗多感慨之詞。

厥旨淵放，歸趣難求。

其中「情寄八荒之表」、「頗多感慨之詞」都說明阮籍詩中強烈的悲傷感慨之情。此外，八十二首〈詠懷詩〉中，也多有悲觀焦慮氛圍的營造，詩文中多以「灰色的筆調描繪了一種灰暗的人生境況，其突出的命意則是人生存在的悲劇，表現了當時充滿悲觀、虛無、危機、焦慮、絕望、荒誕的時代精神，也描述出了作者孤獨無奈的心境，以及對人生的反思。」〔註 84〕可說阮籍對人生悲劇的反思，透過了《楚辭》寄寓美刺與批評的傳統，以另一種新形式重新存在於魏晉南北朝文學中，並成為時代的新悲美學代表。

除了阮籍，江淹也是魏晉南北朝擅寫悲怨作品的高手。鍾嶸《詩品》所稱「詩體總雜，善於摹擬，動力於王微，成就於謝朓。」〔註 85〕即指出江淹詩文「善於摹擬」的特色。嚴羽《滄浪詩話》也稱讚「擬古惟江文通最長，擬淵明似淵明，擬康樂似康樂，擬左思似左思，擬郭璞似郭璞。」〔註 86〕足見江淹摹擬功力之深。不惟其擬古詩，若由騷體的摹擬來檢視，江淹的學騷還能遠紹《楚辭》的精神、語彙、意境，雖然悲壯度不若《楚辭》，但也堪稱獨具個人韻味。

尤其魏晉南北朝的擬騷賦作，江淹是作品數量最多的作者。不論是其〈遂古篇〉中對〈天問〉的特意模仿；或〈劉僕射東山集學騷〉中，對〈湘夫人〉語境上的全盤襲用，都明顯有著擬騷的企圖。尤其〈山中《楚辭》五首〉，文中展現悵然迷惘、悲傷悽愴的情感，也極力貼近《楚辭》氛圍，故而最富盛名。王夫之所編《楚辭通釋》〔註 87〕中所錄的《楚辭》篇目，甚至收錄了江淹〈山中《楚辭》五首〉的前四首，及其〈愛遠山〉一首，足見江淹之擬騷功力。又如其〈恨賦〉文末的「已矣哉」一段：

---

〔註 84〕 納秀艷：〈執著與反叛——阮籍《詠懷詩》生命意識探析〉，《青海師範大學學報》（哲學社會科學版），2003 年第 6 期，頁 117。

〔註 85〕 南朝齊梁·鍾嶸著、程章燦注譯：《詩品》，臺北：三民書局，2003 年 5 月，頁 144。

〔註 86〕 引自附錄〈江淹詩文集評〉。引至余紹初、張業新：《江淹集校注》，河南：中洲古籍出版社，1994 年 9 月 1 刷，頁 463。

〔註 87〕 王夫之：《楚辭通釋》（卷 13），臺北：里仁書局，1980 年 10 月，頁 168。

> 已矣哉！春草暮兮秋風驚，秋風罷兮春草生。綺羅畢兮池館盡，琴
> 瑟滅兮丘壟平。自古皆有死，莫不飲恨而吞聲。〔註88〕

採用《楚辭》於文末的總理全文的傳統，以秋日的蕭瑟淒涼，感慨孤臣危涕、
孽子墜心、遷客流戍，卻只能無奈吞聲之恨。許槤稱其「慷慨激昂，讀之英
雄雪涕。」〔註89〕又有〈別賦〉一篇：

> 黯然銷魂者，唯別而已矣！況秦吳兮絕國，復燕宋兮千里。或春苔
> 兮始生，乍秋風兮暫起。是以行子腸斷，百感悽惻。〔註90〕

詩文描寫別離使人飽嘗心情沮喪、魂魄離失之愁苦。其以婉約之筆，屢屢入
情，極寫離別的寂寞傷神。又或〈去故鄉賦〉中苦悶沉鬱的鄉關之情，部份
字句雖稍有刻意雕琢之嫌，但對愁怨的摹寫，堪稱爲魏晉南北朝悲美學的經
典。

　　細究之，江淹創作中的悲怨之美，對於《楚辭》各方面的借鑑極爲明顯，
他透過學騷、擬騷之形式、意境、情感的過程，淬鍊自我創作之技巧，進而
發展出個人特色，成爲當代悲美文學的代表作家。江淹的創作，可說除了悲
怨的抒發上接近《楚辭》，文字的華美巧麗度也能直逼《楚辭》，各方面的酷
肖，使江淹成爲魏晉南北朝《楚辭》學擬作中燦美的一頁。

　　其他作家，如庾信對《楚辭》的接受，除了藝術上的繼承外，精神上也
有所共通。他後期創作的〈哀江南賦〉序云：「追爲此賦，聊以記言。不無危
苦之辭，唯以悲哀爲主。」〔註91〕顯見賦作正是以抒發悲傷作爲主軸。錢鍾
書《談藝錄》論庾信辭賦，曾云其：

> 及夫屈體魏周，賦境大變……。他如〈小園〉、〈竹杖〉、〈邛竹杖〉、
> 〈枯樹〉、〈傷心〉諸賦，無不託物抒情，寄慨遙深，爲屈子旁通之
> 流，非復荀卿直指之遺，而窮態盡妍於〈哀江南賦〉。〔註92〕

錢鍾書以爲庾信後期的辭賦作品，不同於南朝時寫作的〈春賦〉、〈七夕賦〉、
〈燈賦〉、〈對燭賦〉、〈鏡賦〉、〈鴛鴦賦〉等緣情綺靡之作，而逐漸走向了「託
物抒情」、「寄慨遙深」，近於屈原的託物言志之法，尤其到了庾信的〈哀江南

---

〔註88〕　〈全梁文〉，卷三十八。同注13，頁3142。
〔註89〕　引自附錄：〈江淹詩文集評〉。同注86，頁484。
〔註90〕　〈全梁文〉，卷三十八。同注13，頁3142。
〔註91〕　〈全後周文〉，卷八。同注13，頁3922。
〔註92〕　錢鍾書：《談藝錄》，北京：生活、讀書、新知三聯書店，2001年1月1刷，
　　　　　頁846～847。

賦〉更可說達到了「窮態盡妍」的境界。可見〈哀江南賦〉在對《楚辭》的借鑑上，關係是極其密切的。

　　以上，魏晉南北朝幾位重要的悲美文學作家，如阮籍、江淹、庾信……等，在學騷、擬騷的過程中，都受到《楚辭》藝術與精神上的闡發影響，發展出獨具個人特色的文學創作，進而豐富壯大了魏晉南北朝中的悲美文學。時代的新悲美學由是誕生，從而各領風騷，而潛藏在他們創作中的《楚辭》精神，也源源不絕的得以延續及滲透並影響後世文學。

　　《楚辭》作為悲怨文學的典範，世世代代對各類文學發生著影響。然而鑑於各朝代時代背景的差異，對《楚辭》的關注、發揚或批評焦點，也都有所差異。關於魏晉南北朝的《楚辭》學，或者可以美學與生活之關係的角度，來統整及思考其價值與意義。張公善《批判與救贖——從存在美論到生活詩學》曾提及何謂美學？及美學與生活的關係。其云：

> 美學作為人的一種生活存在的智慧學，它必然要超越知識論。……
> 在這個新的美學視野中，我們將重新考慮：生活的意義是什麼？什
> 麼才是審美的生活？美、藝術與生活的關係如何？〔註93〕

亦即，美學乃依存著生活而存在，它不只使單純的停滯於死寂的形式。所謂的美的生活或藝術，都必須被檢視是否能表現出真實生活的特徵。魏晉南北朝的《楚辭》學，顯然逐漸脫離兩漢偏向知識論的研究，開展了藝術與美學新範疇與內涵的探討。這些新範疇與內涵，大多根植於當代文士現實生活中的感受。《楚辭》各方面的影響力，也成為生活中藝術的一種表現形式，持續的滲透到當代文士的生活與創作中。正如李中華、朱炳祥《楚辭學史》以為「名士的眼中，《楚辭》不再是儒教經書的『別體』，它的文學想像成為一種浪漫精神的抒發，成為自由與藝術的展現，成為特定人生風度的顯示。」〔註94〕

　　魏晉南北朝文士們在動亂與不安的環境中，深切省思生命的意義，體會人類本然情性的珍貴。因此，在鍾情風流的時尚中，他們拋棄儒家「哀而不怨」的情感框架，熱切的聚焦《楚辭》中深蘊的「情性」；在文學發展的進步中，他們正視《楚辭》作為獨立文體的存在，努力挖掘《楚辭》的「文藝」

---

〔註93〕　張公善：《批判與救贖——從存在美論到生活詩學》，合肥：安徽人民出版社，2006 年 5 月 1 刷，頁 241。
〔註94〕　同注 4，頁 65。

之美；在著重個體情感的時局中，他們不再崇尚「九死不悔」的忠臣角色，企圖開拓了不遇之外的隱逸結局。這些都成為挖掘《楚辭》本體存在價值的新途徑，並得以有豐富的新見解，以建構新時代的《楚辭》學。

綜而論之，魏晉南北朝的《楚辭》學，透過與歷史的對話，在兩漢《楚辭》學研究的空白處，進行補闕，發展出在注釋、文本、聲韻、目錄各方面的深入研究；也藉由評論與擬作過程，重新接受沉澱與自我療癒。至於屈原形象的建立，乃在於透過認同屈原人格精神，及尋找人生答案的過程中，重新創建時代所需要的屈原。而無論詩文、辭賦、志怪小說，雖對於《楚辭》文藝技巧與騷體精神上的寫作手法多所借鑑，卻也能融合當代新文藝精神中，重「情」與重「辭」的特色。其中值得注意的是，對傳統《楚辭》擬作的突圍。新思想的交融、新文藝審美觀的促發，使得文士在《楚辭》傳統的結構、意象上，多有新的嘗試與拓展。

雖然新的拓展中，原始騷體精神中，蘇世獨立及悲壯風格逐漸消融，但在轉而強調重視生活的真實感受中，清絕華美、哀婉淒切及精美華艷的擬騷體，卻重新萌生，情感的內斂與深重，正促使著新時代悲美學的確立。

海明威曾說過：「在人生中的清醒時刻，在悲哀及喪失的暗影之下，人們最接近他們的真我。」魏晉南北朝文士正是一面飽嚐悲哀與喪失，一面在生命歷程中挖掘真我。他們以新的文藝精神為媒介，對抗生命中的荒誕，盡力為生命尋找存在的意義和理由。而對生命與真我的挖掘中，給了他們重新學習、賞析《楚辭》的機會，進而使當代《楚辭》學得以綻放出嶄新風貌。

解構魏晉南北朝的《楚辭》學，大抵能如此說：在對傳統精神及創作的繼承中，一些微妙的變形正在產生。這些「微妙的變形」，除了是各個時代《楚辭》學最吸引人的部分，還能夠使作品的歷史意義與美學價值得到證實〔註95〕。故而，魏晉南北朝的《楚辭》學，締造了異於兩漢的《楚辭》學，並成為唐宋《楚辭》學發展最堅實的銜接與基礎。

因此，若檢視魏晉南北朝後的《楚辭》學發展，發現不論是《楚辭》學專題的研究面向、對屈原形象的分析、解構，或文學、藝術上對《楚辭》的借鑑，都受到魏晉南北朝《楚辭》學極大的影響。

如魏晉南北朝的《楚辭》學，可謂開啟《楚辭》專題研究的新頁，後世

---

〔註95〕接受美學觀點以為：「自一代又一代的接受鍊條的限制或擴充的理解；這樣，一部作品的歷史意義得到確定，他的美學價值得到證實。」同注24，頁82。

《楚辭》學大抵都受其影響。注釋類中，郭璞《楚辭註》援引古代諸多典籍，詳加註解，又以反語方式來互証，大量保留《楚辭》中的方言古語。及至宋・洪興祖的《楚辭補注》中，就多引郭璞《楚辭註》以佐證、論述〔註96〕。又《楚辭》學中的名物訓詁，如草木花卉的專題，由晉・劉杳《離騷草木疏》首開其風，今日其書雖已佚失，但姜亮夫《楚辭書目五種》認爲「史稱杳博極群書，沈約諸儒多所取質。又事昭明太子久，則其書必有可觀。」〔註97〕後世如宋・吳仁傑能「發明屈子借喻之微旨者，詳且盡矣。爲讀騷者所不可不知。」的《離騷草木疏》〔註98〕、宋・林至的《楚辭草木疏》、宋・謝翱的《楚辭芳草譜》〔註99〕，相信不能不受其啓發與影響。至於音韻專題上，自晉・徐邈《楚辭音》、南朝宋・諸葛民《楚辭音》、孟奧《楚辭音》後，乃有隋・釋道騫的《楚辭音殘》、宋・林至的《楚辭補音》、明・陳第的《屈宋古音義》等。宋・洪興祖的《楚辭補注》中，也多引徐邈《楚辭音》文字，致使今日尚能見其殘卷風貌。至於現代學者，如王力《楚辭韻讀》、劉永濟《屈賦音注詳解》……等著作，都對《楚辭》的聲韻、字讀等問題，有更深入的探究。顯見魏晉南北朝《楚辭》學時期的音韻著作，對《楚辭》音韻專題研究之風尙，的確有啓下之功。

其二，魏晉南北朝提供了多元角度來析解屈原的形象，也影響了後代對屈原形象的討論。如魏徵在《隋書・經籍志》（集部・《楚辭》類序）中云：

自周室衰亂，詩人寢息，諂佞之道興，諷刺之辭廢。楚有賢臣屈原，被讒放逐，乃著〈離騷〉八篇，言己離別愁思，申杼其心，自明無

〔註96〕 李中華《楚辭學史》中，總結洪興祖《楚辭補注》的重要價值有三，乃爲：「薈萃眾本、校正文字」；「補釋語意、駁正舊注」；「保存文獻、載錄遺說」。其中「保存文獻、載錄遺說」中，提及《補注》保存了若干已經失傳的著作的材料。……晉郭璞《楚辭註》三卷、徐邈《楚辭音》一卷也都失傳已久，而《補注》中具有所引。吉光片羽，愈益顯出可貴。」同注4，頁112～115。

〔註97〕 姜亮夫：《楚辭書目五種》，上海：上海古籍出版社，1993年2月1刷，頁342。

〔註98〕 姜亮夫認爲吳仁傑《離騷草木疏》其書「名物考證外，尤詳其物類特徵，品質善惡諸端，皆所以明屈賦借草木以喻賢愚善惡之辨者。……雖時時不免穿鑿附會，而用心則至苦云。」同注97，頁344。

〔註99〕 姜亮夫云：「（謝翱《楚辭芳草譜》）凡譜芳草江蘺、薰草、……萍等二十三品，每品爲一條。略如吳仁傑《草木疏》方式，而爲文極簡。」同注97，頁350。李中華《楚辭學史》以爲：「借注釋《楚辭》草木以寄託某種難以言明的社會情感，乃是當時（宋）的一種風尙，與當時的社會情勢和文化思潮均不無關聯。」同注4，頁134。

罪，因以諷諫，冀君覺悟，辛不省察，遂赴汨羅死焉。弟子宋玉，
痛惜其師，傷而和之。其後，賈誼、東方朔、劉向、揚雄，嘉其文
采，擬之而作。蓋以原楚人也，謂之《楚辭》。然其氣質高麗，雅致
清遠，後之文人，咸不能逮。〔註100〕

魏徵不但將屈原定位爲「賢臣」，也提及《楚辭》對後世的影響。亦即認爲文
采的可觀，是騷體擬作興起之因。此外，他也讚賞屈原詩文「氣質高麗，雅
致清遠」，爲後代文人所不能及。其以「賢才」一類看待屈原，又能將屈原其
人、其文分別論述，這正是繼承了魏晉南北朝評論屈原，著重於文學精神、
價值的探討，及由專論忠貞品格，走向論人、論文分離的影響。

　　再者，如唐・韓愈〈送孟東野序〉云：

大凡物不得其平則鳴，草木之無聲，風撓之鳴，水之無聲，風盪之
鳴，楚大國也，其亡也，以屈原鳴。〔註101〕

韓愈以爲屈原《楚辭》之作意，乃基於「物不得其平則鳴」，亦即肯定了屈原
抒發怨情的正當性。此與魏晉南北朝文士，以「聖人有情」或「本然情性」
的論述，爲屈原負面評價做出突圍與導正，實際上是一致的。顯然「以情論
文」的主張，自魏晉南北朝之後，在各朝代中的屈原評論中持續發酵著。

　　其三，自蕭統《昭明文選》將「騷」、「賦」兩分，專列《楚辭》作爲文
人寫作的範本後，影響所及乃是後世文人，無一不將《楚辭》視爲習文、學
文的經典。如韓愈〈進學解〉云：

沈浸醲郁，含英咀華。作爲文章，其書滿家。上規〈姚〉、〈姒〉，渾
渾無涯。〈周誥〉、〈殷盤〉，佶屈聱牙。《春秋》謹嚴，《左氏》浮誇。
《易》奇而法，《詩》正而葩。下逮《莊》、《騷》，太史所錄。子雲
相如，同工異曲：先生之於文，可謂閎其中而肆其外矣！〔註102〕

〈進學解〉以國子學先生與學生的問答，抒發自身貶斥之不滿。引文乃是陳
述韓愈寫作文章所取法的諸多典籍，其中便有《楚辭》。可見，韓愈習文不但
浸潤於《楚辭》，《楚辭》還成爲與《尚書》、《春秋》、《左傳》、《詩經》……
等相同的地位。爾後，《昭明文選》有六臣注（李善注與五臣注）及諸多注本，

〔註100〕載唐・魏徵：《隋書・經籍志》，臺北：藝文印書館據清乾隆隆武英殿刊本景
　　　　印，未刊出版年月，頁521。

〔註101〕韓愈著，清馬其昶校注，馬茂元編次：《韓昌黎文集校注》，臺北：漢京文化
　　　　事業有業公司，1983年11月，頁136～137。

〔註102〕同註101，頁26。

形成了所謂的《文選》學，將《昭明文選》的影響力不斷的加以延續。雖然六臣注對屈原作品的注解，仍採用王逸舊注，但對於《楚辭》作為習文範本的價值仍有所肯定，也有助於傳播與普及。

尤其，魏晉南北朝文士廣泛關注〈離騷〉外的篇章，並多有摹擬著作。其後，如唐・皮日休有〈九諷〉、〈反招魂〉（《皮子文藪》卷二）、唐・柳宗元有〈天對〉一篇、宋・楊萬里有《天問天對解》一卷〔註103〕，對《楚辭》各篇都能加以學習、擬作或研究。

其四，對於劉勰《文心雕龍・辨騷》所提出《楚辭》「異乎經典」的「詭異之辭」、「譎怪之談」二項〔註104〕，後代文人多肯定其說。如柳宗元〈答韋中立論師道書〉云：

> 參之《穀梁氏》以屬其氣，參之《孟》、《荀》以暢其支，參之《莊》、
>
> 《老》以肆其端，參之《國語》以博其趣，參之〈離騷〉以致其幽，
>
> 參之太史公以著其潔，此吾所以旁推交通而以為之文也。〔註105〕

其中，柳宗元不但將〈離騷〉視為寫作參考、學習的範文，還拈出〈離騷〉不同其他典籍的特色——「幽」。柳宗元此言，當一佐劉勰對〈離騷〉的看法，也顯見唐代文人對劉勰此說的認同。

以上種種，都可知魏晉南北朝《楚辭》學，對後世文學的確影響極大。足見唯有正視魏晉南北朝《楚辭》學的價值，方能進一步理解唐宋及其後《楚辭》學，其研究面向的開展基礎。

因此，若檢視魏晉南北朝後的《楚辭》學發展，發現不論是《楚辭》學專題的研究面向、對屈原形象的分析、解構，或文學、藝術上對《楚辭》的借鑑，都受到魏晉南北朝《楚辭》學的影響極大。

如魏晉南北朝的《楚辭》學，可謂開啟《楚辭》專題研究的新頁，後世《楚辭》學大抵都受其影響。注釋類中，郭璞《楚辭註》援引古代諸多典籍，詳加註解，又以反語方式來互証，大量保留《楚辭》中的方言古語。及至宋・

---

〔註103〕 文清陶編：《楚辭要籍選刊》第一冊，北京：燕山出版社，2008 年 10 月 1 刷，頁 223。

〔註104〕 「至於託雲龍，說迂怪，豐隆求宓妃，鳩鳥媒娀女，詭異之辭也。康回傾地，夷羿彃日，木夫九首，土伯三目，譎怪之談也。」劉勰：《文心雕龍》，頁 46～47。

〔註105〕 柳宗元：《柳宗元集》（四部刊要集部別集類），臺北：漢京文化事業有限公司，1982 年 5 月，頁 871。

洪興祖的《楚辭補注》中，就多引郭璞《楚辭註》以佐證、論述〔註106〕。又《楚辭》學中的名物訓詁，如草木花卉的專題，由晉・劉杳《離騷草木疏》首開其風，今日其書雖已佚失，但姜亮夫《楚辭書目五種》認爲「史稱杳博極群書，沈約諸儒多所取質。又事昭明太子久，則其書必有可觀。」〔註107〕後世如宋・吳仁傑能「發明屈子借喻之微旨者，詳且盡矣。爲讀騷者所不可不知。」的《離騷草木疏》〔註108〕、宋・林至的《楚辭草木疏》、宋・謝翱的《楚辭芳草譜》〔註109〕，相信不能不受其啓發與影響。至於音韻專題上，自晉・徐邈《楚辭音》、南朝宋・諸葛民《楚辭音》、孟奧《楚辭音》後，乃有隋・釋道騫的《楚辭音殘》、宋・林至的《楚辭補音》、明・陳第的《屈宋古音義》等。宋・洪興祖的《楚辭補注》中，也多引徐邈《楚辭音》文字，致使今日尚能見其殘卷風貌。至於現代學者，如王力《楚辭韻讀》、劉永濟《屈賦音注詳解》……等著作，都對《楚辭》的聲韻、字讀等問題，有更深入的探究。顯見魏晉南北朝《楚辭》學時期的音韻著作，對《楚辭》音韻專題研究之風尚，的確有啓下之功。

　　其二，魏晉南北朝提供了多元角度來析解屈原的形象，也影響了後代對屈原形象的討論。如魏徵在《隋書・經籍志》（集部・《楚辭》類序）中云：

> 自周室衰亂，詩人寢息，諸侯之道興，諷刺之辭廢。楚有賢臣屈原，被讒放逐，乃著〈離騷〉八篇，言己離別愁思，申杼其心，自明無罪，因以諷諫，冀君覺悟，卒不省察，遂赴汨羅死焉。弟子宋玉，痛惜其師，傷而和之。其後，賈誼、東方朔、劉向、揚雄，嘉其文

---

〔註106〕 李中華《楚辭學史》中，總結洪興祖《楚辭補注》的重要價值有三，乃爲：「薈萃眾本、校正文字」；「補釋語意、駁正舊注」；「保存文獻、載錄遺說」。其中「保存文獻、載錄遺說」中，提及「《補注》保存了若干已經失傳的著作的材料。……晉郭璞《楚辭註》三卷、徐邈《楚辭音》一卷也都失傳已久，而《補注》中具有所引。吉光片羽，愈益顯出可貴。」同注4，頁112～115。

〔註107〕 姜亮夫：《楚辭書目五種》，上海：上海古籍出版社，1993年2月1刷，頁342。

〔註108〕 姜亮夫認爲其書「名物考證外，尤詳其物類特徵，品質善惡諸端，皆所以明屈賦借草木以喻賢愚善惡之辨者。……雖時時不免穿鑿附會，而用心則至苦云。」同注107，頁344。

〔註109〕 姜亮夫云：「（謝翱《楚辭芳草譜》）凡譜芳草江蘺、薫草、……萍等二十三品，每品爲一條。略如吳仁傑《草木疏》方式，而爲文極簡。」同注107，頁350。李中華《楚辭學史》以爲：「借注釋《楚辭》草木以寄託某種難以言明的社會情感，乃是當時（宋）的一種風尚，與當時的社會情勢和文化思潮均不無關聯。」同注4，頁134。

> 采，擬之而作。蓋以原楚人也，謂之《楚辭》。然其氣質高麗，雅致
>
> 清遠，後之文人，咸不能逮。〔註110〕

魏徵不但將屈原定位為「賢臣」，也提及《楚辭》對後世的影響。亦即認為文采的可觀，是騷體擬作興起之因。此外，他也讚賞屈原詩文「氣質高麗，雅致清遠」，為後代文人所不能及。其以「賢才」一類看待屈原，又能將屈原其人、其文分別論述，這正是繼承了魏晉南北朝評論屈原，著重於文學精神、價值的探討，及由專論忠貞品格，走向論人、論文分離的影響。

再者，如唐‧韓愈〈送孟東野序〉云：

> 大凡物不得其平則鳴，草木之無聲，風撓之鳴，水之無聲，風盪之
>
> 鳴，楚大國也，其亡也，以屈原鳴。〔註111〕

韓愈以為屈原《楚辭》之作意，乃基於「物不得其平則鳴」，亦即肯定了屈原抒發怨情的正當性。此與魏晉南北朝文士，以「聖人有情」或「本然情性」的論述，為屈原負面評價做出突圍與導正，實際上是一致的。顯然「以情論文」的主張，自魏晉南北朝之後，在各朝代中的屈原評論中持續發酵著。

其三，自蕭統《昭明文選》將「騷」、「賦」兩分，專列《楚辭》作為文人寫作的範本後，影響所及乃是後世文人，無一不將《楚辭》視為習文、學文的經典。如韓愈〈進學解〉云：

> 沈浸醲郁，含英咀華。作為文章，其書滿家。上規〈姚〉、〈姒〉，渾
>
> 渾無涯。〈周誥〉、〈殷盤〉，佶屈聱牙。《春秋》謹嚴，《左氏》浮誇。
>
> 《易》奇而法，《詩》正而葩。下逮《莊》、《騷》，太史所錄。子雲
>
> 相如，同工異曲：先生之於文，可謂閎其中而肆其外矣！〔註112〕

〈進學解〉以國子學先生與學生的問答，抒發自身貶斥之不滿。引文乃是陳述韓愈寫作文章所取法的諸多典籍，其中便有《楚辭》。可見，韓愈習文不但浸潤於《楚辭》，《楚辭》還成為與《尚書》、《春秋》、《左傳》、《詩經》……等相同的地位。爾後，《昭明文選》有六臣注（李善注與五臣注）及諸多注本，形成了所謂的《文選》學，將《昭明文選》的影響力不斷的加以延續。雖然

---

〔註110〕 載唐‧魏徵：《隋書‧經籍志》，臺北：藝文印書館據清乾隆隆武英殿刊本景
印，未刊出版年月，頁521。

〔註111〕 韓愈著、清馬其昶校注、馬茂元編次：《韓昌黎文集校注》，臺北：漢京文化
事業有業公司，1983年11月，頁136～137。

〔註112〕 同註111，頁26。

六臣注對屈原作品的注解，仍採用王逸舊注，但對於《楚辭》作爲習文範本
的價值仍有所肯定，也有助於傳播與普及。

　　尤其，魏晉南北朝文士廣泛關注〈離騷〉外的篇章，並多有摹擬著作。
其後，如唐·皮日休有〈九諷〉、〈反招魂〉（《皮子文藪》卷二）、唐·柳宗元
有〈天對〉一篇、宋·楊萬里有《天問天對解》一卷〔註113〕，對《楚辭》各
篇都能加以學習、擬作或研究。

　　其四，對於劉勰《文心雕龍·辨騷》所提出《楚辭》「異乎經典」的「詭
異之辭」、「譎怪之談」二項〔註114〕，後代文人多肯定其說。如柳宗元〈答韋
中立論師道書〉云：

　　　　參之《穀梁氏》以屬其氣，參之《孟》、《荀》以暢其支，參之《莊》、
　　　　《老》以肆其端，參之《國語》以博其趣，參之〈離騷〉以致其幽，
　　　　參之太史公以著其潔，此吾所以旁推交通而以爲之文也。〔註115〕

其中，柳宗元不但將〈離騷〉視爲寫作參考、學習的範文，還拈出〈離騷〉
不同其他典籍的特色——「幽」。柳宗元此言，當一佐劉勰對〈離騷〉的看法，
也顯見唐代文人對劉勰此說的認同。

　　以上種種，都可知魏晉南北朝《楚辭》學，對後世文學的確影響極大。
足見唯有正視魏晉南北朝《楚辭》學的價值，方能進一步理解唐宋及其後《楚
辭》學，其研究面向的開展基礎。

---

〔註113〕文清陶編：《楚辭要籍選刊》第一冊，北京：燕山出版社，2008 年 10 月 1 刷，
　　　　頁 223。

〔註114〕「至於託雲龍，說迂怪，豐隆求宓妃，鴆鳥媒娀女，詭異之辭也。康回傾地，
　　　　夷羿彃日，木夫九首，土伯三目，譎怪之談也。」劉勰：《文心雕龍》，頁 46
　　　　～47。

〔註115〕柳宗元：《柳宗元集》（四部刊要集部別集類），臺北：漢京文化事業有限公司，
　　　　1982 年 5 月，頁 871。

# 參考文獻

## 一、專書

### 古籍文獻（依時代先後排序）

1. 袁珂校注：《山海經》，四川：巴蜀書社，1993 年 4 月。
2. 漢・孔安國：《尚書》，臺北：新興書局，1964 年 11 月。
3. 漢・孔安國傳、唐孔穎達等正義：《尚書正義》（《十三經注疏本》），臺北：藝文印書館，1981 年 1 月。
4. 易中天注譯：《國語》，臺北：三民書局，2006 年 3 月。
5. 漢・司馬遷等：《楚辭評論資料選》，臺北：長安出版社，1988 年 9 月。
6. 漢・司馬遷著、韓兆琦注譯：《史記》，臺北：三民書局，2008 年 2 月。
7. 漢・班固著、顏師古注、楊家駱主編：《漢書》，臺北：鼎文書局，1980 年 3 月。
8. 漢・許慎：《說文解字》，北京：中華書局，1985 年。
9. 漢・王逸等：《楚辭注六種》，臺北：世界書局，1978 年。
10. 三國・曹丕撰、王公偉點注：《列異傳》，北京：北京出版社，2001 年 6 月。
11. 三國・曹植著、趙幼文校注：《曹植集校注》，北京：人民文學出版社，1998 年 7 月。
12. 三國・曹操著、夏傳才校注：《曹操集校注》，河北：河北教育出版社，2013 年 6 月。
13. 晉・陳壽著、裴松之注、楊家駱主編：《三國志》，臺北：鼎文書局，1980 年 3 月。

14. 晉・王弼著、樓宇烈校釋：《王弼集校釋》，臺北：華正書局，2006 年 8 月。

15. 晉・阮籍著、陳伯君校注：《阮籍集校注》北京：中華書局，2006 年 3 月。

16. 晉・郭璞著、聶恩彥校注：《郭弘農集校注》，太原：山西人民出版社，1991 年。

17. 晉・陸雲撰、黃葵校點：《陸雲集》，北京：中華書局出版社，1988 年。

18. 晉・陸機著、劉運好校注：《陸士衡文集校注》，江蘇：鳳凰出版社，2007 年 12 月。

19. 晉・宗懍撰、王毓榮校注：《荊楚歲時記校注》，臺北：文津出版社，1988 年 8 月。

20. 晉・干寶著、汪紹楹校注：《搜神記》，臺北：里仁書局，1999 年 1 月。

21. 晉・王嘉撰、蕭綺錄、王根林校點：《拾遺記》，上海：上海古籍出版社，1999 年 12 月。

22. 晉・陶淵明著、袁行霈箋注：《陶淵明集箋注》，北京：中華書局，2003 年 4 月。

23. 晉・陶潛撰、王根林校點：《搜神後記》，上海：上海古籍出版社，1999 年 12 月。

24. 晉・葛洪著、何淑貞校注：《抱朴子》，臺北：鼎文書局，2002 年 2 月。

25. 南朝宋・范曄著、楊家駱主編：《後漢書》，臺北：鼎文書局，1979 年 11 月。

26. 南朝宋・劉義慶著，劉孝標注、余嘉錫箋疏：《世說新語》，臺北：華正書局，1993 年 10 月。

27. 南朝宋・劉義慶撰、王根林校點：《幽明錄》，上海：上海古籍出版社，1999 年 12 月。

28. 南朝宋・劉敬叔撰、黃益元校點：《異苑》，上海：上海古籍出版社，1999 年 12 月。

29. 南朝宋・劉勰、黃叔琳校本：《文心雕龍》，臺北：宏業書局，1975 年 2 月。

30. 南朝宋・鮑照著：《鮑參軍集注》，臺北：木鐸出版社，1982 年 2 月。

31. 南朝梁・蕭統著、李善注：《昭明文選》，臺北：第一書局，1980 年 11 月。

32. 南朝梁・吳均撰、王根林校點：《續齊諧記》，上海：上海古籍出版社，1999 年 12 月。

33. 南朝齊梁・劉勰：《文心雕龍》，臺北：宏業書局，1975 年 2 月。

34. 南朝齊梁・鍾嶸著、程章燦注譯：《詩品》，臺北：三民書局，2003 年 5 月。

35. 北齊・顏之推、李振興等著：《顏氏家訓》，臺北：三民書局，2001 年 6 月。

36. 隋・釋道騫：《楚辭音殘》，出版地不詳：藝文出版社，1972 年。

37. 唐・李延壽等著、楊家駱主編：《北史》，臺北：鼎文書局，1980 年 3 月。

38. 唐・李延壽等著、楊家駱主編：《南史》，臺北：鼎文書局，1980 年 3 月。

39. 唐・房玄齡等著、楊家駱主編：《晉書》，臺北：鼎文書局，1980 年 3 月。

40. 唐・長孫無忌等著：《隋書》，北京：中華書局，1985 年。

41. 唐・姚思廉著、楊家駱主編：《梁書》，臺北：鼎文書局，1980 年 3 月。

42. 唐・張鷟：《朝野僉載》，收錄於陝西震旦漢唐研究院編：《四庫文明》，西安：陝西人民出版社，2007 年。

43. 唐・道宣：《廣弘明集》，上海：上海古籍出版社，1991 年 8 月。

44. 唐・韓愈著、清馬其昶校注、馬茂元編次：《韓昌黎文集校注》，臺北：漢京文化事業有業公司，1983 年 11 月。

45. 唐・李白著：《李太白全集》，臺北：世界書局，1997 年 5 月 2 版。

46. 唐・杜甫著、仇兆鰲注：《杜詩詳註》，臺北：文史哲出版社，1985 年 9 月。

47. 唐・柳宗元：《柳宗元集》（四部刊要集部別集類），臺北：漢京文化事業有限公司，1982 年 5 月。

48. 唐・歐陽詢撰：《藝文類聚》，京都：中央出版社，1980 年 12 月。

49. 九思叢書編輯：《陶淵明研究》，臺北：九思叢書編輯部，1977 年。

50. 宋・朱熹：《朱子全書》，上海：上海古籍出版社。

51. 宋・朱熹：《楚辭集注》，臺北：國立中央圖書館，1991 年 2 月。

52. 宋・李昉：《太平御覽》，臺北：國泰文化事業有限公司，1980 年 1 月。

53. 宋・洪興祖：《楚辭補注》，臺北：天工書局，1994 年 9 月。

54. 宋・樂史：《太平寰宇記》，北京：中華出版社，1985 年。

55. 宋・吳仁傑：《離騷草木疏》，臺北：臺灣商務印書館，1979 年。

56. 明・張溥、殷孟倫集注：《漢魏六朝百三家集》，臺北：木鐸出版社，1982 年 5 月。

57. 明・陳祚明著、李金松點校：《采菽堂古詩選》，上海：上海古籍出版社，2008 年 12 月。

58. 明・汪瑗著、董洪利點校：《楚辭集解》，北京：北京古籍出版社，1994 年 1 月。

59. 清‧張廷玉著:《明史》收錄於章培桓、喻遂生撰:《二十四史》,上海:上海古籍出版社,2004 年 1 月。

60. 清‧何焯著、崔高維點校:《義門讀書記》,北京:中華書局,1991 年 11月。

61. 清‧趙翼:《二十二史劄記》(附補遺),北京:中華書局,1985 年。

62. 清‧王夫之:《楚辭通釋》,臺北:里仁書局,1981 年 10 月。

63. 清‧蔣驥:《山帶閣注楚辭》,臺北:廣文書局,1971 年 7 月。

64. 清‧方東樹著、汪紹楹校點:《昭昧詹言》北京:人民文學出版社,2006年。

65. 清‧劉熙載:《藝概》,臺北:華正書局,1988 年 9 月。

66. 清‧劉鶚著、徐少知新注:《老殘遊記》:臺北:里仁書局,2013 年 5 月。

67. 清‧嚴可均校輯:《全上古三代秦漢三國六朝文》,北京:中華書局,1958年。

## 專書著作（依姓氏筆畫排序）

1. 丁福保:《歷代詩話續編》,北京:北京圖書館出版社,2003 年。

2. 上海古籍出版社編:《漢魏六朝筆記小說大觀》,上海:上海古籍出版社,1999 年 12 月。

3. 于景祥:《駢文論稿》,北京:中華書局,2012 年 5 月。

4. 中國屈原協會:《中國楚辭學》(第一輯～第十輯),大陸:學苑出版社,2003 年 1 月。

5. 仇小屏:《篇章意象論——以古典詩詞為考察範圍》,臺北:萬卷樓圖書公司,2006 年 10 月。

6. 文崇一:《楚文化研究》,臺北:東大圖書有限公司,1990 年 4 月。

7. 王仲犖:《魏晉南北朝史》,新店:谷風出版社,1987 年 9 月。

8. 王孝廉:《神話與小說》,臺北:時報文化出版有限公司,1986 年 5 月。

9. 王家歆:《楚辭九章集釋》,臺北:臺灣商務印書館,1980 年。

10. 史墨卿:《楚辭文藝觀》,臺北:華正書局,1989 年 3 月。

11. 皮道堅:《楚藝術史》,武漢:湖北教育出版社,1995 年 7 月。

12. 成惕軒:《駢文選注》,臺北:正中書局,1978 年 3 月。

13. 朱光寶:《魏晉南北朝詩歌變遷:詩體之變與詩人之變》,成都:四川文藝出版社,2009 年。

14. 朱季海:《楚辭解故》,臺北:宏業書局,1972 年。

15. 何光岳:《楚源流史》,大陸:湖南人民出版社,1988 年。

16. 何善蒙：《魏晉情論》，北京：光明日報出版社，2007 年 1 月。

17. 何新文：《中國賦論史》，北京：人民出版社，2012 年。

18. 吳天任：《楚辭文學的特質》，臺北：臺灣商務印書館，1989 年。

19. 吳雲主編：《建安七子集校註》，天津：天津古籍出版社，1991 年 11 月。

20. 呂正惠：《楚辭：澤畔的悲歌》，臺北：時報文化出版社，1980 年。

21. 李士彪：《魏晉南北朝文體學》，上海：上海古籍出版社，2004 年。

22. 李大明：《漢楚辭學史》，北京：華齡出版社，2006 年 8 月。

23. 李中華、朱炳祥：《楚辭學史》，武漢：武漢出版社，1996 年。

24. 李曰剛著：《中國文學史》，臺北：白雲書屋，1976 年 9 月。

25. 李健：《魏晉南北朝的感物美學》，北京：中國社會科學出版社，2007 年。

26. 李劍國：《唐前志怪小說史》，北京：人民文學出版社，2011 年 12 月。

27. 李澤厚：《美的歷程》，新店：谷風出版社 1987 年 11 月。

28. 李豐楙：《誤入與謫降：六朝隋唐道教文學論集》，臺北：臺灣學生書局，1996 年 5 月。

29. 汪軍：《魏晉南北朝的藝術批評》，蕪湖：安徽師範大學出版社，2012 年。

30. 周建江：《北朝文學史》，北京：中國社會科學出版社，1997 年 7 月。

31. 周建忠、湯漳平主編：《楚辭學通典》，武漢：湖北教育出版社，2002 年 10 月。

32. 周建忠：《楚辭論稿》，鄭州：中州古籍出版社，1994 年。

33. 周殿富：《楚辭源流選集──楚辭餘》（歷代騷體賦選），長春：吉林出版社，2003 年 1 月。

34. 孟修祥：《楚辭影響史論》，武漢：湖北人民出版社，2003 年 7 月。

35. 宗白華：《美學散步》，上海：上海人民出版社。

36. 東方朔等：《中國文言小說百部經典》，北京：北京出版社，2001 年 6 月。

37. 林文欽：《文學美學研究資料選集》，高雄：春暉出版社，2003 年 9 月。

38. 林河：《九歌與沅湘民俗》，大陸：三聯書店，1990 年 7 月。

39. 河北師範學院中文系古典文學教研組編：《三曹資料彙編》，臺北：木鐸出版社，1980 年 10 月。

40. 邱宜文：《巫風與九歌》，臺北：文津出版社，1996 年 8 月。

41. 姜亮夫、姜昆武：《屈原與楚辭》，安徽：安徽教育出版社，1991 年。

42. 姜亮夫：《屈原賦校注》，臺北：文光圖書公司，1974 年 8 月。

43. 姜亮夫：《楚辭書目五種》，上海：上海古籍出版社，1993 年。

44. 姜亮夫：《楚辭通故》，昆明：雲南人民出版社，2000 年 1 月。

45. 姜亮夫：《楚辭學論文集》，上海：上海古籍出版社，1984 年。

46. 夏傳才主編，杜志勇校注：《孔融、陳琳合集校注》，石家莊市：河北教育出版社，2013 年 6 月。

47. 徐公持：《魏晉文學史》，北京：人民文學出版社，1999 年。

48. 徐公持：《魏晉南北朝文學研究》，北京：北京出版社，2001 年。

49. 徐志嘯：《楚辭綜論》，臺北：東大圖書股份有限公司，1994 年 6 月。

50. 徐嘉瑞：《中古文學概論》，上海：亞東圖書館，1924 年。

51. 殷光熹：《楚騷：華夏文明之光》，昆明：雲南大學出版社，1990 年 10 月。

52. 袁行霈：《陶淵明研究》，北京：北京大學出版社，1997 年 7 月。

53. 馬以鑫：《接受美學新論》，上海：學林出版社，1995 年 10 月。

54. 馬茂元主編、楊金鼎等注釋：《楚辭注釋》，臺北：文津出版社，1993 年 9 月。

55. 高秋鳳：《天問研究》，臺北：花木蘭出版社，2008 年。

56. 高秋鳳：《宋玉作品真偽考》，臺北：文津出版社，1999 年 3 月。

57. 常宗豪：《楚辭——靈巫與九歌》，臺北：黎明文化事業公司，1994 年。

58. 張仁青：《中國駢文發展史》，臺北：中華書局，1979 年 5 月。

59. 張仁青：《六朝唯美文學》，臺北：文史哲出版社，1980 年 11 月。

60. 張仁青：《駢文學》，臺北：文史哲出版社，1984 年 3 月。

61. 張仁青：《魏晉南北朝文學思想史》，臺北：文史哲出版社，1978 年。

62. 張公善：《批判與救贖——從存在美論到生活詩學》，合肥：安徽人民出版社，2006 年 5 月。

63. 張正明：《楚文化史》，上海：人民出版社，1987 年。

64. 張正明：《楚史》，湖北：武漢教育出版社，1995 年。

65. 張娣明：《魏晉南北朝詩學研究》，臺北：文津出版社，2011 年。

66. 曹道衡、沈玉成著：《南北朝文學史》，北京：人民文學出版社，1998 年 6 月。

67. 曹道衡：《魏晉文學》，合肥：安徽教育出版社，2001 年。

68. 章學誠著、葉瑛校注：《文史通義校注》，臺北：漢京出版社，1986 年 9 月。

69. 莫道才：《駢文研究與歷代四六話》，瀋陽：遼海出版社，2011 年 4 月。

70. 莫道才：《駢文通論》，濟南：齊魯書社，2010 年 5 月。

71. 許又方：《時間的影跡——〈離騷〉晬論》，臺北：秀威資訊科技，2003 年 2 月。

72. 郭沫若：《今昔集》，重慶：出版社未詳，1943 年。

73. 郭建勛：《楚辭與中國古代韻文》，長沙：湖南大學師範出版社，2001 年 4 月。

74. 郭建勛：《漢魏六朝騷體文學研究》，長沙：湖南教育出版社，年 4 月。

75. 陳怡良：《田園詩派宗師——陶淵明探新》，臺北：里仁書局，2006 年 5 月。

76. 陳怡良：《屈原文學論集》，臺北：文津出版社，1992 年 11 月。

77. 陳怡良：《屈騷審美與修辭》，臺北：文津出版社，2008 年 10 月。

78. 陳松雄：《齊梁麗辭橫論》，臺北：文史哲出版社，1986 年 1 月。

79. 陳煒舜：《楚辭練要》，宜蘭：佛光人文社會學院，2006 年 7 月。

80. 陳鵬：《六朝駢文研究》，成都：巴蜀書社，2009 年 5 月。

81. 陶潛撰、楊家駱主編：《陶淵明詩文彙評》，臺北：世界書局，2000 年 6 月。

82. 彭毅：《楚辭詮微集》，臺北：臺灣學生書局，1999 年。

83. 曾春海：《竹林玄學的典範：嵇康》，臺北：萬卷樓圖書有限公司，2000 年 3 月。

84. 游國恩：《游國恩學術論文集》，北京：中華書局，1989 年 1 月。

85. 游國恩：《楚辭概論》，臺北：商務印書館，1968 年 6 月。

86. 游國恩：《楚辭論文集》，臺北：九思出版社，1977 年 11 月。

87. 游國恩：《魏晉南北朝文學史參考資料》，臺北：頂淵文化事業有限公司，2005 年 10 月。

88. 湯炳正等：《楚辭今注》，上海：上海古籍出版社，1996 年。

89. 程章燦：《魏晉南北朝賦史》，江蘇：江蘇古籍出版社，1992 年 2 月。

90. 費振剛等輯校：《全漢賦》，北京：北京大學出版社，1993 年 4 月。

91. 逯欽立：《先秦漢魏晉南北朝詩》，北京：中華書局，1998 年 5 月。

92. 黃節注：《阮步兵詠懷詩註》，臺北：藝文書局，1975 年。

93. 黃震雲：《楚辭通論》，湖南教育出版社，1997 年 10 月。

94. 楊伯峻：《春秋左傳注》，北京：漢京文化事業有限公司，1987 年 1 月。

95. 楊牧：《陸機文賦校釋》，臺北：洪範書局，1985 年 4 月。

96. 楊家駱主編：《駢體文鈔》，臺北：世界書局，2010 年 5 月。

97. 楊義：《中國古典小說史論》，北京：中國社會科學出版社，2004 年 3 月。

98. 葉舒憲：《文學與治療》，北京：社會科學文獻出版社，1999 年 9 月。

99. 葛曉音：《八代詩史》，北京：中華書局，2007 年 3 月。

100. 過常寶：《楚辭與原始宗教》，北京：東方出版社，1997 年 6 月。

101. 寧稼雨：《六朝小説學術檔案》，武昌：武漢大學出版社，2011 年 11 月。

102. 廖序東：《楚辭語法研究》，北京：商務印書館，2006 年 10 月。

103. 廖國棟：《建安辭賦之傳承與拓新——以題材及主題爲範圍》，臺北：文津出版社，2000 年 9 月。

104. 廖棟樑：《倫理、歷史、藝術——古代楚辭學的建構》，臺北：里仁書局，2008 年 9 月。

105. 熊傳薪：《楚國・楚人・楚文化》，臺北：藝術家出版社，2001 年 11 月。

106. 臺靜農：《楚辭天問新箋》，臺北：藝文印書館，1972 年。

107. 趙玉萍：《魏晉南北朝文學發展研究》，成都：四川大學出版社，2009 年 8 月。

108. 趙建軍：《魏晉南北朝美學範疇史》，濟南：齊魯書社，2011 年。

109. 趙輝：《楚辭文化背景研究》，武漢：湖北教育出版社，1996 年 10 月。

110. 劉大杰：《中國文學發展史》，臺北：華正書局，1998 年 8 月。

111. 劉大杰等：《魏晉思想》（甲編三種），臺北：里仁書局，1995 年 8 月。

112. 劉永濟等：《楚辭新義五種》，臺北：鼎文書局，未刊出版年月。

113. 劉建國、顧寶田注譯：《莊子譯注》，長春：吉林文史出版社，1993 年 1 月。

114. 蔡守湘主編：《歷代詩話論詩經楚辭》，武漢：武漢出版社，1991 年 6 月。

115. 蔡靖泉：《楚文學史》，武漢：湖北教育出版社，1995 年 8 月。

116. 蔣天樞：《楚辭論文集》，臺中：藍燈文化事業有限公司，1987 年。

117. 鄭欽仁等：《魏晉南北朝史》，臺北：里仁書局，2007 年。

118. 鄭篤：《中國俗文學史》，臺北：商務出版社，1965 年。

119. 魯迅：《中國小説史略》，香港：三聯書局，1999 年 3 月。

120. 魯迅：《漢文學史綱》，臺北：風雲出版社，1990 年 11 月。

121. 魯迅等著：《魏晉思想》（乙編三種），臺北：里仁書局，1995 年 8 月。

122. 魯瑞菁：《諷諫抒情與神話儀式——楚辭文心論》，臺北：里仁書局，2002 年 9 月。

123. 穆克宏、郭丹編著：《魏晉南北朝文論全編》，南京：江蘇教育出版社，1996 年 12 月。

124. 蕭兵：《楚辭與美學》，臺北：文津出版社，2000 年 1 月。

125. 蕭淨宇：《超越語言學——巴赫金語言哲學研究》，上海：人民出版社，2007 年 2 月。

126. 錢穆：《宋明理學概述》，臺北：臺灣學生書局，1992 年 1 月。

127. 錢鍾書：《談藝錄》，北京：生活、讀書、新知三聯書店，2001 年 1 月。

128. 戴明揚：《嵇康集校注》，臺北：河洛圖書出版社，1978 年 5 月。

129. 戴震：《屈原賦注》，臺北：臺灣商務印書館，1968 年。

130. 戴錫琦、鍾興永：《屈原學集成》，北京：中央編譯出版社，2007 年 6 月。

131. 繆天華：《楚辭九章淺釋》，臺北：出版社未詳，1957 年。

132. 鍾敬文：《楚辭中的神話和傳說》，臺北：東方文化事業公司，1970 年。

133. 鍾濤：《六朝駢文形式及其文化意蘊》，北京：東方出版社，1997 年 6 月。

134. 韓愈等：《唐宋八大家全集》，臺北：新世紀出版社，1997 年。

135. 簡宗梧：《賦與駢文》，臺北：台灣書局，1998 年 10 月。

136. 聶石樵：《魏晉南北朝文學史》，北京：中華書局，2007 年。

137. 顏翔林：《楚辭美論》，上海：學林出版社，2001 年。

138. 魏宏燦校注：《曹丕集校注》，合肥：安徽大學出版社，2009 年 10 月。

139. 瀧川龜太郎著：《史記會注考證》，臺北：文史哲出版社，1993 年 10 月。

140. 羅宗強：《玄學與魏晉士人心態》，臺北：文史哲出版社，1992 年 11 月。

141. 羅勃 C·赫魯伯著、董之林譯：《接受美學理論》，板橋：駱駝出版社，1994 年 6 月。

142. 蘇雪林：《天問正簡》，臺北：廣東出版社，1974 年。

143. 蘇雪林：《屈原與九歌》，臺北：廣東出版社，1973 年 4 月。

144. 蘇雪林：《屈賦論叢》，臺北：國立編譯館，1980 年。

145. 蘇雪林：《楚騷新詁》，臺北：國立編譯館，1978 年 3 月。

146. 蘇慧霜：《騷體的發展與衍變——從漢到唐觀察》，臺北：文津出版社，2007 年 4 月。

147. 饒宗頤：《楚辭書錄》，香港：出版社未詳，1956 年。

## 二、期刊論文

### 學位論文（依姓氏筆畫排序）

1. 毛佳：《南朝與北朝騷體文學比較研究》，遼寧大學碩士論文，2011 年 4 月。

2. 王敘云：《魏晉士人遊憩觀與身心治療關係》：成功大學中文所碩士在職專班碩士論文，2009 年 7 月。

3. 王艷麗：《魏晉南北朝俠風與詩歌研究》，陝西師範大學碩士論文，2010 年 5 月。

4. 吳旻旻：《漢代楚辭學研究——主體的心靈鏡像》，國立中正大學碩士論文，1996 年 6 月。

5. 邢宇皓：《謝靈運山水詩研究》，河北大學博士論文，2005 年 6 月。

6. 林雅琪：《楚辭與音樂之研究》，國立成功大學中國文學所碩士論文，2004 年 6 月。

7. 馬婷婷：《兩宋之際的楚辭研究》，西北師範大學 2010 年碩士論文。

8. 高秋鳳：《楚辭三九暨後世以九名篇擬作之研探》，國立臺灣師範大學碩士論文，1986 年。

9. 陳逸根：《屈賦神話與屈原審美精神研究》，台灣國立成功大學博士論文，2010 年 2 月。

10. 陳煒舜：《明代前期楚辭學史論》，臺北：臺灣學生書局，2011 年 3 月。

11. 焦燕：《庾信詩賦意象論》，陝西師範大學碩士論文，2007 年 4 月。

12. 黃文雁：《屈原神性思維研究》，西南大學碩士學位論文，2012 年 4 月。

13. 楊美娟：《元代楚辭學》，台灣臺北市立師範學院 2000 年碩士論文。

14. 詹詠翔：《楚辭意象論》，台灣成功大學中文所碩士論文，2010 年 7 月。

15. 賈吉林：《楚辭在西漢的傳播與接受》，廣西師範大學碩士論文，2010 年。

16. 廖棟樑：《古代楚辭學史論》，台灣輔仁大學博士論文，1997 年 6 月。

17. 種光華：《魏晉文學楚辭接受研究》，河北大學碩士論文，2010 年 5 月。

18. 趙乖勛：《宋代楚辭學》，四川師範大學博士論文，2011 年。

19. 趙明玉：《宋清楚辭學的連續與轉型》，南昌大學碩士論文，2008 年。

20. 劉帥麗：《兩漢魏晉文士的屈原批評及其生存之思》，漳州師範學院碩士論文，2009 年 5 月。

21. 劉燕：《先秦漢魏六朝美人意象研究》，河北大學碩士論文，2010 年 5 月。

22. 鄭晶艷：《楚辭對阮籍思想及其文學創作的影響》，湖南師範大學碩士論文，2007 年 5 月。

23. 謝小英：《魏晉南北朝時期的楚辭研究》，西北師範大學碩士論文，2010 年。

**期刊論文**（依姓氏筆畫排列）

1. 孔定芳：〈死亡恐懼與魏晉風度〉，《咸寧師專學報》第 15 卷第 1 期，1995 年 2 月。

2. 毛浦先：〈論《楚辭》校勘學產生與發展的幾個歷史階段〉，《雲夢學刊》第 23 卷第 3 期，2002 年 5 月。

3. 王立：〈先秦惜時主題與中國文學中的個體價值追求—主題學與先秦文學關係研究的一個回顧〉，遼寧：《大連大學學報》第 28 卷第 5 期，2007年 10 月。

4. 王德華：〈恨人神之道殊，申禮防以自持——曹植《洛神賦》解讀〉，《古典文學知識》第 2 期，2013 年。

5. 王興芬：〈楚辭與魏晉南北朝志怪小說〉，《遼東學院學報》（社會科學版）第 10 卷 4 期，2008 年 8 月。

6. 江增華：〈魏晉玄學之解讀〉，《上饒師範學院學報》第 22 卷第 1 期，2002年 2 月。

7. 宋菲：〈《文心雕龍‧辨騷》篇要旨探微〉，《長城》編輯部第 10 期，2012年。

8. 李湉笑：〈自然美的發現與魏晉士人的山水情結〉，北京：中國傳媒大學影視藝術學院。

9. 李菲：〈淺論魏晉士人的社會政治思想〉，《劍南文學》（經典教苑）第 1期，2012 年。

10. 林秀潔：〈論江淹之「善於摹擬」——以〈山中楚辭五首〉爲例〉，《問學》2008 年 6 月。

11. 柯混瀚：〈劉向與《楚辭》關係再探〉，《東方人文學誌》，2006 年 12 月。

12. 紀曉建：〈先秦冥界神話考——兼論楚辭招魂的神話學價值〉，《蘭州學刊》第 5 期，2010 年。

13. 孫寶：〈儒運遷轉與漢晉騷體賦體式演進〉，《西華師範大學學報》（哲學社會科學版）第五期，2011 年。

14. 納秀艷：〈執著與反叛——阮籍《詠懷詩》生命意識探析〉，《青海師範大學學報》（哲學社會科學版），2003 年第 6 期。

15. 高林清：〈論蕭統《文選》中的楚辭批評〉，《寧夏大學學報》（人文社會科學版）第 34 卷第 4 期，2012 年 7 月。

16. 崔俊娜、羅文軍：〈建安同題賦研究〉，《蘭州教育學院學報》第 28 卷第1 期，2012 年 2 月。

17. 許愷容：〈郭璞〈遊仙詩〉與《楚辭‧遠遊》之比較〉，《東方人文學誌》2009 年 9 月。

18. 連邵名：〈曾姬壺銘文所見楚地觀念中的地下世界〉，《南方文物》第 1 期，1996 年。

19. 郭建勛、榮丹：〈北朝騷體文學概述〉，中國文學研究第 1 期，2006 年。

20. 郭建勛：〈論南朝騷體文學藝術上的新變〉，長沙：《湖南師範大學社會科學學報》第 26 卷，1996 年 12 月。

21. 陳逸根：〈神話創造與心理治療——〈離騷〉之神遊情節新探〉，《興大中文學報》，2008 年 11 月。

22. 陳慶元：〈張協洛陽二賦初探——〈洛禊賦〉與〈登北芒山賦〉〉，《阜陽師范學院學報》（社會科學版）03 期，2002 年。

23. 陳潔：〈夏侯湛詩歌考述〉，《鄖陽師範高等專科學校學報》第 31 卷第 2 期，2011 年 4 月。

24. 陶琳：〈蕭綱與楚辭〉，杭州：《浙江大學電子科技大學學報》（社會科學版）第 8 卷第 2 期，2006 年。

25. 詹詠翔：〈《楚辭·招魂》之「恐懼意象」探討〉，《東方人文學誌》2010 年 12 月。

26. 鄒芙都：〈楚器「鎮墓獸」形制內涵探源〉，《湖南大學學報》（社會科學版）第 17 卷第 1 期，2003 年 1 月。

27. 廖棟樑：〈忠誠之情，懷不能已——論班固的屈原觀〉，《輔仁國文學報》，2006 年 1 月。

28. 趙璧光：〈論屈賦之流變〉，《成功大學學報》（人文卷）第八卷，1973 年 6 月。

29. 劉利華：〈從《世說新語》看魏晉名士標準〉，新疆：《伊犁師範學院學報》（社會科學版）第 2 期，2012 年 6 月。

30. 劉強：〈論魏晉人物美學的範疇與體系〉，上海：《同濟大學學報》（社會科學版）第 23 卷第 6 期，2012 年 12 月。

31. 蔣方、張忠智：〈兩漢士人閱讀屈原的價值取向探釋〉，《湖北大學學報》（社會科學版）第 28 卷第 2 期，2001 年 3 月。

32. 踪凡：〈論司馬遷對中國楚辭學與中國賦學研究的貢獻〉，《濟南大學學報》第 16 卷第 3 期，2006 年。

33. 鄧新華：〈從漢儒評《騷》看兩漢文學接受的異化〉，《江西社會科學》2011 年 6 月。

34. 魯瑞菁：〈「〈離騷〉稱經」與漢代章句學〉，《靜宜人文社會學報》，2007 年 2 月。

35. 嚴金東：〈評朱熹對「思無邪」的解說〉，《重慶社會科學》第 10 期，2007 年。

36. 蘇惠霜：〈論屈原作品和騷體紀行賦〉，《遼東學院學報》（社會科學版）第 12 卷第 5 期，2010 年 10 月。